Paris

1862

Hoffmann, Ernst-Theodor

Contes fantastiques

HOFFMANN.

CONTES FANTASTIQUES

ILLUSTRÉS

PAR BERTALL ET FOULQUIER.

TRADUCTION DE LA BÉDOLLIÈRE.

PRIX : 1 FRANC 10 CENTIMES.

PARIS,

PUBLIÉ PAR GUSTAVE BARBA, LIBRAIRE-ÉDITEUR,

8, RUE CASSETTE, 8.

1862

HOFFMANN

ILLUSTRÉ

PAR BERTALL ET FOULQUIER

TRADUCTION DE LA BÉDOLLIÈRE.

CONTES FANTASTIQUES.

NOTICE

SUR

HOFFMANN.

Hoffmann est un de ces écrivains dont le nom est célèbre, et dont les travaux sont imparfaitement connus. On le cite comme le créateur du genre fantastique, sans avoir la plupart du temps lu ses œuvres, sans savoir de quelles parties elles se composent, dans quel ordre d'idées elles ont été conçues, quelles circonstances ont produit ce talent exceptionnel, cet admirable réalisateur de chimères, ce songe-creux bizarre et sublime. Il nous a donc semblé qu'avant de le traduire nous devions le peindre; qu'une introduction biographique était indispensable à l'intelligence même de ses Contes, reflet de son existence aventureuse, de ses hallucinations de fumeur, de ses pensées vagabondes qui flottaient de la poésie à la peinture, de la peinture à la musique, et qui franchissaient sans cesse les bornes du réel pour se lancer dans le monde illimité des esprits.

Hoffmann.

Cet auteur si excentrique, qui n'eut point de modèles, et que ses pâles imitateurs n'ont point éclipsé, cet homme prime-sautier, suivant l'expression énergique de Rabelais, était fils d'un grave magistrat, et occupa lui-même d'importantes fonctions dans la magistrature. Il était né à Kœnigsberg, grande ville de la Prusse orientale, le 24 janvier 1776, et tout enfant il manifesta des tendances artistiques. Tantôt il écoutait avidement les sonates que sa mère jouait sur le clavecin; tantôt il couvrait la Bible de son aïeul de dessins étranges, dont les sujets, peu d'accord avec le texte sacré, étaient empruntés au royaume de Satan. Mais il fallait sacrifier ses goûts à son avenir, et se résigner à suivre une route tracée d'avance. Il entra au collége, puis à l'Université, et se voua à l'étude aride de la jurisprudence. Il s'en délassait par le culte des arts et de la littérature. Tout en se disposant à siéger sur un tribunal, il apprenait la musique, donnait des leçons de chant, et composait deux romans restés inédits, *Cornaro* et le *Mystérieux*. L'amour qu'il éprouvait pour une de ses élèves lui avait dicté ses premiers essais. Il les écrivit dans le seul but de plaire à sa maîtresse, et quand sa passion se fut évanouie, comme toutes les passions humaines s'évanouissent, il ne crut pas devoir communiquer au public des travaux qui avaient peut-être une valeur, mais dont l'âme s'était retirée.

Les aspirations littéraires n'empêchaient pas Hoffmann de se préparer avec assiduité aux graves fonctions de la judicature. Le 12 juillet 1795, à la suite d'un premier examen, il fut nommé auditeur à la régence de Kœnigsberg; mais ne voyant pas dans cette place de chances d'avancement, il alla s'installer auprès d'un oncle, conseiller de régence à Grossglogau (Silésie prussienne), auprès duquel il étudia les lois et l'administration. En 1798, un second examen lui valut le titre de référendaire à la chambre de justice (*Kammergericht*) de Berlin, où son oncle fut nommé en même temps conseiller intime. Deux ans plus tard, il subit un troisième examen, que l'on qualifie en Prusse d'*examen rigoureux*, et fut envoyé comme assesseur, avec voix consultative, près de la régence de Posen. Dans cette ville de vingt-cinq mille âmes, capitale d'une province importante, Hoffmann eut l'occasion d'exercer ses talents. Il composa les partitions de trois pièces qui furent jouées au grand théâtre de Posen avec quelque succès : l'*Opéra* (*Die Singspiel*), paroles de Gœthe; *Badinage*, et *Ruse et Vengeance*. Il cultivait aussi le dessin, et par malheur ses crayons satiriques s'escrimèrent aux dépens de personnages ridicules mais puissants. Comptant sur la place de conseiller, il venait d'épouser une jeune Polonaise, quand les ennemis que sa causticité lui avait attirés, le firent exiler à Plozk, petite ville de Pologne située à trente-deux lieues de Varsovie. Il y débuta par une brochure sur l'*emploi des chœurs dans le drame*, composa des messes et des sonates, fit des portraits ou des caricatures, et reproduisit à la plume des peintures de vases étrusques d'après la collection de planches publiée à Paris en 1785 par le graveur David et l'antiquaire d'Hancarville.

La disgrâce d'Hoffmann cessa au commencement de 1804; on l'envoya à Varsovie en qualité de conseiller de régence. Les impressions qu'il éprouva pendant les premiers temps de son installation sont consignées dans une lettre adressée à son camarade de collége Hippel : « Mon cher et unique ami, lui mande-t-il, me voici à Varsovie. J'ai grimpé jusqu'au troisième d'un palais de la rue Fréta, j'ai présenté mes hommages au gouverneur, qui a l'air d'un brave homme, et au président, décoré de trois ordres et fier de les porter. J'ai visité ensuite un régiment de collègues, et je suis maintenant courbé sur mon bureau, occupé à rédiger des résumés et des rapports. *Sic eunt fata hominum.* J'avais l'intention d'écrire, de composer, d'achever mes opéras-comiques de *Gargantua* et du *Renégat*. Je comptais invoquer les Muses sous les frais ombrages de Lazienki ou dans les vertes allées du jardin de Saxe; mais, hélas! trente volumes de procédure, comme autant de rochers lancés par Jupiter Tonnant, écrasent le géant Gargantua, et trois assassins dont j'instruis le procès se vengent de mes réquisitoires en consommant un dernier meurtre : celui de l'infortuné *Renégat!*

» Varsovie est une ville bien remuante, surtout dans la rue Fréta, où je suis logé. Hier, jour de l'Assomption, je jetai de côté mes paperasses, et me mis à mon clavecin, *pour me distraire par la composition d'une sonate*; mais je me trouvai bientôt dans la situation du musicien enragé dont William Hogarth a retracé les tribulations. Deux rouliers, un marinier et trois forts de la halle se disputaient sous mes fenêtres; le juge devant lequel ils expliquaient leur cause avec énergie était un fruitier, dont la boutique est *un caveau voisin*. Cependant de vigoureux sonneurs mirent en branle les cloches de l'église des Dominicains; des chiens aboyèrent ou hurlèrent; la troupe du cirque de Loembach défila triomphalement au son des tambours et des trompettes, et un troupeau de porcs, sortant de la rue Neuve, vint se ruer dans les jambes des chevaux. Quel tintamarre! quels grognements! quelle cacophonie! J'envoyai au diable ma plume et mon papier, je chaussai mes bottes, et je m'enfuis à toutes jambes.

» A l'extrémité du faubourg de Cracovie, je me trouvai sous les ombrages d'un bois sacré. J'étais à Lazienki. L'élégant palais, comme un jeune cygne, se mire dans les eaux limpides d'un lac. De suaves zéphyrs se jouent dans les arbres en fleurs. Quelles charmantes promenades on fait sous les voûtes de *verdure des allées!* Mais, que vois-je? n'est-ce pas la statue du Commandeur qui galope avec son nez blanc à travers les sombres feuillages? Non : c'est Jean Sobieski. Ces mots *Pink fecit* se lisent sur le socle. *Malè fecit.* Le héros foule aux pieds des esclaves qui se tordent en grimaçant. C'est hideux! Et puis, Jean Sobieski, avec ses moustaches et son sabre polonais, est affublé d'un costume romain. Quelle absurdité!

» *C'en est fait de moi!* le conseiller Margraff m'a vu de loin; il m'aborde, il me force à monter dans sa droschka. Le véhicule s'arrête devant un lourd édifice, orné d'un frontispice mesquin, et chargé de plus de douze cheminées. C'est le théâtre. Que donne-t-on? *le Porteur d'eau* de Chérubini. L'ouverture, vive, légère et brillante, est jouée par l'orchestre avec un flegme germanique. *Le comte Armand* a un faux nez et de fausses moustaches. Sa femme chante d'un demi-ton trop haut. La garde nationale de Paris est vêtue d'uniformes russes; les Parisiens font le salut polonais et se jettent aux genoux des gardes, qui leur demandent leurs papiers.

» Le porteur d'eau arrive; son tonneau tient à peine une demi-voie, et pourtant le comte Armand en sort aussitôt que la garde a tourné les talons. C'est prodigieux!

» Tu me demandes ce que je pense de Varsovie : c'est un bruit, un tohu-bohu, un pêle-mêle, une agitation qui me cassent la tête. Comment faire pour écrire, pour dessiner, pour composer? Le roi devrait me donner son palais de Lazienki; je m'en accommoderais à merveille. »

On sent déjà dans les lignes précédentes l'homme également apte à saisir le côté poétique et le côté ridicule des choses.

Malgré le tumulte d'une grande ville et le tracas des affaires, Hoffmann trouva le moyen de s'abandonner à ses goûts. Il mit en musique trois opéras : *l'Écharpe et la Fleur*, *le Chanoine de Milan*, et *les Joyeux Musiciens* de Clément Brentano. Il fut, sinon le créateur, du moins le principal soutien d'une société philharmonique, qui donna des concerts très-suivis, et fut bientôt assez prospère pour acheter le palais Mniszk. Hoffmann se chargea de décorer la grande salle de ce palais, où il devait figurer parmi les instrumentistes. Le conseiller de régence troqua sa toge contre la blouse du peintre; on le vit parfois sur un échafaudage, entouré de pots de couleurs, ayant à portée de son bras une bouteille de vin du Rhin, donner audience à des plaideurs qui réclamaient son intervention; le soir, subissant une troisième métamorphose, il enivrait d'harmonie un auditoire de connaisseurs.

La guerre brisa cette carrière d'artiste. Dans la soirée du 28 novembre 1806, la cavalerie de Murat entrait à Varsovie; le maréchal Davoust en prenait possession le lendemain, chassant les Russes au delà de la Vistule. Le 19 *décembre, à deux heures, Napoléon arrivait* dans la capitale de la Pologne. Le 8 juillet de l'année suivante, le traité de Tilsit créait le duché de Varsovie, et le plaçait sous la domination du roi de Saxe. L'avenir d'Hoffmann était compromis. Dépossédé de sa place de conseiller, sans ressources et sans fortune, il erra de Berlin à Bamberg, où il vécut tant mal que bien, donnant des leçons de musique, entreprenant des décorations, envoyant par intervalles des articles à la *Gazette musicale* de Leipzig. Il avait écrit à Rochlitz, l'éditeur, une lettre qui finissait ainsi : « En ce moment je n'ai rien, je ne suis rien, mais je veux tout, sans savoir précisément quoi. »

Les vicissitudes d'une existence aléatoire influant sur sa constitution physique, il fut atteint d'une fièvre nerveuse. La perte de sa fille unique, morte à Posen, et dont il ne put fermer les yeux, vint redoubler ses chagrins. A la fin de 1808, un changement favorable s'opéra toutefois dans sa position : le comte Jules de Soden lui offrit la direction musicale d'un théâtre qui se formait à Bamberg. Hoffmann y gagna quelque argent, et fut en état de dépenser cinquante florins *par mois à l'hôtel de la Rose*. Malheureusement l'entreprise échoua, et l'ex-conseiller se retrouva sur le pavé. Les misères de cette période de sa vie sont décrites dans un opuscule intitulé *Meisterwacht*, qui fait partie d'un recueil de contes par Steffen, Hoffmann et S. der Hagen, publié en 1824.

Au mois d'avril 1813, Hoffmann entra *comme chef d'orchestre* dans la troupe de Joseph Secondo, qui jouait alternativement à Dresde et à Leipzig. Une lettre, datée de cette dernière ville, nous initie aux plaisirs qu'il y recherchait : « La vie, dit-il, est ici fort agréable, et loin de coûter autant qu'on me l'avait fait supposer. On y vivrait encore à meilleur marché sans quelques maudits établissements où l'on dépense une foule de florins. Dans la rue Saint-*Pierre, sur la place* du Marché, sont ce qu'on appelle des caves italiennes. Le pavé est tellement en pente aux abords de ces malheureuses caves, qu'en passant devant la porte, on glisse involontairement du haut en bas de l'escalier. Une fois dedans, on est séduit par l'ameublement du local. Mais l'air est si humide! On est obligé, pour se réchauffer, de prendre *un bon verre de bishoff* ou de vin de Bourgogne, ou de manger une salade aux moules, aux olives et aux câpres : voilà ce qui rend la vie un peu coûteuse à Leipzig. »

Hoffmann était intrépide dans sa gastronomie; le danger même ne l'en détournait pas. Il était à Dresde le 26 août 1813, pendant la terrible lutte de l'armée française et des coalisés. « *Au moment où j'entrais chez moi, raconte-t-il, un obus passa au-dessus de ma tête avec un sifflement épouvantable.* Il tomba à quinze pas de là, devant le logement du maréchal Gouvion Saint-Cyr, au milieu de quatre caissons de poudre. Il éclata sans blesser personne; un second, un troisième lui succédèrent; il était évident qu'une batterie était dirigée sur notre quartier. Les habitants de la maison, avec leurs femmes et *leurs enfants, se groupèrent sur l'escalier de pierre*, où l'on était à l'abri. A chaque explosion c'étaient des cris, des sanglots, des lamentations, et pas un verre de vin ni de rhum pour se fortifier le cœur! Je me glissai doucement par une petite porte de derrière, et je courus chez l'acteur Keller, où je trouvai du vin. Nous étions, le verre en main, à sa croisée, qui donnait sur le *marché Neuf, lorsqu'un obus* tomba au milieu de la place. Un soldat westphalien qui allait à la pompe eut la tête fracassée. Près de là, je vis tomber un bourgeois assez bien vêtu. Il essaya de se relever, mais il avait le ventre ouvert; les intestins sortaient par la plaie béante; il retomba roide mort. L'acteur Keller laissa tomber son verre; moi je vidai le mien en m'écriant : Qu'est-ce que la vie? Que la nature de l'homme est faible ! Ne pas pouvoir supporter le choc d'un petit morceau de fer ! » Malgré cette insensibilité un peu égoïste, Hoffmann aimait sa patrie, et la retraite des Français lui causa une joie sincère. Il lui semblait qu'après leur départ on respirait plus librement ; et quoique attaqué d'une pleurésie et d'un rhumatisme goutteux, il oublia ses souffrances pour ridiculiser par des caricatures les envahisseurs de l'Allemagne. Jusqu'alors il avait été plutôt peintre et musicien que littérateur. En 1814, il réunit les articles qu'il avait insérés dans la *Gazette* de Leipzig, y ajouta quelques morceaux inédits, et fit paraître le tout sous le titre de *Fantaisies à la manière de Callot* (*Phantasiestücke in Callot's Manier*), par E. T. A. Hoffmann. Il avait échangé, on ignore pourquoi, son dernier prénom de Wilhelm contre celui d'Amédée. Cet ouvrage, où son talent se révélait dans toute sa puissance, fut pourtant peu remarqué ; les grandes péripéties politiques qui s'accomplissaient absorbaient l'attention générale.

Si longtemps ballotté par les vents contraires, Hoffmann trouva enfin un port. On lui confia, en 1816, le poste de conseiller à la chambre royale de justice de Berlin, poste honorable qu'il occupa jusqu'à sa mort. La fortune, qui se réconciliait avec le jurisconsulte réfractaire, sourit également à la constance de l'artiste. La partition d'*Ondine*, opéra en trois actes de Lamotte-Fouqué, lui mérita les suffrages du public, et ceux encore plus précieux de Weber, l'illustre auteur de *Freyschütz*.

Hoffmann fit paraître à Berlin, la même année, un long roman, *l'Élixir du diable, papiers posthumes du frère Médard, capucin* (*Die Elixire des Teufels, nachgelassene Papiere des Bruders Medardus, eines capuziners*). C'était une composition d'un genre sombre, imprégnée d'un parfum monastique, où se reflétaient les superstitions du moyen âge. Cependant elle eut du succès, et les libraires, judis si dédaigneux, assiégèrent l'auteur en lui demandant de la prose à dix frédérics la feuille. En 1817, il donna les *Scènes de nuit* (*Nachstücke*), recueil de nouvelles, dont le titre éveille l'idée d'un tableau peint à la lampe, et qui offre différents contrastes d'ombre et de lumière. Les *Scènes de nuit* ont de l'analogie avec les gravures à la manière noire, dans lesquelles certaines parties éclairées se détachent sur un fond obscur. Cette publication fut suivie de celle des *Étranges misères d'un directeur de théâtre* (*Seltsame Leiden eines Theater-Directors*), résumé des observations qu'Hoffmann avait faites aux clartés de la rampe, pendant qu'il tenait le bâton de chef d'orchestre dans la troupe de Joseph Secondo.

Enrichi par ses livres, Hoffmann ne put résister à de funestes penchants. Il remplissait régulièrement ses devoirs de conseiller ; mais, le soir venu, au lieu de répondre aux invitations dont il était accablé, il s'en allait à la taverne, et y passait souvent la nuit. Dans cette atmosphère de fumée, qu'il contribuait énergiquement à augmenter, il voyait tout un monde de fantasques apparitions. Narcotisé par le tabac, enivré par les boissons alcooliques, vidant tour à tour une choppe de bière ou un verre de rudesheim, il arrivait à un degré d'exaltation qui peuplait son cerveau des plus étranges chimères. Si des régions surnaturelles il redescendait sur la terre, c'était pour y remarquer des types excentriques, des caractères des plus bizarres. Il suivait à la piste les originaux, et surprenait les traits les plus insaisissables de leur nature. Impitoyable pour les ridicules, il les raillait avec verve, et provoquait à leurs dépens l'hilarité de ses auditeurs. Sa conversation était étincelante ; quand il jugeait la parole insuffisante, il reproduisait sa pensée par le crayon, et l'on montre encore, dans un cabaret de Berlin, un album couvert des dessins que lui inspiraient les caprices d'une imagination surexcitée.

Son ami Hitzig, magistrat comme lui, critique et criminaliste distingué, entreprit de l'arracher à la débauche. Il créa un club littéraire, dont les principaux membres étaient le romancier Contessa, le docteur Koreff, Adalbert de Chamisso, auteur de la curieuse histoire de *l'Homme qui a perdu son ombre*. La société adopta pour patron saint Sérapion le martyr, dont il fut question dans une de ses premières séances. Elle se réunissait presque tous les soirs, pour causer de littérature, de philosophie, d'esthétique, de magnétisme, de somnambulisme, ou pour raconter des histoires et des légendes. Hoffmann emprunta à ces entretiens l'idée des *Frères de Sérapion* (*Serapions Brüder*), dont les quatre volumes parurent successivement, les deux premiers en 1819, le troisième en 1820, le quatrième en 1822. Il s'y représente avec ses amis sous les noms de Théodore, Lothaire, Sylvestre, Ottmar et Vincent. Ces interlocuteurs dissertent ensemble sur les sujets les plus variés, et de temps en temps leur longue conversation est coupée par des récits.

La traduction complète des *Frères de Sérapion* n'a jamais été tentée en français, et n'est pas susceptible de l'être. Aucun lecteur de notre nation n'aurait la patience de suivre une causerie en quatre gros volumes in-octavo. L'ouvrage est en outre hérissé d'allusions de circonstance qui manquent totalement d'intérêt ; il abonde en détails de mœurs qui ont un caractère trop local pour être compris. Aussi tous les traducteurs ont-ils avec raison laissé de côté des conversations fastidieuses pour extraire du recueil *Maître Martin*, *Marino Falieri*, *le Conseiller Krespel*, *Signor Formica*, *Mademoiselle de Scudéry*, les *Mines de Falun*, *Bonheur au jeu*, enfin cette collection de charmantes nouvelles connues en France sous la dénomination de *Contes fantastiques* d'Hoffmann. Ce sont les véritables titres de l'auteur à l'admiration de la postérité.

Aux premiers volumes des *Frères de Sérapion* succéda un conte de fées d'une certaine étendue, le *Petit Zacharie surnommé Cinabre* (*Klein Zaches genamet Cinnaber*)[1]. Il venait de l'achever, lorsqu'il sentit les premières atteintes d'une maladie terrible, le *tabes dorsalis*, dessèchement de la moelle épinière. Il fit un voyage en Silésie pour essayer d'y rétablir sa santé ; et malgré ses souffrances toujours croissantes, il y composa les *Aperçus du chat Murr sur la vie, suivis de Fragments de la biographie du maître de chapelle Jean Kreissler, en maculatures trouvées au hasard* (*Lebensansichten des Kater Murr, nebst Fragmentarischer Biographie des Kappelmeisters Johann Kreissler, in zufälligen maculaturblatter*). Ce chat, ainsi transformé en philosophe, était un être réel qu'Hoffmann avait élevé, et qui venait souvent s'installer sans façon sur le bureau de son maître. L'auteur, l'ayant perdu en 1820, écrivait à Hitzig : « Dans la nuit du 29 au 30 novembre, après une courte mais cruelle maladie, mon élève chéri, le chat Murr, s'endormit pour une vie meilleure. Il était dans sa quatrième année. Je ne puis me dispenser de faire part de cette perte à mes amis et patrons. Quiconque a connu Murr appréciera ma douleur et saura la respecter. »

En 1820, Hoffmann traduisit l'opéra français d'*Olympie*, dont la musique était de Spontini.

Ce fut au milieu des tortures d'une maladie incurable qu'il élabora ses dernières œuvres. La *Princesse Brambilla*, et *Maître Floh, récit en sept aventures de deux amis* (*Meister Floh, ein marhrchen in sieben Abentheuern zweier Freunde*). Le 24 janvier 1824, on célébra pour la dernière fois l'anniversaire de sa naissance ; et entendant citer par un des assistants ce vers de Schiller : « La vie n'est pas le plus précieux des biens, » Hoffmann s'écria : « Non, non ! Vivre ! pourvu que l'on vive, n'importe à quelle condition ! » Le sensualiste qui savourait si bien le tokai et le johannisberg, l'observateur poétique de la nature, le joyeux humoriste, l'ami choyé des hommes d'élite sentait ses jouissances lui échapper. On prolongea ses jours par un moyen horrible, en lui passant un fer rouge des deux côtés de la colonne vertébrale. Il disait à Hitzig, qui entrait chez lui après cette opération : « Ne sentez-vous pas déjà l'odeur du rôti ? » Il ajoutait qu'on l'avait estampillé pour qu'il n'arrivât pas dans l'autre monde comme un objet de contrebande.

Sa fin fut annoncée, comme celle de la plupart des hommes, par une cessation de douleurs. Le jour de sa mort, il dit à son médecin : « Je vais en être bientôt quitte, je ne souffre plus ; » et il se mit à dicter une nouvelle intitulée l'*Ennemi*, qui fut interrompue par la mort. Au moment d'expirer, il se pencha vers sa femme, et murmura ces mots : « Il faut songer à Dieu. » Il fut regretté de l'Allemagne entière, et l'on grava sur son tombeau cette inscription :

ERNEST-THÉODORE-WILHELM HOFFMANN,
NÉ A KOENIGSBERG LE 24 JANVIER 1776,
MORT A BERLIN LE 25 JUIN 1822,
CONSEILLER AU KAMMERGERICHT.
HOMME REMARQUABLE
COMME MAGISTRAT,
COMME POETE,
COMME COMPOSITEUR,
COMME PEINTRE.

Il parut de l'éminent écrivain quelques opuscules posthumes. Hitzig publia en 1823 sa biographie et deux nouvelles inédites, la *Croisée du coin du cousin* et la *Guérison*. Sa veuve fit paraître en 1827 cinq volumes de miscellanées tirées de ses papiers.

« Hoffmann, suivant Hitzig, était petit de taille. Il avait le teint bilieux, le nez fin et arqué, les lèvres minces, des cheveux presque noirs qui lui couvraient le front. Ses yeux n'avaient rien de remarquable quand il regardait tranquillement devant lui ; mais quelquefois il leur imprimait un clignement rusé et moqueur. Son corps assez grêle paraissait bien constitué ; sa poitrine était large et bombée.

» Dans sa jeunesse, il s'habillait avec soin, sans jamais tomber dans la recherche. Plus tard il trouvait beaucoup de plaisir à mettre son uniforme de conseiller, richement brodé, et sous lequel il avait presque la tournure d'un général français. Ce qui frappait le plus dans sa personne, c'était une mobilité extraordinaire qui augmentait encore quand il racontait. Il parlait avec beaucoup de volubilité ; et comme il avait la voix enrouée, on le comprenait difficilement. D'ordinaire il s'exprimait par petites phrases saccadées ; mais quand il parlait d'art ou de littérature, quand sa verve s'échauffait, son élocution devenait abondante et harmonieuse. »

Hoffmann, quoique critiqué avec amertume par Walter Scott, occupera toujours dans la littérature une place importante, car c'est une individualité. Il ne procède d'aucun maître, il n'appartient à aucune école ; il est lui. La route qu'il a suivie n'avait pas été tracée. Mieux que ses devanciers et ses successeurs, il a su formuler des

[1] C'est à tort que, dans quelques éditions imparfaites, le *Petit Zacharie*, dit *Cinabre*, a été confondu avec les contes fantastiques. Nous remplissons les intentions d'Hoffmann en publiant cette nouvelle à la place qu'elle doit occuper. (*Note de l'éditeur.*)

idées qu'on pourrait croire impossible de rendre par des mots : les vagues rêveries d'un esprit malade, les méditations vaporeuses, les abstractions les moins positives de l'intelligence, il les colore, il les anime, il les vivifie, il les rend sensibles, palpables, matérielles; il découvre au lecteur étonné de nouveaux horizons dans les champs de la pensée.

Le fantastique d'Hoffmann est à la fois dans les faits et dans la manière de les présenter. La broderie de ses contes est aussi riche que le fond. Son imagination féconde revêt ses tableaux d'un coloris qui lui est propre, et les sujets les plus simples prennent sous sa plume l'apparence du merveilleux.

EMILE DE LA BÉDOLLIÈRE.

CONTES FANTASTIQUES.

MAITRE MARTIN

LE TONNELIER.

I.

L'auteur au lecteur.

Ton cœur doit comme le mien, cher lecteur, s'ouvrir aux douces impressions d'une mélancolie rêveuse lorsque tu passes devant un de ces superbes monuments de l'art de la vieille Allemagne, témoins éloquents qui déposent de l'éclat, de la pieuse persévérance, de l'existence réelle d'une belle époque qui n'est plus. N'est-ce pas comme si tu entrais dans une maison abandonnée? sur la table est encore ouvert le livre saint dans lequel lisait le père de famille. On voit encore le tissu riche et bariolé auquel travaillait la ménagère. Autour de la salle, dans des armoires nettoyées avec soin, sont rangées mille délicieuses créations de l'art, qui paraissaient aux beaux jours. On dirait qu'un des habitants du logis va venir, et te recevoir avec toute la franchise d'une hospitalité véritable. Mais tu attends en vain ceux que la roue du temps a entraînés dans ses révolutions éternelles. Tu peux du moins te laisser aller aux rêves que t'inspirent les anciens maîtres de cette demeure, entendre leur pieux langage, éprouver en te mettant en rapport avec eux de saisissantes émotions. Tu as enfin le secret du sens profond de leurs œuvres; tu es leur contemporain; tu comprends le temps qui a pu produire et ces hommes et leurs ouvrages.

Cependant, hélas! les charmantes créations de tes songes, que tu croyais presser dans tes bras amoureux, ne viennent-elles pas à disparaître sur de légers nuages devant les rayons de jour? l'éclat n'en devient-il pas toujours de plus en plus pâle à tes yeux pleins de larmes brûlantes? Te voilà tout à coup réveillé, voici par le milieu dans lequel tu te trouves, rejeté dans la vie positive, et de ton joli rêve il ne te reste qu'un désir ardent qui pénètre ton sein d'un doux frémissement.

Voilà, cher lecteur, ce qu'éprouvait celui qui t'adresse ces pages, quand il avait à passer par la ville de Nuremberg, célèbre dans le monde entier. Tantôt il considérait l'élégante structure de la fontaine du Marché, tantôt le tombeau qu'on voit à Saint-Sébald. Ou bien il allait admirer à Saint-Laurent la chapelle du Saint-Sacrement, ou à l'hôtel de ville et au château les chefs-d'œuvre profonds d'Albert Durer. Il s'abandonnait entièrement à la douce rêverie qui le transportait au milieu des splendeurs de la vieille ville impériale, et pensait aux vers naïfs du père Rosenbluth :

> Ville de Nuremberg, noble cité, salut!
> C'est de toi que sortit la vérité sacrée;
> La flèche de ta gloire a touché droit au but.
> La sagesse l'avait tirée.

Les mœurs paisibles et honnêtes des bourgeois de ce temps-là, où les arts et les métiers se tendaient la main pendant le cours d'un travail sans interruption, s'offraient à l'esprit du voyageur, et les images qu'ils s'en formait avaient un caractère tout particulier de joie et de sérénité. Il te plaira sans doute, cher lecteur, de voir un de ces tableaux placé devant toi. Peut-être le regarderas-tu avec plaisir, et lui accorderas-tu un sourire. Peut-être viendras-tu t'installer dans la maison de maître Martin, et resteras-tu volontiers auprès de ses barriques et de ses tonneaux.

S'il en est ainsi, l'auteur de cet ouvrage verra s'accomplir ses vœux les plus ardents.

II.

Avénement de maître Martin au syndicat, et ses remercîments.

Le premier mai de l'an quinze cent quatre-vingt, l'honorable corporation des tonneliers et fabricants de cuves de la ville libre et impériale de Nuremberg tint, suivant les anciens usages et coutumes, son assemblée solennelle du corps de métier. Un des syndics avait été porté en terre peu de temps auparavant, et il fallait en nommer un nouveau.

Le choix tomba sur maître Martin. De fait, personne ne s'entendait mieux que lui à construire une tonne à la fois gracieuse et solide, et à juger de la qualité des vins. Il devait à ses talents la pratique des principaux seigneurs, et une aisance qu'on pouvait même appeler de la richesse.

C'est ce qui fit dire à l'honorable conseiller Jacobus Paumgartner, qui au moment de l'élection présidait la corporation en qualité de chef des métiers : — Vous avez très-bien fait, mes amis, d'appeler maître Martin au syndicat; car cette fonction ne pouvait tomber en de meilleures mains. Maître Martin est estimé de tous ceux qui le connaissent pour son adresse merveilleuse, pour son expérience dans l'art de soigner les vins de prix. Son assiduité au travail, la vie régulière qu'il mène malgré l'opulence dont il jouit, doivent vous servir de modèle à tous. Donc soyez salué mille fois, mon cher maître Martin, comme notre digne syndic.

En disant ces mots, Paumgartner se leva de son siége, et fit quelques pas, les bras ouverts, attendant que maître Martin vînt à sa rencontre; celui-ci appuya les deux mains sur les bras de son fauteuil, se leva doucement, avec autant d'agilité que le lui permettait sa corpulence, et vint lentement recevoir l'embrassade amicale de Paumgartner, qu'il lui rendit à peine.

— Eh bien! monsieur Martin, reprit Paumgartner un peu étonné, n'êtes-vous pas bien aise d'avoir été choisi pour nous représenter?

Selon son habitude, maître Martin renversa sa tête en arrière, joua avec ses doigts sur son gros ventre, et, avançant la lèvre inférieure, il promena sur l'assemblée de grands yeux écarquillés. Puis, se tournant vers Paumgartner, il commença en ces termes :

— Eh! mon cher monsieur, comment ne serais-je pas content de recevoir ce qui m'est dû? Qui dédaigne d'accepter le salaire de ses peines? qui chasse du seuil de sa porte le mauvais débiteur, quand celui-ci vient rendre une somme qu'on lui a prêtée depuis longtemps? Mes chers messieurs, ajouta-t-il en se tournant vers les maîtres qui étaient assis autour de lui; vous est-il enfin venu à l'esprit que je dusse être le syndic de l'honorable corporation? Qu'exigez-vous d'un syndic? de l'habileté? Allez voir ma tonne de deux foudres, terminée sans feu, mon beau chef-d'œuvre, et dites-moi si aucun de vous peut se vanter d'en avoir fait une qui l'égale en force et en beauté? Voulez-vous que le syndic ait des biens, de l'argent? Venez chez moi, je vous ouvrirai mes coffres, mes armoires; l'éclat de l'or et de l'argent réjouiront vos yeux. Le syndic doit-il être honoré des grands et des petits? Demandez à nos respectables messieurs du conseil ce qu'ils pensent de maître Martin; demandez-le aux princes et seigneurs de notre bonne ville de Nuremberg et environs; demandez-le au révérend évêque de Bamberg; j'ai lieu de croire que vous n'apprendrez rien qui me soit défavorable.

Ici maître Martin frappa complaisamment sa large panse, et sourit en fermant à demi les yeux. Voyant que tous gardaient le silence, sauf quelques-uns qui toussaient, il continua :

— Mais, j'y songe et je le sais bien, je dois néanmoins vous rendre grâce de ce que le Seigneur vous a enfin éclairés pour faire un aussi bon choix. Au fait, quand je reçois le prix de mon ouvrage, quand un débiteur me rembourse l'argent que je lui ai prêté, il faut que je lui donne quittance, et que j'écrive au-dessous du compte : *Reçu avec remercîment, Tobias Martin, maître tonnelier de cette ville.* Je vous remercie donc tous de grand cœur d'avoir acquitté une dette ancienne en me nommant votre syndic. Quoi qu'il en soit, je vous promets de remplir mon devoir avec prudence et fidélité. Je prêterai secours à la corporation en général, et à chacun de vous en particulier, s'il y a lieu, autant que mes forces me le permettront. Je ferai mon possible pour maintenir en honneur notre noble métier. Maintenant je vous invite, vous, président du métier, et vous, mes chers amis et maîtres, à un joyeux dîner pour dimanche prochain. Là, auprès d'un bon verre de hochheim, de johannisberg, ou de tout autre vin de mes riches caves, nous aviserons aux premières mesures à prendre dans l'intérêt de la confrérie. Encore une fois, soyez tous invités.

Les visages des dignes maîtres, qui s'étaient rembrunis à l'orgueilleux discours de Martin, se déridèrent aisément. Au silence profond succédèrent de joyeuses causeries, dont le sujet principal était le mérite de M. Martin et de sa cave bien choisie. Tous donnèrent leur parole pour le dîner du dimanche, et présentèrent les mains au nouvel élu ; il les secoua, et serra même quelques-uns des maîtres contre son ventre en faisant semblant de les embrasser. Somme toute, chacun s'en retourna content de soi et des autres.

III.

Ce qui se passa ensuite dans la maison de maître Martin.

Le conseiller Jacobus Paumgartner était obligé pour rentrer chez lui de passer devant la maison de M. Martin. Tous deux, Paumgartner et Martin étaient arrivés à la porte de cette maison, et Paumgartner allait continuer sa route, quand maître Martin ôta respectueusement son bonnet, s'inclina autant qu'il lui était possible, et dit au conseiller :

— Si vous voulez, mon cher et digne maître, ne pas dédaigner de passer une heure dans ma pauvre maison, permettez que je jouisse de votre sage conversation.

— Eh ! mon cher maître Martin, répondit Paumgartner en riant, j'entrerai volontiers chez vous; mais que parlez-vous de pauvre maison ? je sais très-bien qu'en fait de meubles et d'objets précieux, elle ne le cède en rien à celle des plus riches bourgeois. Ne venez-vous pas d'achever des constructions qui rendent votre maison l'ornement de notre belle ville impériale ? et quant à l'arrangement de l'intérieur, je n'en dis rien, mais un patricien en serait fier.

Le vieux Paumgartner n'avait pas tort. En effet, dès qu'on avait ouvert la porte vernie avec soin et décorée d'ornements en cuivre, on apercevait un vestibule dont le parquet était garni de tapis, de jolis tableaux suspendus aux murs, d'armoires et de chaises sculptées avec soin, ce qui pouvait le faire passer pour un salon de réception. Aussi chacun suivait-il volontiers l'instruction qui, selon l'ancien usage, se trouvait sur une petite tablette pendue près de la porte; on y lisait :

Vous qui montez ces escaliers,
Essuyez d'abord vos souliers;
Otez-en toute chose impure,
Afin d'éviter la censure.
Le bon sens vous fera sentir
Comment ici l'on doit agir.

La journée avait été chaude ; le crépuscule approchait, et l'air des chambres était étouffant. Maître Martin conduisit donc son noble convive dans la vaste et fraîche cuisine d'apparat. C'est ainsi qu'on nommait à cette époque une salle disposée comme une cuisine, mais dont on ne se servait pas, et où l'on étalait avec affectation toutes sortes de beaux meubles et d'ustensiles de ménage.

A peine entré, maître Martin appela d'une voix forte : — Rosa, Rosa!

Aussitôt la porte s'ouvrit, et la fille unique de maître Martin se montra.

Tâche, bien-aimé lecteur, de te représenter vivement les chefs-d'œuvre du grand Albert Durer; que ses belles jeunes vierges, si graves, si douces, si pieuses, apparaissent vivantes à tes yeux; songe à leur stature noble et délicate, à leur front légèrement bombé et blanc comme un lis, à cet incarnat qui semble semer des roses sur leurs joues, à leurs lèvres fines et brillantes qui ont la couleur des cerises, à leurs yeux pleins de candeur qui brillent entre de longs cils comme la lune entre les feuilles des arbres : pense à leur chevelure soyeuse artistement nattée en tresses élégantes ; figure-toi la beauté céleste de ces jeunes vierges, et tu auras vu la douce Rosa. Comment l'auteur de cette histoire parviendrait-il à te dépeindre autrement cette fille du ciel ?

M'est-il permis de citer ici un jeune artiste, qui fut éclairé d'un rayon d'inspiration du bon vieux temps? c'est le peintre allemand Cornélius, qui demeure à Rome. Telle que dans les dessins qu'il a faits pour les œuvres de Goëthe, on voit Marguerite, au moment où elle dit à Faust : — Je ne suis ni demoiselle, ni belle ; telle était Rosa, lorsque avec une modestie sincère elle repoussait les dangereux hommages de ses amants.

Rosa salua avec une grâce enfantine. Paumgartner lui prit la main, et la pressa contre ses lèvres. Les joues pâles du vieillard se colorèrent d'une vive rougeur, et son regard étincela du feu d'une jeunesse depuis longtemps passée, comme un épais feuillage, doré soudainement des derniers rayons du soleil couchant.

— Eh ! mon cher maître Martin, dit-il d'une voix claire, vous êtes riche et fortuné ; mais le plus beau présent que vous ait fait le Seigneur, c'est votre gracieuse fille Rosa. Si nous autres vieux, qui siégeons au conseil, sentons palpiter notre cœur en regardant cette chère enfant et ne pouvons en détacher nos yeux, peut-on en vouloir aux jeunes gens de ce qu'ils restent comme pétrifiés et interdits en rencontrant votre fille dans la rue, de ce qu'ils ne songent plus au prêtre en voyant votre fille à l'église, de ce qu'à la promenade et dans les assemblées, ils sont toujours sur les traces de votre fille, au grand déplaisir des jeunes personnes de son âge, et la harcèlent de soupirs, de doux regards et de propos amoureux. Allez, maître Martin, vous pouvez choisir un gendre parmi nos patriciens ou partout où vous voudrez.

Le visage de maître Martin se rida de sombres replis; sa fille rougit et baissa les yeux vers le parquet. Il lui ordonna d'apporter de son vieux et meilleur vin, et, lorsqu'elle fut partie, il dit à Paumgartner :

— Eh! mon cher maître, tout cela est vrai, sans contredit. Mon enfant est d'une beauté tout exceptionnelle, et c'est un trésor que le ciel m'a accordé ; mais comment pouvez-vous parler de cela en sa présence ? Quant à un gendre patricien, je n'en prendrai point.

— Silence! répondit Paumgartner en riant, taisez-vous, maître Martin. Quand le cœur est plein, la bouche l'est aussi, et ce qu'il y a de trop déborde. Ne croyez-vous donc pas qu'en voyant Rosa mon sang refroidi bouillonne dans mon vieux cœur? Après cela, si je dis avec franchise ce qu'elle doit fort bien savoir elle-même, il n'en peut, je pense, résulter aucun inconvénient.

Rosa apporta le vin et deux verres d'une grandeur raisonnable. Martin avança au milieu de la salle la lourde table décorée de belles sculptures. A peine les vieillards avaient-ils pris place, à peine maître Martin avait-il rempli les verres, que le bruit des pas d'un cheval se fit entendre devant la maison. Un cavalier semblait s'arrêter à la porte, et l'on distinguait sa voix sous le vestibule. Rosa descendit, et revint bientôt annoncer que le vieux seigneur Henri de Spangenberg était là, et désirait parler à maître Martin.

— Vraiment, dit Martin, voici une heureuse soirée, puisque ma plus ancienne et ma meilleure pratique vient me visiter. C'est sans doute pour une nouvelle commande? j'aurai de nouveaux fûts à lui livrer!

En disant ces mots, il alla à la rencontre de l'hôte bienvenu, avec toute la promptitude dont il était susceptible.

IV.

Comment maître Martin mit son état au-dessus de tous les autres.

Les perles du vin de Hochcim brillaient dans les verres taillés avec art, et bientôt son influence délia la langue et épanouit le cœur des trois vieillards. Malgré son âge avancé, Spangenberg avait conservé toute la gaieté de la jeunesse, et savait encore raconter des histoires si plaisantes, que maître Martin était souvent obligé de s'essuyer les yeux humides de larmes joyeuses, et que son ventre tremblait à force de rire. M. Paumgartner lui-même oublia quelquefois sa gravité de magistrat, et se sentit ragaillardi par le bon vin et les gais propos.

Mais, lorsque Rosa revint avec une jolie corbeille au bras; lorsqu'elle en tira du linge de table éblouissant comme la neige nouvellement tombée; lorsque, après bien des allées et des venues, elle eut soigneusement couvert la table de mets épicés et succulents, et qu'en souriant doucement elle invita ces messieurs à ne pas dédaigner ce repas impromptu, alors les discours et les rires cessèrent. Paumgartner et Spangenberg tinrent leurs yeux enflammés fixés sur la gracieuse jeune fille. Maître Martin lui-même, renversé dans son fauteuil, les mains jointes, contempla avec un sourire de satisfaction les soins de l'active ménagère.

Rosa allait s'éloigner; mais le vieux Spangenberg se leva vivement, et, posant ses deux mains sur les épaules de la jeune fille :

— O fille pieuse et naïve! ange chéri! s'écria-t-il; et des larmes limpides coulèrent de ses yeux. Puis il la baisa deux ou trois fois au front, et retourna à sa place tout pensif.

Paumgartner but à la santé de Rosa.

— Oui, dit Spangenberg quand elle fut sortie, oui, maître Martin, le ciel vous a donné dans votre fille un joyau que vous ne pouvez estimer assez. Vous serez élevé par elle à de grands honneurs. Quel homme, dans quelque condition qu'il se trouve, n'envierait le bonheur d'être votre gendre ?

— Voyez-vous bien, interrompit Paumgartner, voyez-vous bien, maître Martin, le noble sire de Spangenberg pense tout à fait comme moi ! Je vois déjà cette chère Rosa fiancée d'un patricien, avec une riche couronne de perles dans ses beaux cheveux blonds.

— Mes chers maîtres, se prit à dire Martin d'un air chagrin, mes chers maîtres, comment pouvez-vous parler sans cesse d'une chose à laquelle je ne songe pas à présent? Ma Rosa vient d'atteindre sa dix-huitième année, et ce n'est pas à son âge qu'on est pressée de trouver un fiancé. Pour ce que l'avenir nous réserve, je m'en remets entièrement à la volonté du Seigneur; mais, ce qui est certain, c'est que ni patricien ni autres n'auront la main de ma fille. Je ne la donnerai qu'au tonnelier qui aura montré dans son état une capacité supérieure, bien entendu dans le cas seulement où ma fille le voudra; car jamais je ne contraindrai ma chère enfant pour rien au monde, et encore moins pour un mariage qui ne lui conviendrait pas.

Spangenberg et Paumgartner se regardèrent, stupéfaits de la singulière résolution de maître Martin. Enfin, après avoir toussé légèrement, Spangenberg rompit le silence :

— Ainsi donc, votre fille ne doit pas chercher un mari hors de votre condition?

— Dieu l'en préserve ! répondit Martin.

— Mais, continua Spangenberg, si un jeune homme habile, maître dans une honorable profession, un orfévre par exemple, ou bien un artiste remarquable, recherchait votre Rosa, si elle éprouvait pour lui une prédilection toute particulière, que feriez-vous alors?

— Mon jeune compagnon, lui dirais-je, répondit Martin en renversant la tête en arrière, montrez-moi la belle tonne de deux foudres que vous avez construite pour œuvre de maîtrise? et s'il ne le pouvait pas, je lui ouvrirais amicalement la porte, et le prierais civilement d'aller chercher fortune ailleurs.

— Pourtant, reprit Spangenberg, si le jeune compagnon vous disait: Je ne puis vous montrer une mesquine construction de cette espèce, mais venez avec moi au marché, et regardez cette belle maison, qui élève avec hardiesse ses pignons gracieux, voilà mon œuvre de maîtrise!

— Eh! mon cher monsieur, interrompit maître Martin impatienté des discours de Spangenberg, pourquoi vous donner tant de peine pour me convertir? encore une fois, il faut que mon gendre soit de mon état; car je considère mon état comme le plus sublime qui soit au monde. Pour qu'un tonneau soit solide, croyez-vous donc qu'il suffise de chasser les cerceaux sur les douves? n'est-ce pas déjà beau que notre métier exige l'intelligence nécessaire pour entretenir et soigner le noble vin, cet admirable présent du ciel, de manière à ce qu'il se bonifie et nous pénètre de sa force et de sa douceur, comme la véritable essence de la vie? Mais, en outre, ne faut-il pas connaître l'art de construire les tonneaux? Pour y réussir, ne devons-nous pas prendre au compas d'exactes mesures? ne devons-nous pas être savants en mathématiques et en géométrie; car sans cela comment pourrions-nous apprécier les proportions et le jaugeage des tonneaux? Ah! messire, le cœur me rit dans la poitrine quand j'arrive à mettre un de ces gros tonneaux sur le chantier où on les achève, quand les douves sont bien préparées au battoir et au crochet, quand les ouvriers brandissent leurs maillets qui retombent lourdement sur le chassoir. Klipp! klapp! klipp! klapp! Hein? voilà de la joyeuse musique. Enfin l'ouvrage est terminé, et ce n'est pas sans un sentiment d'orgueil que, prenant en main la rouane ou le traceret, je grave sur le fond du tonneau mon signe de maîtrise; connu et honoré de tous les bons maîtres vignerons...

Vous parlez des architectes, mon cher monsieur. Un bel édifice est certainement une œuvre magnifique; mais si j'étais architecte, et qu'en passant devant mon œuvre je me visse toiser du haut de la fenêtre par un vaurien, un misérable oisif, qui aurait acheté la maison, je serais honteux jusqu'au fond de l'âme, et le dépit et le chagrin me feraient venir l'envie de détruire mon propre ouvrage. Avec mes constructions actuelles, il ne peut m'arriver rien de semblable. En elles repose, je le répète, la quintessence de la terre, le noble vin. Que Dieu protége et glorifie ma profession!

— Ce panégyrique, dit Spangenberg, est bien et noblement pensé: il est honorable pour vous de sentir le prix de votre métier; mais ne vous impatientez pas si je ne vous tiens pas encore quitte. Supposez que réellement un patricien vienne vous demander votre fille; il y a des circonstances où beaucoup de choses changent complétement de face à nos yeux.

— Ah! s'écria maître Martin d'un ton passablement courroucé, pourrais-je m'empêcher de m'incliner poliment et de lui dire: Mon cher monsieur, si vous étiez un bon tonnelier... mais autrement...

— J'irai plus loin, dit Spangenberg; mais enfin, si un jour, un gentilhomme en riche costume, monté sur un cheval fringant, suivi d'un magnifique cortége, s'arrêtait devant votre maison et vous demandait pour femme votre Rosa?

— Ah! s'écria maître Martin avec encore plus de violence qu'auparavant; avec quelle célérité j'irais fermer la porte d'entrée à la clef et aux verrous! avec quelle force je crierais: Chevauchez plus loin, monsieur le gentilhomme, des roses comme la mienne ne fleurissent pas pour vous! Ce sont mes coffres pleins d'or et ma cave qui vous séduisent, et vous prenez ma fille par-dessus le marché; allez-vous-en, allez-vous-en.

Le vieux Spangenberg se leva, le visage rouge comme du sang, appuya ses deux mains sur la table, et regarda devant lui les yeux baissés.

Il y eut un moment de silence.

— Enfin, murmura le vieillard, encore une question, maître Martin. Si le gentilhomme qui attendrait devant votre porte était mon propre fils; si je m'y arrêtais moi-même avec lui, fermeriez-vous encore votre maison? Croiriez-vous aussi que nous ne serions venus que pour votre cave et votre or?

— Non certes, répondit maître Martin, non, mon cher et digne seigneur, je vous ouvrirais amicalement la porte. Tout dans ma maison serait à vos ordres, ainsi qu'à ceux de monsieur votre fils; mais quant à ce qui regarde ma Rosa, je dirais: Si le ciel avait voulu que monsieur votre fils devînt un bon tonnelier, personne alors ne serait mieux venu que lui pour être mon gendre... Mais, cher et respectable seigneur, pourquoi vous moquer de moi? pourquoi me tourmenter de questions aussi singulières? Voyez comme s'est arrêté tout à coup notre joyeux entretien, et comme nos verres restent pleins; laissez donc entièrement de côté le futur et le mariage de Rosa. Je vous porte la santé de votre fils, qui, m'a-t-on dit, est un gentilhomme accompli.

Maître Martin prit son verre; Paumgartner suivit son exemple, en disant:

— Trêve à toute discussion, et vive votre estimable fils!

Spangenberg trinqua, et dit avec un sourire forcé:

— Vous pouvez bien penser que mes paroles étaient une pure plaisanterie, car la folie d'un amour aveugle pourrait seule pousser mon fils à oublier les distinctions du rang et de la naissance, et à épouser votre fille, lui qui peut choisir une femme parmi les plus nobles familles; toutefois vous auriez pu me répondre avec un peu moins de roideur.

— Ah! mon cher monsieur, répondit maître Martin, même en plaisantant, je ne pouvais m'exprimer autrement que je le ferais dans le cas où se réaliserait la supposition singulière que vous avez faite. Du reste, passez-moi ma fierté; car vous devez l'avouer vous-même, je suis le meilleur tonnelier de plusieurs lieues à la ronde; je me connais en vins, j'observe avec beaucoup de fidélité les ordonnances de notre empereur Maximilien, qui repose dans le sein de Dieu; je méprise tout artifice, et, pour mécher mes tonneaux de deux foudres, je n'emploie jamais plus d'une once de soufre pur, quantité nécessaire à la conservation du vin. D'ailleurs, mes chers et respectables messieurs, mon vin est une preuve suffisante de ce que j'avance.

Spangenberg essaya, en reprenant sa place, de recouvrer son sang-froid. Paumgartner mit un autre sujet sur le tapis; mais comme il arrive qu'une fois détruit, l'accord d'un instrument est presque impossible à rétablir, malgré les efforts de l'artiste, ainsi il n'y eut plus d'harmonie dans la conversation ultérieure des trois vieillards. Spangenberg demanda ses gens, et quitta tout mécontent la maison de maître Martin, où il était entré avec tant de joie.

V.

La prédiction de la vieille grand'mère.

Maître Martin était un peu confus du brusque départ de sa vieille et bonne pratique, et il dit à Paumgartner, qui vidait son dernier verre et voulait aussi partir:

— Je ne sais pas du tout à qui en avait le vieux seigneur, et comment il a fini par être de si mauvaise humeur.

— Mon cher maître Martin, se prit à dire Paumgartner, vous êtes un homme honnête et pieux, et chacun à le droit de s'enorgueillir de ce qu'il fait bravement avec l'aide de Dieu, et de ce qui lui rapporte honneur et richesse. Seulement il est contraire à l'esprit chrétien de laisser percer des sentiments de vanité. Déjà aujourd'hui, dans l'assemblée de la maîtrise, ce n'était pas bien de votre part de vous mettre de vous-même au-dessus de tous les autres maîtres. Que vous vous entendiez mieux qu'eux à votre art, c'est une vérité; mais que vous leur jetiez votre supériorité à la tête, cela ne peut engendrer que dépit et mécontentement. Songez encore à ce qui s'est passé ce soir; vous ne pouvez pas être assez aveugle pour voir dans le discours de Spangenberg autre chose qu'une épreuve ironique tentée dans le but de connaître jusqu'à quel point vous pousseriez votre opiniâtre orgueil. Le respectable seigneur a dû être vivement blessé de vous entendre attribuer à une basse cupidité les motifs de tout gentilhomme pour demander la main de votre fille; encore tout eût été pour le mieux si vous aviez cédé quand Spangenberg a commencé à parler de son fils. Ne pouviez-vous lui dire: Oui, mon cher et honorable seigneur, si vous veniez vous-même me présenter votre fils pour fiancé; à cet honneur inattendu, à cette distinction aussi haute qu'imprévue, je me sentirais ébranler dans mes inébranlables résolutions. Si vous eussiez parlé de la sorte, qu'en serait-il résulté? le vieux Spangenberg, oubliant votre injustice précédente, vous aurait souri amicalement et serait devenu aussi joyeux qu'auparavant.

— Grondez-moi bien, dit maître Martin, car je l'ai mérité; mais en entendant ce vieillard me débiter tant d'insipides balivernes, je me suis senti suffoqué, et je n'ai pu répondre autrement.

— Et puis, continua Paumgartner, n'est-ce pas en elle-même une folle intention de ne vouloir absolument donner votre fille qu'à un tonnelier? Le ciel, disiez-vous, décidera du sort de votre fille, et cependant, votre entêtement prévient l'arrêt de la puissance éternelle, vous déterminez d'avance le petit cercle où vous prendrez un gendre; cette conduite peut vous jeter dans l'abîme, vous et votre fille. Abandonnez, maître Martin, cette folie antichrétienne et enfantine; laissez l'arbitre souverain ordonner du sort de votre fille, dans le cœur de laquelle il saura mettre lui-même la bonne décision.

— Ah! mon respectable monsieur, dit maître Martin avec une humilité profonde, je m'aperçois maintenant que j'ai mal fait de ne pas avoir dit de suite toute ma pensée; vous croyez que mon estime pour ma profession est le seul motif de cet invariable projet de marier Rosa à un maître tonnelier, mais il n'en est pas ainsi. Il y a encore une autre cause étrange et mystérieuse. Je ne puis vous laisser partir sans vous avoir tout appris, et il ne faut pas que vous me gardiez rancune cette nuit. Asseyez-vous, je vous en prie bien cordialement, retardez de quelques moments votre départ. Tenez, voici encore un flacon de mon vin le plus vieux que, dans son humeur, le gentilhomme a dédaigné; prenez encore chez moi quelque plaisir.

Paumgartner fut étonné de ces ouvertures de maître Martin, qui, d'ordinaire, *était assez peu confiant. Le tonnelier semblait avoir un* lourd fardeau sur le cœur, et éprouver le besoin de s'en débarrasser. Lorsque Paumgartner se fût assis et eut bu un verre de vin, maître Martin *commença en ces termes :*

— Vous savez, mon digne et respectable maître, qu'après la naissance de Rosa, ma bonne ménagère mourut des suites d'un accouchement laborieux. *Alors ma* grand'mère vivait encore, si l'on peut appeler vivre être sourde, aveugle, décrépite, perclue de tous ses membres, à peine capable de parler, et garder le lit la nuit et le jour. Ma Rosa venait d'être baptisée, et la nourrice était assise dans la chambre où la grand'mère était couchée. J'avais une vive tristesse au cœur, et en regardant le bel enfant, je ressentais un singulier mélange de joie et de mélancolie. J'étais tellement ému que je me sentais incapable d'aucun travail, et silencieux, absorbé dans mes réflexions, je me tenais à côté du lit de la vieille grand'mère, enviant le bonheur qu'elle avait d'être insensible à toutes les douleurs de la terre. Pendant que je regardais son pâle visage, elle se mit tout à coup à sourire d'une manière étrange ; ses rides semblaient s'aplanir, et ses joues livides se colorer. Elle se redressa, elle étendit ses bras paralysés avec une énergie surnaturelle, comme si elle eût recouvré la vigueur de ses jeunes années, et, d'une voix faible mais douce, elle prononça distinctement ces mots :

— Rosa ! ma chère Rosa !

La nourrice se lève et lui apporte l'enfant, qu'elle berce et balance dans ses bras. Enfin, mon digne monsieur, figurez-vous mon étonnement, je dirai même mon effroi, lorsque la vieille se mit à chanter d'une voix claire et éclatante, dans le mode haut et joyeux de maître Jehan Berchler, aubergiste du Saint-Esprit, à Strasbourg.

Voici sa chanson :

Ô ma Rosa, ma fille gracieuse
Au front vermeil,
Veux-tu mener une existence heureuse?
Suis mon conseil.
Fuis vains désirs, passions insensées,
Esprit moqueur;
Et que Dieu seul, maître de tes pensées,
Règne en ton cœur.

Tu recevras maisonnette splendide,
Faite avec art;
On y verra couler, pur et limpide,
Un doux nectar.
Anges ailés à la riche auréole,
Rangés autour,
En rempliront l'éclatante coupole
De chants d'amour.

Comme aux regards l'édifice étincelle
D'argent et d'or!
C'est un amant qui l'offrira, ma belle,
Pareil trésor.
Entre tes bras celui-là *sans mystère*
Sera pressé;
Tu le prendras, sans consulter ton père,
Pour fiancé.

Dans ta maison, la gente maisonnette
Apportera
Argent, salut, prospérité parfaite,
Et cætera.
Rosa, voici ce que Dieu te destine :
Sache obéir;
Et tu pourras, sous la garde divine,
Croître et fleurir.

Quand elle eut fini cette chanson, elle posa doucement et avec soin l'enfant sur la couverture du lit, et appuyant sur son front sa main tremblante et flétrie, elle marmotta des paroles incompréhensibles; mais l'expression radieuse de sa physionomie indiquait suffisamment que c'étaient des prières. Enfin, sa tête retomba sur le coussin. Au moment où la nourrice emportait l'enfant, elle poussa un profond *soupir... Elle était morte !*

— Voilà une singulière histoire, dit Paumgartner lorsque maître Martin eut cessé de parler; mais encore je ne saisis pas complétement le rapport *qu'il* y a entre la chanson prophétique de la vieille grand'mère et la volonté bien arrêtée de ne donner Rosa qu'à un maître tonnelier.

— Ah! *répondit maître Martin, qu'y a-t-il de plus clair? La vieille*, au dernier moment de sa vie, illuminée par une grâce spéciale du Seigneur, a déclaré d'une voix prophétique ce qui devait assurer le bonheur de Rosa. Le *fiancé qui apportera dans la maison, avec la gente* maisonnette,

Argent, salut, prospérité parfaite,

peut-il être autre qu'un bon tonnelier qui aura fait chez moi son chef-d'œuvre de maître, sa brillante maisonnette? Dans quelle maison coule un doux nectar, si ce n'est dans un tonneau? Le travail du vin, son murmure, son bourdonnement, son effervescence, voilà les *bons petits anges qui vont et viennent dans les flots en chantant des* airs joyeux. Oui, oui! la vieille grand'mère n'a pas songé à d'autres qu'à un maître tonnelier, et c'est à un maître tonnelier qu'il faut *nous en tenir.*

— Mon cher maître Martin dit Paumgartner, vous expliquez à votre guise les paroles de la vieille grand'mère; mais j'ai peine à adopter *votre interprétation*, et je persiste à vous conseiller de tout remettre à la volonté du ciel et au cœur de votre fille, auquel il faut certainement s'en rapporter pour un bon choix.

— Et moi, *interrompit Martin impatienté*, je persiste à dire une fois pour toutes que je n'aurai d'autre gendre qu'un bon tonnelier.

Paumgartner se serait presque fâché de l'entêtement de maître Martin; il se contint cependant, *et se leva en disant :*

— Il se fait tard, maître Martin, cessons de boire et de discourir; aucune de ces deux choses ne me semble à propos en ce moment.

Ils sortirent. Il y avait dans le vestibule une jeune *femme* accompagnée de cinq enfants, dont l'aîné pouvait avoir tout au plus huit ans, et le plus jeune à peine six mois. Cette femme se lamentait et sanglotait amèrement.

Rosa courut au-devant des deux vieillards en s'écriant :

— Ah! Dieu du ciel! Valentin est mort! Sa femme est là-bas avec ses enfants!

— Quoi! Valentin est mort? s'écria maître Martin consterné. Oh! quel malheur! quel malheur! Figurez-vous, mon digne monsieur, que Valentin était l'ouvrier le plus adroit de mes ateliers, et avec cela, probe et laborieux. Il y a quelque temps, en travaillant à la construction d'un grand tonneau, il se blessa grièvement avec un levier; la plaie empira; il tomba dans un accès de fièvre violent, et enfin, il lui a fallu mourir à la fleur de l'âge.

Là-dessus, maître Martin s'avança vers la veuve inconsolable, qui était baignée de larmes, et se plaignait de ce qu'elle allait bientôt tomber dans la misère et le dénûment.

— Eh quoi! dit Martin, quelle idée avez-vous de moi? *C'est* en travaillant pour moi que votre mari s'est fait cette blessure mortelle, et je vous abandonnerais dans la peine? Non, vous appartenez désormais tous à ma maison. Demain nous enterrerons votre pauvre mari, et puis vous irez avec vos garçons demeurer à ma ferme de la porte des Dames, où j'ai mon bel atelier en plein vent, et où je travaille tous les jours avec mes ouvriers. Là vous pourrez vous occuper du ménage. Quant à vos braves garçons, je veux les élever comme s'ils étaient *mes propres enfants*. Et, pour que vous le sachiez, je prends aussi chez moi votre vieux père; c'était autrefois un bon ouvrier tonnelier, lorsqu'il avait encore de la force dans les bras. Mais, s'il ne peut plus manier les maillets, la doloire, le levier, ou travailler sur l'établi, il est peut-être capable de tenir le chassoir ou de racler les cerceaux avec la plane. Ma maison lui est donc ouverte comme à vous.

Si maître Martin n'avait soutenu la veuve de Valentin, la douleur et l'attendrissement l'auraient fait tomber presque évanouie à ses pieds. Les aînés des enfants se pendirent à la veste du tonnelier, et les deux plus jeunes, que Rosa avait pris sur ses bras, lui tendaient les mains, comme s'ils avaient tout compris.

De grosses larmes roulaient dans les yeux du vieux Paumgartner, et il dit en souriant au milieu des pleurs :

— Maître Martin, il n'y a pas moyen de vous garder rancune.

Et il s'en retourna chez lui.

VI.

Comment les deux jeunes apprentis Frédéric et Reinhold firent connaissance.

Sur un joli coteau couvert de gazon et ombragé de grands arbres, était couché un jeune ouvrier d'un extérieur avantageux. Il se nommait Frédéric.

Le soleil était déjà descendu sous l'horizon, dont des bandes de flammes rosâtres éclairaient les limites. On apercevait distinctement dans le lointain la fameuse ville libre et impériale de Nuremberg, qui s'étendait dans la vallée et élevait hardiment ses tours imposantes vers le ciel rougi par les derniers rayons du soleil couchant.

Le jeune ouvrier avait le bras appuyé sur son sac de voyage, et jetait des regards passionnés sur *la vallée*. Il cueillit quelques fleurs qui émaillaient l'herbe autour de lui, et les jeta en l'air du côté du soleil couchant; puis il regarda encore devant lui d'un œil plein de tristesse, et des larmes brûlantes roulèrent dans ses yeux. *Enfin, il* leva la tête, étendit les bras comme s'il eût voulu embrasser une image chérie, et, d'une voix claire et mélodieuse, il chanta les strophes suivantes :

Enfin je vous revois, ô lieux de ma naissance!
Auprès de vous mon cœur, en dépit de l'absence,
A toujours demeuré.
Ce que je viens surtout chercher dans votre enceinte,
C'est ma chère Rosa, c'est mon idole sainte,
Mon objet adoré!

Charmante fleur d'amour, penche-toi vers mon âme;
Oh! viens, enivre-moi de paroles de flamme,
De regards enchanteurs;
Et puisse ma poitrine, à ses transports en proie,
Porter sans se briser le fardeau de la joie
Et celui des douleurs!

O beau soleil couchant, va luire sur ses charmes;
Rayon d'or, transmets-lui mes soupirs et mes larmes,
Mon amoureux tourment;
Et si j'allais mourir, ajoute à ton message
Que j'avais dans le cœur sa ravissante image
A mon dernier moment.

Lorsque Frédéric eut chanté, il tira de son sac de voyage un petit bâton de cire, l'échauffa contre sa poitrine, et commença à modeler délicatement et avec adresse une rose à cent feuilles. Pendant ce travail, il murmurait isolément des passages de sa chanson, et, tout recueilli en lui-même, il ne remarquait pas le beau jeune homme qui, placé déjà depuis longtemps derrière lui, observait attentivement son ouvrage.

— Eh! mon ami, s'écria enfin le jeune homme; c'est un beau morceau que vous faites là.

Frédéric, effaré, regarda autour de lui; mais, en voyant l'expression bienveillante des yeux noirs du jeune inconnu, il lui sembla qu'il le connaissait déjà depuis longtemps.

— Ah! mon cher monsieur, répondit-il en souriant, comment pouvez-vous faire la moindre attention à une bagatelle qui occupe les loisirs de mon voyage?

— Vraiment, continua le jeune étranger, si vous appelez une bagatelle cette fleur modelée d'après nature avec autant d'exactitude que de délicatesse, vous devez être un très-habile sculpteur. Vous m'avez procuré un double plaisir : d'abord votre chanson, si bien chantée d'après la charmante méthode de Martin Haescher, m'a pénétré jusqu'au fond de l'âme, et j'ai maintenant à admirer votre talent de modeleur. Où vous rendrez-vous aujourd'hui?

— Le but de mon voyage est devant vos yeux, répondit Frédéric. Je me rends dans ma patrie, la fameuse ville impériale de Nuremberg; mais cependant le soleil est déjà bien bas, et j'ai envie de passer la nuit au village qui est en bas du coteau. Demain, de très-grand matin, je me remettrai en route, et je puis être à Nuremberg sur le midi.

— Ah! dit le jeune homme avec joie, comme cela se rencontre bien! nous suivons tous deux le même chemin. Je vais aussi à Nuremberg; je passerai la nuit au village avec vous, et demain nous achèverons notre voyage. Causons un peu.

Le jeune homme, qui s'appelait Reinhold, se jeta sur l'herbe à côté de Frédéric, et poursuivit :

— Si je ne me trompe, vous êtes un mouleur habile, à en juger par votre manière de modeler? ou bien vous êtes ciseleur en or et en argent?

Frédéric regarda tristement devant lui, et dit d'un ton de modestie :

— Ah! mon cher monsieur, mon métier n'est pas aussi relevé que vous le pensez; je vous l'avouerai tout bonnement, j'ai appris la profession de tonnelier, et je vais à Nuremberg pour y travailler chez un maître en réputation. Vous allez me dédaigner maintenant, parce qu'au lieu de mouler de belles figures, je ne sais que mettre des cerceaux aux cuves et aux tonneaux.

— Parbleu! dit Reinhold en riant aux éclats, voilà une chose plaisante! Moi, vous dédaigner parce que vous êtes tonnelier, moi qui le suis aussi!

Frédéric le regarda fixement; il ne savait que penser, car l'extérieur de Reinhold ne ressemblait nullement à celui d'un ouvrier tonnelier en tournée. Sa veste de fin drap noir garnie de velours, sa fraise élégante, sa large et courte épée, sa barrette à longues plumes flottantes, faisaient plutôt présumer en lui un riche marchand. Toutefois, il y avait dans le visage, dans toute la personne du jeune homme quelque chose d'étrange, qui ne permettait pas de le croire attaché au commerce.

Reinhold comprit les doutes de Frédéric, ouvrit son sac de voyage, en tira sa trousse et son tablier de cuir de tonnelier, et dit :

— Regarde donc, mon ami, regarde. N'es-tu pas convaincu que je suis ton camarade? Je sais que mon costume te paraît étrange; mais je viens de Strasbourg, et dans cette ville les tonneliers sont mis comme des gentilshommes. Certes autrefois j'avais, comme toi, le désir d'embrasser une autre profession; mais aujourd'hui je mets au-dessus de tout le métier de tonnelier, et j'ai fondé sur lui de grandes espérances d'avenir. N'en est-il pas de même de toi? mais il me semble qu'un épais nuage a inopinément assombri ta joyeuse existence, et qu'il t'empêche de jeter avec plaisir les yeux autour de toi. L'air que tu chantais tout à l'heure était empreint de douleur et d'amour passionné; mais il y avait des sons que je croyais entendre partir de ma propre poitrine. On dirait que je sais déjà tout ce qui se passe en toi; tu peux tout me dire avec d'autant plus de confiance que nous allons devenir et rester bons camarades à Nuremberg.

Maître Martin le tonnelier.

Reinhold passa un bras autour du cou de Frédéric, et le regarda en face d'un air bienveillant.

— Plus je t'examine, mon brave compagnon, répondit Frédéric, plus je me sens attiré vers toi. J'entends distinctement dans mon sein je ne sais quelle voix que ton appel amical éveille comme un fidèle écho. Il faut que je te dise tous mes secrets! Non pas que, pauvre jeune homme, j'aie d'importantes révélations à faire; mais ce n'est que dans le cœur d'un ami véritable qu'on peut verser ses larmes, et, malgré la nouveauté de notre liaison, je te considère comme mon plus fidèle ami.

Je suis devenu tonnelier, et je puis me vanter de m'entendre à ce métier. Mais dès mon enfance toutes mes pensées s'étaient dirigées vers un autre art plus brillant. Je voulais devenir un grand maître en sculpture et en orfèvrerie, comme Pierre Fischer ou l'Italien Benvenuto Cellini. Je travaillais avec un zèle infatigable chez maître Jehan Holzschuer, le plus célèbre orfèvre de ma patrie, qui, sans s'occuper positivement lui-même de fondre des figures, était néanmoins capable de me donner toutes les instructions nécessaires.

Dans la maison de maître Holzschuer venait souvent maître Tobias Martin, le tonnelier, avec sa fille la divine Rosa. Insensiblement je devins amoureux. Je quittai mon pays, et j'allai à Ausbourg pour y apprendre la fonte des figures; mais c'est alors que je ressentis dans mon sein les flammes pétillantes de l'amour. Je ne voyais, je n'entendais que Rosa. J'éprouvais du dégoût pour tout travail dont sa possession n'était pas le but. Je pris le seul chemin qui pût m'y conduire. Maître Martin ne donnera sa fille qu'au tonnelier qui exécutera chez lui la plus belle œuvre de maîtrise, et du reste ne déplaira pas à sa fille. Je mis mon art de côté, et j'appris le métier de tonnelier. Je veux aller à Nuremberg et travailler chez maître Martin. Maintenant que mes yeux découvrent ma patrie, que l'image de Rosa est vivante et animée devant moi, je suis à demi mort de crainte et d'angoisses. Je vois enfin clairement la folie de mon entreprise : sais-je si Rosa m'aime, si elle m'aimera jamais?...

Reinhold avait écouté l'histoire de Frédéric avec une attention toujours croissante. En ce moment, il appuya sa tête sur son bras, et, se cachant les yeux de sa main étendue :

— Rosa, demanda-t-il d'une voix triste et sourde, ne vous a-t-elle donc jamais donné de signes d'amour?

— Ah! répondit Frédéric, à mon départ de Nuremberg, Rosa était plutôt un enfant qu'une jeune fille. Elle me voyait volontiers, elle me souriait avec affabilité, lorsque je m'évertuais à cueillir des fleurs avec elle et à tresser des guirlandes dans le jardin de maître Holzschuer. Mais...

— Aucun espoir n'est encore perdu! s'écria tout d'un coup Reinhold d'une voix retentissante, et tellement sinistre que Frédéric en fut presque effrayé. En même temps il se releva, son épée résonna à

Frédéric était taciturne et rêveur; il répondit à peine aux questions de Reinhold...

son côté; et lorsqu'il fut debout, les ombres de la nuit, en tombant sur son visage pâle, dénaturèrent tellement l'expression douce de ses traits, que Frédéric s'écria avec un accent de terreur :

— Mais que t'est-il donc arrivé subitement?

En disant ces mots, il recula de quelques pas et heurta le sac de voyage de Reinhold. Un bruit d'instrument à cordes s'y fit entendre.

— Méchant compagnon, ne me brise pas mon luth! cria Reinhold d'un ton de colère.

L'instrument était attaché au sac de voyage; Reinhold le détacha, et en pinça avec une agitation convulsive, comme s'il eût voulu en briser les cordes. Mais bientôt son jeu devint doux et mélodieux.

— Viens, cher frère, dit-il, et sa voix avait repris toute sa douceur; maintenant, descendons dans le village. J'ai là, entre les mains, un excellent moyen de conjurer les mauvais esprits qui pourraient nous hanter sur la route, et qui surtout seraient disposés à m'attaquer.

— Eh! cher frère, repartit Frédéric, pourquoi des mauvais esprits nous arrêteraient-ils en chemin? Mais tes accents sont délicieux; continue.

Les étoiles dorées parsemaient le sombre azur des cieux; le vent de la nuit glissait avec un doux murmure sur les prés touffus; le gazouillement des ruisseaux errants semblait plus sonore, et les arbres de la forêt voisine agitaient leurs cimes noirâtres.

Frédéric et Reinhold descendirent le coteau en jouant du luth et en chantant; et, clairs et distincts, les sons de leurs voix harmonieuses montaient à travers les airs, comme sur des ailes resplendissantes.

Arrivés à l'endroit où ils devaient passer la nuit, Reinhold jeta promptement son luth et son sac de voyage, et avec une ardeur orageuse pressa Frédéric contre sa poitrine. Celui-ci sentit ruisseler sur ses joues les pleurs brûlants que versait Reinhold.

VII.

Comment les deux jeunes ouvriers Reinhold et Frédéric furent reçus dans la maison de maître Martin.

Lorsque Frédéric se réveilla le lendemain, il ne vit plus son nouvel ami, qui, la veille, s'était jeté à côté de lui sur leur lit de paille, et, comme le luth et le sac de voyage avaient également disparu, il se persuada que Reinhold l'avait quitté pour des raisons à lui inconnues, et avait pris un autre chemin. Mais, à peine Frédéric sortait-il de l'auberge, que Reinhold vint à sa rencontre, son luth sous le bras, son sac sur le dos, et habillé bien différemment de la veille. Il avait enlevé le panache de sa barrette, ôté son épée, et à son élégante veste garnie de velours il avait substitué un simple costume bourgeois de couleur peu voyante. La surprise de son ami lui inspira une joyeuse hilarité.

— Eh bien! dit-il, eh bien, frère! commences-tu à me regarder comme ton vrai compagnon et ton bon camarade? A propos, pour un amoureux, tu n'as pas mal dormi; vois comme le soleil est déjà haut. Allons, en route.

Frédéric était taciturne et rêveur; il répondit à peine aux questions de Reinhold, et fit à peine attention à ses plaisanteries. Reinhold était de bonne humeur; il courait çà et là en poussant des cris d'allégresse et en faisant pirouetter sa barrette en l'air. Cependant, à mesure qu'ils approchaient de la ville, lui aussi devenait plus silencieux.

— Reposons-nous un peu derrière ces arbres; je ne saurais aller plus loin, tant j'éprouve d'alarmes, d'inquiétude et de mélancolie.

Ainsi parla Frédéric au moment où ils allaient atteindre la porte de Nuremberg, et il se jeta tout épuisé sur le gazon.

Reinhold s'assit auprès de lui, et après un moment de silence :

— Je dois, mon cher frère, dit-il, t'avoir semblé bien singulier hier au soir. En te voyant si inconsolable, j'ai senti mille fantasques rêveries se croiser dans ma tête, et la troubler au point que j'aurais

Visite de Rosa à l'atelier.

pu en devenir fou, si ta douce voix et mon luth n'avaient chassé les mauvais esprits. Aujourd'hui, lorsque les rayons du soleil levant se réveillèrent, ma folie de la veille s'était entièrement dissipée, et mon cœur était rouvert à la joie. Je suis sorti, et en errant dans les bosquets, mon imagination s'est occupée délicieusement de notre rencontre fortuite, de la sympathie qui m'avait entraîné vers toi! Une charmante histoire, arrivée il y a quelque temps, en Italie, justement pendant mon séjour dans cette contrée, m'est revenue à l'esprit, et je veux te la raconter parce qu'elle démontre vivement la nature de la véritable amitié.

Il arriva qu'un noble prince, ami et protecteur des beaux-arts, avait proposé un prix considérable pour un tableau dont le sujet, magnifique mais d'exécution difficile, était bien déterminé. Deux jeunes peintres, unis par les liens de la plus étroite amitié, et qui travaillaient ensemble, résolurent de concourir. Ils se communiquèrent leurs projets, et raisonnèrent longuement des moyens de vaincre les difficultés du sujet. Le plus âgé, plus expérimenté dans le dessin et dans la manière de grouper les figures, eut bientôt conçu son plan. Le plus jeune avait déjà perdu courage, et il eût renoncé au tableau, si son aîné ne l'eût continuellement stimulé de ses bons conseils. Lorsqu'ils se mirent à peindre, le plus jeune, habile coloriste, donna en revanche à son ami d'excellents conseils, que celui-ci utilisa avec un grand succès. Ainsi l'un n'avait jamais mieux dessiné, l'autre jamais mieux peint. Quand les tableaux furent achevés, les deux maîtres tombèrent dans les bras l'un de l'autre, et chacun reconnut que l'autre avait mérité le prix; mais il arriva que ce fut le plus jeune qui l'obtint.

— Comment ai-je pu remporter la victoire? dit-il alors modestement; quel est mon mérite, comparé à celui de mon ami? Sans sa bienveillante assistance, m'eût-il été possible de produire une œuvre passable?

— Et toi, répondit le plus âgé, ne m'as-tu pas également aidé de tes bons conseils? Mon tableau n'est certainement pas mal, mais tu devais avoir le prix. Viser au même but, franchement et sans détours, c'est ce que doivent faire deux amis; le laurier qu'obtient le vainqueur honore aussi le vaincu. Je ne t'en aime que davantage pour avoir si vaillamment combattu, et ton succès me procure honneur et gloire...

— N'est-ce pas, Frédéric, que le peintre avait raison? La poursuite d'un but commun, sans fraude, sans arrière-pensée, ne doit-elle pas unir les véritables amis, au lieu de les séparer? Une jalousie mesquine, ou bien une haine dissimulée, doit-elle tenir place dans de nobles esprits?

— Jamais! répondit Frédéric, jamais assurément! Nous voilà devenus frères et amis; dans peu de temps nous achèverons tous deux à Nuremberg notre œuvre de maîtrise, un bon tonneau de deux foudres; mais que le ciel me préserve de ressentir la moindre atteinte de jalousie, si le tien, mon cher frère Reinhold, est mieux exécuté que le mien.

— Aha, aha, ha! dit Reinhold en éclatant de rire, laisse-moi donc avec ton œuvre de maîtrise; tu la termineras au gré de tous les bons tonneliers. Afin que tu le saches, en ce qui regarde le calcul de la grandeur, des proportions, l'appréciation de la rondeur, tu trouveras en moi ton homme. Tu peux te fier encore à moi pour le choix du bois : le merrain, provenant de chênes abattus pendant l'hiver, sans piqûre de ver, sans veines blanches ni rouges, et sans flammes, sera celui que nous choisirons, tu peux t'en rapporter à mes yeux. Je t'aiderai en tout de mes conseils et de mes bras, et mon œuvre de maîtrise n'en ira pas plus mal pour cela.

— Mais, Seigneur! s'écria Frédéric interrompant son ami, pourquoi tant de paroles inutiles? S'agit-il de décider qui fera la meilleure œuvre de maîtrise?... la meilleure œuvre de maîtrise... pour mériter Rosa!... Comment avons-nous entamé ce sujet? la tête me tourne...

— Eh! frère, dit Reinhold, toujours en riant, on ne songeait nullement à Rosa; tu n'es qu'un rêveur. Partons, et rendons-nous enfin à la ville.

Frédéric se leva et continua sa route, les sens tout bouleversés. Pendant qu'ils se lavaient et s'époussetaient avant d'entrer, Reinhold dit à Frédéric :

— En vérité, pour ma part, je ne sais point chez quel maître je dois aller me présenter, je ne connais personne, et j'ai pensé, cher frère, que tu me mènerais avec toi chez maître Martin; peut-être m'occupera-t-il.

— Tu m'ôtes un lourd fardeau de dessus le cœur, répondit Frédéric; car si tu restes avec moi, il me sera plus facile de vaincre ma fausse honte et mon anxiété.

Les deux jeunes ouvriers se dirigèrent donc d'un pas rapide vers la maison du fameux tonnelier Martin. C'était précisément le dimanche, où maître Martin donnait un banquet de syndic, et il était midi, l'heure du dîner. Lorsque Reinhold et Frédéric entrèrent dans la maison de maître Martin, le bruit du choc des verres, le bourdonnement confus d'une joyeuse réunion de convives retentit à leurs oreilles.

— Ah! dit Frédéric avec abattement, nous arrivons dans un mauvais moment.

— Il est parfaitement choisi, selon moi, répondit Reinhold, car, dans ce joyeux festin, maître Martin est sans doute de bonne humeur, et disposé à nous bien recevoir...

Ils se firent annoncer. Bientôt parut sur le seuil maître Martin en habits de fête, et le nez et les joues fortement colorés. Dès qu'il aperçut Frédéric :

— Voilà Frédéric! s'écria-t-il, eh! mon brave garçon, tu es donc de retour au pays? tant mieux. Tu as donc aussi embrassé le noble métier de tonnelier? Il est vrai que maître Holzschuer ne peut entendre parler de toi sans faire une horrible grimace. A l'en croire, on a perdu en toi un grand artiste; tu aurais été fort capable de faire de jolies petites figures et des balustrades, comme on en voit à Saint-Sébald et à la maison Fugger à Augsbourg. Mais tout cela n'est qu'un sot bavardage; tu as bien fait de prendre la bonne voie; sois mille fois le bienvenu!

En disant ces mots, maître Martin le prit par les épaules et le pressa contre son cœur, comme il avait l'habitude d'agir lorsqu'il éprouvait un véritable plaisir.

Frédéric se sentit enivré par l'accueil amical de maître Martin, son abattement se dissipa, et non-seulement il présenta librement et sans crainte sa pétition personnelle, mais encore il recommanda Reinhold.

— Ma foi, répliqua maître Martin, vous ne sauriez venir plus à propos. L'ouvrage nous presse, et les ouvriers me manquent. Soyez tous deux les bienvenus; quittez seulement vos sacs de voyage, et entrez. Il est vrai que le festin est presque terminé; mais pourtant il y aura encore une place pour vous à table, et Rose aura soin de vous.

Sur ce, maître Martin entra avec les deux apprentis. Les respectables maîtres étaient assis au banquet; le noble syndic des métiers, Jacobus Paumgartner, occupait le haut bout de la table. Toutes les figures étaient enluminées; le dessert venait d'être servi, et un vin généreux pétillait dans de grands verres. On en était arrivé à un point où chacun parlait à haute voix sur un sujet différend, croyant cependant comprendre et être compris, et riant aux éclats sans savoir pourquoi.

Mais lorsque maître Martin, tenant par la main les deux jeunes gens, annonça à haute voix que c'étaient des ouvriers, munis de leurs outils et de bons certificats, qui s'étaient présentés chez lui fort à propos, la tranquillité se rétablit, et tous les yeux se fixèrent sur les nouveaux venus avec une expression de plaisir. Reinhold jeta autour de lui un regard hardi et presque fier; mais Frédéric tint les yeux baissés en tournant sa barrette dans ses mains. Maître Martin indiqua aux jeunes gens deux places au bas de la table; mais c'étaient précisément les meilleures, car sitôt que Rosa parut, elle s'assit entre les deux amis, et leur servit avec attention les mets les plus délicats et les vins les plus recherchés.

Il était charmant de voir la belle Rosa, remplie de grâces, brillante de mille attraits, entre ces deux beaux jeunes hommes, au milieu de ces vieux maîtres à barbe grise. On songeait involontairement aux petits nuages roses du matin isolés dans le ciel sombre, ou bien encore à ces belles fleurs du printemps qui élèvent leurs têtes éclatantes au-dessus de l'herbe sombre et sans couleur.

Frédéric osait à peine respirer d'émotion et de bonheur. Quelquefois il regardait à la dérobée celle qui remplissait toute sa pensée; puis ses yeux retombaient sur son assiette, dont il paraissait incapable d'entamer le contenu. Reinhold, au contraire, ne détournait pas de dessus la charmante jeune fille des yeux d'où jaillissaient de flamboyants éclairs. Il se mit à raconter des aventures de ses lointains voyages avec une éloquence dont Rosa n'avait aucune idée; elle était tout yeux et tout oreilles; il lui semblait que tout ce dont parlait Reinhold se levait devant elle en mille figures variées; elle ne s'aperçut pas que, dans le feu de ses discours, Reinhold lui prit la main et la pressa contre sa poitrine.

— Mais, Frédéric, dit tout à coup Reinhold, pourquoi restes-tu là muet et engourdi? as-tu perdu la parole? Viens, trinquons à la santé de la chère et aimable demoiselle qui nous traite avec tant d'hospitalité.

Frédéric prit d'une main tremblante le grand verre que Reinhold avait rempli jusqu'au bord, et fut obligé de le vider rubis sur l'ongle pour faire raison à son ami.

— A la santé de notre digne maître! dit Reinhold en versant de nouveau du vin, et Frédéric dut encore vider son verre.

Alors les fumées du vin agirent sur ses organes, remuèrent son sang tranquille, et le firent bouillonner dans ses artères et ses veines.

— Ah! j'éprouve un bien-être indéfinissable, murmura-t-il; jamais je n'ai ressenti une aussi douce émotion.

Le rouge lui monta au visage, et, délivré de sa timidité, il dit à Rosa :

— Chère Rosa, sans doute vous m'avez entièrement oublié?

— Ah! Frédéric, répondit Rosa les yeux baissés, comment aurais-je pu vous oublier en si peu de temps? Quand vous demeuriez chez le vieux monsieur Holzschuer, j'étais encore un enfant; mais vous ne dédaigniez pas de jouer avec moi, et vous aviez toujours quelque chose d'agréable à mettre sur le tapis; et cette jolie petite corbeille en filigrane que vous me donnâtes pour étrennes, je l'ai encore et la garde avec soin comme un précieux souvenir.

Des larmes brillèrent dans les yeux du jeune homme ivre de délices. Il voulut parler; mais il ne put prononcer que ces mots qui s'échappèrent de sa poitrine comme un profond soupir :

— O Rosa! chère... chère Rosa!

— Toujours, continua la jeune fille, j'ai souhaité vivement vous revoir encore; mais je ne me serais jamais attendue à vous retrouver tonnelier. Quand je pense aux jolies choses que vous faisiez autrefois chez maître Holzschuer, je me dis que c'est vraiment dommage que vous ayez abandonné votre profession.

— Ah! Rosa, dit Frédéric, c'est pour vous seule que je suis devenu infidèle à mon art chéri.

Ces mots étaient à peine lâchés, que Frédéric eût voulu cacher sous terre sa honte et son trouble; l'aveu le plus inconsidéré lui était venu sur les lèvres. Rosa parut tout deviner, détourna la tête, et chercha vainement à renouer la conversation.

En ce moment, M. Paumgartner frappa fortement sur la table avec son couteau, annonça à la société que M. Vollrad, digne maître de chant, allait commencer une chanson. M. Vollrad se leva aussitôt, toussa, cracha et chanta un bel air d'après la riche méthode de Jehan Vogelgesang[1] : tous les cœurs bondirent de plaisir, et Frédéric se remit de son désordre.

Lorsque M. Vollrad eût encore entonné plusieurs chansons de différents genres, il invita à chanter ceux des convives qui pourraient être experts dans l'art merveilleux de l'harmonie. Alors Reinhold se leva et dit que, s'il lui était permis de s'accompagner du luth à la manière italienne, il chanterait un air, sans s'écarter toutefois de la méthode allemande. Personne ne s'y opposant, il alla chercher son instrument, et après avoir préludé par de mélodieux accords, il commença ainsi :

Voyez la belle fontaine,
Toute pleine,
D'où coule un nectar fumeux,
Écumeux.
Cette fontaine parfaite,
Qui l'a faite?
C'est un habile ouvrier
Tonnelier.

Sitôt qu'on l'a mise en perce,
Elle verse
Des flots d'un vin renommé,
Parfumé
En en buvant à plein verre,
On doit faire
L'éloge de l'ouvrier
Tonnelier.

Qui sait construire une tonne
Forte et bonne,
Narguer, le verre à la main,
Le chagrin,
Garder un amour fidèle
A sa belle?
C'est le joyeux ouvrier
Tonnelier.

Cette chanson plut excessivement à tout le monde en général, mais en particulier à maître Martin, dont les yeux brillaient de plaisir et de ravissement. Sans avoir égard aux longs discours de Vollrad, qui prétendait que l'ouvrier avait passablement bien suivi la méthode assez médiocre de Schosz ou de Jehan Muller, maître Martin se leva de son siége, et s'écria en haussant un large verre :

— Viens ici, brave tonnelier et maître de chant, viens près de moi; c'est avec moi, avec ton maître Martin, que tu dois vider ce verre.

Reinhold dut faire ce qui lui était ordonné. Lorsqu'il retourna à sa place, il murmura à l'oreille du pensif Frédéric :

— C'est à ton tour de chanter maintenant : chante ta romance d'hier au soir.

— Es-tu fou? répondit Frédéric avec colère.

Reinhold dit alors à haute voix et s'adressant à la société :

— Honorables messieurs et maîtres, mon cher frère Frédéric que voici sait des chansons encore bien plus jolies, et possède une voix bien plus belle que la mienne; mais son gosier est desséché par la poussière du voyage. Une autre fois il vous entonnera des chansons de manière à vous ravir.

Aussitôt tous accablèrent Frédéric de louanges, comme s'il avait réellement chanté. Quelques maîtres furent même d'avis que dans le fait sa voix était plus belle que celle de l'ouvrier Reinhold. Monsieur Vollrad, après avoir encore vidé un rouge bord, décida que Frédéric possédait les belles méthodes allemandes beaucoup mieux que Reinhold, trop partisan du genre italien. Quant à maître Martin, il renversa la tête en arrière, et frappant avec bruit sur sa panse arrondie :

— Enfin, dit-il, ce sont mes ouvriers, les ouvriers du maître tonnelier Tobias Martin, de Nuremberg!

Tous les maîtres inclinèrent la tête et répétèrent en sirotant les dernières gouttes de leurs verres profonds :

— Oui, oui, ce sont les vôtres, les braves ouvriers de maître Martin!

Enfin tout le monde alla se reposer. Maître Martin indiqua à chacun des deux apprentis une chambre belle et claire de sa maison.

[1] Ce nom signifie littéralement *chant d'oiseau*.

VIII.

Comment un troisième apprenti se présenta chez maître Martin, et ce qui en advint.

Lorsque les deux ouvriers Reinhold et Frédéric eurent travaillé pendant quelques semaines dans l'atelier de maître Martin, celui-ci remarqua que dans tout ce qui concernait les mesures à la règle et au compas, le calcul et la justesse du coup d'œil, Reinhold n'avait point son pareil; mais que c'était autre chose pour le travail sur l'établi et le maniement de la doloire et du maillet. Reinhold s'y fatiguait très-vite, et, malgré son application, l'ouvrage n'avançait pas. Pour Frédéric, il rabotait et martelait vigoureusement, sans se lasser beaucoup.

Mais ce qu'ils avaient de commun, c'était une bonne conduite. Reinhold répandait sur les travaux une franche et douce gaieté. Tout en besognant, ils ne ménageaient pas leurs gosiers, surtout quand la charmante Rosa était présente, et leurs belles voix, qui s'harmonisaient parfaitement, chantaient des airs délicieux. Si Frédéric, à force de regarder Rosa, était sur le point de tomber dans ses rêveries, aussitôt Reinhold entonnait une chanson ironique qu'il avait composée et qui commençait par ces mots :

Le tonneau
N'est point la guitare;
La guitare
N'est point le tonneau,

et souvent le vieux monsieur Martin laissait retomber le maillet qu'il avait déjà levé pour frapper, et se tenait le ventre en riant de bon cœur. Les deux ouvriers, et principalement Reinhold, étaient en haute faveur auprès de Martin. On pouvait aussi remarquer que Rosa cherchait des prétextes pour aller plus souvent dans l'atelier, et y rester plus longtemps que de coutume.

Un jour, monsieur Martin entra tout pensif dans son atelier en plein vent aux portes de la ville, où l'on travaillait pendant la belle saison. Reinhold et Frédéric étaient en train de relier un petit tonneau. Maître Martin se plaça devant eux les bras croisés :

— Mes chers compagnons, leur dit-il, je ne puis vous exprimer combien je suis content de vous; mais enfin me voici dans un terrible embarras. On écrit des bords du Rhin que, cette année-ci, la récolte des vignobles sera plus prospère que jamais. Un savant a dit que la comète, qui est montée dans les cieux, a tellement fertilisé la terre de ses rayons merveilleux, que le feu des profonds abîmes du globe, qui cuit les nobles métaux, en sortira par torrents; la vigne altérée boira avidement ces flammes liquides, et les ceps fécondés produiront raisin sur raisin. Ce ne sera que dans trois cents ans qu'on verra revenir une constellation aussi favorable. Ainsi donc, il y aura de l'ouvrage à foison. En outre, le révérend évêque de Bamberg m'a écrit pour me commander une grande tonne. Nous n'en viendrons jamais à bout tout seuls, et il est nécessaire de vous adjoindre un bon ouvrier. Quoi qu'il en soit, je ne voudrais pas recevoir ici le premier venu, je suis sur les épines. Si vous connaissez quelque part un bon ouvrier, que vous vouliez admettre en votre compagnie, dites-le-moi, je le prendrai, dût-il m'en coûter un bon prix.

A peine maître Martin avait-il prononcé ces mots, qu'un jeune homme solidement bâti parut et s'écria d'une voix forte :

— Ohé! n'est-ce pas ici l'atelier de maître Martin?

— Certainement, répondit maître Martin en allant à la rencontre du jeune homme; certainement, c'est ici; mais vous n'avez pas besoin de crier si haut et d'entrer en faisant tant de vacarme. On ne se présente pas ainsi chez les gens.

— Ah! ah! ah! dit en riant le jeune homme, vous êtes maître Martin en personne; oui, voilà bien cette grosse bedaine, ce superbe double menton, ces yeux étincelants, ce nez rouge, enfin tout l'individu tel qu'on me l'a dépeint. Maître Martin, recevez mes humbles salutations.

— Enfin, que voulez-vous de maître Martin? demanda celui-ci d'un ton de mécontentement.

— Je suis ouvrier tonnelier, répondit le jeune homme, et je viens simplement vous demander si vous avez de l'ouvrage à me donner.

Maître Martin recula de quelques pas.

— Est-ce étonnant! pensait-il, au moment où je suis sur le point de chercher un ouvrier, il en vient un se présenter.

Et il mesurait le jeune homme de la tête aux pieds, tandis que celui-ci tenait hardiment fixés sur lui des yeux flamboyants.

Lorsque maître Martin eut bien examiné la large poitrine, la forte structure, les poings robustes du jeune ouvrier, il se dit à lui-même :

— Voilà justement mon affaire; et il lui demanda aussitôt ses certificats.

— Je ne les ai pas en ce moment, répondit le jeune homme; mais je me les procurerai sous peu, et je vous donne aujourd'hui ma parole d'honneur que je veux travailler honnêtement et avec fidélité. Cela doit vous suffire.

En disant ces mots, sans attendre la réponse de maître Martin, le jeune ouvrier entra dans l'atelier, ôta sa barrette et son sac de voyage, se dépouilla de sa veste, et mit son tablier de cuir.

— Eh bien, maître Martin, dit-il, indiquez-moi maintenant ce qu'il y a à faire.

Maître Martin, tout étonné de la conduite hardie du jeune étranger, fut obligé de réfléchir un moment.

— Compagnon, répondit-il, montrez-moi de suite que vous êtes un bon tonnelier. Prenez en main la jabloire, et finissez-moi ce tonneau qui est là-bas sur l'établi.

L'ouvrier étranger fit ce qui lui était ordonné avec une force, une prestesse et une habileté particulières, et dit ensuite en riant aux éclats :

— Eh bien, maître Martin, doutez-vous encore que je sois un bon tonnelier ?... Mais, continua-t-il en allant et venant dans l'atelier, et examinant les outils et la provision de bois, avez-vous aussi de bons outils ? Qu'est-ce donc que ce petit maillet-là ? Sert-il de jouet à vos enfants ? Et cette doloire, c'est sans doute pour exercer vos apprentis ?

Là-dessus il fit sauter en l'air le gros et lourd maillet que Reinhold ne pouvait remuer et que Frédéric ne maniait qu'avec peine, et la pesante doloire avec laquelle travaillait maître Martin lui-même. Puis il roula de côté plusieurs gros tonneaux comme s'il eût poussé des balles légères, et prenant une grande douve encore brute :

— Eh ! dit-il, maître, c'est de bon bois de chêne ; cela doit se briser comme du verre !

Et il frappa contre la pierre à aiguiser la douve, qui se rompit avec fracas en deux morceaux nets et égaux.

— Mon cher ouvrier, s'écria maître Martin, peut-être voulez-vous aussi défoncer ce tonneau de deux foudres, ou avez-vous envie de renverser mon atelier ?... Vous pouvez employer pour maillet cette poutre que voici, et pour que vous ayez aussi une doloire à votre idée, je veux vous aller chercher à l'hôtel de ville l'épée de Roland, qui a trois aunes de long.

— Elle me conviendrait à merveille, dit le jeune homme les regards étincelants ; mais soudain il baissa les yeux, et dit d'un ton plus doux :

— J'avais seulement pensé, cher maître, que vous aviez besoin pour la grosse besogne d'ouvriers bien robustes ; je me suis montré peut-être un peu trop inconsidéré, et trop fier de ma force corporelle. Mais prenez-moi toujours pour compagnon, je travaillerai avec zèle à ce que vous me donnerez à faire.

Maître Martin examina la figure du jeune homme, et fut forcé de convenir qu'il n'avait jamais vu une physionomie à la fois plus noble et plus honnête. Il lui semblait même que la vue de cet ouvrier lui rappelait confusément un homme qu'il aimait et qu'il honorait depuis longtemps ; mais il ne put parvenir à débrouiller ses souvenirs. Cependant il accéda de suite aux demandes du jeune homme, en lui enjoignant seulement de présenter prochainement des certificats authentiques.

Pendant ce temps, Reinhold et Frédéric avaient fini de monter un tonneau, et posaient les premiers cerceaux. Ils avaient l'habitude d'égayer ce travail par une chanson, et ils en commencèrent une jolie, dans le genre d'Adam Puschmann, dite *le Chardonneret*. Conrad (c'était le nom du nouvel ouvrier) avait été installé par maître Martin sur l'établi.

— Ah ! s'écria-t-il, qu'est-ce que c'est que ce piaulement ? On dirait qu'il y a des souris qui crient dans l'atelier. Voulez-vous chanter quelque chose, alors chantez de manière à réveiller et à donner du cœur au travail : je m'en mêle aussi quelquefois.

Et soudain il commença une folle chanson de chasse avec des hollah ! et des hussah ! Il imitait les aboiements des meutes de chiens, les cris retentissants des chasseurs, d'une voix tellement sonore et perçante que la grande tonne en résonnait et que tout l'atelier tremblait. Maître Martin se boucha les oreilles avec les deux mains, et les garçons de la femme Marthe (la veuve de Valentin), qui jouaient dans l'atelier, se cachèrent en tremblant sous les douves. En ce moment entra Rosa, étonnée et effrayée de ces horribles clameurs auxquelles on ne pouvait donner le nom de chant. Dès que Conrad aperçut Rosa, il se tut et quitta l'établi ; ses yeux bruns pétillèrent, et il lui dit d'une voix douce :

— Ma charmante demoiselle, quelle lueur dorée a donc pénétré dans cette pauvre cabane de travail lorsque vous y êtes entrée ? Ah ! que ne vous ai-je vue plus tôt ! je n'aurais pas offensé vos oreilles délicates de ces sauvages fanfares de chasse.

Puis, se tournant vers maître Martin et les autres ouvriers :

— Eh ! ajouta-t-il, cessez donc votre tapage infernal ! Aussi longtemps que cette noble demoiselle nous honorera de sa présence, maillets et chassoirs doivent se reposer. Nous ne voulons entendre que sa douce voix, et écouter, la tête inclinée, ce qu'il lui plaira d'ordonner à ses humbles serviteurs.

Reinhold et Frédéric se regardèrent stupéfaits ; mais maître Martin dit en riant aux éclats :

— Vraiment, Conrad, n'est-il pas évident que vous êtes le plus drôle d'original qui ait jamais mis le tablier de cuir ? D'abord, en arrivant, vous voulez tout casser, comme un géant intraitable ; puis vous beuglez si fort que les oreilles nous en cornent ; et pour conclure dignement vos folies, vous prenez ma petite fille Rosa pour une noble demoiselle, et vous vous conduisez comme un gentilhomme amoureux !

— Je connais parfaitement votre charmante fille, cher maître Martin, répondit tranquillement Conrad, mais je vous dis qu'elle est la plus gracieuse demoiselle qui soit sur la terre, et, si le ciel le permet, elle honorera le plus noble gentilhomme, épris d'un amour fidèle et chevaleresque, en lui permettant d'être son paladin.

Maître Martin se tenait les côtes, et il faillit étouffer avant d'avoir pu donner carrière à son envie de rire, qui éclata en gémissements et en une violente quinte de toux. Capable à peine de parler, il dit en balbutiant :

— Bien, très-bien, mon cher ami ; tu peux continuer à prendre ma Rosa pour une demoiselle de haute noblesse, je te le permets ; mais néanmoins aie la bonté de retourner vite à l'établi.

Conrad demeura les regards baissés et comme enraciné au sol, se frotta le front, et dit à voix basse :

— C'est juste ! et il fit ce que le maître lui ordonnait.

Selon son habitude, Rosa s'assit sur un petit baril que Reinhold avait épousseté avec soin, et que Frédéric avait avancé. Maître Martin leur dit de recommencer la jolie chanson qu'avait interrompue le sauvage Conrad. Celui-ci, devenu enfin tranquille et concentré en lui-même, continuait à travailler sur l'établi.

— Chers ouvriers, dit maître Martin quand la chanson fut achevée, le ciel vous a doués d'un heureux don ! Vous ne sauriez croire combien j'estime le bel art du chant. J'ai voulu moi-même aussi devenir habile chanteur ; mais, en dépit de mes peines, cela n'allait pas du tout. De tous mes efforts je ne récoltais que le ridicule et des railleries. Tantôt je n'allais pas en mesure ; je traînais à contre-sens sur les syllabes, je me perdais dans les fioritures, et finissais par chanter faux depuis le commencement jusqu'à la fin. Ma foi, vous réussissez mieux que moi, et l'on dira : Ce que n'a pu faire le maître, ses ouvriers l'exécutent. Dimanche prochain, à l'heure ordinaire, après le prêche de midi, il y a concert de maîtres chanteurs dans l'église de Sainte-Catherine. Il vous sera loisible tous deux, Reinhold et Frédéric, d'y faire briller votre talent et d'acquérir louange et honneur, car avant la partie principale il y aura un concert libre dans lequel tout étranger habile dans l'art du chant pourra se faire entendre sans obstacle. Et vous, compagnon Conrad, ajouta maître Martin en se tournant vers l'établi, n'avez-vous pas aussi quelque velléité de paraître au lutrin, et d'y entonner votre bel air de chasse ?

— Ne vous moquez pas de moi, cher maître, répliqua Conrad sans lever les yeux, à chacun sa place. Pendant que vous prendrez plaisir à vos cantiques, moi, j'irai me divertir sur la promenade.

Maître Martin vit ses souhaits s'accomplir. Le dimanche, Reinhold prit place au lutrin et chanta différents airs qui ravirent tous les maîtres chanteurs. Toutefois, bien que le chant de Reinhold fût parfait, ils furent d'avis qu'on pouvait y blâmer une certaine méthode étrangère dont il était plus facile de sentir que de préciser la nature. Bientôt après, Frédéric s'assit à son tour devant le pupitre, ôta sa barrette, regarda quelques secondes autour de lui, et lança dans l'assemblée un coup d'œil qui pénétra comme une flèche ardente jusqu'au fond du cœur de la charmante Rosa, et la fit involontairement soupirer. Puis il commença, dans le genre sentimental de Henri Frauenlob, un air si gracieux, que tous les maîtres reconnurent unanimement que personne ne surpassait le jeune ouvrier.

Lorsque le soir fut arrivé et le concert terminé, maître Martin, pour finir dignement cette journée de plaisir, se rendit avec Rosa à la promenade publique. Reinhold et Frédéric obtinrent la permission de les accompagner. Rosa marchait au milieu d'eux. Frédéric, tout glorieux de l'éloge des maîtres chanteurs et dans une ivresse céleste, hasarda certaines paroles hardies, que Rosa, les yeux pudiquement baissés, eut l'air de ne pas comprendre. Elle se tournait plus volontiers du côté de Reinhold, qui savait donner à la conversation une tournure divertissante, et ne craignit pas de passer un bras sous celui de Rosa.

Déjà l'on distinguait dans le lointain le joyeux bourdonnement des promeneurs. Arrivés à la place où les jeunes gens s'amusaient à toutes sortes de jeux, mais principalement à des luttes chevaleresques, la petite société entendit les spectateurs s'écrier à plusieurs reprises :

— Gagné ! gagné ! il est encore le plus fort ! il n'a pas son pareil !

Maître Martin se fraya un passage à travers la foule, et vit que l'objet de tous les éloges, de toutes les acclamations joyeuses du peuple était uniquement son ouvrier Conrad. Il avait vaincu ses rivaux à la course, à la lutte, au jet du javelot.

— Quelqu'un veut-il faire un joyeux assaut avec des épées émoussées ? demandait Conrad au moment où Martin s'approcha.

Plusieurs jeunes gentilshommes, accoutumés à de pareils jeux, acceptèrent ce défi. Mais en peu de temps Conrad eut sans trop de peine défait tous les adversaires, de sorte qu'on ne tarissait pas sur le chapitre de sa force et de son adresse.

Le soleil s'était couché ; les feux du soir s'éteignaient, et le crépuscule étendait ses ombres sur le ciel. Maître Martin, Rosa, et les deux ouvriers, s'étaient installés auprès d'une fontaine dont l'eau vive formait une cascade. Reinhold faisait de délicieux récits de la lointaine Italie. Quant à Frédéric, il regardait en silence et avec transport les yeux de la charmante Rosa. En ce moment arriva Conrad, à pas lents et incertains, semblant hésiter à se joindre à la petite compagnie.

— Eh bien, Conrad, lui cria maître Martin, venez donc ; vous vous êtes conduit vaillamment sur le pré, voilà ce qui sied à mes ouvriers, et ce qui me plaît en eux. N'ayez pas de honte, compagnon ; asseyez-vous avec nous, je vous le permets.

En disant ces mots, maître Martin fit à Conrad un signe de tête amical. Celui-ci jeta sur le maître un regard perçant, et dit à voix basse :

— Je ne suis nullement honteux devant vous ; je ne vous ai point demandé votre permission pour m'asseoir ici, et ce n'est point pour vous que j'y viens. J'ai terrassé tous mes adversaires dans les joyeux combats chevaleresques, et je voulais seulement demander à cette charmante demoiselle si, pour prix de ma victoire, elle consentait à m'octroyer le beau bouquet qu'elle porte à son côté.

En même temps Conrad se laissa tomber à genoux devant Rosa, la regarda franchement en face avec ses yeux bruns et brillants, et ajouta d'une voix suppliante :

— Belle Rosa, accordez ce beau bouquet pour récompense au vainqueur. Il est impossible que vous me le refusiez.

Rosa détacha aussitôt le bouquet et le donna à Conrad.

— En vérité, dit-elle en riant, je sais très-bien qu'un chevalier aussi brave que vous l'êtes est digne de recevoir d'une dame une pareille marque d'honneur. Prenez donc ces fleurs, quoiqu'elles soient fanées.

Conrad baisa le bouquet qu'elle lui présentait, le mit à sa barrette.

— Voyez donc ces folies, dit maître Martin en se levant ; retournons à la maison, car la nuit s'avance.

Maître Martin marcha devant. Conrad prit avec grâce et modestie le bras de Rosa, et Reinhold et Frédéric se tinrent mécontents derrière. Ceux qui les rencontraient s'arrêtaient pour les regarder.

— Voyez donc, disait-on, voilà le riche tonnelier Tobias Martin, avec sa jolie fille et ses beaux ouvriers. Comme ils ont bonne façon !

IX.

Conversation de la femme Marthe avec Rosa sur les trois ouvriers.

D'ordinaire, ce n'est que le lendemain d'une fête que les jeunes filles en savourent bien tous les plaisirs, et les souvenirs qu'elle laisse après elle leur paraissent encore plus doux que la fête elle-même.

La charmante Rosa l'éprouvait. Le lendemain matin, seule dans sa chambre, les mains jointes sur ses genoux, rêveuse et penchée en avant, elle laissait reposer son aiguille et son fuseau. Il lui semblait tantôt entendre les chansons de Reinhold et de Frédéric, tantôt voir l'adroit Conrad triompher de ses rivaux, et venir chercher auprès d'elle le prix de la victoire. Tantôt quelques vers d'une chanson résonnaient à ses oreilles, tantôt elle murmurait : — Vous voulez mon *bouquet ?...* La rougeur qui couvrait ses joues devenait de plus en plus vive ; des éclairs jaillissaient à travers ses cils baissés, et de silencieux soupirs s'échappaient du fond de sa poitrine.

En ce moment entra la femme Marthe, et Rosa se réjouit de trouver à qui faire un récit bien circonstancié de tout ce qui s'était passé à l'église Sainte-Chatherine et à la promenade.

— Eh bien ! ma chère fille, dit la femme Marthe en souriant, lorsque Rosa eut fini ; allez-vous bientôt faire un choix entre les trois amoureux ?

— O Dieu ! interrompit Rosa tout effrayée et rougissant jusqu'au blanc des yeux ; dame Marthe, qui peut vous faire croire cela ? Moi ! trois amoureux ?

— Chère Rosa, continua la femme Marthe, ne faites donc pas comme si vous ne saviez rien, comme si vous ne vous doutiez de rien. Il faudrait vraiment ne pas avoir des yeux pour ne pas s'apercevoir que nos ouvriers, Reinhold, Frédéric et Conrad, sont tous trois fort épris de vos charmes ?

— A quoi songez-vous, dame Marthe ? balbutia Rosa tenant les mains sur ses yeux.

La femme Marthe s'assit devant Rosa, et l'entoura de ses bras.

— Eh ! charmante et pudique enfant, continua-t-elle, ôte ces mains, regarde-moi fixement dans les yeux, et dis, si tu l'oses, que tu n'as pas remarqué la passion des trois ouvriers. Tu ne dis mot : te voilà confondue. Cela serait aussi bien étonnant que l'œil d'une jeune fille ne vît pas de suite ce qui se passe ! Comme, lorsque tu entres dans l'atelier, les regards se portent de l'ouvrage vers toi ! tout s'anime d'une activité nouvelle ; Reinhold et Frédéric commencent leurs plus jolis airs ; le sauvage Conrad lui-même devient tendre et bienveillant ; chacun s'efforce de s'approcher de toi ; un feu ardent pétille sur le visage de celui que tu honores d'un doux regard et d'une parole amicale.... Voilà des circonstances qui ne sauraient t'échapper ! Eh ! ma petite, ne dois-tu pas être fière des hommages d'aussi beaux cavaliers ?

Maintenant, qu'on me demande lequel des trois tu choisiras, c'est ce que je ne saurais dire, car tu es bonne et aimable avec tous ; j'ai pourtant mes idées là-dessus, mais je n'en veux point parler. Toutefois, si tu venais me dire : Dame Marthe, conseillez-moi ; de ces jeunes gens qui *me recherchent, quel est celui auquel je dois donner mon* cœur et ma main ? Alors je répondrais : Ton cœur ne te parle-t-il pas tout haut et distinctement ? choisis celui qu'il *t'indique*, et laisse les autres de côté.

Au reste, j'aime bien Reinhold ; Frédéric me plaît, et Conrad ne m'est pas désagréable ; mais j'ai aussi des reproches à faire à chacun des trois. Au fait, ma chère Rosa, en voyant ces jeunes ouvriers travailler si courageusement, je pense toujours à mon pauvre Valentin, et je suis obligée de dire que, bien qu'il ne fît peut-être pas de meilleure besogne, il mettait cependant à son ouvrage un tout autre élan, une manière toute différente : on voyait qu'il s'y donnait de tout son cœur. Quant à ces jeunes ouvriers, il me semble toujours qu'ils ne travaillent que des bras, et qu'ils ont en tête tout autre chose que leur ouvrage. Ils ont même *l'air de le considérer comme un fardeau*, dont ils se sont chargés volontairement et qu'ils portent avec courage.

C'est avec Frédéric que je sympathise le plus, car c'est un loyal et charmant caractère. Il me semble se rapprocher de nous davantage, et *je comprends tout ce qu'il dit. L'amour silencieux qu'il vous* témoigne, cette timidité d'enfant qui l'empêche d'oser vous regarder en face, *sa rougeur lorsque vous lui adressez la parole, voilà ce que* je loue en lui !

Lorsque dame Marthe prononça ces mots, une larme parut rouler dans l'œil de Rosa. Elle se leva, et, se tournant du côté de la fenêtre, elle répondit : — Frédéric m'est aussi bien cher ; mais est-ce que tu méprises Reinhold ?

— Comment le pourrais-je ? répliqua dame Marthe. Reinhold est franc et ouvert, et c'est le plus beau de tous. Quels yeux ! quand il vous traverse de ses regards brillants, on en peut à peine supporter l'éclat. Mais, nonobstant cela, tout son être est un peu singulier, et j'y trouve quelque chose qui me fait tressaillir et m'inspire pour lui de l'éloignement. Lorsque Reinhold travaille à l'atelier, et que maître Martin lui demande de l'aider en ceci ou en cela, je pense qu'il en est de ce dernier comme il en serait de moi si l'on avait mis dans ma cuisine un ustensile de ménage étincelant d'or et de pierres précieuses, *qu'il me faudrait employer comme un autre ordinaire et* grossier ; je ne voudrais pas seulement y toucher. Les paroles, les récits de Reinhold résonnent comme une musique harmonieuse. En les écoutant, on se sent involontairement entraînée ; mais, au bout du compte, quand je réfléchis sérieusement à ce qu'il a dit, je trouve que je n'en ai pas compris un seul mot. Quelquefois il plaisante à notre manière ; il se met à notre niveau ; je m'imagine qu'il est bien de notre classe ; mais tout à coup il prend un air si comme il faut que j'en suis toute déconcertée ! Pourtant on ne peut dire qu'il se pavane et porte la tête comme certains gentilshommes. Non, c'est tout autre chose. En un mot, il me paraît avoir des relations avec des esprits supérieurs, et appartenir à un autre monde.

Conrad est un garçon sauvage et présomptueux ; il y a dans tout son être une certaine noblesse qui ne s'accorde guère avec le tablier de cuir. Il agit comme si c'était à lui de commander ici et aux autres de lui obéir. Quoiqu'il ne soit ici que depuis peu, ne voit-on pas maître Martin, écrasé par sa voix formidable, se conformer à sa volonté ? Avec cela Conrad est si bon et si loyal qu'on ne peut lui en vouloir. Je dois dire en outre que, malgré sa rudesse, je l'aime presque *plus que Reinhold ; car s'il parle quelquefois bien haut*, au moins on le comprend très-bien. Il a beau se déguiser, je parie qu'il a été militaire. Voilà pourquoi il s'entend *si bien au maniement des armes*, et a pris une certaine tournure chevaleresque qui ne lui messied nullement. Enfin, chère Rosa, dites-moi franchement lequel des trois ouvriers vous préférez ?

— N'exigez pas de moi une réponse aussi positive, chère dame Marthe ! répondit Rosa. Cependant, ce qu'il y a de certain, c'est que mon opinion sur Reinhold est différente de la vôtre. Il est vrai qu'il a d'autres manières que ses compagnons, et que, pendant qu'il me parle, je crois voir s'ouvrir subitement devant moi un joli jardin plein de fleurs et de fruits tels qu'il n'en existe pas sur la terre, et sur lequel j'aime à fixer mes regards. Depuis que Reinhold est ici, il y a certaines choses qui m'apparaissent sous un jour tout différent, et d'autres qui auparavant étaient informes et confuses dans mon âme sont enfin devenues si claires et si distinctes que je les reconnais à merveille.

Femme Marthe se leva, menaça Rosa du doigt, et dit en s'en allant :

— Eh ! eh ! Rosa ! ce sera donc Reinhold que tu choisiras ? Ma foi, je ne l'aurais pas cru.

— Chère dame Marthe, répliqua Rosa en la reconduisant vers la porte, ne pensez rien, n'augurez rien ; laissez à l'avenir la décision de mon sort. Ce qu'il apporte est la volonté du ciel, à laquelle chacun doit se soumettre avec piété et résignation.

X.

Dispute de Conrad avec maître Martin.

Cependant l'atelier de maître Martin était vivant et animé. Pour pouvoir suffire à toutes les commandes, il avait pris des manœuvres et des apprentis : on cognait, on martelait, on faisait un tintamarre qui s'entendait au loin à la ronde.

Reinhold avait fini de mesurer les proportions du grand tonneau qui devait être construit pour l'évêque de Bamberg; puis, aidé de Frédéric et de Conrad, il le monta avec tant d'adresse que maître Martin, le cœur épanoui, répéta à plusieurs reprises :

— Voilà ce que j'appelle un beau tonneau! ce sera le phénix de tous mes tonneaux, à l'exception de mon œuvre de maîtrise.

Or, les trois ouvriers étaient là, chassant les cerceaux sur les douves réunies, faisant retentir les bruyants maillets. Le vieux Valentin raclait assidûment avec sa plane; la femme Marthe était assise près de Conrad avec les deux plus petits enfants sur ses genoux, tandis que les autres criaient, couraient, se poursuivaient, et faisaient rouler des cerceaux. C'était dans l'atelier un si joyeux tapage qu'on remarqua à peine l'entrée du vieux M. Jehan Holzschuer. Maître Martin alla à sa rencontre, et lui demanda poliment ce qu'il désirait.

— Eh! répondit Holzschuer, je voulais revoir encore une fois mon cher Frédéric, qui travaille là-bas si bravement; et puis, mon cher monsieur Martin, il manque dans ma cave un bon tonneau que je venais vous prier de me faire. Voyez, on bâtit là justement un tonneau comme il m'en faudrait un. Cédez-moi celui-ci; vous n'avez qu'à m'en dire le prix.

Reinhold, qui, fatigué de son travail, s'était reposé quelques minutes dans l'atelier, et allait remonter sur l'échafaudage, entendit les paroles de M. Holzschuer, et, se tournant de son côté :

— Eh! mon cher monsieur Holzschuer, dit-il, oubliez que vous avez envie de notre petit tonneau; il est destiné à messire le vénérable évêque de Bamberg.

Maître Martin, les mains croisées derrière le dos, le pied gauche en avant, la tête renversée sur la nuque, cligna de l'œil en regardant le tonneau, et dit d'un ton hautain :

— Mon cher maître, le choix du bois, les soins donnés à l'ouvrage auraient dû suffire pour vous faire remarquer qu'un pareil chef-d'œuvre ne convient qu'à une cave princière. Mon ouvrier Reinhold a dit avec raison qu'il vous fallait renoncer à ce tonneau-là. Après les vendanges, je vous fabriquerai une bonne petite barrique simple et unie, comme il convient pour votre cave.

Le vieux Holzschuer, mécontent de la fierté de maître Martin, soutint que ses pièces d'or étaient d'aussi bon poids que celles de l'évêque de Bamberg, et qu'il espérait échanger ailleurs son argent comptant contre d'aussi bonne besogne.

Maître Martin, furieux, se contint avec peine, sentant qu'il ne devait point offenser le vieux M. Holzschuer, estimé du Conseil et de tous les bourgeois. Mais comme en ce moment Conrad redoublait ses coups de maillet de manière à faire tout craquer et frémir, maître Martin déchargea sur lui sa colère intérieure :

Conrad! s'écria-t-il d'une voix tonnante, rustre, pourquoi frapper comme un fou et un aveugle? Veux-tu me briser le tonneau?

— Oh! oh! dit Conrad en regardant le tonnelier d'un air insolent; oh! oh! mon grotesque petit maître, pourquoi pas?

Et, en disant ces mots, il donna un coup si violent sur le tonneau que le cerceau principal sauta avec fracas et jeta Reinhold à bas de l'étroit plancher de l'échafaudage. En même temps un tintement sourd indiqua qu'une douve devait s'être brisée.

Martin ne fut pas maître de sa colère : il s'élança, arracha des mains du père Valentin la douve qu'il raclait, et en assena à Conrad un coup vigoureux sur les reins en criant :

— Chien maudit!

Dès que Conrad eut senti cette rude atteinte, il se retourna vivement, et resta un moment comme étourdi; puis ses yeux flamboyèrent avec une expression de fureur sauvage; il grinça des dents, et versa des larmes.

— Frappé! cria-t-il.

D'un bond il fut au bas de l'échafaudage, saisit promptement une doloire qui était à terre, et en dirigea contre le maître un coup violent qui lui aurait fendu la tête si Frédéric ne l'avait tiré de côté; le fer n'effleura que le bras, dont le sang sortit de suite à gros bouillons. Martin, gros et dépourvu d'agilité, perdit de suite l'équilibre, et tomba à terre, par-dessus l'établi où travaillait un apprenti.

Tout le monde se jeta au-devant du furieux Conrad, qui brandissait en l'air la doloire sanglante.

— Il faut que je l'envoie en enfer, disait-il d'une voix mugissante; oui, en enfer!

Et, avec une force de géant, il repoussa tous ses adversaires. Déjà il s'apprêtait à frapper un second coup, qui sans aucun doute eût été le coup de grâce pour le pauvre maître étendu à terre, haletant et gémissant; mais Rosa parut à la porte de l'atelier, effrayée et pâle comme la mort.

Sitôt que Conrad l'aperçut, il demeura, le fer levé, immobile comme une statue. Puis il jeta la doloire loin de lui, croisa les deux bras sur sa poitrine, et d'une voix qui vibra au fond du cœur des assistants :

— O juste ciel! dit-il, qu'ai-je donc fait?

Et il sortit de l'atelier, et s'enfuit dans les champs.

Personne ne songea à le poursuivre. Le pauvre maître Martin fut relevé avec beaucoup de peine; mais on s'aperçut de suite que le fer n'avait fait qu'entamer la chair du bras, et que la plaie n'avait rien de dangereux. On retira de dessous les copeaux le vieux M. Holzschuer, que Martin avait renversé dans sa chute. On tranquillisa aussi bien que possible les enfants de la femme Marthe, qui ne cessaient de crier et de pleurer autour du père Martin. Quant à lui, il était tout saisi, et disait qu'il ne songerait pas à sa plaie si ce diable d'ouvrier n'avait abîmé son beau tonneau.

On apporta un brancard pour les vieillards, car Holzschuer était également assez moulu de sa chute. Il grommela contre un métier dans lequel on employait de pareils instruments de mort, et conjura Frédéric de retourner le plus tôt possible à la fonte des figures et aux nobles métaux.

Frédéric et Reinhold, que le cerceau avait rudement heurtés et qui se sentaient tous les membres paralysés, s'acheminèrent tristement vers la ville. Déjà les ténèbres du crépuscule s'entendaient sur l'horizon, tout à coup ils entendirent derrière une haie des soupirs et des gémissements sourds; ils s'arrêtèrent, et bientôt surgit de terre une grande figure, qu'ils reconnurent de suite pour Conrad. A cette vue, ils reculèrent d'effroi.

— Ah! mes chers compagnons, dit Conrad d'une voix lamentable, n'ayez donc point si peur de moi; vous me prenez pour un diabolique homicide! Ah! ce n'est pas moi, ce n'est pas moi; je ne pouvais agir autrement! J'étais dans la nécessité de tuer le gros Martin; je devrais même aller avec vous pour l'assommer comme je pourrais! Mais non, non!... C'en est fait! vous ne me verrez plus! Saluez pour moi la charmante Rosa, que j'aime à l'adoration! Dites-lui que peut-être elle entendra parler de moi prochainement. Portez-vous bien, portez-vous bien, vous, mes bons et braves compagnons!

A ces mots, Conrad se mit à courir sans s'arrêter à travers les champs.

— Il y a, dit Reinhold, quelque chose d'extraordinaire dans ce jeune homme; il ne faut point mesurer ses actions d'après l'échelle ordinaire. Bientôt peut-être se dévoilera le secret qui pèse sur son cœur.

XI.

Reinhold quitte la maison de maître Martin.

Autant l'atelier de maître Martin était joyeux autrefois, autant il était devenu triste. Reinhold, incapable de travailler, restait enfermé dans sa chambre. Martin, le bras en écharpe, grondait et fulminait sans cesse contre la maladresse du méchant ouvrier étranger. Rosa elle-même, dame Marthe avec ses garçons, fuyaient le champ de bataille où s'était passée cette folle action. Frédéric fut donc obligé de terminer seul et non sans peine le grand tonneau, et, troublé par les coups de ses outils, l'atelier rendait des sons creux et sourds, comme la forêt solitaire en hiver à l'époque de l'abatage.

Une profonde tristesse remplit bientôt l'esprit de Frédéric; car les craintes qu'il avait conçues depuis longtemps se changeaient pour lui en évidente certitude. Plus de doutes; Rosa aimait Reinhold. Non-seulement autrefois les attentions de Rosa, certaines douces paroles qu'elle prononçait s'adressaient uniquement à Reinhold, mais encore, aujourd'hui que Reinhold ne pouvait sortir pour aller à l'atelier, elle ne songeait plus à s'y rendre, et préférait rester à la maison et prodiguer ses soins au bien-aimé. C'était là une preuve irrévocable.

Le dimanche, lorsque tout le monde sortait pour se livrer au plaisir, maître Martin se trouva assez bien guéri de sa blessure pour inviter Frédéric à aller avec lui et Rosa sur la promenade publique; mais il refusa, et, anéanti de douleur, tourmenté d'amoureuses inquiétudes, il se dirigea seul vers le village et vers la colline où avait eu lieu sa première entrevue avec Reinhold. Il se jeta sur l'herbe haute et émaillée de fleurs. Il songea à la manière subite dont la belle étoile de l'espérance, qui l'avait constamment guidé dans sa marche vers sa patrie, avait disparu dans une nuit profonde au moment où il croyait toucher au but. Il compara son état à celui d'un homme qui rêve, et tend les bras avec passion vers des images sans consistance et sans réalité. Alors des larmes coulèrent de ses yeux sur les fleurs, qui inclinèrent leurs têtes fragiles, comme si elles avaient pris part à la douleur cruelle du jeune compagnon.

Frédéric ne sut pas lui-même comment il se fit que les profonds soupirs qui sortaient de sa poitrine oppressée devinrent des sons et des paroles, et il chanta ce qui suit :

Las! l'étoile de l'espoir
A mes yeux se faisait voir,
Me charmait comme un doux rêve!
Mais ses beaux rayons m'ont fui;
C'est pour un autre aujourd'hui
Que mon étoile se lève!

O vents du soir, levez-vous;
Mugissez avec courroux;
Réveillez, par votre haleine,
Dans mon sein que vous battez,

Les amères voluptés
D'une inconsolable peine.

Vous, arbres de ces forêts,
Dans vos feuillages épais
Pourquoi ce triste murmure?
Et vers le sol obscurci
Pourquoi balancer ainsi
Vos panaches de verdure?

Ah! montrez-moi mon tombeau;
Montrez-moi sur ce coteau
Ma place dans la poussière!
Voilà mon lit de repos;
En butte aux fureurs des flots,
Voilà le port que j'espère.

Il arrive d'ordinaire que la plus profonde tristesse, si l'on trouve des larmes et des paroles, se transforme en une douce mélancolie, et que même une lueur d'espérance brille dans l'âme du malheureux.

C'est ce que ressentit Frédéric : lorsqu'il eut chanté sa chanson, il se trouva *singulièrement ranimé et fortifié*. Les vents du soir, le feuillage des sombres arbres qu'il avait invoqués bruissaient et murmuraient comme des voix consolatrices, et des raies de pourpre et d'or se montraient sur l'horizon obscurci comme de doux présages d'une félicité prochaine.

Frédéric se leva, descendit le coteau, et se dirigea vers le village. Il lui sembla que Reinhold marchait encore à côté de lui comme le jour de leur rencontre. Toutes les paroles que Reinhold avait prononcées lui revinrent à l'esprit. En se rappelant le conte de Reinhold au sujet de la rivalité des deux peintres, il sentit ses yeux se dessiller. Il était bien évident que déjà avant leur connaissance Reinhold devait avoir aimé Rosa : c'était cet amour qui l'avait fait venir à Nuremberg chez maître Martin, et la rivalité des deux peintres avait trait à celle qu'il y avait entre eux pour mériter la jolie Rosa.

Frédéric se rappela les paroles de Reinhold : — Concourir loyalement et sans mauvaise arrière-pensée pour obtenir le même prix, cela doit contribuer à resserrer et non pas à briser les liens qui unissent de véritables amis. La *haine dissimulée, la jalousie* mesquine ne peuvent trouver place dans de nobles cœurs.

— Oh! s'écria tout haut Frédéric, c'est à toi, à toi l'ami de mon cœur, que je veux m'adresser sans réserve; c'est à toi de me dire si toute espérance est perdue pour moi.

La matinée était déjà avancée, lorsque Frédéric frappa à la porte de la chambre de Reinhold, qui n'était pas fermée comme à l'ordinaire. Ne recevant pas de réponse, il ouvrit et entra; mais aussitôt il demeura immobile comme une statue. Devant lui était un superbe portrait de grandeur naturelle, dressé sur un chevalet et merveilleusement éclairé par les rayons du soleil. L'appui-main jeté sur la table, les couleurs humides sur la palette indiquaient qu'on venait de travailler à cette peinture. Elle représentait Rosa dans tout l'éclat de sa grâce et de sa beauté.

— O Rosa, Rosa! ô Dieu du ciel! dit Frédéric en soupirant.

Reinhold, qui venait de rentrer derrière lui, lui frappa sur l'épaule :

— Eh bien! Frédéric, lui demanda-t-il en souriant, que dis-tu de mon tableau?

— Homme divin, répondit Frédéric en le pressant contre sa poitrine, habile artiste! enfin tout s'éclaircit maintenant à mes yeux. Tu as gagné le prix pour lequel, malheureux que je suis, j'avais eu l'audace de concourir. Que suis-je donc auprès de toi? qu'est-ce que mon art auprès du tien? Hélas! moi aussi, j'avais un projet dans l'esprit. Ne va pas te moquer de moi, cher Reinhold!... Je pensais qu'il serait beau de modeler et de couler en argent fin l'image charmante de Rosa! mais c'est une entreprise d'enfant, si on la compare à la tienne! Comme elle te sourit gracieusement dans toute la splendeur de ses charmes! O Reinhold, Reinhold! homme heureux! Oui, je fais confirme tes paroles! Nous avons concouru tous deux : tu as vaincu, tu devais vaincre, mais mon attachement pour toi demeurera toujours inébranlable! Quoi qu'il en soit, il faut que je quitte cette maison, ce pays, je ne puis supporter ma peine; revoir Rosa serait pour moi le coup mortel. Pardonne-moi, mon cher, mon bon ami, aujourd'hui même, à l'instant je vais fuir, errer loin de ces lieux partout où me porteront mes *tourments amoureux* et mon malheur sans espoir!

A ces mots, Frédéric voulait sortir de la chambre; mais Reinhold le retint avec force.

— Tu ne dois pas partir, lui dit-il doucement; car tout peut arriver bien autrement que tu ne le crois. Le moment est venu où je dois te révéler ce que je t'avais caché jusqu'à présent. Tu dois savoir à présent que je ne suis pas un tonnelier, mais un peintre; et mon tableau t'aura fait remarquer, je l'espère, qu'on ne doit pas me compter au nombre des artistes médiocres. Dans ma tendre jeunesse, j'allai en Italie, la patrie des arts; j'y eus des succès. De bons maîtres s'intéressèrent à moi, alimentèrent l'étincelle qui brûlait en moi, et en firent un ardent foyer. Il en résulta que je fis de rapides progrès, que mes tableaux devinrent célèbres dans toute l'Italie, et que le puissant duc de Florence m'attira à sa cour. Alors je ne voulais pas entendre parler de l'école allemande; sans en avoir vu les peintures, je dissertais longuement sur la sécheresse, le dessin dur et incorrect de vos Durer et de vos *Lucas Cranach*. Une fois un marchand de tableaux apporta dans la galerie du duc une petite figure de Madone, du vieil Albrecht. Cette vue m'émut singulièrement; mon esprit fut détourné des tableaux peu sévères de l'école italienne, je résolus à l'instant même d'aller admirer en Allemagne, dans ma patrie, les chefs-d'œuvre dont l'étude devait m'occuper exclusivement.

J'arrivai à Nuremberg, et, lorsque je vis Rosa, il me sembla que cette vierge sainte, qui avait fait sur mon cœur une impression si merveilleuse, était vivante, animée, visible, descendue sur la terre pour s'offrir à l'admiration des hommes. J'éprouvai ce que tu as éprouvé, mon cher Frédéric; tout mon être fut consumé d'amoureuses flammes. Je ne songeai qu'à voir Rosa, tout ce qui n'était pas elle avait disparu à mes yeux; l'art même n'avait quelque valeur pour moi que parce qu'il m'offrait les moyens de retracer ses traits, de les reproduire, de les dessiner, de les peindre cent fois. Je pensai à me rapprocher d'elle au moyen d'un de ces audacieux subterfuges qui sont familiers aux Italiens; mais toutes mes peines furent inutiles, il fallait se présenter loyalement chez maître Martin, ou y renoncer. A la fin, je songeai à lui faire connaître franchement mes prétentions à la main de sa fille; mais j'appris alors qu'il était décidé à ne l'accorder qu'à un bon maître tonnelier. Je pris donc la résolution aventureuse d'aller apprendre à Strasbourg l'état de tonnelier, et d'entrer ensuite dans l'atelier de maître Martin. J'abandonnai le reste à la volonté du ciel. Tu sais comment j'ai exécuté mon projet; mais sache encore que maître Martin m'a dit, il y a quelques jours, que je deviendrais un excellent tonnelier. Il a ajouté qu'il se doutait bien que je m'efforçais de gagner les bonnes grâces de Rosa, et qu'elle répondait à ma passion, et qu'il lui serait agréable d'avoir un gendre aussi aimable et aussi estimable que moi.

— En pouvait-il être autrement? dit Frédéric accablé de douleur. Oui, oui, Rosa sera à toi! Pauvre insensé, comment ai-je pu jamais espérer un pareil bonheur?

— Frère, continua Reinhold, tu oublies que Rosa n'a pas encore confirmé elle-même la remarque du subtil maître Martin. Il est vrai que jusqu'à présent Rosa m'a témoigné beaucoup de bienveillance; mais un cœur qui aime se trahit autrement. Promets-moi, mon frère, de te comporter encore avec calme pendant trois jours, et de travailler dans l'atelier comme à l'ordinaire. Je pourrais déjà t'y tenir compagnie; mais depuis que je m'occupe avec plus d'assiduité de ce tableau, j'éprouve pour ce vil métier un dégoût indéfinissable. Il ne m'est plus possible de prendre en main un maillet; advienne que pourra. Dans trois jours, je te dirai franchement où j'en serai avec Rosa. Si réellement je suis l'heureux *mortel que Rosa a honoré* de son amour, alors tu peux partir, et tu apprendras par la suite que le temps guérit les blessures les plus profondes.

Frédéric promit d'attendre la décision de son sort.

Jusqu'au terme convenu il évita avec soin la vue de Rosa. Le troisième jour le cœur lui palpitait de crainte et d'attente. Il errait en rêvant dans l'atelier, et sa maladresse fournit à maître Martin de trop justes occasions de lui faire des reproches; ce qui lui arrivait rarement. Le maintien du maître annonçait au reste qu'il avait quelque sujet de mécontentement. Il parla longuement de fourberie méprisable, d'ingratitude, sans expliquer plus clairement ce qu'il voulait dire.

Le soir était enfin venu, et Frédéric retournait à la ville, lorsque, non loin de la porte, il vit venir à lui un cavalier qu'il reconnut pour Reinhold. Dès que celui-ci aperçut Frédéric, il s'écria :

— Ah! je te rencontre comme je le désirais.

En disant ces mots, il sauta à bas de son cheval, passa son bras dans la bride, et *prit son ami par la main*.

— Marchons un peu ensemble, dit-il, je puis te dire enfin ce qu'il est advenu de mes amours.

Frédéric remarqua que Reinhold avait l'air pâle et effaré; il avait mis les mêmes vêtements qu'il portait le jour de leur première rencontre, et son cheval était chargé d'un porte-manteau.

— Frère, dit Reinhold d'un ton un peu brusque, le bonheur ne m'a pas favorisé, tu peux cogner à ton aise sur tes tonneaux; je te cède la place, je viens justement de prendre congé de la belle Rosa et du digne maître Martin.

— Quoi! dit Frédéric, qui sentit dans tous ses membres comme une secousse électrique, tu veux partir maintenant que maître Martin désire t'avoir pour gendre et que tu es aimé de Rosa!

— Cher ami, répliqua Reinhold, c'est la jalousie qui te donne cette idée. J'en ai enfin acquis la certitude, on m'eût accepté pour époux par soumission et par obéissance; mais le cœur de Rosa est de glace pour moi, et pas une étincelle d'amour ne l'anime. Ah! ah! j'aurais *pu devenir un bon tonnelier*. Les jours de la semaine, racler des cerceaux et raboter des douves avec les apprentis; le dimanche, aller avec ma respectable ménagère à Sainte-Catherine ou à Saint-Sébald, et de là à la promenade publique, voilà quelle eût été ma vie d'un bout de l'année à l'autre! merci!

Et Reinhold éclata de rire.

— Ne raille point, interrompit Frédéric, la vie simple et paisible des bons bourgeois. Si vraiment Rosa ne t'aime pas, ce n'est pas sa faute; à quoi bon cette sauvage colère?

— Tu as raison, repartit Reinhold, mais que veux-tu! telle est ma sottise. Quand je me sens blessé, je fais du bruit comme un enfant mal élevé. Tu te doutes que j'ai parlé à Rosa de mon amour, et des favorables dispositions de son père. Les larmes lui ont coulé des yeux; sa main a tremblé dans la mienne; elle a détourné ses regards en murmurant :

— Il faut bien que je me conforme aux volontés de mon père? C'en fut assez pour moi. Mon bizarre chagrin, cher Frédéric, doit te laisser voir au fond de mon cœur; tu dois t'apercevoir qu'en me mettant sur les rangs pour obtenir Rosa, j'ai été égaré par une erreur trompeuse. Lorsque j'eus terminé le portrait de Rosa, mon cœur avait repris sa tranquillité; il me semblait souvent, par une illusion bien

Le tonnelier, qui était grand amateur d'objets d'art, la prit et la regarda en tous sens.

singulière, que Rosa n'était plus qu'un tableau inanimé, et que le tableau dont j'étais l'auteur était la véritable Rosa. Le vil métier auquel je m'étais condamné me devint intolérable; l'existence commune me parut insipide; je me figurai que devenir maître tonnelier et prendre femme, ce serait m'enfermer dans une étroite prison, m'attacher une pierre au cou; d'ailleurs, comment cette enfant céleste, telle que je la porte dans mon cœur, pourrait-elle, devenir ma femme? Non! avec sa grâce, sa jeunesse et sa beauté éternelles, elle doit briller dans les chefs-d'œuvre que créera mon imagination. Ah! comme je me complais à cette idée! Comment pourrais-je devenir apostat, moi qui suis voué au culte d'un art divin! Bientôt je me retremperai à tes brûlantes exhalaisons, Italie, délicieuse contrée, patrie des beaux-arts!

Les amis étaient arrivés à un endroit où tournait à gauche le chemin que Reinhold devait prendre.

— C'est ici que nous allons nous séparer, dit Reinhold, et il pressa longtemps et avec force Frédéric contre sa poitrine. Puis il s'élança sur son cheval, et disparut. Frédéric le suivit des yeux en silence, et retourna lentement à la maison, assiégé de sensations diverses.

XII.

Comment Frédéric fut chassé de l'atelier de maître Martin.

Le jour suivant, maître Martin, grave et silencieux, travaillait au grand tonneau commandé par l'évêque de Bamberg. Frédéric, qui le secondait, sentant vivement la douleur du départ de Reinhold, ne pouvait parler, et encore moins chanter comme à l'ordinaire; à la fin, maître Martin jeta de côté son maillet, croisa les bras, et dit d'une voix émue :

— Reinhold est donc aussi parti! c'était un peintre, un grand peintre, et il s'est moqué de moi avec sa tonnellerie. Que n'ai-je deviné cela, lorsqu'il se présenta avec toi à la maison, et qu'il dissimula avec tant d'habileté! Comme je lui aurais montré la porte! Pouvait-on s'imaginer qu'une physionomie aussi franche, aussi loyale, cachât tant de mensonge et de fourberie! Enfin, il est parti; mais toi, tu me restes fidèle, à moi et au métier. Qui sait s'il n'y a pas un moyen de resserrer les liens qui nous unissent? Quand tu seras devenu un bon maître tonnelier, que Rosa veuille de toi, et... tu me comprends, et tu peux chercher à te concilier la faveur de Rosa.

Après avoir ainsi parlé, il reprit son maillet et se remit à l'ouvrage avec ardeur.

Frédéric ne put se rendre compte de ce qui se passait en lui, mais les paroles de Martin lui déchirèrent le cœur; une inquiétude étrange le saisit, et obscurcit dans son âme toutes les lueurs de l'espérance. Rosa parut enfin à l'atelier, pour la première fois depuis longtemps; mais elle avait l'air d'être profondément concentrée en elle-même, et Frédéric remarqua avec peine qu'elle avait les yeux rougis par les larmes.

— Elle a pleuré pour lui, se dit-il à lui-même; elle l'aime pourtant!

Et il n'osait lever les yeux sur celle qu'il chérissait tant.

Le grand tonneau fut achevé, et ce fut alors seulement que maître Martin recouvra sa gaieté et sa bonne humeur, en contemplant cet heureux résultat de ses travaux.

— Oui, mon fils, dit-il à Frédéric en lui frappant sur l'épaule, je ne m'en dédis pas; fais une bonne œuvre de maîtrise, et tu deviendras mon gendre. Alors tu pourras aussi faire partie de la noble corporation des maîtres chanteurs, et aspirer à de brillantes dignités.

Chaque jour il venait à Martin de nouvelles commandes en abondance, de sorte qu'il fut obligé de prendre deux ouvriers, bons travailleurs, mais grossiers, et qui avaient contracté de mauvaises manières en voyageant.

Au lieu de gaies conversations, on n'entendait plus dans l'atelier de maître Martin que de communes plaisanteries. Au doux chant de Reinhold et de Frédéric avaient succédé des chansons d'une repoussante obcénité. Rosa évitait l'atelier, et Frédéric ne la voyait plus que rarement et en passant. Dans ces occasions, il la regardait avec une sombre tristesse, et ses soupirs lui disaient :

Il y avait dans le couloir une femme accompagnée de cinq enfants.

— Oh! chère Rosa, si je pouvais encore m'entretenir avec vous, si vous me manifestiez autant d'amitié qu'au temps où Reinhold était avec nous!

Alors elle baissait pudiquement les yeux.

— Avez-vous donc quelque chose à me dire, cher Frédéric? murmurait-elle.

Mais Frédéric demeurait immobile et incapable de prononcer une seule parole. Et le moment favorable s'envolait comme un éclair qui brille au couchant et disparaît aussitôt.

Maître Martin insistait pour que Frédéric commençât son chef-d'œuvre de maîtrise. Il avait lui-même choisi du bois de la plus belle

Paris. — Typographie de J. Best, rue Poupée, 7.

essence de chêne, sans veine ni défaut, et qui depuis plus de cinq ans était resté à l'abri dans le magasin. Personne ne devait prêter assistance à Frédéric pendant son travail, excepté le vieux Valentin.

Cependant l'obligation de vivre avec de grossiers compagnons dégoûtait chaque jour de plus en plus Frédéric de sa profession. Il sentait son cœur se serrer en songeant que son chef-d'œuvre allait à jamais décider de son sort. L'inquiétude étrange qui l'avait saisi lorsque maître Martin avait loué son attachement fidèle à son métier cessait d'être vague et indécise, et se formulait de plus en plus nettement dans sa pensée. Il s'apercevait qu'il mourrait de honte d'être voué à un état indigne de son âme d'artiste et entièrement en contradiction avec l'élévation de ses penchants. Reinhold, le portrait de Rosa lui étaient sans cesse présents à l'esprit. Son art aussi lui apparaissait dans toute sa gloire. Souvent, quand le sentiment déchirant de sa pitoyable existence était sur le point de triompher de son courage, il prétextait une indisposition et courait à Saint-Sebald. Là, il passait des heures entières à considérer l'admirable monument de Pierre Fischer.

— Oh! Dieu du ciel! se disait-il ensuite dans le ravissement de l'enthousiasme, concevoir, exécuter une œuvre semblable, y a-t-il rien au monde de plus grand et de plus beau?

Et lorsqu'il était enfin obligé de retourner à ses douves et à ses cerceaux, et qu'il songeait que c'était là le seul moyen d'obtenir Rosa, il lui semblait que son cœur saignait, étreint par des griffes brûlantes, et qu'il allait périr de désespoir au milieu d'horribles tourments. Souvent Reinhold le venait visiter dans ses rêves, et lui présentait, pour des figurines et des bronzes, de beaux dessins auxquels l'image de Rosa était merveilleusement entrelacée tantôt sous la forme d'une fleur, tantôt sous celle d'un ange. Mais il y manquait quelque chose; il remarquait qu'en dessinant Rosa, Reinhold la représentait constamment sans cœur, et il réparait cette omission. Puis, il lui semblait que toutes les feuilles et les fleurs qu'il modelait s'animaient, exhalaient de suaves odeurs, faisaient entendre de doux accords, et que le noble métal lui montrait le portrait de Rosa dans un resplendissant miroir. Dans son ardeur, Frédéric tendait-il les bras à sa bien-aimée, le portrait disparaissait dans les ombres d'un épais brouillard. La naïve Rosa se montrait elle-même à la place, et, remplie d'un violent amour, pressait le jeune homme contre son cœur.

Le conseiller Krespel.

De plus en plus las de son odieux métier, Frédéric alla chercher secours et consolation chez son ancien maître, Jehan Holzschuer. Celui-ci l'admit dans son atelier, et lui permit d'y commencer un petit ouvrage qu'il avait imaginé. Il avait fait depuis longtemps des économies sur les salaires qu'il recevait chez maître Martin, afin de se procurer l'or et l'argent nécessaires à ce travail d'orfévrerie. Il arriva ainsi que Frédéric, dont la pâleur mortelle pouvait être considérée sans peine comme le symptôme d'une maladie lente, ne travailla presque plus chez le tonnelier. Des mois entiers se passèrent sans qu'il avançât en rien dans la construction de son chef-d'œuvre, le grand tonneau de deux foudres.

Maître Martin finit par lui dire assez rudement qu'il devait au moins travailler autant que ses forces le lui permettraient, et Frédéric fut dans l'obligation absolue de prendre encore une fois la doloire, et de retourner à l'établi détesté.

Un jour, pendant qu'il travaillait, maître Martin s'approcha, et se mit à considérer les douves qu'il façonnait; mais sitôt qu'il les vit, le rouge lui monta au visage.

— Qu'est-ce que cela, Frédéric? s'écria-t-il; quelle besogne! qui donc a façonné ces douves? est-ce un ouvrier qui veut devenir maître, ou un ignorant qui s'est glissé dans l'atelier, et n'a que trois jours d'apprentissage? Un peu de réflexion, Frédéric; quel démon s'est logé en toi pour te tourmenter? Mon beau bois de chêne! ton chef-d'œuvre! maladroit, étourdi!

Tous les tourments de l'enfer dévoraient Frédéric, il lui fut impossible de se contenir plus longtemps.

— Maître, c'en est fait! dit-il en jetant la doloire loin de lui; non, dût-il m'en coûter la vie, dussé-je succomber aux souffrances d'une misère sans nom, je ne puis plus travailler à cette vile profession! j'y renonce, une force irrésistible m'entraîne vers mon art céleste! Ah! j'aime votre Rosa au dernier point, d'un amour que nul autre sur la terre ne saurait égaler! C'est pour elle seule que j'ai embrassé ce détestable métier. Je l'ai perdue à jamais, je le sais, aussi succomberai-je bientôt de douleur; mais il n'en peut être autrement. Je retourne exercer mon art, mon art sublime, chez mon vieux et respectable maître, Jehan Holzschuer, que j'ai honteusement abandonné.

Les yeux de maître Martin étincelaient comme des flambeaux ardents, et la fureur l'empêcha un instant de parler.

— Quoi! balbutia-t-il enfin, toi aussi? tu as menti, tu as dissimulé, tu m'as trompé? Vile profession! la tonnellerie! Loin de mes yeux, méchant ouvrier; sors de céans!...

En disant ces mots, maître Martin prit Frédéric par les épaules, et le jeta hors de l'atelier. Le rire moqueur des grossiers ouvriers et des apprentis le poursuivit dans sa fuite.

Seul, le vieux Valentin joignait les mains d'un air pensif: — Je m'étais bien aperçu, dit-il, que ce brave garçon avait en lui quelque chose de plus élevé que nos tonneaux.

La femme Marthe pleura beaucoup, et ses enfants se lamentèrent du départ de Frédéric, qui jouait avec eux si amicalement et leur donnait de si bons gâteaux.

XIII.

Conclusion.

Quelle que fût la colère de maître Martin contre Reinhold et Frédéric, il était cependant forcé de reconnaître qu'avec eux le plaisir et la joie avaient disparu de l'atelier. Tous les jours, ses nouveaux ouvriers lui causaient des peines et des contrariétés. Il était obligé de s'inquiéter des moindres détails, et c'était avec beaucoup de difficulté qu'il parvenait à faire exécuter à son idée l'ouvrage le moins important. Souvent il soupirait, accablé par les tourments de la journée:

— Ah! Reinhold! ah! Frédéric! disait-il, si vous ne m'aviez pas aussi indignement trompé, si vous étiez restés de bons tonneliers!

Dans l'excès de son chagrin, il alla même jusqu'à songer à se retirer du commerce.

Un soir, dans cette sombre disposition d'esprit, il était assis chez lui, lorsque M. Jacobus Paumgartner entra à l'improviste, accompagné de maître Jehan Holzschuer. Martin se douta bien qu'il allait être question de Frédéric; et, en effet, M. Paumgartner fit bientôt tomber la conversation sur le compte du jeune homme, dont maître Holzschuer se mit aussitôt à faire un pompeux panégyrique. Il croyait, disait-il, il était persuadé que, grâce à son application, grâce à ses dispositions naturelles, non-seulement Frédéric pourrait devenir un excellent orfévre, mais encore que, comme fondeur de statues, il était appelé à marcher directement sur les traces de Pierre Fischer. Enfin, M. Paumgartner commença à faire de vifs reproches à Martin sur le traitement qu'en avait essuyé Frédéric. Tous deux furent d'avis que, si Frédéric devenait un habile orfévre et fondeur, maître Martin devait lui donner Rosa pour femme, dans le cas où celle-ci répondrait à la passion ardente qu'il avait pour elle.

Maître Martin les laissa débiter leur tirade; puis il ôta son petit bonnet, et dit en souriant :

— Mes chers messieurs, vous vous intéressez vivement à l'ouvrier qui m'a trompé d'une manière aussi odieuse. Je veux bien, en votre faveur, lui pardonner sa conduite; mais ne me demandez pas de renoncer pour lui à ma résolution bien arrêtée. Je vous le dis une fois pour toutes, jamais il ne sera l'époux de ma fille.

En ce moment entra Rosa pâle comme la mort, et les yeux rougis par les larmes. Elle mit en silence des verres et du vin sur la table.

— Eh bien! reprit alors M. Holzschuer, il faut donc que je consente à laisser s'éloigner ce pauvre Frédéric, qui veut quitter pour toujours sa patrie. Il a fait chez moi une jolie pièce d'orfévrerie, et, si vous le permettez, mon cher maître, il a l'intention de l'offrir comme souvenir à votre Rosa. Regardez!

En disant ces mots, maître Holzschuer exhiba une petite coupe d'argent travaillée avec une délicatesse infinie, et la présenta à maître Martin. Le tonnelier, qui était grand amateur des objets d'art, la prit, la regarda dans tous les sens, et le clignotement de ses petits yeux témoigna de la satisfaction que lui faisait éprouver cet examen.

En effet, on ne pouvait voir de pièce d'argenterie plus belle que cette petite coupe. Des pampres et des roses s'entrelaçaient gracieusement à l'entour, et du sein des fleurs et des boutons qui s'épanouissaient sortaient de charmantes figures d'anges. D'autres anges, qui se tenaient embrassés, étaient ciselés dans l'intérieur sur le fond doré; quand l'on versait du vin dans la coupe, ces anges semblaient s'y plonger et s'y jouer avec grâce.

— En effet, dit maître Martin, cette coupe est artistement faite, et je me propose de la garder si Frédéric veut accepter de moi le double de sa valeur en bonnes pièces d'or.

Et maître Martin remplit la coupe et la porta à ses lèvres.

Au même instant la porte s'ouvrit doucement, et Frédéric parut. Son visage blême et décomposé portait les traces de la douleur mortelle dont l'accablait l'idée de se séparer éternellement de celle qui lui était la plus chère au monde.

— O mon cher Frédéric! s'écria Rosa d'une voix déchirante, sitôt qu'elle l'eut aperçu, et elle tomba presque évanouie sur le sein de son amant.

Lorsque maître Martin vit Rosa entre les bras de Frédéric, il posa la coupe, et ouvrit des yeux aussi grands que s'il eût vu des fantômes. Puis il se leva rapidement :

— Rosa, dit-il d'une voix forte, Rosa, aimes-tu donc Frédéric?

— Ah! répondit Rosa en balbutiant, je ne puis le cacher plus longtemps, je l'aime *comme ma vie; lorsque vous l'avez renvoyé*, mon cœur a été près de se déchirer.

— Alors embrasse ta fiancée, Frédéric; oui, oui, ta fiancée, dit maître Martin.

Saisis d'étonnement, Paumgartner et Holzschuer se regardèrent; mais maître Martin continua, la coupe à la main :

— Seigneur, qui êtes aux cieux! tout n'est-il pas arrivé comme la vieille l'avait prédit!

Tu recevras maisonnette splendide,
Faite avec art;
On y verra couler, pur et limpide,
Un doux nectar.
Anges ailés à la riche auréole,
Rangés autour,
En rempliront l'éclatante coupole
De chants d'amour.

Comme aux regards l'édifice étincelle
D'argent et d'or!
C'est un amant qui t'offrira, ma belle,
Pareil trésor.
Entre les bras celui-là sans mystère
Sera pressé;
Tu le prendras, sans consulter ton père,
Pour fiancé.

— Insensé que j'étais! voilà la splendide maisonnette, les anges, le fiancé! eh! eh! messieurs, enfin tout va bien; mon gendre est trouvé.

Vous est-il arrivé d'avoir l'esprit troublé par un mauvais rêve, de vous croire couché dans la profonde nuit du tombeau, et de vous réveiller tout à coup par un beau printemps, à la clarté d'un soleil radieux, au gazouillement des oiseaux? Parfois, après l'agitation d'un songe pénible, votre bien-aimée est-elle venue vous donner un doux baiser, et avez-vous contemplé le ciel dans son gracieux visage? Si vous avez éprouvé cette alternative d'émotions tristes et délicieuses, vous comprendrez celles de Frédéric, et quel fut l'excès de sa félicité. Incapable d'articuler un seul mot, il serrait avec force Rosa dans ses bras comme s'il eût craint de la quitter. Enfin elle s'en dégagea doucement, et le conduisit auprès de son père.

— *En est-il vraiment ainsi, mon cher maître! vous m'accordez* la main de Rosa, et je puis reprendre ma première profession?

— Oui, oui, répondit maître Martin, sois-en bien persuadé: puis-je donc faire autrement, puisque tu as accompli la prédiction de la vieille grand'mère? Ton chef-d'œuvre restera inachevé.

— Non, mon cher maître! reprit Frédéric la figure épanouie par la joie; si cela vous est agréable, je terminerai mon beau tonneau avec plaisir et courage. Ce sera ma dernière œuvre de tonnelier, et je retournerai ensuite à mes fourneaux.

— Oui, mon bon et brave fils! dit maître Martin, dont les yeux étaient brillants de joie; oui, termine ton chef-d'œuvre, et puis nous ferons la noce.

Frédéric remplit loyalement sa promesse, et termina son tonneau de deux foudres. Tous les maîtres déclarèrent qu'il eût été difficile d'exécuter une plus belle pièce de tonnellerie. Maître Martin s'en réjouit fort, et demeura convaincu que le ciel n'aurait pu lui accorder un gendre plus accompli.

Le jour du mariage était enfin arrivé; le tonneau de maîtrise de Frédéric, rempli de noble vin et couronné de fleurs, était dressé dans le vestibule de la maison. Les maîtres de la corporation des tonneliers s'étaient réunis avec leurs femmes, ayant à leur tête le conseiller Jacobus Paumgartner. Les maîtres orfèvres les suivaient. Au moment où le cortége allait se rendre à l'église Saint-Sébald, pour y célébrer la cérémonie nuptiale, un bruit de trompettes retentit dans la rue, et l'on entendit des chevaux hennir et piaffer devant la maison de Martin. Il courut à la fenêtre, et vit s'arrêter sous le balcon le sire Henri de Spangenberg, vêtu d'un brillant costume de fête, et à quelque pas derrière lui un jeune et beau cavalier monté sur un vigoureux coursier, une épée étincelante à son côté, et la tête couverte d'une barrette garnie de pierreries et de longues plumes de diverses couleurs. A côté du cavalier, maître Martin vit une dame, non moins richement habillée, sur une haquenée dont la robe avait la blancheur de la neige récemment tombée. Des pages et des serviteurs en habits magnifiques formaient un cercle autour de ces nobles personnages.

Les trompettes se turent, et le vieux seigneur de Spangenberg leva la tête :

— Hé! hé! maître Martin, dit-il, ce n'est ni pour votre cave ni pour vos coffres pleins d'or que je viens ici, mais uniquement pour assister au mariage de Rosa. Voulez-vous me permettre d'entrer, mon cher maître?

Maître Martin se rappela ce qu'il avait dit, et se sentit un peu honteux. Il descendit promptement, et vint recevoir le gentilhomme. Le vieux seigneur descendit de cheval, le salua et entra dans la maison. Des pages accoururent; la dame glissa entre leurs bras, en bas de sa haquenée; le chevalier lui offrit la main, et suivit le sire de Spangenberg.

Mais à peine maître Martin eut-il regardé le jeune homme, qu'il fit un saut de *trois pas en arrière*, joignit les mains et s'écria :

— O Dieu du ciel! Conrad!

— Lui-même, dit en souriant le cavalier; oui, cher maître, je suis votre ouvrier Conrad. *Pardonnez-moi seulement la* blessure que je vous ai faite. Vraiment, cher maître, j'aurais dû vous assommer, vous devez en convenir vous-même; mais enfin tout s'est passé autrement.

Maître Martin, tout troublé, répondit qu'après tout il valait mieux qu'il n'eût pas été assommé, et que la doloire ne lui avait fait qu'une légère égratignure.

Grandes furent la joie et la surprise lorsque Martin parut avec les nouveaux convives dans la chambre où étaient réunis les fiancés et la compagnie. On remarqua avec étonnement que la belle dame ressemblait presque trait pour trait à la charmante fiancée, comme si c'eût été sa sœur jumelle. Le jeune chevalier s'approcha avec une noble aisance de la fille du tonnelier :

— Permettez, charmante Rosa, lui dit-il, que Conrad assiste à votre mariage. N'est-ce pas, vous n'êtes plus irritée contre cet ouvrier sauvage et inconséquent qui a failli causer un grand malheur?

Frédéric, Rosa et maître Martin se regardaient avec embarras et stupéfaction. Le vieux sire de Spangenberg prit la parole :

— Tout cela est un rêve pour vous, et je dois vous aider à en sortir. Voici mon fils Conrad, et vous voyez ici sa chère épouse, appelée Rosa, comme la jolie fiancée. Vous souvenez-vous, maître Martin, de notre conversation? Lorsque je vous demandais si vous refuseriez votre Rosa à mon propre fils, mes questions avaient un but tout particulier. Le jeune homme était amoureux fou de votre fille, et, à force d'instances, il me décida à mettre toutes convenances de côté et à me rendre son interprète auprès de vous. Mais quand je lui dis de quelle manière étrange vous m'aviez éconduit, l'étourdi s'introduisit chez vous en qualité de tonnelier dans l'intention de se faire bien venir de Rosa et de l'enlever ensuite. Enfin, vous l'avez guéri au moyen de ce bon coup qui lui fut appliqué sur les reins. Je vous en remercie, puisqu'il a rencontré une noble demoiselle qui pourrait bien être la Rosa dont l'image était dans son cœur dès le commencement de sa passion.

Pendant ce discours, la dame avait salué la fiancée avec une douceur enchanteresse, et lui avait passé au cou un riche collier de perles comme présent de noce.

— Vois, ma chère Rosa, dit-elle ensuite en tirant un bouquet tout fané du milieu des fleurs fraiches qui brillaient sur son sein, vois, ma chère Rosa, voici le bouquet que tu as donné autrefois à mon Conrad pour prix de la lutte; il l'a conservé fidèlement jusqu'au jour où il m'a vue, puis il t'est devenu infidèle et m'en a fait présent. N'en sois pas affligée.

— Ah! noble dame, répliqua Rosa les joues vivement colorées et les yeux pudiquement baissés, pourquoi tenir un pareil langage? Ce gentilhomme pouvait-il aimer une pauvre fille comme moi? Vous étiez son unique amour; et parce que je m'appelle aussi Rosa et que je vous ressemble un peu, comme je l'entends dire, il m'a prise pour vous, et c'est vous qu'il recherchait en moi.

Pour la seconde fois, le cortége allait se mettre en mouvement, lorsqu'il parut un jeune homme costumé à l'italienne, en vêtements de velours noir, avec une gracieuse fraise de dentelle et une riche chaîne d'or autour du cou.

— O Reinhold, mon Reinhold! s'écria Frédéric; et il tomba dans les bras du jeune homme.

— Reinhold, notre brave Reinhold est revenu! crièrent joyeusement à leur tour maître Martin et la fiancée.

— Ne te l'avais-je pas assuré, mon cher Frédéric, dit Reinhold en embrassant de nouveau son ami, que tout pouvait encore s'arranger à merveille pour moi? J'arrive de loin exprès pour fêter avec toi le jour de ton mariage; et voici un tableau que j'ai peint pour toi et que je t'ai apporté : tu le suspendras dans ta maison comme un souvenir éternel.

A ces mots il appela au dehors, et deux domestiques entrèrent, soutenant un grand tableau enrichi d'un cadre doré, et qui représentait maître Martin avec ses ouvriers, Reinhold, Frédéric et Conrad, travaillant ensemble au grand tonneau, au moment où la charmante Rosa entrait dans l'atelier.

Tout le monde fut étonné de la vérité, des poses naturelles et du coloris brillant de cette œuvre d'art.

— Eh! dit Frédéric en souriant, c'est donc là ton chef-d'œuvre comme tonnelier? Le mien est en bas sous le vestibule, mais bientôt j'en ferai un autre.

— Je sais tout, répondit Reinhold, et je t'estime heureux. Sois toujours attaché à ton art, qui s'accommode mieux que le mien de la vie d'intérieur et des soins du ménage.

Au repas de noce, Frédéric fut assis entre les deux Rosa, et maître Martin en face de lui, entre Conrad et Reinhold. Alors M. Paumgartner remplit jusqu'aux bords la coupe de Frédéric d'un vin généreux, et but à la prospérité de maître Martin et de ses braves ouvriers. Puis la coupe circula à la ronde, et le vieux gentilhomme Henri de Spangenberg, et après lui tous les respectables maîtres, la vidèrent successivement à la santé de maître Martin et de ses braves compagnons.

LE CONSEILLER KRESPEL[1].

Le conseiller Krespel est un des hommes les plus singuliers que j'aie rencontrés de ma vie. Lorsque j'allai à H... pour m'y arrêter quelque temps, un trait d'extravagance des plus bizarres venait de le rendre l'objet de toutes les conversations.

Krespel était considéré comme un savant et habile jurisconsulte, et un adroit diplomate. Un prince régnant d'Allemagne l'avait chargé de rédiger un mémoire destiné à être adressé à la cour impériale, et qui avait pour but de faire valoir des droits à certain territoire. Le résultat fut des plus heureux. Krespel s'étant plaint une fois de n'avoir jamais pu trouver une habitation à sa convenance, le prince, pour le récompenser de son mémoire, s'engagea à faire les frais d'une maison, dont Krespel dirigerait la construction au gré de ses désirs. Le prince voulait même payer un terrain au choix de Krespel; mais celui-ci n'accepta pas, et résolut de faire bâtir sa maison dans un beau jardin qu'il possédait aux portes de la ville.

Il acheta tous les matériaux nécessaires et les fit conduire au lieu qu'il avait fixé. Puis on le vit chaque jour, vêtu d'habits singuliers, qu'il avait au reste confectionnés lui-même d'après des principes particuliers, éteindre la chaux, tamiser le sable, entasser symétriquement les moellons, etc. Il ne s'était entendu avec aucun architecte, et n'avait adopté aucun plan. Un beau jour il alla chez un bon maître maçon, et le pria de se trouver le lendemain à son jardin dès l'aurore, avec un grand nombre d'ouvriers, de compagnons et de manœuvres, afin de bâtir son habitation.

Le maître maçon demanda naturellement à voir le plan, et ne fut pas médiocrement étonné lorsque Krespel répondit que cela n'était nullement nécessaire, et que tout irait le mieux du monde. Lorsque le lendemain le maître arriva avec ses gens à l'endroit désigné, il y trouva un fossé tracé régulièrement en carré.

— C'est ici, dit Krespel, que doivent être posés les fondements de ma maison; je vous prie d'élever ensuite les quatre murs jusqu'à ce que je dise : C'est assez.

— Sans porte ni fenêtres, sans mur transversal! interrompit le maître maçon comme effrayé de la folie de Krespel.

— Faites comme je vous le dis, mon cher, répondit fort tranquillement Krespel, le reste viendra après.

La promesse d'une riche récompense engagea seule le maître maçon à entreprendre cette étrange construction. Jamais édifice ne fut élevé plus joyeusement. Il avança au milieu des rires continuels des ouvriers, qui ne quittèrent point leur travail, parce qu'on leur donna en abondance à boire et à manger. Les quatre murs montèrent avec une vitesse incroyable, jusqu'à ce que Krespel cria :

— Halte!

Aussitôt toutes les pioches se turent; les ouvriers descendirent des échafaudages, et environnèrent Krespel. Leurs physionomies exprimaient une curiosité inquiète, et ils semblaient se demander :

— Que faut-il faire à présent?

— Place! s'écria Krespel.

Il alla à un bout du jardin, et marcha lentement vers son carré. Arrivé tout près du mur, il secoua la tête d'un air mécontent, se dirigea vers l'autre extrémité du jardin, revint encore au carré, et donna les mêmes signes de mauvaise humeur. Il réitéra plusieurs fois cette manœuvre; puis enfin, venant se cogner rudement le bout du nez contre le mur, il s'écria :

— Accourez, accourez, vous autres! percez-moi une porte, percez-moi une porte ici.

Il donna la hauteur et la largeur exactes de l'ouverture par pieds et par pouces, et l'on exécuta ses ordres. Il entra dans l'édifice, et sourit de plaisir lorsque le maître lui fit l'observation que les murs avaient juste la hauteur d'une belle maison à deux étages. Krespel se promena tout pensif dans l'intérieur de la bâtisse; derrière lui se tenaient les maçons, munis de pioches et de marteaux; sitôt qu'il criait :

— Ici une fenêtre, haute de six pieds, large de quatre!... Là une petite fenêtre, haute de trois pieds, large de deux!

Les ouvertures qu'il demandait étaient percées à l'instant.

Ce fut précisément pendant cette opération que j'arrivai à H..., et c'était vraiment curieux à voir. Des centaines de badauds entouraient le jardin. Chaque fois que les pierres tombaient et qu'une nouvelle fenêtre apparaissait, là où l'on ne s'attendait pas à en voir, de grands cris d'allégresse se faisaient entendre. Krespel agit de même pour toutes les constructions nécessaires à l'achèvement de sa maison, que l'on termina d'après ses indications spontanées.

Le ridicule de toute l'entreprise, la conviction acquise que tout avait fini par s'arranger, et surtout la générosité de Krespel, qui à la vérité ne lui coûtait rien, maintinrent tout le monde en bonne humeur. On parvint à lever les difficultés que devait amener cette singulière manière de bâtir, et en peu de temps parut une maison bien complète, dont l'extérieur offrait l'aspect le plus bizarre, aucune fenêtre ne ressemblant à une autre, mais dont l'arrangement intérieur causait une satisfaction toute particulière. Ceux qui y entraient le certifiaient, et j'en fis moi-même l'épreuve, lorsque Krespel m'y conduisit, après que nous eûmes fait plus ample connaissance.

Jusqu'alors je n'avais pas encore parlé à cet homme singulier. Sa bâtisse l'occupait tellement, qu'il n'alla même pas dîner le mardi chez le professeur M....., comme il le faisait ordinairement. Sur l'invitation expresse de celui-ci, Krespel lui fit dire qu'il ne mettrait pas le pied hors de chez lui avant l'inauguration de sa nouvelle demeure. Ses amis et ses connaissances comptaient sur un grand dîner pour ce jour-là, mais Krespel n'avait invité que le maître, les ouvriers, les compagnons et les manœuvres qui avaient bâti sa maison; il les régala des mets les plus recherchés. Des maçons dévorèrent sans égards des pâtés de perdrix, des menuisiers rabotèrent avec délice des faisans rôtis, et des manouvriers affamés manœuvrèrent à merveille en dépeçant des morceaux de fricassée aux truffes. Le soir vinrent les femmes et les filles des convives. Il y eut un grand bal. Krespel valsa avec les femmes des maîtres, puis il s'assit auprès des musiciens, prit un violon, et dirigea l'orchestre jusqu'au jour.

Le mardi d'après cette fête, qui rendit Krespel populaire, je le trouvai enfin, à mon grand plaisir, chez le professeur M.... On ne peut se figurer rien de plus original que la manière d'être de Krespel. Roide et lourd dans ses mouvements, on eût cru qu'à chaque instant il allait se heurter quelque part, ou faire quelque dégât; mais cela n'arriva point. La maîtresse de la maison était au fait de ses allures, car elle n'eut l'air aucunement effrayée en le voyant tourner à grands pas autour d'une table chargée de tasses précieuses, toucher à une grande glace qui descendait jusqu'à terre, et même prendre un magnifique vase à fleurs en porcelaine supérieurement peint et le faire voltiger en l'air comme pour en faire jouer les reflets. Avant le dîner, Krespel passa un examen général de tout ce qui se trouvait chez le professeur; il monta sur un fauteuil bien rembourré pour décrocher du mur un tableau, qu'il remit ensuite en place. Il parla beaucoup et avec vivacité. Tantôt, et ce fut surtout remarquable à table, il sautait rapidement d'un sujet à un autre; tantôt il ne pouvait se détacher d'une idée, et la reprenait sans cesse, tombait dans d'éton-

[1] Traduit par M. Loève-Veimar sous le titre du *Violon de Crémone*. Nous avons préféré notre titre avec d'autant plus de raison, que, dans tout le conte, il n'est question qu'une seule fois d'un violon de Crémone. (*Note du Traducteur*.)

nantes erreurs, et ne pouvait plus ressaisir le fil de ses pensées, jusqu'à ce qu'un autre objet vînt le captiver. Il avait le ton tantôt rauque et criard, tantôt sourd et chantant, mais jamais en harmonie avec ce qu'il disait.

Il fut question de musique, on fit l'éloge d'un nouveau compositeur. Krespel sourit, et dit de sa voix sourde et chantante :

— Je voudrais que Satan enfonçât cet infâme croque-note à dix mille toises au fond des enfers !

Puis il reprit avec violence et d'un air farouche :

— Quant à elle, c'est un ange du ciel ; ses accords sont purs comme les hymnes adressés à Dieu ! C'est la lumière, c'est l'étoile de tous les chants !

En même temps il avait les larmes aux yeux. Il fallait se souvenir qu'une heure auparavant on avait parlé d'une célèbre cantatrice.

On servit un rôti de lièvre. J'observai que Krespel ôtait avec soin la viande des os qui étaient sur son assiette, et demandait avec instance les pattes du lièvre, que la petite fille du professeur, âgée de cinq ans, lui apporta avec un sourire amical. Pendant tout le dîner, les enfants avaient regardé le conseiller d'un air d'intelligence ; mais alors ils se levèrent tous, et s'approchèrent de lui, avec respect toutefois et en se tenant à la distance de trois pas. — Qu'est-ce que cela va devenir? me dis-je à moi-même. Au dessert, le conseiller tira de sa poche une boite, dans laquelle il y avait un petit tour en acier. Il le vissa à la table, et se mit à tourner les os du lièvre avec une adresse et une rapidité inconcevables. Il en fit toutes sortes de tabatières, de boites, de billes, d'une dimension microscopique, et que les enfants reçurent avec allégresse.

Au moment de se lever de table, la nièce du professeur demanda :

— Que devient notre Antonie, mon cher conseiller ?

Krespel fit la mine d'un homme qui a mordu une orange amère, et veut paraître avoir goûté quelque chose de doux ; mais bientôt ses traits se contractèrent affreusement, et prirent l'expression d'une ironie bien furieuse, et qui me parut même diabolique.

— Notre..... notre chère Antonie? demanda-t-il d'une voix lente et désagréable.

Le professeur se hâta d'approcher. Dans le coup d'œil de reproche qu'il lança à sa nièce, je lus que celle-ci venait de toucher un point douloureux pour Krespel.

— Où en êtes-vous avec les violons? dit gaiement le professeur en prenant le conseiller par les deux mains.

La figure de Krespel se radoucit un peu, et il répondit de sa voix forte :

— Cela va à merveille, professeur ; c'est seulement aujourd'hui que j'ai ouvert le fameux violon d'Amati, dont je vous ai déjà parlé, et qu'un heureux hasard a fait tomber entre mes mains. J'espère qu'Antonie aura achevé de le démonter avec soin.

— Antonie est une bonne fille, dit le professeur.

— Oui vraiment, s'écria le conseiller ; et, se retournant vivement, il prit son chapeau et sa canne, et sortit précipitamment. Je vis dans la glace que de grosses larmes lui roulaient dans les yeux.

Dès que le conseiller fut parti, je priai le professeur de me dire de suite ce q e c'était que ces violons et surtout quelle était la situation d'Antonie.

— Ah! me dit le professeur, comme le conseiller est en tout un homme très-bizarre, il a la manie de faire des violons d'une manière tout à fait curieuse.

— De faire des violons ! dis-je tout étonné.

— Oui, continua le professeur, et, au dire des connaisseurs, Krespel confectionne les meilleurs violons qu'on fasse de notre temps. Autrefois, lorsqu'il avait bien réussi, il laissait d'autres personnes jouer de ses instruments ; mais depuis quelque temps il a changé de manière. Lorsqu'il a fait un violon, il en joue lui-même pendant une ou deux heures, avec une grande supériorité et une expression entraînante ; puis il le pend auprès des autres, n'y touche plus, et ne souffre pas qu'on y touche. Y a-t-il quelque part un violon d'un vieux maître, le conseiller le déterre et l'achète au prix qu'on en demande. Il n'en joue qu'une seule fois, ainsi que de ses autres violons, puis il le démonte, pour en examiner avec attention la construction intérieure, et s'il n'y trouve pas positivement ce qu'il y cherchait d'après ses idées, il en jette avec humeur les morceaux dans une grande caisse déjà pleine de débris de violons démontés.

— Mais quels sont ses rapports avec Antonie?

— Ils seraient, reprit le professeur, de nature à me faire détester le conseiller au plus haut point, si je n'étais convaincu, vu la sensibilité et le bon caractère de Krespel, qu'il y a là-dessous un mystère inexplicable. Il y a quelques années, lorsque le conseiller vint s'établir à H..., il vivait en anachorète avec une vieille ménagère, dans une sombre maison de la rue de...... Il excita bientôt par sa singularité la curiosité des voisins. Sitôt qu'il s'en aperçut, il chercha et trouva des connaissances. Chez tout le monde, comme chez moi, on s'accoutuma si bien à lui, qu'il devint indispensable. Malgré ses manières peu engageantes, les enfants mêmes l'aimaient, sans toutefois lui devenir à charge ; car à leur amitié pour lui se joignit toujours une sorte de respect qui le garantit de toute importunité. Vous avez vu aujourd'hui quels sont les talents qui lui concilient l'affection des enfants...

Nous le primes pour un vieux célibataire, et il ne nous contredit pas. Après avoir passé ici quelque temps, il fit un voyage, personne ne sait où, et revint au bout de plusieurs mois. Le lendemain au soir du retour de Krespel, ses fenêtres étaient éclairées d'une manière inaccoutumée, ce qui attira l'attention des voisins. Bientôt on entendit une merveilleuse voix de femme, qu'accompagnait un piano ; puis les sons d'un violon montèrent en même temps que la voix, et semblèrent lutter d'énergie avec elle. On reconnut de suite que c'était le conseiller qui jouait. Je me mêlai moi-même à la foule, qui s'était rassemblée devant la maison, pour entendre cet étonnant concert, et je dois avouer qu'auprès de la voix de l'inconnue qui pénétrait jusqu'au fond de l'âme, la voix des plus célèbres cantatrices me parut faible et sans expression. Je n'avais point l'idée de ces notes bien soutenues, de ces roulades de rossignol qui montaient et descendaient, de ces sons élevés jusqu'au diapason de l'orgue, pour revenir graduellement au pianissimo. Il n'y avait personne qui ne fût dans l'extase, et, lorsque la cantatrice se tut, de silencieux soupirs se firent entendre. Il était déjà minuit, tout à coup le conseiller éleva la voix ; il paraissait parler avec violence ; à en juger par les inflexions, une autre voix d'homme lui faisait des reproches, et par intervalles une femme se plaignait en paroles entrecoupées. Les cris du conseiller devinrent de plus en plus éclatants et finirent par prendre cet accent lent et psalmodique, que vous lui connaissez. Un cri terrible de la jeune fille l'interrompit, puis il y eut un silence de mort, et l'on entendit descendre rapidement l'escalier. Un jeune homme sortit en sanglotant, se jeta dans une chaise de poste qui était près de là, et s'éloigna aussitôt.

Le lendemain le conseiller parut fort calme. Personne n'eut le courage de lui demander ce qui s'était passé la nuit précédente ; mais on fit quelques questions à la femme de ménage. Elle répondit que le conseiller avait amené avec lui une jeune et belle demoiselle appelée Antonie, et que c'était elle qui avait si bien chanté ; qu'il était aussi venu un jeune homme, qu'il était tendre avec Antonie et devait être son futur époux ; qu'il avait été obligé de partir de suite, parce que le conseiller l'avait exigé absolument.

Quels sont les rapports d'Antonie avec le conseiller, c'est ce qu'on ne sait pas encore ; mais ce qu'il y a de certain, c'est qu'il tyrannise cette pauvre fille de la manière la plus odieuse. Il la surveille comme le docteur Bartholo sa pupille dans *le Barbier de Séville* ; c'est tout au plus si elle peut se montrer à la fenêtre. La mène-t-il en société après s'être fait longtemps prier, il la poursuit sans cesse avec des yeux d'Argus, et ne permet sous aucun prétexte qu'on fasse entendre devant elle une seule note de musique, et encore moins qu'Antonie chante, ce qui, du reste, lui est également interdit chez elle. Depuis la nuit de son arrivée, le chant d'Antonie est devenu pour le public comme une vague rêverie, et l'opinion s'est accréditée que c'est une céleste merveille. Ceux même qui ne l'ont jamais entendu disent souvent, lorsqu'ils assistent ici au début de quelque cantatrice : — Qu'est-ce que c'est que ce glapissement trivial? il n'y a qu'Antonie qui sache chanter. —

Vous savez combien les choses fantastiques frappent mon imagination. Le récit du professeur, comme vous le pouvez penser, me donna vivement l'envie de faire la connaissance d'Antonie. J'avais souvent entendu faire l'éloge de son chant ; mais je ne me doutais pas que cette charmante fille fût à H..., retenue dans les liens de ce fou de Krespel, comme sous le pouvoir d'un enchantement tyrannique. Tout naturellement, la nuit suivante, j'entendis en rêve le chant merveilleux d'Antonie. Elle me conjurait de la sauver dans un ravissant adagio que je m'imaginai avoir composé moi-même. Je fus bientôt résolu à pénétrer dans la maison de Krespel, comme Astolphe dans *le palais enchanté d'Alcine*, pour délivrer la reine du chant d'une honteuse et pénible captivité.

Tout arriva autrement que je l'avais présumé ; car, à peine eus-je vu le conseiller deux ou trois fois, et parlé avec chaleur de la manière de faire de bons violons, qu'il m'engagea lui-même à aller le voir chez lui. Je le fis, et il me montra toutes ses richesses en violons. Il y en avait bien une trentaine de suspendus dans un cabinet, et au milieu d'eux on en distinguait un qui portait tous les caractères de l'antiquité, une tête de lion sculptée, etc. Surmonté d'une couronne de fleurs et accroché plus haut que les autres, il semblait les dominer en souverain.

— Ce violon, dit Krespel lorsque je l'eus questionné, est un chef-d'œuvre d'un maître inconnu, probablement contemporain de Tartini. Je suis persuadé qu'il y a dans sa structure intérieure quelque chose de particulier, et qu'en le démontant, je découvrirai un secret que je cherche depuis longtemps. Moquez-vous de moi si vous voulez : cet objet inanimé, auquel je donne le son et la vie, me parle souvent comme spontanément et d'une manière étrange. La première fois que j'en jouai, il me sembla que je n'étais que le magnétiseur, qui met un somnambule en mouvement, et lui fait exprimer ses pensées par la parole. Ne croyez pas surtout que je sois assez fou pour croire à de pareilles chimères ; mais ce qu'il y a de particulier, c'est que je n'ai jamais pu prendre sur moi de mettre en pièces cette machine sans idées et sans vie. Je suis bien aise maintenant de ne l'avoir pas fait ; car depuis qu'Antonie est ici, je lui joue quelquefois de ce violon, et elle m'entend avec beaucoup de plaisir... beaucoup de plaisir.

Le conseiller prononça ces paroles avec une émotion visible; cela m'encouragea à lui dire :

— O mon cher monsieur le conseiller, ne voudriez-vous pas en jouer en ma présence?

Krespel fit sa grimace aigre-douce, et dit de sa voix lente et psalmodique :

— Non, mon cher monsieur l'étudiant.

Il n'en fut plus question. Je fus encore obligé d'examiner avec lui grand nombre de raretés, la plupart puériles. Enfin il prit dans une petite boîte un papier plié qu'il me mit dans la main, et d'un ton solennel :

— Vous êtes, me dit-il, un ami de l'art; acceptez ce présent comme un précieux souvenir, qui devra toujours vous rester cher par-dessus tout.

En disant cela, il me poussa très-doucement par les épaules du côté de la porte, et m'embrassa sur le seuil. Dans le fait, c'était m'éconduire d'une manière symbolique. Lorsque j'ouvris le papier, je trouvai un morceau de chanterelle, long d'environ un huitième de pouce, avec cette étiquette :

MORCEAU DE LA CHANTERELLE
DONT STAMITZ MONTA SON VIOLON
LORSQU'IL DONNA SON DERNIER CONCERT.

La façon assez brutale dont il me congédia lorsque je lui parlai d'Antonie, me fit croire que je ne la verrais jamais. Il n'en fut rien, car, à ma seconde visite, je trouvai Antonie dans la chambre du conseiller, l'aidant à monter un violon. Au premier abord, l'extérieur d'Antonie ne faisait pas une impression bien vive; mais on ne pouvait bientôt détacher les regards de dessus ses yeux bleus, ses jolies lèvres rosées, sa tournure délicate et distinguée. Elle était très-pale; mais s'il se disait quelque chose de piquant ou de spirituel, elle souriait doucement, et ses joues se couvraient d'un incarnat brûlant, qui n'y laissait bientôt qu'une teinte rosée.

Je causai sans contrainte avec Antonie, et je ne remarquai nullement ces regards d'Argus de Krespel, dont le professeur m'avait parlé. Sa conduite fut celle qu'il tenait d'habitude, et même il parut trouver bon que j'eusse lié conversation avec Antonie. Cela fit que je visitai souvent le conseiller. Nous nous accoutumâmes tous trois réciproquement à nous voir, et nous trouvions dans notre petit cercle des charmes qui nous réjouissaient jusqu'au fond du cœur. Malgré ses bizarreries, le conseiller était fort divertissant; mais Antonie seule m'attirait par un irrésistible enchantement, et me faisait supporter bien des choses capables d'exciter mon impatience. En effet, avec ses idées originales et excentriques, le conseiller était parfois ennuyeux et insipide; mais ce qui me contrariait surtout, c'est qu'aussitôt que l'entretien tombait sur la musique, et surtout sur le chant, il l'interrompait brusquement avec son ton psalmodique et désagréable, et d'un air satanique, il mettait sur le tapis un sujet tout différent et souvent des plus communs. A la tristesse que je lisais dans les regards d'Antonie, je devinais que c'était dans le but de couper court à la demande de chanter que j'allais lui faire. Je ne cédai pas; avec les obstacles que m'opposait le conseiller s'accrurent mes désirs de les surmonter; des rêves et des espérances ne me suffisaient pas, je voulais entendre chanter Antonie.

Un soir donc, Krespel était d'une humeur excellente. Il avait démonté un vieux violon de Crémone, et on avait trouvé l'âme placée une demi-ligne plus obliquement que de coutume, découverte importante et précieuse pour la pratique! Je réussis à l'animer en parlant de la véritable manière de jouer du violon. Krespel dit que les vieux maîtres composaient d'après des chanteurs véritablement dignes de ce nom, et je fis la réflexion que maintenant le chant se réglait sur le jeu disgracieux des instrumentistes.

— Quoi de plus absurde? m'écriai-je en me levant brusquement, courant au piano et l'ouvrant avec vivacité, quoi de plus absurde que cette méthode singulière, moins semblable à de la musique qu'au bruit que font des pois en tombant à terre?

Et, en frappant quelques accords sans harmonie, je chantai plusieurs de ces airs modernes qui vont et viennent par saccades, et ronflent comme une toupie d'Allemagne. Krespel étouffait de rire.

— Ah! ah! s'écria-t-il, il me semble entendre nos Allemands italianisés ou nos Italiens germanisés exécuter un air de *Puccita* ou de *Portogallo*, ou de tout autre *maëstro di capella*, ou plutôt *schiavo d'un primo uomo*[1].

Je jugeai l'occasion favorable.

— N'est-ce pas, dis-je en me tournant vers Antonie, n'est-ce pas qu'Antonie ne sait rien de cette méthode de chant?

En même temps, j'entamai un air charmant et plein d'âme du vieux Leonardo Leo. Les joues d'Antonie se colorèrent; un feu céleste brilla dans ses yeux ranimés; elle ouvrit les lèvres; mais, au même instant, Krespel la poussa en arrière, me prit par les épaules, et s'écria d'une voix de fausset perçante :

— Mon petit ami!... mon petit ami!... mon petit ami!...

Puis il continua d'un ton bas et chantant, en me prenant la main, et avec un air d'extrême politesse :

— Au fait, mon très-respectable monsieur l'étudiant, ce serait manquer totalement de convenance et d'usage que d'exprimer hautement le désir qu'ici même et sur l'heure Satan de ses griffes brûlantes vous rompît délicatement la nuque et vous expédiât ainsi d'une manière sûre et rapide. Mais à part cela, mon cher, vous conviendrez qu'il fait très-sombre, que les lanternes ne sont point allumées aujourd'hui, et que vous pourriez endommager votre chère carcasse, quand même je ne vous jetterais pas du haut en bas de l'escalier. Retournez donc tranquillement chez vous, conservez un bon souvenir de votre véritable ami; il est possible... comprenez-vous bien?... que vous ne deviez plus le rencontrer chez lui...

A ces mots, il m'embrassa, se retourna en me tenant fermement dans ses bras, et marcha lentement avec moi vers la porte, de manière à m'empêcher de voir Antonie.

J'aurais dû donner une volée au conseiller, mais vous comprenez que cela n'était pas faisable dans ma position. Lorsque je lui contai mon aventure, le professeur se moqua de moi, et assura que j'étais à jamais brouillé avec Krespel. Quant à faire l'*amoroso* langnissant, à me mettre en faction sous les fenêtres comme un aventurier, Antonie m'était trop chère pour cela, je pourrais même dire trop sacrée. Je quittai H... le cœur déchiré; mais, comme il arrive ordinairement, les vives couleurs de cette image fantastique s'effacèrent peu à peu de mon esprit. Antonie et son chant même, que je n'avais jamais entendu, brillaient d'une douce lueur au fond de mon âme, et y répandaient un sentiment tendre et consolant.

Il y avait deux ans que j'étais établi à B..., lorsque j'entrepris un voyage dans le sud de l'Allemagne. Un soir, les tours de H... s'élevèrent à mes yeux dans le vaporeux crépuscule. En approchant, j'éprouvai une indéfinissable anxiété, de la nature la plus douloureuse. J'avais sur la poitrine un poids qui m'empêchait de respirer, je fus obligé de descendre de la voiture; mais mon oppression augmenta au point de me faire souffrir physiquement.

Bientôt il me sembla entendre monter dans les airs les accords d'un chœur imposant : les sons devinrent distincts; je reconnus des voix d'hommes qui chantaient un hymne religieux.

— Qu'est-ce que cela? qu'est-ce que cela? m'écriai-je comme si un poignard brûlant m'eût traversé la poitrine.

— Ne le voyez-vous pas? répondit le postillon, qui marchait à côté de moi; ne le voyez-vous pas? Là-bas, dans ce cimetière, on enterre quelqu'un.

En effet, nous nous trouvions à peu de distance du cimetière. Je vis un cercle d'hommes vêtus de deuil autour d'une fosse qu'on allait combler. Les larmes me vinrent aux yeux; il me semblait qu'on enterrait là tous les plaisirs, tout le bonheur de la vie. Je descendis rapidement le coteau, je perdis de vue le cimetière, le chœur cessa, et, non loin des portes de la ville, je vis des gens habillés de noir qui revenaient de l'enterrement. Le professeur et sa nièce, à laquelle il donnait le bras, tous deux en deuil, passèrent auprès de moi sans me remarquer. La nièce avait un mouchoir sur les yeux et sanglotait amèrement.

Il me fut impossible d'entrer dans la ville. J'envoyai mon domestique avec la voiture à l'hôtel où je descendais habituellement, et je me dirigeai vers ces jardins qui m'étaient si connus, pour me débarrasser de cette pénible disposition, qui peut-être n'avait que des causes physiques, telles que l'échauffement du voyage, etc. Arrivé à une allée qui conduisait à un pavillon d'agrément, je fus témoin du plus étrange spectacle. Le conseiller Krespel était conduit par deux employés aux pompes funèbres, auxquels il cherchait à échapper en faisant les sauts les plus singuliers. Il portait, comme de coutume, son étrange habit gris de sa propre façon; seulement un très-long crêpe, qui voltigeait au gré du vent, pendait de son petit chapeau à trois cornes, qu'il s'était martialement enfoncé sur l'oreille. Autour du corps il avait un ceinturon, auquel il avait mis un archet en guise d'épée.

Un froid glacial me parcourut les membres.

— Il est fou, me dis-je en le suivant. Les hommes le conduisirent jusque chez lui. Là il les embrassa en riant aux éclats, et ils le quittèrent. J'étais tout près de lui; son regard tomba sur moi : il m'examina longtemps d'un œil fixe, puis cria d'une voix sourde :

— Soyez le bienvenu, monsieur l'étudiant; vous aussi, vous me comprenez.

En disant ces mots, il me prit par le bras, m'entraîna dans la maison, me fit monter l'escalier et entrer dans la chambre où étaient les violons : tous étaient recouverts de crêpes; le violon du vieux maître manquait, et à sa place était une couronne de cyprès.

Je devinai ce qui était arrivé.

— Antonie! hélas! Antonie! m'écriai-je avec un accent de désespoir.

Le conseiller était à côté de moi, les bras croisés et comme pétrifié. Je lui montrai la couronne de cyprès.

— Lorsqu'elle mourut, dit Krespel d'une voix creuse et solennelle, l'âme de ce violon se rompit avec un effroyable fracas, et la table

[1] Maître de chapelle, ou plutôt esclave d'un premier ténor.

d'harmonie se déchira. Ce fidèle instrument ne pouvait vivre qu'avec elle et par elle. Il est à côté d'elle dans la bière : il a été enterré avec elle !

Vivement ému, je tombai sur une chaise. Le conseiller, d'un ton rauque, se mit à entamer une chanson des plus gaies ; c'était horrible de le voir sauter à cloche-pied dans la chambre ; il avait gardé son chapeau, et son crêpe flottait en passant sur les violons suspendus au mur. Je ne pus m'empêcher de jeter un cri lorsque, par un mouvement rapide, ce crêpe effleura ma tête ; il me sembla qu'il allait m'entraîner dans l'abîme effrayant et sombre de la folie.

Soudain le conseiller s'arrêta et me dit de son ton psalmodique :

— Mon petit ami ! mon petit ami ! pourquoi crier ainsi? As-tu vu l'ange de la mort? Il précède toujours le convoi.

Il alla au milieu de la chambre, arracha l'archet de son ceinturon, le brisa, le mit en pièces, et ajouta en riant aux éclats :

— Enfin la verge de condamnation est rompue sur ma tête ! Le crois-tu, mon fils? N'est-ce pas?... Rien, rien... Je suis libre, enfin !... libre ! libre !... ah !... ah !... Je suis libre ! je ne ferai donc plus de violons... ah ! ah ! plus de violons !...

Le conseiller chantait ces paroles sur une mélodie d'une effrayante gaieté, en continuant de courir à cloche-pied. Saisi d'horreur, je voulais sortir ; mais le conseiller me retint avec force, et reprit tranquillement :

— Restez, monsieur l'étudiant ; ne prenez pas pour de la folie ces élans de la douleur mortelle qui me déchire, mais tout cela n'arrive que parce que je me fis, il y a quelque temps, une robe de chambre dans laquelle je voulais avoir l'air du Destin ou d'un dieu.

Le conseiller débita confusément beaucoup de discours horribles et insensés, et finit par tomber d'épuisement. A mes cris, la vieille femme de ménage accourut, et je me vis avec joie rendu à la liberté.

Je ne doutai pas un instant que Krespel ne fût devenu fou ; mais le professeur me soutint néanmoins le contraire.

— Il y a, dit-il, des hommes auxquels la nature ou des circonstances particulières ont retiré l'enveloppe sous laquelle nous pouvons, nous autres, commettre nos folies sans être remarqués. Ils ressemblent à ces insectes revêtus d'une peau mince et diaphane, que le jeu de leurs muscles fait paraître informes, quoique tout soit bientôt remis en place. Tout ce qui est pensée chez nous devient action chez Krespel. L'ironie amère de notre esprit, accablé du poids des choses terrestres, entraîne souvent Krespel à de folles démonstrations et à des gestes bizarres ; mais c'est là sa sauvegarde. Ce qui vient de la terre, il le rend à la terre. Quant à ce qu'il a de céleste, il sait le conserver. Je crois sa tête saine, malgré la folie dont il donne sans cesse des preuves. La mort subite d'Antonie l'afflige certainement beaucoup, mais je parie que demain le conseiller reprendra son allure ordinaire.

Cette prédiction se réalisa à peu près. Le lendemain, le conseiller se montra le même qu'auparavant ; seulement il déclara qu'il ne ferait plus de violons, et qu'il n'en jouerait jamais. J'ai appris plus tard qu'il avait tenu parole.

Les observations du professeur me confirmèrent dans ma conviction intérieure que les rapports d'Antonie et du conseiller, cachés avec tant de soin, que la mort même de la jeune fille, étaient des crimes qui devaient peser lourdement sur Krespel, et qu'il lui était impossible d'expier. Je ne voulus pas quitter H... sans lui reprocher le forfait que je soupçonnais ; je résolus de l'émouvoir jusqu'au fond de l'âme, et de le forcer ainsi à me faire l'aveu de son horrible action. Plus j'y songeais, plus il était évident pour moi que Krespel devait être un scélérat, et les paroles que j'avais intention de lui adresser devenaient plus insinuantes, plus incisives, et s'embellissaient de fleurs de rhétorique. Dans ces dispositions, et bien échauffé, je me rendis chez le conseiller ; je le trouvai l'air calme et riant, occupé à tourner des jouets d'enfants.

Je commençai aussitôt mon attaque :

— Comment, m'écriai-je, votre âme peut-elle avoir un moment de tranquillité? le souvenir de votre affreux attentat ne vous ronge-t-il pas comme des morsures de serpents?

Le conseiller me regarda d'un air étonné, et mettant son ciseau de côté :

— Que voulez-vous dire, mon cher? demanda-t-il. Asseyez-vous, s'il vous plaît, sur cette chaise.

Mais je continuai vivement et avec une animation toujours croissante. Je l'accusai directement d'avoir tué Antonie, et le menaçai de la vengeance de la puissance éternelle ; j'allai même plus loin, et, quoique reçu avocat depuis peu, plein de confiance en moi-même, je l'assurai que je ferais tous mes efforts pour acquérir des preuves du fait, et le livrer ici-bas aux mains des juges. Je ne fus pas médiocrement déconcerté lorsque, à la fin de mon discours ampoulé, le conseiller, sans répondre un seul mot, me regarda tranquillement, en ayant l'air d'attendre que je continuasse. J'essayai de le faire, mais ce que je disais était si décousu et si absurde, que je gardai bientôt le silence. Krespel jouissait de mon embarras ; une expression de malice et d'ironie errait d'abord sur son visage ; puis il devint très-sérieux, et dit d'un ton solennel :

— Jeune homme, tu peux me prendre pour un fou, pour un frénétique, je te le pardonne. Nous sommes tous deux enfermés dans la même maison de fous, et le sujet de ton mécontentement, c'est que je me crois Dieu le père, tandis que tu te crois Dieu le fils. Mais comment as-tu la prétention de pénétrer dans une vie qui t'est complétement étrangère, qui devait te l'être, et d'en saisir les fils les plus cachés?... Elle n'est plus, le secret a cessé...

Krespel s'interrompit, se leva, et fit plusieurs tours dans la chambre. Je me hasardai à lui demander une explication, il me regarda en face, me prit par la main, me conduisit à la fenêtre, et en ouvrit les deux battants. Il s'appuya sur les coudes, jeta les yeux sur le jardin, et me raconta l'histoire de sa vie. Lorsqu'il eut fini, je le quittai honteux et attendri.

Voici en peu de mots ce qui concernait Antonie.

Vingt ans auparavant, l'amour des violons, poussé jusqu'à la passion, avait conduit le conseiller en Italie, pour y chercher et acheter des violons des meilleurs maîtres. A cette époque, il n'en faisait pas lui-même, et n'en démontait pas encore. A Venise, il entendit la fameuse cantatrice Angéla***, qui brillait alors dans les premiers rôles au théâtre de *San-Benedetto* ; l'enthousiasme de Krespel fut excité non moins par la beauté d'ange de la signora Angéla que par les talents qu'elle cultivait avec tant d'éclat. Il chercha à lier connaissance avec elle, et, malgré son extérieur peu agréable, il parvint à gagner le cœur d'Angéla, principalement par la manière large et expressive dont il jouait du violon. Des rapports intimes le conduisirent en peu de semaines à un mariage, qui demeura secret, parce que Angéla ne voulait abandonner ni le théâtre ni le nom sous lequel elle était célèbre, et ne se souciait pas non plus d'y ajouter le nom malsonnant de Krespel.

Le conseiller me décrivit avec l'ironie la plus comique de quelle façon signora Angéla le martyrisa, le tourmenta dès qu'elle fut sa femme. A l'en croire, tout l'entêtement, tous les caprices des *prime donne* étaient réunis dans le petit corps de la cantatrice. Voulait-il se défendre, Angéla lui dépêchait toute une armée d'*abbati*, de *maestri*, d'*academici*, qui, ne connaissant pas sa véritable position, voyaient en lui le plus intolérable et le plus incivil des amants, et l'accusaient de ne pas se conformer aux fantaisies de la signora.

Après une de ces scènes orageuses, Krespel était retiré dans la maison de campagne d'Angéla, et oubliait les peines de la journée en jouant différents airs sur un violon de Crémone. Au bout de quelques instants, la signora, qui avait suivi le conseiller en voiture, entra dans la salle. Elle avait précisément envie de jouer le sentiment ; elle embrassa le conseiller, en lui lançant de langoureux regards, et posa sa petite tête sur l'épaule de son mari ; mais celui-ci, perdu dans la haute région de ses accords, continua à jouer de manière à faire retentir les murailles, et, par hasard, du bout de son archet il toucha un peu rudement la signora. Pleine de fureur, elle fit un saut en arrière.

— *Bestia tedesca*[1] ! s'écria-t-elle ; et elle arracha le violon des mains du conseiller, et le rompit en mille morceaux sur la table de marbre.

Le conseiller demeura devant elle immobile comme une statue ; mais bientôt, comme s'il se fût réveillé d'un songe, il saisit la signora avec une force de géant, la jeta par la fenêtre de sa propre maison de plaisance, et, sans s'en inquiéter davantage, retourna à Venise, et de là s'enfuit en Allemagne.

Ce ne fut que quelque temps après que ce qu'il avait fait se débrouilla à ses yeux. Il savait que la fenêtre n'était pas élevée de cinq pieds au-dessus du sol, et tout lui démontrait qu'il avait été indispensable de jeter la signora par la fenêtre dans les circonstances précitées ; toutefois il se sentait tourmenté d'un pénible malaise, d'autant plus que la signora lui avait donné clairement à entendre qu'elle était enceinte. Il osait à peine prendre des informations, et son étonnement fut grand lorsque, au bout d'environ huit mois, il reçut de sa chère épouse une lettre fort tendre, dans laquelle, sans dire un seul mot de l'incident de la maison de campagne, elle lui annonçait qu'elle était accouchée d'une charmante petite fille ; elle y ajoutait une tendre prière pour engager le *marito amato* et *padre felicissimo* à revenir de suite à Venise. Krespel n'en fit rien, mais il s'informa des détails de l'événement auprès d'un ami intime, et apprit que la signora, légère comme un oiseau, était tombée sur le gazon moelleux, et que sa chute ou plutôt son vol par la fenêtre n'avait eu que des suites morales. Depuis cette action héroïque de Krespel, la signora était tout à fait transformée. Plus de caprices, plus d'idées fantasques, plus d'importunités. Le *maestro*, qui composait pour le prochain carnaval, était le plus heureux des hommes sous le soleil, parce que, avant de chanter ses airs, la signora n'exigeait plus les cent mille changements qu'il lui eût fallu faire autrefois subir à son œuvre. Au reste, prétendait l'ami, on ferait bien de taire avec soin la manière dont Angéla avait été guérie, sans quoi l'on verrait tous les jours des cantatrices voler par les fenêtres.

Le conseiller, vivement agité, demanda des chevaux, et monta en voiture.

— Arrêtez ! s'écria-t-il spontanément.

[1] Stupide Allemand !

— Comment! murmura-t-il en lui-même, n'est-il pas évident qu'aussitôt que je me montre, le mauvais esprit reprend son empire sur Angéla? Puisque je l'ai déjà jetée par la fenêtre, que ferais-je maintenant en pareil cas? Quel parti me reste à prendre?

Il descendit de sa voiture, écrivit une tendre lettre à sa femme convalescente, lui marqua combien il lui était agréable de la voir surtout fière et heureuse de ce que l'enfant portait comme lui un petit signe derrière l'oreille, et... il resta en Allemagne.

La correspondance se poursuivit avec beaucoup d'activité. Assurances d'amour, sollicitations, plaintes sur l'absence et les vœux déçus, espérances, etc., allaient et revenaient de Venise à H... et de H... à Venise. Enfin Angéla vint en Allemagne, et, comme on le sait, brilla au grand théâtre de F... en qualité de prima donna. Quoiqu'elle ne fût plus jeune, elle entraînait tout le monde par le charme irrésistible de sa voix merveilleuse et magnifique, qui n'avait rien perdu de son éclat.

Pendant ce temps, Antonie grandissait, et sa mère ne se lassait pas d'écrire à Krespel que leur fille promettait d'être une cantatrice du premier ordre. Les amis que Krespel avait à F... confirmaient cette assertion, et l'invitaient à venir une seule fois à F... pour y admirer les deux sublimes cantatrices. Ils ne se doutaient pas des rapports intimes qui les liaient toutes deux au conseiller. Krespel aurait volontiers vu sa fille, qui vivait dans son imagination, et lui apparaissait souvent dans ses rêves comme s'il l'eût réellement contemplée; mais dès qu'il songeait à sa femme, il éprouvait un certain malaise, et il resta chez lui au milieu de ses violons démontés.

Vous aurez peut-être entendu parler d'un jeune compositeur plein d'avenir, B... de F..., qui disparut on ne sait comment, peut-être l'avez-vous connu lui-même. Eh bien! il devint tellement amoureux d'Antonie, qu'il demanda à sa mère de consentir de suite à une union que l'art *sanctifiait*. D'ailleurs Antonie répondait sincèrement à son amour. Angéla n'avait point d'objections à faire, et, quant au conseiller, il y consentit d'autant plus volontiers, que les compositions du jeune maître avaient trouvé grâce devant son jugement sévère.

Krespel comptait recevoir la nouvelle de la célébration du mariage; il lui vint à la place une lettre cachetée de noir, dont la suscription était d'une main étrangère. Le docteur R... annonçait au conseiller qu'Angéla était tombée dangereusement malade à la suite d'un refroidissement gagné au théâtre, et qu'elle était morte dans la nuit, précisément la veille du jour fixé pour le mariage d'Antonie. Angéla avait confié au docteur qu'elle était la femme de Krespel, et qu'Antonie était sa fille, et il était du devoir du conseiller de prendre soin de la jeune fille abandonnée.

Quoique Krespel fût très-affligé de la mort d'Angéla, il lui sembla bientôt qu'il y avait dans son existence un obstacle de moins, et qu'à partir de ce moment seul, il pouvait respirer à l'aise. Le jour même, il partit pour F.... Vous ne sauriez vous imaginer avec quel entraînement le conseiller me décrivit sa première entrevue avec Antonie; la singularité même de ses expressions avait une étonnante puissance de description que je ne suis pas en état de reproduire. L'amabilité, les grâces d'Angéla étaient le partage d'Antonie; mais elle n'avait hérité d'aucun des défauts de sa mère. Le jeune fiancé était présent, et il s'entendit avec Antonie pour émouvoir profondément l'étrange père de sa bien-aimée. Par une attention délicate, elle chanta un des motets du vieux *padre* Martini; elle savait qu'au beau temps de leurs amours le conseiller demandait sans cesse à Angéla de lui chanter cet air. Krespel versa des torrents de larmes; jamais il n'avait entendu Angéla même chanter ainsi. Le timbre de la voix d'Antonie était tout particulier, tantôt semblable au souffle du vent dans la harpe éolienne, tantôt au chant du rossignol. Les tons paraissaient ne pouvoir trouver place dans une poitrine humaine. Brûlante d'amour et de bonheur, Antonie chanta à plusieurs reprises les plus jolis airs, et B... joua avec cette inspiration qu'une ivresse pure est seule capable de produire. Krespel nageait d'abord dans les délices, puis il devint pensif, silencieux, rêveur. Enfin il se leva, pressa Antonie contre son sein, et la suppliant d'une voix douce et étouffée :

— Ne chante plus, dit-il, si tu m'aimes... cela m'oppresse... J'ai peur... j'ai peur... ne chante plus!...

Non, disait le lendemain le conseiller au docteur R..., lorsque, pendant qu'elle chantait, une vive rougeur se concentrait sur ses joues pâles et y formait un petit point de couleur foncée; ce n'était point une sotte ressemblance de famille... c'était ce que je craignais.

Depuis le commencement de l'entretien, le docteur montrait une profonde inquiétude.

— Que cela vienne, répondit-il, d'efforts prématurément faits pour chanter, ou que la nature en soit la cause, Antonie souffre d'un défaut organique de la poitrine; c'est précisément ce qui donne à sa voix cette force rare et merveilleuse, je dirai même supérieure à la sphère du chant humain. Mais une mort prématurée en serait la suite; car, si elle continue à chanter, je lui donne au plus un mois à vivre.

Ces paroles déchirèrent intérieurement le conseiller comme cent coups de poignard. Il lui semblait qu'un bel arbre, couvert pour la première fois de fleurs épanouies, était condamné à être coupé à sa racine, de manière à ne pouvoir plus reverdir ni fleurir. Il avoua tout à Antonie, et la laissa libre de son choix, suivre son fiancé, céder à ses séductions et à celles du monde, et mourir bientôt, ou vivre encore de longues années en préparant à son père dans ses vieux jours un repos et un bonheur qu'il n'avait jamais ressentis.

Antonie tomba en sanglotant dans les bras de son père. Sentant bien tout ce qu'il y aurait de déchirant dans les moments qui suivraient, il ne voulut pas en entendre davantage. Il s'expliqua avec le fiancé; mais bien que celui-ci assurât que jamais aucun son ne sortirait des lèvres d'Antonie, le conseiller savait fort bien que B.... lui-même ne pourrait résister à la tentation d'entendre chanter à Antonie au moins les airs qu'il composerait; et quant au monde, le public musical, bien qu'instruit des souffrances d'Antonie, ne se désisterait pas de ses prétentions, car, en ce qui regarde ses jouissances, ce peuple est égoïste et cruel.

Le conseiller disparut de F.... avec Antonie, et vint à H.... B...., apprit leur départ avec désespoir, suivit leurs traces, rejoignit Krespel, et arriva à H.... en même temps.

— Le voir encore une fois et mourir, dit Antonie en suppliant.

— Mourir! mourir!... s'écria le conseiller avec un accent de colère sauvage. Un froid glacial lui parcourut les veines. Sa fille, le seul être dans le monde entier qui lui fit connaître la joie, qui le réconciliât avec la vie, pensait à s'arracher violemment de son cœur! Il voulut que l'affreux sacrifice se consommât. B.... fut contraint de se mettre au piano. Antonie chanta; Krespel joua gaîment du violon, jusqu'à ce que le point d'un rouge foncé se montra sur les joues d'Antonie. Alors il ordonna de cesser; mais lorsque B.... prit congé d'Antonie, celle-ci tomba évanouie en poussant un grand cri.

— Je crus, raconte Krespel, qu'elle était morte, comme je l'avais prévu; et comme je m'étais volontairement exposé au danger, je demeurai tranquille et de sang-froid. B...., dans sa stupeur, était devenu doux comme un agneau, et avait l'air d'un imbécile. Je le saisis par les épaules, et lui dis (le conseiller prit un ton psalmodique) : Très-honorable maître de piano, puisque vous avez, au gré de vos désirs, tué réellement votre chère fiancée, vous pouvez vous en aller tranquillement, à moins que vous ne vouliez bien attendre que je vous enfonce dans le cœur ce brillant couteau de chasse pour que ma fille, qui, comme vous le voyez, est passablement pâle, reprenne un peu de couleur au moyen de ce sang chéri. Courez vite, car je pourrais aussi lancer après vous quelque petit couteau bien acéré.

Sans doute qu'en disant ces mots j'avais un air effrayant, car il s'arracha de mes mains en poussant un cri de désespoir, courut à la porte et se jeta en bas de l'escalier.

Lorsque B.... fut parti, le conseiller songea à relever Antonie, qui était à terre sans connaissance; elle ouvrit les yeux en poussant un profond soupir, mais ils parurent se refermer encore pour la dernière fois. Krespel fut saisi d'une douleur vive et inconsolable. Le médecin, amené par la femme de ménage, dit qu'Antonie était gravement indisposée, mais que son état n'avait rien de dangereux; et, en effet, elle se rétablit plus tôt que Krespel n'avait osé l'espérer. Elle se soumit aux volontés du conseiller avec la plus grande tendresse filiale, alla au-devant de ses goûts, prévint ses pensées et ses caprices bizarres. Elle l'aidait à démonter de vieux violons et à en monter de neufs.

— Je ne veux plus chanter, mais vivre pour toi, disait-elle souvent en souriant tendrement à son père, lorsque quelqu'un l'avait priée de chanter et qu'elle avait refusé. Néanmoins, le conseiller tâchait de fuir, autant que possible, de pareilles occasions; de là venaient sa répugnance à la conduire en société et le soin avec lequel il évitait toute musique. Il appréciait très-bien les souffrances que devait éprouver Antonie en renonçant entièrement à un art qu'elle avait exercé avec tant de perfection.

Lorsque le conseiller eut acheté et voulut démonter le curieux violon qu'il enterra avec Antonie, celle-ci le regarda tristement, et lui dit avec un doux accent de prière : — Et celui-là aussi? Le conseiller ne put se rendre compte lui-même de la force inconnue qui le contraignait à laisser le violon intact et à en jouer. A peine en eût-il tiré les premiers sons qu'Antonie s'écria avec joie : — Eh! mais, c'est moi!... je chante maintenant. En effet, les sons argentins de l'instrument avaient quelque chose de tout particulier, et paraissaient partir d'une poitrine humaine. Krespel fut profondément attendri; il joua mieux que jamais; et quand il montait et descendait avec une force et une expression puissante dans les passages difficiles, Antonie enchantée disait en battant des mains : — Ah! que j'ai bien fait cela! que j'ai bien fait cela!

Depuis ce temps, la plus grande tranquillité régna dans leur existence. Souvent Antonie disait à Krespel : — Mon père, je voudrais bien chanter quelque chose. Krespel décrochait son violon, jouait les plus jolis airs d'Antonie, et elle était ravie dans le fond de son cœur.

Peu de temps avant mon arrivée à H...., le conseiller crut au milieu de la nuit entendre jouer sur un piano dans la chambre voisine. Il distingua bientôt parfaitement que c'était B.... qui préludait, et essaya de se lever; mais il lui semblait avoir un poids lourd sur la poitrine et être lié avec des bandes de fer, il ne pouvait se remuer. Enfin, Antonie fit entendre des sons bas et faibles, qui montèrent par degrés jusqu'au plus éclatant *fortissimo*; puis ces sons étranges formèrent un air touchant que B.... avait composé pour Antonie dans le style religieux des vieux maîtres. Krespel disait que la situation où il s'était trouvé était incroyable; car un effroi terrible se mêlait à une joie telle qu'il n'en avait jamais ressentie. Tout à coup une clarté éblouissante l'entoura, et il vit au milieu d'elle B.... et Antonie, qui se tenaient embrassés et se regardaient avec un ravissement céleste. Le chant et l'accompagnement continuèrent, sans que visiblement Antonie chantât ni que B.... touchât du piano. Enfin, le conseiller tomba dans une espèce d'évanouissement profond, et tout disparut à ses yeux.

Lorsqu'il se réveilla, l'affreuse anxiété produite par ce songe durait encore. Il courut à la chambre d'Antonie... elle était couchée sur le sopha, les yeux fermés, les traits empreints d'un céleste sourire, les mains pieusement jointes, comme endormie et rêvant des béatitudes du ciel.

Mais elle était morte.

Ce conseiller vivait en anachorète avec une vieille ménagère.

MARINO FALIÈRI.

Tel était le titre d'un tableau que le célèbre peintre Carl Kolbe avait mis, en septembre 1816, à l'exposition de l'Académie des beaux-arts de Berlin. Cette peinture avait tant de charmes qu'autour d'elle étaient constamment groupés une foule de spectateurs avides.

Un doge, richement vêtu, se montre sur une terrasse, ayant à ses côtés sa dogaresse également parée avec recherche : lui, vieillard à barbe grise, dont la brune physionomie exprime tout à la fois de la force, de la faiblesse, de la bienveillance et de l'orgueil; elle, jeune femme au regard plein de désirs rêveurs et d'une langoureuse mélancolie. Derrière eux se trouvent une suivante et un domestique qui tient un parasol déployé. Sur le côté, près de la balustrade, un jeune homme sonne d'une trompe en forme de conque marine, et en face sur la mer est une riche gondole, conduite par deux rameurs et ornée du pavillon vénitien. Dans le fond s'étend l'Adriatique, couverte de voiles innombrables, et l'on voit sortir des flots les palais et les clochers de cette superbe Venise. On aperçoit à gauche Saint-Marc, à droite plus près Saint-Georges-le-Majeur. Sur le cadre doré du tableau on lit gravés ces mots :

Ah senza amare
Andare sul mare
Col sposo del mare
Non può consolare.

On a beau suivre sur mer
L'époux de la mer lui-même,
Si l'on ne sent pas qu'on aime
C'est un chagrin bien amer.

Une discussion s'éleva un jour devant ce tableau. Il s'agissait de savoir si l'artiste avait voulu représenter un sujet vraiment historique, ou seulement, comme l'indiquaient suffisamment les vers placés au bas, peindre la situation d'un vieillard décrépit, qui, malgré l'éclat et la magnificence de son rang, n'est point capable de satisfaire les désirs d'un cœur ardent.

Las de discuter, tous se retirèrent les uns après les autres, de sorte qu'il ne resta que deux amateurs de peinture.

— Je ne sais pas, dit l'un d'eux, comment l'on peut aimer à gâter tout son plaisir par d'éternels commentaires. Non-seulement il me semble comprendre suffisamment la position de ce doge et de cette dogaresse, mais encore la splendeur de la puissance et des richesses, répandue sur tout le tableau, me saisit et m'émeut singulièrement. Voyez ce pavillon, orné d'un lion ailé, comme il flotte dans les airs en dominateur du monde! O belle Venise!

Et il se mit à répéter l'énigme de la princesse Turandot [1] sur le lion adriatique : *Dimmi qual sia, quella terribil fera*, etc.

A peine eut-il fini qu'une voix d'homme sonore récita la solution de Calaf : *Tu quadrupede fera*, etc. [2].

Un homme d'une haute et noble stature, enveloppé d'un manteau gris, s'était placé derrière les deux amateurs, et regardait le tableau avec des yeux étincelants. On lia conversation, et l'étranger dit d'un ton presque solennel :

— C'est une chose singulière! souvent il se forme dans l'esprit de l'artiste un tableau, dont les figures, d'abord comme des brouillards vagues et indistincts, semblent s'animer et prendre naissance dans l'imagination même de l'artiste; puis tout à coup ce tableau se trouve en rapport avec le passé ou avec l'avenir, et représente réellement un fait accompli ou qui doit s'accomplir. Kolbe lui-même ne sait peut-être pas encore que les personnages de son tableau ne sont autres que le doge Marino Falièri et son épouse Annunziata.

L'étranger se tut, mais les deux amis le pressèrent de leur expliquer cette énigme, comme celle du lion adriatique.

— Messieurs, dit-il, si vous avez de la patience, je vais vous donner sur-le-champ, en même temps que l'histoire de Falièri, l'explication de cette peinture; mais avez-vous vraiment de la patience? mon récit sera fort circonstancié, car je n'aime pas à parler autrement de choses qui sont aussi présentes à mes yeux que si j'en avais été témoin. D'ailleurs, tout historien est, pour ainsi dire, une espèce de revenant qui parle du passé.

Les deux amis entrèrent avec l'étranger dans un cabinet retiré, où, sans autre préambule, il leur fit le récit suivant [3] :

Il y a longtemps, et c'était, si je ne me trompe, au mois d'août de l'an 1354, le vaillant amiral génois Paganino Doria battit les Vénitiens et prit d'assaut leur ville de Parenzo. Dans le golfe, à la hauteur de Venise, croisaient alors ses galères bien armées, comme des bêtes féroces affamées, qui guettent avec une avidité inquiète le moment où elles peuvent s'emparer de leur proie. A Venise, peuple et patriciens étaient saisis d'un effroi mortel. Tous ceux qui pouvaient se servir de leurs bras prirent leurs armes ou leurs avirons, et les défenseurs de la patrie se rassemblèrent dans le port de Saint-Nicolas. On submergea des vaisseaux et des arbres, on attacha des chaînes à des chaînes pour empêcher les ennemis d'entrer dans la ville. Pendant qu'ici résonnait tumultueusement le bruit des armes, et qu'on lançait de lourdes masses dans la mer écumante, on voyait au pont du Rialto les agents de la seigneurie, essuyant la sueur froide de leur front pâle, offrir d'emprunter à de gros intérêts de l'argent comptant, car la république menacée en avait le plus grand besoin.

Mais le Tout-Puissant, dans ses conseils impénétrables, avait résolu d'enlever un fidèle pasteur à ce troupeau assailli de toutes parts et exposé aux plus grands périls. Le doge Andréa Dandolo mourut accablé du malheur public. Le peuple l'avait surnommé son cher petit comte (*el caro contino*), parce qu'il s'était toujours montré aimable et bienveillant, et qu'il n'avait jamais traversé la place Saint-Marc sans avoir, au service de ceux qui en demandaient, de l'argent, un bon conseil ou des consolations.

Ordinairement, ceux que le malheur a découragés ressentent avec une force double des coups dont ils se seraient à peine aperçus dans leur prospérité. Le peuple fut donc plongé dans une affliction profonde quand le son lugubre des cloches annonça la mort du doge. — Nous avons perdu notre appui, notre espérance, s'écriait-on, il ne nous reste plus qu'à nous soumettre au joug des Génois! Cependant la perte de Dandolo n'arrêtait pas sensiblement les préparatifs de guerre dont on s'occupait. Le cher petit comte vivait volontiers en paix et en repos; il aimait mieux suivre le cours des astres que les sinuosités énigmatiques de la politique, et s'entendait mieux à régler les processions de la sainte fête de Pâques qu'à conduire une armée.

Il importait de choisir un doge, qui, tout à la fois brave capitaine et habile homme d'Etat, sauvât Venise ébranlée dans ses fondements et menacée par la puissance croissante de l'ennemi. Les sénateurs s'assemblèrent; mais on ne vit au conseil que des figures tristes, des

[1] Personnage de la *Princesse philosophe*, comédie du comte Carlo Gozzi, Vénitien.
[2] Idem.
[3] Tout ce commencement est supprimé dans la traduction de M. Loève-Weimar.

regards fixes, des têtes appuyées sur les mains et inclinées vers la terre. Où trouver un homme, qui, dans cette occurrence, sût d'une main puissante saisir le gouvernail chancelant et le diriger avec succès?

— Vous ne le trouverez pas ici, dit enfin Marino Bodoèri, le plus âgé des conseillers, il n'est ni parmi nous ni autour de nous. Mais portez vos regards vers Avignon, et sur Marino Falièri, que nous y avons envoyé pour féliciter le pape Innocent VI de son exaltation, il peut faire maintenant quelque chose de mieux; il est capable de remédier à toutes les calamités. Choisissons-le pour doge. Vous allez m'objecter que ce Marino Falièri est déjà presque octogénaire; que sa chevelure et sa barbe ont blanchi; qu'ainsi que le prétendent les calomniateurs, il faut attribuer son air éveillé, son œil ardent, la

— Ce violon, dit Krespel, est un chef-d'œuvre d'un maître inconnu...

rougeur de son nez et de ses joues plutôt au bon vin de Chypre qu'à l'énergie de son âme; mais qu'importe? Rappelez-vous quelle brillante bravoure montra ce Marino Falièri comme provéditeur de notre flotte sur la mer Noire? songez quels services il a fallu pour décider les procurateurs de Saint-Marc à lui donner l'investiture du riche comté de Valdemarino?

Ainsi Bodoèri fit valoir les mérites de Falièri, et prévit d'avance toutes les objections. Enfin toutes les voix se réunirent pour élire Falièri. A la vérité, il y en eut qui parlèrent encore du caractère bouillant et irascible de Falièri, de sa soif du pouvoir, de son opiniâtreté tenace. — C'est justement pour cela, leur répondit-on, que nous choisissons non pas Falièri dans sa jeunesse, mais Falièri vieillard et corrigé de ses défauts.

Cette opposition fut apaisée dès que le peuple apprit l'élection du nouveau doge, de laquelle il manifesta une joie démesurée. Ne sait-on pas que dans une pareille époque de dangers, toute résolution, pourvu qu'elle soit décisive et bien arrêtée, paraît être venue du ciel? Le bon petit comte, avec toute sa piété et sa douceur, fut totalement oublié, et tout le monde s'écriait: — Par saint Marc! ce Marino aurait dû être depuis longtemps notre doge, et nous n'aurions point sur les bras cet insolent Doria. Des soldats invalides élevaient avec peine leurs bras mutilés, et disaient: — Voilà le Falièri qui a battu Morbassan; c'est le brave capitaine dont les pavillons victorieux flottaient sur la mer Noire. Dans tous les groupes du peuple, on se racontait les exploits du vieux Falièri; et les airs retentissaient de cris d'allégresse, comme si Doria eût été déjà battu. Cependant Nicolo Pisani revint de Sardaigne, où il était allé tranquillement, et Dieu sait pourquoi, au lieu de voguer avec sa flotte à la rencontre de Doria. Celui-ci quitta le golfe, et l'on attribua au nom redoutable de Marino Falièri ce qui était l'effet de l'arrivée de l'escadre de Pisani. Le peuple et la seigneurie furent alors saisis d'un enthousiasme fanatique pour l'objet de leur choix heureux. On résolut de recevoir le nouveau doge comme un messager du ciel, qui apporte l'honneur, la victoire, l'abondance et la prospérité. La seigneurie envoya au-devant de lui, jusqu'à Vérone, douze nobles, dont chacun avait une suite nombreuse et brillante. Dès son arrivée dans cette ville, les ambassadeurs de la république annoncèrent à Falièri qu'il était élu chef de l'État. Quinze barques richement décorées, équipées par le podestat de Chioggia, et mises sous les ordres de son propre fils, Taddeo Giustiniani, reçurent ensuite à Chiozzo *le doge et sa suite*. De là Falièri, aussi pompeusement qu'un monarque puissant et victorieux, se rendit à Saint-Clément, où l'attendait le vaisseau *le Bucentaure*.

Au moment même où Marino Falièri allait monter sur *le Bucentaure*, et c'était le 3 octobre au soir, peu de temps avant le coucher du soleil, un pauvre jeune homme était étendu sur le dur pavé de marbre devant les colonnes de la Dogana (la Douane). Des haillons de toile rayée, dont on ne pouvait plus distinguer la couleur, et qui semblaient avoir fait autrefois partie d'un costume de marin, comme en portaient le bas peuple et les portefaix, couvraient à peine son corps amaigri. On ne lui voyait plus de chemise, et les vêtements du malheureux laissaient voir de tous côtés sa peau; mais elle était si blanche et si délicate, que le plus noble gentilhomme aurait pu en être fier. Sa maigreur servait à faire ressortir les belles proportions de ses membres, et si l'on observait les boucles de cheveux châtain-clair qui tombaient en désordre sur son front, ses yeux bleus cernés par la misère, son nez aquilin, sa bouche fine, on était convaincu que cet infortuné, qui semblait âgé de vingt ans au plus, était de bonne naissance, et qu'un destin contraire avait dû le jeter dans la plus basse classe du peuple.

Comme nous l'avons dit, l'étranger était devant les colonnes de la Dogana, et, la tête appuyée sur la main, il regardait fixement la mer. On eût dit que la vie l'avait quitté, et que l'agonie en avait fait une statue de pierre, si par intervalles il n'avait poussé de profonds soupirs, qui décelaient d'inexprimables douleurs. Ses souffrances provenaient peut-être de son bras gauche qu'il tenait étendu sur le pavé, et qui, entouré de lambeaux ensanglantés, paraissait blessé grièvement.

Tout le monde avait quitté le travail; Venise entière, dans des milliers de barques et de gondoles, allait à la rencontre de Marino

Antonio sauvant Marino Falièri.

Falièri, de sorte que le malheureux jeune homme était là sans secours et sans consolation. Mais au moment où sa tête affaiblie tombait sur le pavé, et où il semblait s'évanouir, il entendit une voix rauque et lamentable crier à plusieurs reprises:

— Antonio! mon cher Antonio!

Antonio se mit péniblement sur son séant, et tournant la tête vers les colonnes de la Dogana, d'où la voix semblait sortir:

— Qui m'appelle? dit-il d'une voix faible et à peine intelligible; qui vient jeter mon corps à la mer, car je périrai bientôt ici?

Une petite femme, d'un âge fort avancé, appuyée sur un bâton, s'approcha en toussant et en haletant du jeune homme blessé, se plaça à terre auprès de lui, poussa d'horribles éclats de rire, et murmura:

— Enfant insensé, tu veux mourir ici; tu veux mourir lorsqu'un avenir doré te sourit! Regarde donc, regarde donc là-bas, vers le couchant, ces flammes brillantes; ce sont des sequins pour toi. Mais il faut manger, mon cher Antonio, il faut manger et boire, car c'est la faim qui t'a renversé sur ce froid pavé... Ton bras est déjà guéri; vois, il est guéri!

Antonio reconnut dans cette vieille femme la singulière mendiante qui, assise sur les marches de l'église des Franciscains, avait coutume de demander l'aumône aux fidèles, et à laquelle il avait quelquefois lui-même, poussé par un inexprimable entraînement, jeté un *quattrino* péniblement gagné, et dont il avait le plus pressant besoin.

— Laisse-moi tranquille, vieille folle! dit-il; certes, c'est bien plutôt la faim que ma blessure qui me rend si faible et si misérable. Je n'ai pas gagné un *quattrino* depuis trois jours. J'avais envie d'aller au couvent pour attraper quelques cuillerées de soupe; mais tous mes camarades se sont en allés, et pas un n'a voulu me prendre par pitié dans sa barque. Alors je suis tombé ici, et peut-être que je ne me relèverai plus.

— Hi! hi! hi! hi! dit la vieille en ricanant, pourquoi te désespérer si vite? pourquoi te décourager? Tu as faim, tu as soif, je puis te satisfaire. Voilà de beaux poissons secs que j'ai achetés aujourd'hui même à la Zecca (la Monnaie); voilà de la limonade; voilà un joli petit pain blanc; mange, mon fils chéri, mange et bois! Nous allons examiner ton bras blessé.

En effet la vieille avait tiré d'un sac, qui lui pendait au dos comme un capuchon, des poissons, du pain et de la limonade. Dès qu'Antonio eut mouillé ses lèvres avides de cette boisson rafraîchissante, sa faim se fit sentir avec une force nouvelle, et il avala avidement pain et poissons. Pendant qu'il mangeait, la vieille détachait les chiffons qui environnaient le bras blessé; il avait été fortement meurtri, mais était à peu près guéri. La vieille y posa un onguent qu'elle avait dans une petite boîte, et qu'elle échauffa de son haleine.

— Mais, mon cher fils, dit-elle, qui t'a donc frappé si rudement?

Antonio, entièrement restauré, avait repris une nouvelle vie: il était debout, et les yeux étincelants, la main droite levée, il s'écria:

— Ah! c'est Nicolo, ce brigand, qui voulait me tuer parce qu'il m'envie chaque misérable quattrino que me jette une main bienfaisante! Tu sais, la vieille, que je gagnais ma vie à la sueur de mon front, en portant des fardeaux des vaisseaux et des barques dans le magasin des Allemands, le Fontego; tu connais bien cet édifice?

Aussitôt qu'Antonio eut prononcé ce nom de Fontego, la vieille se mit à rire comme elle l'avait déjà fait.

— Fontego, Fontego, Fontego, répéta-t-elle.

— Cesse tes rires insensés, la vieille, si tu veux que je te conte mon aventure, s'écria Antonio furieux.

La vieille se tut à l'instant, et Antonio continua:

— J'avais donc gagné quelques *quattrini*; je m'étais acheté une veste neuve, et, comme j'avais une certaine apparence, j'entrai dans le corps des gondeliers. Toujours de bonne humeur, infatigable au travail, et sachant plus d'une jolie chanson, je gagnais quelques *quattrini* de plus que les autres. Mais cela excita la jalousie de mes camarades. Ils me dénigrèrent auprès de mon maître, qui me chassa, et, partout où je me montrais, ils me poursuivaient des cris de: — Hérétique! Maudit! Chien d'Allemand! Il y a trois jours j'étais à tirer une barque à terre, près de Saint-Sébastien; ils m'attaquèrent à coups de bâtons et de pierres. Je me défendis bravement; mais ce méchant Nicolo m'atteignit d'un coup de rame, qui, m'effleurant la tête, me meurtrit le bras droit, et me jeta à terre... Mais tu m'as rassasié, la vieille; et je sens que ton onguent opère merveilleusement. Vois comme je puis déjà remuer le bras! je vais maintenant ramer avec courage.

Antonio agita fortement son bras; mais la vieille recommença à ricaner, et s'écria en sautillant:

— Rame avec courage, mon cher fils, rame avec courage, mon enfant! Il vient! il vient! L'or brille en feux resplendissants! Rame avec courage! rame avec courage! Une seule fois encore, et tu ne rameras plus jamais.

Antonio ne fit pas attention aux paroles de la vieille, car le plus magnifique spectacle se déroulait à ses yeux. Du côté de Saint-Clément venait *le Bucentaure*, portant à son pavillon flottant le lion adriatique. Semblable à un cygne d'or, il s'avançait en agitant ses rames retentissantes. Entouré de mille barques et gondoles, levant sa tête royale et hardie, il semblait commander à une armée joyeuse sortie avec lui du sein des flots. Le soleil couchant dardait ses rayons sur la mer et sur Venise, et les faisait paraître tout en feu. Tandis qu'Antonio transporté oubliait à cette vue tout chagrin et toute misère, les lueurs de l'horizon devinrent de moment en moment plus sanglantes. Un bruit sourd traversait les airs, et retentissait comme un écho dans les profonds abîmes du golfe. La tempête arriva sur des nuages noirs, et enveloppa tous les objets de ténèbres épaisses; les vagues de la mer, de plus en plus agitées, roulèrent tumultueusement, comme des monstres qui sifflent et qui écument. On vit les barques et les gondoles errer au hasard sur les flots, ainsi que des plumes dispersées. *Le Bucentaure*, dont la quille ne pouvait résister à l'ouragan, fut ballotté çà et là. Au bruit des timbales et des trompettes succédèrent des cris de détresse qu'on entendit à travers la tempête.

Antonio regardait ce spectacle avec stupéfaction. Il entendit à côté de lui comme un bruit de chaînes; il baissa les yeux, et vit un petit canot attaché au mur et balancé par les flots. Alors une idée subite pénétra son âme avec la rapidité de la foudre. Il sauta dans le canot, le détacha, saisit les rames qu'il y trouva, et se dirigea hardiment vers *le Bucentaure*. Plus il approchait, plus il entendait distinctement crier au secours sur le navire.

— Approchez! approchez! sauvez le doge! sauvez le doge!

On sait que les petits canots de pêcheurs sont plus sûrs et plus faciles à diriger dans le golfe pendant l'orage que des barques de plus grande dimension. Aussi les canots venaient-ils de tous côtés pour sauver la tête chérie de Marino Falièri.

Mais il arrive toujours dans la vie que la Providence n'accorde qu'à un seul, comme une chose qui lui est due, le succès d'une entreprise hardie, et rend inutiles les efforts de tous ses concurrents. C'était donc cette fois au pauvre Antonio qu'il était réservé de sauver le nouveau doge, et ce fut pour cela que lui seul eut le bonheur d'approcher du *Bucentaure* avec sa frêle embarcation. Le vieux Marino Falièri, familiarisé avec de semblables périls, descendit courageusement et sans hésiter un instant du magnifique mais perfide *Bucentaure* et entra dans le petit canot du pauvre Antonio, qui, comme un dauphin, effleurant légèrement les vagues mugissantes, l'emmena en peu de minutes à la place Saint-Marc. Le vieux doge avait ses habits transpercés, et la barbe ruisselante de grosses gouttes d'eau de mer. Dans cet état, on le conduisit à l'église, où les nobles, encore pâles d'angoisses, achevèrent la cérémonie de sa réception. Le peuple ne fut pas moins consterné que la seigneurie des événements qui avaient signalé l'entrée du doge. On remarqua que celui-ci, dans sa marche précipitée, avait passé entre les deux colonnes dans l'intervalle desquelles on exécutait ordinairement les criminels. Le silence succéda à la joie, et ce jour si gaiement commencé finit dans le deuil et dans la tristesse.

Personne ne parut songer au sauveur du doge, et Antonio n'y pensa pas lui-même; il était accablé de fatigue, et les douleurs de sa blessure irritée de nouveau le firent tomber presque évanoui sous le portique du palais. Il fut fort étonné de se voir, à l'approche de la nuit, accosté par un serviteur du duc.

— Viens, camarade! lui dit celui-ci en le prenant par les épaules et le faisant entrer dans le palais et dans les appartements du doge.

Le vieillard vint amicalement à sa rencontre et lui montra deux bourses qui étaient sur la table.

— Tu t'es bien conduit, mon cher enfant, lui dit-il; tiens, prends ces trois mille sequins. En veux-tu davantage, tu n'as qu'à demander; mais fais-moi le plaisir de ne jamais te montrer à mes yeux.

A ces mots, les yeux du vieillard lancèrent des étincelles, et le bout de son nez se colora. Antonio ne comprit rien aux paroles du doge, aussi n'y attacha-t-il pas grande importance; mais il emporta les deux bourses pesantes qu'il croyait avoir légitimement gagnées.

Le lendemain, radieux de la splendeur de sa souveraineté nouvelle, le vieux Falièri regardait, par les fenêtres hautes et voûtées du palais, le peuple, qui s'occupait gaiement de toutes sortes de jeux et d'exercices militaires. Bodoèri, lié depuis son enfance avec le doge par une inaltérable amitié, entra dans l'appartement; Falièri, absorbé en lui-même et dans la contemplation de sa dignité récente, ne semblait pas l'apercevoir. Le nouveau venu frappa des mains, et s'écria en éclatant de rire:

— Eh! Falièri, je voudrais bien connaître les graves pensées qui couvent dans ta tête et l'animent depuis qu'elle est couverte du bonnet recourbé.

Falièri se réveilla comme d'un songe et alla au-devant de son ami avec une affabilité guindée. Il sentait bien que c'était principalement à Bodoèri qu'il devait son bonnet de doge, et les paroles du sénateur semblaient y faire allusion. Toute obligation pesait comme un fardeau sur l'âme fière et ambitieuse de Falièri; toutefois, ne pouvant congédier le doyen des conseillers de la même manière que le pauvre Antonio, il proféra avec contrainte quelques mots de gratitude, et se mit de suite à parler des mesures qu'il fallait opposer à l'activité de l'ennemi.

— Quant à cela, interrompit Bodoèri avec un sourire plein de finesse, quant à cela et à ce que l'État exige encore de toi, nous en traiterons mûrement en plein conseil dans quelques heures d'ici. Je ne suis pas venu te trouver si matin pour aviser avec toi aux moyens de vaincre l'insolent Doria ou de mettre à la raison Louis de Hongrie, qui veut de nouveau s'emparer de nos villes maritimes en Dalmatie. Non, Marino, j'ai pensé à toi seul, et, ce que tu n'aurais peut-être pas deviné, à ton mariage.

— Quelle idée! répliqua le doge en se levant d'un air courroucé et tournant le dos à Bodoèri pour regarder par la fenêtre. Nous ne sommes pas encore à la fête de l'Ascension. J'espère qu'à cette époque l'ennemi aura été battu, et que le lion adriatique se sera acquis par ses triomphes de la gloire, de nouvelles richesses et une puissance plus étendue. La chaste fiancée trouvera le fiancé digne d'elle.

— Ah! reprit Bodoèri avec impatience, tu parles de la singulière solennité du jour de l'Ascension, où, du haut du *Bucentaure*, lançant ta bague d'or dans les vagues, tu crois te marier avec la mer Adriatique. Mais quoi! Marino, tu ne connais donc pas d'autre fiancée que cet élément humide, froid et perfide, que tu crois dominer et qui vient de se révolter contre toi d'une manière si menaçante? Eh! comment songes-tu à reposer dans les bras d'une pareille épouse, qui, hier encore, folle et capricieuse, s'irritait et grondait lorsque tu caressais légèrement ses joues froides et bleuâtres? Tout le feu du Vésuve suffirait-il à réchauffer le cœur glacé d'une femme inconstante qui, dans sa continuelle perfidie, est toujours avide de nouveaux époux, qui n'accepte pas les anneaux comme un doux gage d'amour, *mais les engloutit* comme un tribut de ses esclaves? Non, Marino, je songeais que tu devais épouser la plus belle des filles de la terre?

— Tu radotes, murmura Falièri sans quitter la fenêtre, tu radotes, mon vieux. Moi, vieillard de quatre-vingts ans, accablé de soucis et de travaux, qui ne me suis jamais marié, qui suis à peine capable d'aimer encore!

— Arrête, s'écria Bodoèri, ne te calomnie pas toi-même. L'hiver, quelque rude et glacé qu'il puisse être, n'étend-il pas les bras vers la riante divinité qui vient au-devant de lui sur les ailes des tièdes zéphyrs? et lorsqu'il la presse contre son sein engourdi, lorsqu'une douce chaleur parcourt les veines, que deviennent alors la glace et les neiges? Tu dis que tu es presque octogénaire : c'est vrai; mais mesures-tu la vieillesse seulement au nombre des années? Ne portes-tu pas la tête aussi droite, ne marches-tu pas d'un pas aussi ferme qu'il y a quarante ans? Peut-être sens-tu que tes forces ont diminué, qu'il faut te ceindre d'une épée plus légère, que tu as de la peine à monter les escaliers du palais ducal.....

— Non, par le ciel! dit Falièri en interrompant son ami et quittant brusquement la fenêtre pour s'approcher de lui; non, par le ciel! je ne sens rien de tout cela.

— Eh bien! donc, continua Bodoèri, jouis dans ta vieillesse de tout le bonheur qui t'est réservé encore ici-bas. Elève au rang de dogaresse la femme que je t'ai choisie, et les femmes de Venise seront obligées de la reconnaître pour la première sous le rapport de la vertu et de la beauté, de même que les Vénitiens te reconnaissent comme leur supérieur en esprit, en force et en bravoure.

Alors Bodoèri commença à esquisser le portrait d'une femme, et il en sut mêler si adroitement les couleurs, faire ressortir si vivement les nuances, que les yeux du vieux Marino étincelèrent. Son visage s'anima par degrés; il avança les lèvres, et leur fit rendre le son qu'elles auraient produit s'il eût bu coup sur coup plusieurs verres de vin de Syracuse.

— Eh! dit-il enfin en souriant, quel est donc ce phénix de beauté dont tu me parles.

— Nulle autre que ma nièce chérie, répliqua Bodoèri.

— Quoi! ta nièce! interrompit Falièri; mais ne fut-elle pas mariée à Bertuccio Néolo quand j'étais podestat de Trévise?

— Ah! poursuivit Bodoèri, tu songes à ma nièce Francesca, et c'est sa fille que je te destine pour femme. Tu te rappelles que l'amour de la guerre entraîna Néolo sur les mers, et qu'il y perdit la vie. Francesca, pleine de douleur, se retira dans un couvent à Rome, et je fis élever la petite Annunziata à ma *villa* de Trévise, dans une profonde solitude.

— Quoi! interrompit de nouveau Falièri, tu veux me faire épouser la fille de ta nièce! Combien y a-t-il d'années que Néolo se maria? Annunziata ne saurait avoir plus de dix ans. Lorsque j'entrai en fonctions comme podestat de Trévise, on ne songeait pas encore au mariage de Néolo, et il y a de cela...

— Vingt-cinq ans, dit Bodoèri en riant. Ah! comment peux-tu si mal calculer un temps qui s'est passé si vite pour toi? Annunziata est une fille de dix-neuf ans, belle comme le soleil, humble, modeste, sans expérience de l'amour, car à peine a-t-elle vu un homme. Elle te vouera une tendresse filiale et un attachement sincère et sans bornes.

— Je veux la voir, je veux la voir, s'écria le doge, qui se représenta de nouveau le portrait que Bodoèri avait tracé d'Annunziata.

Son désir s'accomplit le même jour, car, à peine fut-il de retour du grand conseil dans ses appartements, que le rusé Bodoèri, désirant sans doute, pour plus d'un motif, voir sa nièce dogaresse, lui conduisit en secret la charmante Annunziata.

A l'aspect de cet ange, le vieux Falièri, ébloui de sa merveilleuse beauté, eut à peine la force de la demander en mariage, en proférant quelques phrases incompréhensibles. Annunziata, à laquelle probablement Bodoèri avait déjà fait sa leçon, se mit en rougissant à genoux devant le vieillard, dont elle saisit la main, qu'elle pressa contre ses lèvres, et murmura tout bas ;

— Oh! monseigneur, vous daignerez donc me faire monter sur le trône à côté de vous! Eh bien! je vous honorerai du fond de mon âme, et je serai votre fidèle servante jusqu'au dernier soupir.

Le vieux Falièri était hors de lui de bonheur et de ravissement. Quand Annunziata lui saisit la main, il sentit tous ses membres frissonner, et commença à trembler de la tête et de tout le corps avec tant de force qu'il fallut le mettre bien vite dans son grand fauteuil. Ceci démentait la bonne opinion de Bodoèri sur la force de l'octogénaire, aussi le sénateur ne put-il réprimer un singulier sourire qui se jouait sur ses lèvres; l'innocente et naïve Annunziata ne s'aperçut de rien, et heureusement qu'il n'y avait pas d'autres personnes présentes.

Le vieux Faliéri sentait sans doute ce que sa position avait d'embarrassant, lorsqu'il songeait à se montrer au peuple comme fiancé d'une fille de dix-neuf ans. Il craignit de s'attirer les railleries des Vénitiens, d'une humeur naturellement caustique, et pensa qu'il valait mieux laisser ignorer entièrement l'époque critique de son mariage. Il fut convenu avec Bodoèri que la cérémonie se ferait dans le plus grand secret, et que, quelques jours après, on présenterait la dogaresse à la seigneurie et au peuple, comme mariée depuis longtemps avec Falièri, et récemment de retour d'Avignon, où elle était censée avoir demeuré avec Falièri pendant son ambassade.

Portons nos regards sur ce jeune homme si beau et si richement vêtu, qui, tenant à la main une bourse pleine de sequins, se promène sur le Rialto, et cause avec des Juifs, des Grecs, des Arméniens. Il détourne son front sombre, avance, s'arrête, se retourne, et se fait mener en gondole à la place Saint-Marc. Là il marche en long et en large, d'un pas incertain, les bras croisés, les yeux baissés, sans s'apercevoir des chuchotements qui partent de cette fenêtre, de la petite voix qui se fait entendre sur ce magnifique balcon; signaux d'amour qu'on lui adresse inutilement. Qui reconnaîtrait dans ce jeune homme l'Antonio, pauvre, misérable, en haillons, naguère étendu sur le pavé devant la Dogana?

— Bonjour, mon fils, mon cher fils! Antonio, bonjour! lui cria la vieille mendiante assise sur les marches de l'église Saint-Marc, et qu'il n'avait point aperçue en passant. Dès qu'il la vit en se retournant, il mit la main dans sa bourse, et prit une poignée de sequins, qu'il voulut lui jeter.

— Oh! laisse ton or dans ton escarcelle, dit la vieille avec un rire perçant; que veux-tu que je fasse de ton or, ne suis-je pas assez riche! Mais, si tu veux m'être utile, fais-moi faire un capuchon neuf, car celui que je porte ne peut plus me défendre contre le vent et la pluie; oui, fais cela, ô mon fils, mon fils chéri! mais ne va plus au Fontego... au Fontego...

Antonio regarda fixement ce visage, dont les rides se contractaient affreusement. Elle frappa ses mains maigres l'une contre l'autre, et continua de répéter d'une voix criarde :

— Ne retourne plus au Fontego...

— Ne saurais-tu mettre un terme à ton bavardage insensé, vieille sorcière? s'écria Antonio.

Dès qu'il eut pronocé ces mots, la vieille, comme frappée de la foudre, roula en bas des marches de marbre. Antonio s'avança rapidement vers elle, la saisit par les deux mains, et l'empêcha de tomber trop rudement.

— Ah! mon fils chéri, murmura la vieille d'une voix lamentable, quelle horrible parole viens-tu de prononcer? Ah! tue-moi plutôt que de la répéter encore... Tu ne sais pas jusqu'à quel point tu m'as offensée, moi qui te porte si tendrement dans mon cœur : non, tu ne le sais pas...

La vieille se tut tout à coup, enveloppa sa tête dans un lambeau d'étoffe brune qui pendait en guise de mantelet sur ses épaules, et se mit à soupirer et à sangloter, comme si elle eût éprouvé de cruelles douleurs. Antonio se sentit singulièrement ému; il prit la vieille dans ses bras, la porta jusqu'au portail de l'église Saint-Marc, et la déposa sur un banc de marbre.

— La vieille, dit-il après lui avoir débarrassé la tête de ses haillons, tu m'as fait du bien; à proprement parler, je te dois toute ma fortune; car si tu n'étais venue à mon secours, je serais depuis longtemps au fonds de la mer, je n'aurais pas sauvé le vieux doge et n'aurais point reçu de brillants sequins; mais, quand même tu ne m'aurais pas rendu ces services, je me sens pour toi un vif attachement, bien que ton rire repoussant me fasse souvent frissonner. En effet, la vieille, lorsque je gagnais encore ma vie avec tant de peine en portant des fardeaux, il me semblait toujours qu'il me fallait travailler un peu plus pour avoir de quoi te donner quelques quattrini sur mes bénéfices...

— O fils de mon cœur, mon Tonio chéri! s'écria la vieille en levant ses bras desséchés, de manière à faire tomber avec bruit et rouler au loin son bâton sur le marbre; ô mon Tonio! je le sais bien, quelque chose que tu fasses, tu dois m'être attaché de toute ton âme, car..... Mais silence, silence, silence!

La vieille se baissa péniblement pour ramasser son bâton. Antonio le lui donna. Appuyant dessus son menton pointu, et le regard fixé à terre, la vieille dit alors d'une voix sourde et contrainte :

— Dis-moi, mon enfant, tu n'as donc aucun souvenir du passé, de la position où tu te trouvais avant d'être pauvre, misérable et capable à peine de soutenir ton existence?

Antonio soupira profondément, s'assit auprès de la vieille et parla ainsi :

— Ah! la mère, je n'ai que trop présente à la mémoire l'opulence de mes parents; mais, quant à leur qualité, à la manière dont j'en fus séparé, il ne m'en reste et il ne peut m'en rester le moindre souvenir. Je me rappelle parfaitement un grand et bel homme, qui me prenait souvent dans ses bras, me caressait et me mettait des bonbons dans la bouche. Je me souviens aussi d'une femme bienveillante et jolie, qui m'habillait, me déshabillait, me couchait doucement et me témoignait le plus vif intérêt. Tous deux me parlaient dans une langue étrangère et sonore, et à leur imitation j'en prononçais aussi quelques mots. Du temps que j'étais encore rameur, mes camarades, mal disposés contre moi, disaient toujours qu'à en juger par mes cheveux, ma taille et mon accent, il fallait que je fusse Allemand de nation. Je crois aussi que l'allemand était la langue de mes bienfaiteurs, et le grand et bel homme était sans doute mon père.

De cette époque, ce que j'ai le moins oublié c'est une nuit, une nuit de terreur, où des cris affreux me tirèrent d'un profond sommeil. On courait çà et là dans la maison, les portes étaient ouvertes et refermées avec bruit; j'eus bien peur et je me mis à pleurer. Alors la femme qui avait soin de moi se précipita dans la chambre où j'étais, m'arracha de mon lit, me mit la main sur la bouche, m'enveloppa dans un drap et m'emporta. Depuis ce moment, mes souvenirs se taisent. Je me retrouve dans une maison magnifique, située dans une charmante contrée; je me représente la figure d'un homme que je nommais mon père, et qui était un respectable seigneur, d'un aspect noble et bienveillant. Il parlait italien, ainsi que tous les gens de la maison. J'avais passé plusieurs semaines sans le voir, quand un jour des étrangers de mauvaise mine vinrent à la maison; ils y firent beaucoup de bruit et en fouillèrent tous les recoins. En me voyant, ils me demandèrent qui j'étais, et ce que je faisais là.

— Je suis Antonio, le fils de la maison, répondis-je.

A ces mots, ils me rirent au nez, m'arrachèrent mes beaux habits, et me chassèrent en me menaçant de me bâtonner si je reparaissais. Je m'en allais en pleurant; à peine à cent pas du logis, je rencontrai un vieillard, que je reconnus pour un serviteur de mon père adoptif.

— Viens, Antonio, me disait-il en me prenant par la main, viens, Antonio, pauvre enfant! cette maison nous est fermée pour toujours; il faut que nous tâchions tous deux de trouver un morceau de pain.

Le vieillard m'emmena. Il n'était pas aussi pauvre que l'auraient pu faire supposer ses méchants habits. A peine arrivé, je le vis tirer des sequins de sa veste déchirée. Il se promenait toute la journée au Rialto, tantôt courtier, tantôt négociant. Il fallait que je fusse toujours auprès de lui, et, lorsqu'il venait de conclure un marché, il avait coutume de demander en sus une bagatelle pour le *figliulo*[1]. Les marchands, que je regardais avec hardiesse, donnaient volontiers quelques *quattrini*, qu'il mettait dans sa poche avec beaucoup d'aisance, et, en me caressant les joues, il assurait qu'il amassait tout cela *pour me faire faire* une veste neuve.

Je me trouvais bien avec ce vieillard, qu'on appelait, je ne sais pourquoi, le petit père au nez bleu; mais ma prospérité ne fut pas de longue durée. Tu te rappelles la veille de ce jour affreux où la terre se mit à trembler, où les clochers et le palais s'ébranlèrent, où les cloches sonnèrent comme si elles avaient été mises en branle par des bras de géants invisibles. Il y a à peine sept ans de cela. J'eus le bonheur de me sauver, avec le vieillard, de la maison, qui s'écroula un moment après : tout commerce avait cessé, le Rialto était désert. Mais cet effroyable événement ne fut que le précurseur du monstre qui souffla bientôt sur le pays son haleine empoisonnée.

On savait que la peste, venue de l'Orient, avait éclaté d'abord en Sicile, et exerçait déjà ses ravages en Toscane. Venise en était encore exempte. Or un jour le petit père au nez bleu passa un marché avec un Arménien. Après l'avoir conclu, ils se donnèrent la main en signe d'accord. Mon petit père avait cédé au rabais quelques bonnes marchandises à l'Arménien, et, selon son habitude, il lui demanda une bagatelle *per il figliulo*. L'Arménien, homme grand et fort, à barbe épaisse et bouclée (je le vois encore), me regarda avec bienveillance, m'embrassa, et me mit dans la main une couple de sequins, que j'empochai bien vite. Nous allâmes en gondole à Saint-Marc. Chemin faisant, mon petit père me demanda les sequins; et je ne sais vraiment pas comment l'idée me vint de soutenir que je devais les garder moi-même, puisque l'Arménien me les avait donnés. Le vieillard se fâcha; mais, pendant qu'il me faisait des reproches, je remarquais que son visage se couvrait d'une couleur d'ocre jaune affreuse à voir, et que ses paroles étaient entièrement incohérentes. Arrivé sur la place, il chancela de côté et d'autre, comme un homme ivre, et finit par tomber mort près du palais ducal. Je me jetai sur son cadavre en poussant de grands cris. La foule se rassembla; mais, sitôt que se fit entendre ce terrible cri : La peste! la peste!... tous se dispersèrent saisis de terreur. En ce moment un étourdissement sourd me saisit, je perdis connaissance. Revenu à moi, je me trouvai dans une chambre spacieuse, couché sur un méchant matelas, et couvert d'une couverture de laine. Sur d'autres matelas étaient rangés autour de moi vingt à trente individus pâles et misérables. Comme je l'appris plus tard, des moines compatissants, qui sortaient de Saint-Marc, m'avaient trouvé respirant encore, mis dans une gondole et fait porter à *la Giudecca* dans le couvent de Saint-Georges-le-Majeur, où les bénédictins avaient fondé un hôpital.

[1] Petit-fils, petit enfant.

Comment, la vieille, puis-je te décrire l'instant de mon réveil? La violence du mal m'avait complétement privé de la mémoire. Pareil à une statue insensible qu'anime subitement l'étincelle de vie, je ne vivais que dans l'heure présente, sans passé ni avenir. Tu ne peux t'imaginer, la vieille, à quel point était amère et désolante cette existence qui flottait dans le vide et sans appui!

Tout ce que les moines purent m'apprendre, ce fut qu'on m'avait trouvé près du petit père au nez bleu, que l'on regardait généralement comme mon père. Peu à peu les pensées me revinrent, et je me rappelai ma vie antérieure. Mais ces traits décousus, qui sont le sujet de mon récit, sont tout ce que j'en sais. Ah! quelle que soit ma prospérité, cet isolement dans le monde m'empêche de me livrer à la joie!

— Tonio, mon cher Tonio, dit la vieille avec émotion, contente-toi de ce que te donne le présent.

— Tais-toi, la vieille, interrompit Antonio, tais-toi; il y a encore quelque chose qui me rend la vie insupportable, qui me poursuit sans cesse et qui me perdra tôt ou tard. Un désir inexprimable, un désir qui me ronge, et dont je ne puis nommer l'objet, s'est emparé de tout mon être depuis que je suis revenu à la vie dans l'hôpital des Bénédictins. Quand je reposais la nuit sur la dure, pauvre et misérable, épuisé par des travaux pénibles, alors des songes rafraîchissaient mon front brûlant et procuraient à mon âme des moments de félicité parfaite; la Providence me faisait pressentir les délices du ciel!... A présent je dors sur le duvet, aucun travail n'use mes forces; mais si je me réveille de ces heureux songes, si le souvenir de ces instants de félicité me vient à l'esprit, je sens que mon existence isolée ne m'est pas moins à charge qu'auparavant, et je n'ai pas moins l'envie de secouer ce pesant fardeau. Tout ce que j'entreprends pour m'éclairer est inutile : je ne puis retrouver les traces de ce qui s'est passé de si beau dans ma vie. Hélas! obscur et inintelligible, l'écho d'un bonheur qui n'est plus me remplit d'une douce ivresse; mais cette ivresse ne se change-t-elle pas en une douleur brûlante, en une douleur qui me tourmente mentalement, lorsqu'il me faut renoncer à tout espoir de retrouver, ou même de chercher ce paradis inconnu? Peut-on ressaisir des vestiges de ce qui est irrévocablement perdu?

Antonio se tut, et poussa un profond soupir. Pendant son récit, la vieille avait témoigné son émotion par des gestes, comme une personne qui touchée du malheur d'autrui éprouve tout ce qu'il éprouve lui-même, et reflète fidèlement tous les mouvements d'une douleur qui devient la sienne.

— Tonio, dit-elle d'une voix lamentable, mon cher Tonio, tu te désoles d'un bonheur passé, dont le souvenir a disparu, enfant insensé! écoute... hi, hi, hi!...

La vieille se mit à ricaner, selon sa désagréable habitude, et à sautiller sur le pavé de marbre. Il passa du monde, la vieille s'accroupit, et on lui jeta des aumônes.

— Antonio, Antonio, tire-moi d'ici, allons vers la mer! s'écria-t-elle.

Presque involontairement et sans savoir ce qu'il faisait, Antonio saisit la vieille par le bras, et traversa lentement avec elle la place Saint-Marc. Pendant qu'ils marchaient, la vieille murmurait d'un ton solennel :

— Antonio, vois-tu bien ici sur le sol de sombres taches de sang?... oui, du sang, beaucoup de sang, partout beaucoup de sang!... mais, hi, hi, hi! de ce sang naissent des roses, de belles roses rouges, afin de t'en faire une couronne pour ta bien-aimée!... Oh! Seigneur du ciel!... quel est ce bel ange de lumière qui s'avance vers toi et t'adresse un céleste sourire? ses bras blancs comme le lis s'étendent pour t'embrasser. O Antonio, enfant fortuné, prends courage, prends courage, et tu cueilleras des myrtes à la clarté du crépuscule, des myrtes pour ta fiancée, pour la veuve virginale... hi, hi, hi!... Des myrtes que l'on cueille au coucher du soleil, mais qui ne fleurissent qu'à minuit... Entends-tu le murmure du vent des nuits, la voix languissante et plaintive de la mer? Rame avec force, mon brave gondolier!...

Antonio se sentit saisi d'un frisson violent à ces bizarres paroles que la vieille murmura d'une voix étrange et sans cesser de ricaner. Ils étaient arrivés à la colonne qui est surmontée du lion adriatique. Tout en continuant à radoter, la vieille voulait passer outre; mais Antonio, tourmenté, en butte aux regards des passants dont sa compagne attirait l'attention, s'arrêta et lui dit d'un ton rude :

— Assieds-toi sur ces marches, la vieille, et fais trêve à tes discours, qui me rendraient insensé. Il est vrai que tu as vu dans les nuages du couchant les sequins qui m'étaient promis; mais que rabâches-tu d'ange de lumière, de fiancée, de veuve virginale, de roses et de myrtes? Veux-tu me tromper, femme exécrable? Veux-tu m'entraîner à quelque entreprise insensée qui me précipitera dans l'abîme? Tu auras un capuchon neuf, du pain, des sequins, tout ce que tu voudras, mais laisse-moi.

Antonio voulut s'éloigner, mais la vieille le saisit par son manteau, et s'écria d'une voix perçante :

— Tonio, mon Tonio, regarde-moi encore une fois, sans cela il faut que j'aille au bout de cette place et que je me jette à la mer!

Pour ne pas s'exposer encore davantage à la curiosité des promeneurs, Antonio s'arrêta.

— Tonio, dit la vieille, assieds-toi à côté de moi ; j'ai sur le cœur un fardeau pénible que j'ai besoin de te faire partager. Oh ! assieds-toi près de moi.

Antonio s'assit sur les marches, de manière à tourner le dos à la vieille, et il sortit de sa poche son carnet, dont les feuilles blanches témoignaient du zèle avec lequel il poursuivait ses affaires commerciales au Rialto.

— Tonio, dit alors la vieille à voix basse, Tonio, en regardant mon visage ridé, n'as-tu pas quelque vague souvenir de m'avoir connue jadis ?

— Je te l'ai déjà dit, vieille, répondit Antonio tout aussi bas et sans se retourner, je me sens entraîné vers toi par un penchant inexplicable ; mais ce n'est pas à cause de ton visage laid et ridé. J'éprouverais plutôt pour toi de la répugnance en voyant tes yeux noirs qui brillent d'un étrange éclat, ton nez pointu, tes cheveux gris et hérissés, en entendant ton rire affreux et tes discours inintelligibles ; je pourrais croire que tu as à ton service d'abominables charmes pour m'attirer à toi.

— O Seigneur du ciel ! hurla la vieille saisie d'une indicible douleur, quel démon de l'enfer t'inspire d'aussi horribles pensées ! O mon Antonio, la femme qui t'a soigné si tendrement dans ton enfance, celle à laquelle tu as dû la vie dans cette nuit de terreur, cette femme, c'est moi !...

Effrayé et surpris, Antonio se retourna promptement ; mais, après avoir regardé l'affreuse figure de la vieille, il s'écria avec colère :

— C'est ainsi que tu veux me tromper, femme maudite ! Le peu de souvenirs qui me sont restés de mon enfance sont encore pleins de fraîcheur et de vivacité. Cette femme tendre et bienveillante qui avait soin de moi est toujours vivante à mes yeux. Elle avait une figure fraîche et pleine, un beau teint, de doux yeux, de beaux cheveux d'un brun foncé, des mains délicates ; elle avait à peine trente ans ; et toi ?... une vieille de quatre-vingt-dix ans !...

— O saints du ciel ! interrompit la vieille en sanglotant, comment m'y prendre pour persuader à mon Tonio que je suis sa fidèle Marguerite ?

— Marguerite ! murmura Antonio, Marguerite ! ce nom frappe mon oreille comme une mélodie depuis longtemps entendue et depuis longtemps oubliée ! Mais non, cela n'est pas possible !

La vieille, les yeux baissés, et remuant sur le sol le bout de son bâton, continua avec plus de calme :

— Ce grand et bel homme qui te caressait et te mettait des bonbons dans la bouche, c'était bien ton père, mon Tonio ! C'était bien la belle et sonore langue allemande que nous parlions. Ton père était un marchand d'Ausbourg, riche et considéré. Sa jeune et belle femme mourut en te mettant au monde. Alors, ne pouvant demeurer dans la ville où était la sépulture de ce qu'il avait de plus cher, il vint à Venise, et m'y amena, moi, ta nourrice et ta gardienne. Dans cette nuit fatale, ton père succomba à un sort cruel qui te menaçait également. Je parvins à te sauver. Un noble vénitien t'accueillit. Privée de tout moyen d'existence, il me fallut rester à Venise. Dès mon enfance, mon père, qui était chirurgien et s'occupait, disait-on, de sciences occultes, m'avait initiée aux mystères de la médecine. J'avais appris de lui, en parcourant les champs et les forêts, à connaître les propriétés de mainte herbe salutaire, de mainte mousse inconnue ; je savais l'heure à laquelle il fallait les cueillir, l'usage qu'il fallait en faire ; mais à cette science je joignais encore un autre don particulier que le ciel m'a accordé dans un but inexplicable.

Je vois souvent comme dans un miroir obscur les événements futurs, et une puissance inconnue, à laquelle je ne puis résister, me force à prononcer presque involontairement des phrases qui me sont inintelligibles à moi-même. Or, seule et abandonnée de tout le monde à Venise, je songeai à me faire un gagne-pain de mes connaissances. Je guéris en peu de temps les maladies les plus désespérées ; ajoutez à cela que ma présence avait une influence bienfaisante sur les malades, et que le seul attouchement de ma main faisait cesser leur crise. Ma réputation ne pouvait donc manquer de s'étendre dans la ville, et l'argent d'affluer chez moi. Alors fut éveillée la jalousie des médecins, des charlatans, qui vendaient leurs essences et leurs pilules sur la place Saint-Marc, au Rialto, à la Zecca, et qui empoisonnaient les malades au lieu de les guérir. Ils firent courir le bruit que j'avais fait un pacte avec Satan, et le peuple y ajouta foi. Bientôt je fus arrêtée et traduite devant le tribunal ecclésiastique. Oh ! mon Tonio, que ne me fit-on pas souffrir pour me faire avouer mon abominable alliance ! Je fus inébranlable ; mes cheveux blanchirent, mon corps fut brisé et desséché ; mes pieds et mes mains furent disloqués. Il restait encore la terrible torture, l'invention la plus ingénieuse de l'esprit infernal ; elle m'arracha un aveu. Je fus condamnée au feu ; mais, quand le tremblement de terre ébranla les murs du palais et de la grande prison, les portes de mon cachot souterrain s'ouvrirent d'elles-mêmes, et je sortis en chancelant, comme du fond d'un tombeau, au milieu des décombres et des ruines. Ah ! Tonio, tu m'as appelée vieille octogénaire, et j'ai à peine cinquante ans passés. Ce corps est amaigri, ce visage affreusement défiguré ; ces cheveux sont blancs, ces pieds tordus ; mais ce n'est point par les années. Oh ! non ; les plus atroces tourments pouvaient seuls faire en peu de mois un cadavre vivant de la plus robuste des femmes. Et quant à ce rire repoussant, c'est un mouvement convulsif causé par la dernière torture, dont la pensée seule me fait dresser les cheveux sur la tête, et embrase tout mon corps, comme s'il était renfermé dans une cuirasse ardente. Depuis que je l'ai subie, ce rire me prend sans cesse, comme une crampe indomptable. N'aie plus peur de moi, mon Tonio ! Ah ! ton cœur a dû te dire que, petit enfant, tu reposais sur mon sein...

— Femme, dit d'une voix sourde Antonio absorbé dans ses rêveries, femme, quelque chose me dit que je dois te croire. Mais, qui était mon père ? comment s'appelait-il ? à quel sort fatal a-t-il succombé dans cette nuit de terreur ? Quel était celui qui me recueillit ? quel est cet événement de ma vie dont l'idée me domine encore entièrement comme un charme d'un autre monde inconnu, au point que toutes mes pensées semblent se perdre dans une sombre mer ? Il faut que tu me dises tout cela, femme mystérieuse ; alors je te croirai.

— Tonio, répliqua la vieille en soupirant, je dois me taire pour ton salut ; mais il sera bientôt temps de m'expliquer. Songe au Fontego... au Fontego... Ne retourne plus au Fontego...

— Oh ! s'écria Antonio courroucé, tes paroles obscures sont inutiles pour me séduire, ainsi que tes maudits artifices ; mon cœur est déchiré !... il faut que tu parles...

— Arrête, interrompit la vieille, pas de menaces. Ne suis-je pas ta nourrice, ta bienfaitrice ?

Sans attendre ce que la vieille allait ajouter, Antonio se leva et s'éloigna à pas précipités.

— Tu auras ton capuchon neuf, cria-t-il de loin à la vieille, et des sequins tant que tu voudras.

C'était en effet un singulier spectacle que celui du vieux doge Falièri à côté de sa jeune femme. Il était à la vérité assez robuste encore ; mais sa barbe était grise, sa figure bronzée et sillonnée de rides, et c'était avec peine qu'il rejetait la tête en arrière. Quant à elle, c'était la grâce même. La douceur angélique de sa physionomie, le charme irrésistible de ses regards languissants, la grandeur et la dignité de son front ouvert, blanc comme le lis et entouré de noirs cheveux, le gracieux sourire errant sur ses lèvres et sur ses joues, la modestie céleste qui inclinait sa tête, la légèreté de sa démarche, tout cela composait un ensemble délicieux, un magnifique modèle de femme qui semblait appartenir à un monde meilleur. Vous connaissez ces figures d'anges créées par les anciens maîtres : telle était Annunziata.

Aussi tous ceux qui la voyaient étaient-ils ravis et transportés. Aussi les ardents jeunes gens de la noblesse s'enflammaient-ils à sa vue, et chacun, toisant le vieux doge d'un air dédaigneux, jurait-il dans son cœur de devenir à tout prix le Mars de ce Vulcain. Annunziata se vit bientôt environnée d'adorateurs, dont elle accueillit tranquillement les discours flatteurs et séduisants, sans y attacher une grande importance. Son âme d'ange ne voyait rien dans sa situation vis-à-vis de son époux que la nécessité de lui être soumise, de le respecter et de lui obéir avec la fidélité sans bornes d'une servante ! Il avait de l'affection, de la tendresse même pour elle : il la pressait sur son sein glacé, l'appelait sa bien-aimée, et lui faisait présent des joyaux les plus précieux. Que pouvait-elle envier ou désirer de plus ? La pensée d'être infidèle au vieillard ne pouvait naître dans son cœur. Tout ce qui était au delà de ce cercle restreint était pour elle une contrée étrangère dont les limites interdites se perdaient dans un brouillard, et dont le pieux enfant ignorait l'existence. Il en résulta que les assiduités de tous les amants furent en pure perte.

Mais nul d'entre eux ne fut plus épris que Michel Sténo de la jeune dogaresse. Malgré sa jeunesse, il occupait la place importante de membre du conseil des Quarante. Comptant sur l'éclat de sa dignité et ses avantages personnels, il se promettait une victoire assurée. Il ne craignait pas le vieux Marino Falièri ; et en effet, celui-ci, depuis son mariage, semblait avoir oublié sa bouillante colère et son indomptable turbulence. On le voyait assis à côté de la belle Annunziata, paré des vêtements les plus riches et des couleurs les plus variées ; il souriait, et le doux regard de ses yeux gris, d'où s'échappait parfois une larme, semblait demander si quelqu'un au monde pouvait se vanter de posséder une pareille épouse. Au lieu de parler, comme autrefois, d'un ton de maître, il chuchotait en remuant à peine les lèvres, appelait le premier venu son cher ami, et accédait aux demandes les plus déraisonnables. Aurait-on pu reconnaître dans ce vieillard amoureux et efféminé ce Falièri qui avait battu le vaillant Morbassan, et, à Trévise, pendant la Fête-Dieu, avait, dans un moment de colère, frappé l'évêque à la figure ?

Cette faiblesse croissante encouragea Michel Sténo aux plus folles entreprises. Annunziata ne comprenait pas pourquoi Sténo la poursuivait sans cesse de ses regards et de ses discours, et elle conservait toujours envers lui le même calme et la même urbanité. C'était là précisément ce qui le mettait au désespoir. Il eut recours à d'abominables moyens. Il parvint à lier une intrigue d'amour avec la camériste la plus aimée d'Annunziata, et celle-ci finit par lui accorder des rendez-vous nocturnes. Il crut ainsi s'être frayé le chemin de la chambre non encore profanée d'Annunziata; mais l'éternelle Providence fit retomber ces infamies sur la tête de leur auteur.

Une nuit, le doge, ayant reçu la mauvaise nouvelle de la défaite de Nicolo Pisani par Doria à Porto-Longo, se sentit incapable de prendre du repos. Plongé dans un chagrin profond, il se promenait dans les corridors du palais ducal. Tout à coup il aperçut une ombre qui paraissait sortir de l'appartement d'Annunziata, et se glissait du côté de l'escalier. Il s'avança : c'était Michel Sténo, qui sortait de chez sa maîtresse. Une pensée terrible traversa l'esprit de Falièri.

— Annunziata! s'écria-t-il, et, le stylet levé, il s'élança sur Sténo.

Mais Sténo, plus robuste et plus adroit que le vieux Falièri, le prévint, le jeta à terre d'un violent coup de poing, et descendit précipitamment l'escalier en riant et répétant :

— Annunziata, Annunziata!

Le vieillard se releva, et, les tourments de l'enfer dans le cœur, se glissa en silence vers les appartements de sa femme. Tout était tranquille et muet comme la tombe. Il frappa à la porte; une autre camériste que celle qui couchait d'ordinaire auprès de la chambre d'Annunziata vint lui ouvrir. Annunziata passa à la hâte un léger vêtement, et sortit.

— Qu'ordonne à cette heure mon royal époux? dit-elle d'une voix calme et douce comme celle d'un ange.

Le vieillard la regarda fixement, puis levant les mains :

— Non, ce n'est pas possible, s'écria-t-il; non, ce n'est pas possible!

— De quoi s'agit-il, mon cher doge? demande Annunziata surprise du ton solennel du vieillard.

Mais Falièri, sans répondre, se tourna vers la femme de chambre :

— Pourquoi est-ce toi qui couches ici, et non pas Luigia, comme à l'ordinaire?

— Ah! répliqua la petite, Luigia a voulu absolument que je prisse sa place pour cette nuit. Elle est couchée dans l'antichambre, tout près de l'escalier.

— Tout près de l'escalier! s'écria Falièri ivre de joie; et il courut d'un pas rapide à l'antichambre, à la porte de laquelle il frappa à coups redoublés.

Luigia ouvrit, et voyant la figure rouge de colère et les yeux enflammés de son maître, elle tomba à genoux demi-nue, et avoua sa honte, sur laquelle ne laissait aucun doute une paire de gants d'homme posée sur un fauteuil, et dont le parfum d'ambre trahissait le possesseur.

Irrité de l'audace inouïe de Sténo, le doge lui écrivit le lendemain pour lui défendre d'approcher du palais ducal, du doge ou de la dogaresse, sous peine d'être banni de la ville. Sténo était furieux d'avoir en vain combiné son plan, et d'être banni et éloigné de son idole. Il voyait de loin la dogaresse parler, avec sa douceur et son affabilité ordinaires, à d'autres jeunes patriciens; l'envie, la rage, la passion, lui inspirèrent l'affreuse idée que si la dogaresse lui avait refusé ses hommages, c'était peut-être parce que d'autres étaient plus heureux auprès d'elle, et il osa exprimer cette pensée tout haut et publiquement.

Soit que le vieux Falièri fût informé de ces discours effrontés, soit que l'image de cette nuit funeste se présentât à lui comme un avertissement du sort, soit enfin que, malgré sa confiance dans la vertu de sa femme et la tranquillité dont il jouissait, il sentît le danger de cette union disproportionnée, il devint chagrin et bourru, tous les démons de la jalousie l'assaillirent; il séquestra Annunziata dans les appartements les plus reculés du palais ducal, et personne n'eut plus accès auprès d'elle. Bodoèri prit le parti de sa petite-nièce, et fit d'amers reproches au vieux Falièri, mais sans pouvoir le faire convenir de ses torts.

Tout cela avait lieu avant le *giovedi grasso* (le jeudi gras). Il était d'usage qu'aux fêtes populaires qu'on célébrait ce jour-là sur la place Saint-Marc, la dogaresse s'assît à côté du doge sous un dais attenant à une galerie élevée dans la *piazzetta*. Bodoèri rappela à Marino cette coutume, et lui dit qu'il serait absurde de la contrarier en privant Annunziata de cet honneur, et qu'un pareil excès de jalousie lui attirerait les railleries du peuple et de la seigneurie.

— Crois-tu, répliqua le vieux Falièri, dont l'amour-propre fut soudainement irrité, crois-tu que, comme un vieux fou imbécile, la crainte des voleurs m'empêche de montrer mon plus précieux trésor? N'ai-je pas mon épée pour défendre mon bien? Non, mon vieux, tu es dans l'erreur; demain je traverserai la place Saint-Marc, au milieu d'une procession brillante et solennelle, en tenant Annunziata par la main, afin que le peuple voie sa dogaresse. Le jeudi gras, elle recevra le bouquet des mains du hardi matelot qui descendra le lui apporter du haut des airs.

Le doge faisait allusion à une coutume très-ancienne. Le jeudi gras, un homme du peuple, des plus déterminés, monte dans une machine semblable à une petite barque, et tenue par des cordes qui partent de la mer et sont attachées à la pointe du clocher de Saint-Marc. Il descend sur ces cordes avec la rapidité d'une flèche jusqu'à la place où sont assis le doge et la dogaresse, et elle reçoit un bouquet de fleurs des mains de cet homme. Si le doge est venu seul, c'est à lui qu'on présente le bouquet.

Le lendemain le doge tint parole. Annunziata, parée de ses plus beaux atours, et Falièri, entouré de la noblesse, et accompagné de pages et de gardes, traversèrent la place Saint-Marc, que garnissait une multitude nombreuse. On se pressait, on se foulait pour voir la belle dogaresse, et celui qui avait le bonheur de l'apercevoir croyait avoir entrevu le plus beau des anges du paradis dans toute sa splendeur et sa magnificence. Mais tel est le caractère des Vénitiens : au milieu des plus folles exclamations de ravissement on entendait çà et là des propos railleurs, des épigrammes qui s'adressaient assez rudement au vieux Falièri et à sa jeune femme. Toutefois le doge n'y paraissait point faire attention; mais, affranchi pour cette fois de sa jalousie, bien qu'il vît de tous côtés des regards brûlants de désir fixés sur sa belle épouse, il marchait à côté d'elle le visage épanoui et l'air aussi passionné que possible.

Les gardes avaient avec peine dispersé la foule qui encombrait la porte principale du palais; de sorte que lorsque le doge et la dogaresse entrèrent dans la cour, il ne s'y trouvait que quelques groupes de bourgeois mieux vêtus que les autres, et auxquels on n'avait pu refuser l'entrée. Au moment où la dogaresse parut dans la cour, un jeune homme, qui était avec plusieurs autres personnes auprès du portique, tomba inanimé sur le pavé de marbre en s'écriant :

— O Dieu du ciel!

Tout le monde accourut et entoura le moribond, de manière à le cacher aux yeux de la dogaresse; mais au moment où le jeune homme tomba, elle sentit dans sa poitrine comme l'impression d'un coup de poignard. Elle pâlit et se serait évanouie si les femmes n'étaient venues à son secours avec leurs flacons de sels. Le vieux Falièri, effrayé et surpris de cet accident, donna à tous les diables le jeune homme avec son coup de sang. Il prit avec effort Annunziata dans ses bras, et la porta péniblement dans ses appartements. Elle avait les yeux fermés et la tête penchée sur la poitrine comme une tourterelle blessée.

Pendant ce temps un singulier spectacle s'offrait au peuple, dont les flots grossissaient dans la cour du palais. On allait relever et emporter le jeune homme, que l'on croyait mort, lorsqu'une vieille mendiante, en haillons et difforme, arriva en boitant et en gémissant. Au moyen de ses coudes anguleux, dont elle caressait le dos et les côtes de ses voisins, elle se fraya un chemin au plus épais de la foule, et, parvenue auprès du jeune homme inanimé :

— Laissez-le, s'écria-t-elle, fous que vous êtes, peuple insensé! il n'est pas mort.

Alors elle s'accroupit, mit la tête du jeune homme sur ses genoux, lui frotta doucement le front, et l'appela des noms les plus tendres. On ne pouvait s'empêcher de frissonner en regardant l'horrible figure de la vieille, penchée sur le visage du jeune homme sur les traits duquel la mort était empreinte, tandis qu'une animation affreuse contractait les muscles de la vieille. Ses sales haillons flottaient au-dessus des riches vêtements du jeune homme; ses bras jaunes et desséchés, ses mains amaigries, tremblaient sur le front et la poitrine ouverte de son protégé : ne semblait-il pas que celui-ci respirât dans les bras mêmes de la mort?

Aussi les curieux s'éloignèrent peu à peu; il ne resta qu'un petit nombre de personnes, qui, lorsque le jeune homme ouvrit les yeux, le portèrent, à la demande de la vieille, auprès du grand canal. Une gondole les reçut tous deux, et les mena à une maison que la vieille avait désignée comme appartenant à l'inconnu. Est-il besoin de dire que ce dernier était Antonio, et sa compagne la mendiante des marches de l'église des Franciscains, qui prétendait avoir été sa nourrice.

Antonio était entièrement revenu de son évanouissement, et voyant auprès de sa couche la vieille, qui venait de lui donner quelques gouttes d'un élixir tonique, il fixa longtemps sur elle un regard sombre et mélancolique.

— Te voilà près de moi, Marguerite, dit-il d'une voix sourde et avec effort, je suis content. Où aurais-je pu trouver une gardienne plus fidèle que toi? Ah! pardonne-moi seulement, ma mère, d'avoir pu, enfant faible et insensé que je suis, douter un seul instant de ce que tu m'as appris. Oui, tu es cette Marguerite qui a pris soin de moi; je le savais déjà depuis longtemps, mais le mauvais esprit bouleversait mes pensées. Je l'aime... c'est elle... c'est bien elle... Ne t'ai-je pas dit que mon âme était irrésistiblement dominée par je ne sais quel charme? Il s'est révélé à moi, brillant comme l'éclair, pour me plonger dans un inexprimable ravissement. A présent je sais tout... tout!... Bertuccio Néolo n'était-il pas le père adoptif qui m'a élevé dans une terre voisine de Trévise?

— Ah! oui, répliqua la vieille, c'était lui, Bertuccio Néolo, le grand amiral, que la mer engloutit au moment où il comptait ceindre sa tête de la couronne des triomphateurs.

— Ne m'interromps pas, dit Antonio, écoute-moi avec patience.

— Je me trouvais heureux auprès de Bertuccio Néolo; je portais de beaux habits; avais-je faim, je trouvais la table toujours servie; et, lorsque le matin j'avais répété mes trois prières, j'étais libre d'aller courir dans les champs et les forêts. Tout près de la maison se trouvait un petit bois de pins, plein de parfums et d'harmonies. Un soir, à l'heure du crépuscule, las de courir et de sauter, je m'étendis sous un gros arbre, et regardai le ciel azuré. Je fus étourdi par le parfum des herbes au milieu desquelles j'étais couché; puis involontairement mes yeux se fermèrent, et je tombai dans de douces rêveries. Je fus réveillé par un bruit qui se fit tout à côté de moi. Je me mis en sursaut sur mon séant. Un enfant angélique à la figure céleste était auprès de moi, et me regardant avec un doux sourire :

— Eh! cher ami, me dit-il d'une voix pure, comment dormais-tu si profondément et avec tant de calme, lorsque la mort te menaçait?

En effet, tout près de ma poitrine, j'aperçus un petit serpent noir dont la peau était fendue en plusieurs endroits. L'enfant avait tué l'animal avec une baguette de coudrier au moment où j'allais périr d'une morsure cruelle.

Un doux frisson me saisit. Je savais que souvent des anges étaient descendus du ciel pour sauver visiblement des mortels d'un péril imminent. Je tombai à genoux, et élevant mes mains jointes :

— Ah! lui dis-je, tu es un ange de lumière que le Seigneur a envoyé pour me préserver de la mort.

— Mon cher enfant, répliqua cet être charmant en étendant vers moi ses deux bras et le front couvert d'une vive rougeur, je ne suis pas un ange, je suis une fille, un enfant comme toi.

Alors mes angoisses se changèrent en une indicible extase. Je me levai; nous tombâmes dans les bras l'un de l'autre; nos lèvres s'unirent; sans prononcer une parole, nous nous mîmes à pleurer et à sangloter de joie...

En ce moment une voix argentine se fit entendre dans le bois!

— Annunziata! Annunziata!

— Il faut que je parte, mon cher enfant, dit la jeune fille, ma mère m'appelle.

Une douleur inexprimable me saisit le cœur :

— Ah! je t'aime tant! dis-je en sanglotant; et les larmes que versait la jeune fille tombèrent brûlantes sur mes joues.

— Je t'aime aussi, cher enfant! s'écria la jeune fille en me donnant sur les lèvres un dernier baiser.

— Annunziata! répéta de nouveau la voix, et la jeune fille disparut dans le taillis.

— Vois-tu, Marguerite, ce fut alors que la puissante étincelle de l'amour pénétra dans mon âme, où elle brûlera éternellement, toujours active et toujours renaissante. Peu de jours après je fus chassé de la maison; je ne cessais de parler au père au nez bleu de la jeune fille, du bel enfant qui m'avait apparu, et dont je croyais entendre la douce voix dans le bruit des arbres, dans le murmure des fontaines, dans la clameur de la mer. Eh bien! le père au nez bleu me disait que cette jeune fille ne pouvait être autre qu'Annunziata, fille de Néolo, qui était venue à la ville avec sa mère Francisca, et était repartie le lendemain. O ma mère!... Marguerite! que Dieu me soit en aide!... Cette Annunziata, c'est la dogaresse.

En disant ces mots, Antonio, versant des pleurs amers, se cacha la tête dans ses coussins.

— Mon cher Tonio, dit la vieille, remets-toi, résiste courageusement à cette douleur insensée. Faut-il se désespérer si vite en amour? Pour qui croissent les fleurs de l'espérance, si ce n'est pour les amants? On ne sait pas le soir ce qu'amènera le lendemain; ce qu'on a vu dans les rêves de la nuit prend une forme vivante; le château qui flottait sur les nuages, assied tout à coup sur le sol les fondements de ses murs splendides. Vois-tu, Antonio, tu n'attaches pas de prix à mes discours; mais mon petit doigt me le dit, et d'autres choses encore me le font pressentir, le joyeux pavillon de l'amour est arboré pour toi sur la mer. Patience, mon fils chéri, patience.

La vieille s'efforça en ces termes de consoler Antonio, et, en effet, ses paroles résonnaient comme une musique mélodieuse. Le jeune homme ne voulut plus qu'elle le quittât. La mendiante des marches de l'église des Franciscains se transforma en femme de ménage du signor Antonio, et, décemment vêtue, on la vit passer en boitant sur la place Saint-Marc pour aller au marché.

Le jeudi gras était arrivé : les fêtes de ce jour devaient être plus brillantes que jamais. Au milieu de la piazzetta de Saint-Marc fut érigé un échafaudage, où un Grec, versé dans les secrets de la pyrotechnie, devait tirer un feu d'artifice, tel qu'on n'en avait jamais vu. Le soir, le vieux Falièri parut sur la galerie avec sa belle épouse, se mirant dans l'éclat de sa magnificence et de son bonheur, et semblant provoquer l'admiration et l'étonnement de tous les spectateurs. Il allait se placer sur son trône, lorsqu'il aperçut Michel Sténo, qui s'était installé sur la galerie même, de manière à avoir les yeux constamment fixés sur la dogaresse, et à en être nécessairement remarqué. Enflammé de colère et de jalousie, Falièri commanda d'une voix forte et impérieuse d'éloigner sur-le-champ Michel Sténo de la galerie. Celui-ci leva le bras en menaçant Falièri, mais les gardes le forcèrent aussitôt de quitter la galerie; il s'éloigna en grinçant des dents, et en proférant contre le doge les plus abominables imprécations.

Cependant Antonio, que la vue d'Annunziata avait mis hors de lui, s'était fait un chemin à travers la foule, et, le cœur déchiré, se promenait aux bords de la mer, seul et dans les ténèbres de la nuit. Il se demandait s'il ne valait pas mieux éteindre son ardeur dans les flots glacés que de mourir lentement de ses angoisses dévorantes. Peu s'en fallut qu'il ne se jetât à la mer; il était déjà sur le dernier degré de l'escalier qui y menait, lorsqu'une voix, sortant d'une petite embarcation, lui cria :

— Eh! bonsoir, signor Antonio!

Au reflet des illuminations de la place, il distingua le joyeux Piétro, un de ses anciens camarades, qui était debout dans la barque, coiffé d'un chapeau chamarré de rubans et de plumes, paré d'une veste rayée ornée de rubans, et tenant à la main un bouquet de fleurs.

— Bonsoir, Piétro! lui répondit Antonio. Pour quel patron de qualité vas-tu donc ramer ce soir, que te voilà si beau?

— Eh! reprit Piétro en faisant des gambades qui faillirent faire chavirer la barque, eh! signor Antonio, je gagnerai encore aujourd'hui mes trois sequins; je conduirai ma gondole au haut du clocher de Saint-Marc, et en descendant je présenterai ce bouquet à la belle dogaresse.

— N'est-ce pas un tour à se casser le cou, camarade Piétro? demanda Antonio.

— Certainement, répliqua Piétro, on risque un peu de se casser le cou, et surtout aujourd'hui, qu'il faut traverser le feu d'artifice; il est vrai que le Grec a affirmé que tout était disposé de manière qu'on ne pût se brûler un cheveu, mais...

Piétro frissonna. Antonio était descendu dans la barque, et ce ne fut qu'alors qu'il s'aperçut que Piétro était en face de la machine, et près de la corde qui sortait de la mer; d'autres cordes, destinées à faire marcher la machine, se perdaient dans l'obscurité de la nuit.

— Ecoute, Piétro, dit Antonio après un moment de silence, écoute, camarade Piétro, si tu pouvais gagner aujourd'hui dix sequins sans exposer ta vie, n'aimerais-tu pas mieux cela?

— Pardieu! fit Piétro en riant à gorge déployée.

— Eh bien, continua Antonio, prends ces dix sequins, change d'habits avec moi, et cède-moi ta place; c'est moi qui monterai dans la machine. Fais-moi ce plaisir, bon Piétro.

Piétro hocha la tête d'un air de scrupule, et dit en pesant l'or dans sa main :

— Vous êtes bien bon, signor Antonio, de m'appeler toujours votre camarade, moi qui ne suis qu'un pauvre diable; vous êtes généreux par-dessus le marché! L'argent est certes une chose d'importance pour moi, mais remettre soi-même ce bouquet à la belle dogaresse, entendre sa petite voix douce, oh! c'est pourtant pour cela qu'on risque ses os. Mais, ma foi, puisque c'est vous, signor Antonio, j'y consens.

Tous deux quittèrent leurs vêtements; à peine Antonio fut-il rhabillé, que Piétro s'écria :

— Allons, vite, entrez dans la machine, le signal est donné!

En ce moment la mer réfléchissait la lueur de mille éclairs, et l'air et les rivages retentissaient de tonnerres bruyants. Au milieu des flammes qui sifflaient et craquaient, Antonio fut emporté en l'air avec la rapidité de l'ouragan, redescendit sans accident jusqu'à la galerie, et s'arrêta devant la dogaresse.

Elle s'était levée et avancée, il sentit son haleine se jouer sur ses joues, et lui présenta le bouquet; mais, au milieu des célestes délices que ce moment lui procurait, il sentit l'étreinte brûlante et douloureuse d'un amour sans espoir. Transporté de désirs, de tourments, de ravissement, il saisit la main de la dogaresse, la baisa avec une ardeur fiévreuse, et s'écria d'une voix perçante et remplie d'amertume :

— Annunziata!

Aussitôt la machine, comme l'instrument d'une aveugle destinée, l'arracha à son amante, et le rejeta vers la mer, où, épuisé et tout étourdi, il tomba entre les bras de Piétro, qui l'attendait dans sa barque.

Pendant ce temps une agitation tumultueuse régnait sur la galerie. On avait trouvé attaché au siége du doge un petit billet, sur lequel étaient écrits ces mots en dialecte vénitien :

Il dose Falier della bella muier;
I altri la gode e lui la mantien.

Le doge Falièri est l'époux de la belle femme;
Les autres la possèdent et lui l'entretient.

Le vieux Falièri plein de colère se leva avec vivacité, et jura d'infliger le plus sévère châtiment à l'auteur de cette méchanceté. En jetant les regards autour de lui, il aperçut sous la galerie Michel Sténo, qu'éclairait en plein la lueur des flambeaux, et ordonna aussitôt à ses gardes de l'appréhender au corps comme le coupable. Tout le monde se récria contre l'ordre du doge, qui, en s'abandonnant sans frein à sa colère désordonnée, offensait à la fois la seigneurie, dont il violait les droits, et le peuple, dont il troublait les plaisirs.

La seigneurie se retira, et l'on ne vit plus que le vieux Marino Bodoèri se mêlant à la foule, parlant avec chaleur de la grave offense faite au chef de l'Etat, et cherchant à rejeter sur Michel Sténo le mécontentement public.

Falièri ne s'était point trompé; c'était en effet Michel Sténo, qui, renvoyé de la galerie, avait couru chez lui et avait écrit le distique injurieux. Profitant du moment où le feu d'artifice captivait l'attention générale, il avait attaché le billet au siége du doge et s'était éloigné sans être aperçu. En tenant cette odieuse conduite, il avait eu l'intention de blesser vivement à la fois le doge et la dogaresse.

Sténo avoua franchement son délit, et rejeta tout le blâme sur le doge, qui l'avait lui-même offensé sensiblement le premier. La seigneurie était depuis longtemps mécontente de son chef. En effet, au lieu de remplir la juste attente de l'État, il démontrait chaque jour que, dans le cœur refroidi d'un vieillard, le courage et l'activité ressemblent aux feux d'artifice dont les fusées éclatent avec fracas, mais disparaissent de suite et retombent en flocons noirs et inutiles. En outre, le mariage de Falièri avec une jeune et belle femme, qu'on savait avoir été contracté récemment, sa jalousie lui donnaient non plus le caractère d'un héros, mais celui d'un vieux Pantalon (*d'un vecchio*

Annunziata.

Pantalone). Par ces motifs, les patriciens, nourrissant dans leurs cœurs une haine enracinée, étaient portés à donner raison plutôt à Michel Sténo qu'à leur chef mortellement offensé. Le conseil des Dix renvoya l'affaire à celui des Quarante, dont Michel Sténo avait été l'un des principaux chefs. L'arrêt qu'ils rendirent fut que Michel Sténo avait déjà assez souffert, et qu'un mois de bannissement était pour lui une punition suffisante. Cet arrêt accrut l'exaspération de Falièri contre les nobles, qui, au lieu de protéger leur chef, osaient punir les offenses envers sa personne comme les fautes les plus légères.

D'ordinaire, l'amant frappé d'un seul rayon d'amour s'abandonne pendant des jours, des semaines et des mois entiers, à de célestes rêveries. Aussi Antonio ne pouvait-il se remettre du trouble et du désordre de cet heureux moment. La vieille l'avait vivement grondé de son entreprise périlleuse, et lui parlait sans cesse et en grommelant de ses folies. Mais un jour elle entra, appuyée sur son bâton, en sautillant comme c'était son habitude lorsqu'elle semblait subir l'influence d'un charme inconnu. Elle riait et chuchotait sans faire attention aux paroles d'Antonio. Elle alluma un peu de feu dans la cheminée, y mit dessus un petit poêlon où elle jeta toutes sortes d'ingrédients, prépara un onguent, le serra dans une petite boîte, et s'en alla en ricanant. Elle ne revint que fort tard dans la soirée, s'étala en toussant dans un fauteuil, et, après s'être remise de la fatigue qui paraissait l'accabler :

— Tonio, mon cher Tonio, dit-elle, devine d'où je viens ? Voyons.

Antonio la regarda fixement, et fut saisi d'un pressentiment singulier.

— Eh bien, dit en riant la vieille, je viens de chez elle-même, d'auprès de cette chère colombe, de la ravissante Annunziata !

— Ne me fais pas perdre la raison, la vieille ! s'écria Antonio.

— Tu vois, continua la vieille, je pense toujours à toi, mon Tonio ! Ce matin, pendant que je marchandais de beaux fruits sous les arcades du palais, j'entendis le peuple s'entretenir d'un malheur arrivé à la belle dogaresse. Je demande de quoi il s'agit. Un individu corpulent et grossier était là, appuyé contre une colonne, et occupé à mâcher des limons :

Eh bien, me dit-il, un scorpion a essayé ses dents au petit doigt de la main gauche de la dogaresse, et il est entré un peu de venin dans le sang. Mon maître, le signor dottore Giovanni Bassegio, est en ce moment-ci là-haut, et il est probable qu'à l'heure qu'il est il lui aura déjà coupé le doigt et la main...

Pendant que cet homme me parlait, il se fit un grand tumulte dans l'escalier, et une espèce de nain, chassé à coups de pied par les gardes, dégringola les marches de l'escalier, et vint tomber auprès de nous en criant et en hurlant. Le peuple s'attroupe autour de lui, le petit homme se démène et frappe du pied la terre sans pouvoir se relever ; mais le gros individu s'avance, ramasse son petit docteur, le charge sur ses épaules, et, sans égard pour ses cris, court à toutes jambes avec lui du côté du canal, où il descend dans une gondole, et s'éloigne.

J'avais bien présumé qu'aussitôt qu'il signor Giovanni Bassegio voudrait approcher le scalpel de la jolie petite main, le doge le ferait jeter du haut en bas de l'escalier. Mais je ne bornai point là mes pensées. Vite, je cours à la maison ; l'onguent est prêt, je le porte au palais. J'étais dans le grand escalier, ma boîte à la main. Le vieux Falièri, qui descendait en ce moment, me dit d'un ton brusque et maussade :

Que viens-tu faire ici, la vieille ? Mais je fis une révérence jusqu'à terre, et je lui dis que je possédais un remède qui guérirait en peu de temps la dogaresse. Dès que le vieillard eut entendu ces mots, il me regarda avec des yeux effrayants, en caressant sa barbe grise, puis il me prit par les épaules, me fit monter et me poussa dans l'appartement avec tant de force que je faillis m'étaler tout de mon long sur le plancher. Ah ! mon Tonio, la belle enfant était là étendue sur les coussins d'un sofa, pâle comme la mort, poussant des soupirs de douleur, et se plaignant doucement :

Hélas ! disait-elle, le poison a peut-être déjà pénétré tout mon corps...

Je mis de suite la main à l'œuvre, et j'ôtai l'emplâtre du stupide docteur. O Seigneur du ciel ! cette jolie petite main, enflée, rouge comme du sang ! Eh bien ! mon onguent la rafraîchit, la soulagea.

— Antonio ! mon cher Antonio !...

Cela fait du bien, murmura tout bas la colombe malade...

Tu auras mille sequins, la vieille, si tu sauves la dogaresse ! s'écria le doge transporté, et il quitta l'appartement.

Je restai ainsi là pendant trois heures, tenant la petite main dans la mienne, la caressant et la soignant. Au bout de ce temps, la chère jeune femme se réveilla d'un léger assoupissement dans lequel elle était tombée, et ne ressentit plus de douleur. Lorsque j'eus fait un nouveau pansement, elle me regarda avec des yeux brillants de joie.

Gracieuse dame et dogaresse, lui dis-je, vous avez vous-même autrefois sauvé les jours d'un enfant en tuant le serpent qui allait le piquer pendant son sommeil...

Paris. — Typographie de J. Best, rue Poupée, 7.

Tonio! j'aurais voulu que tu visses sa figure pâle se colorer comme illuminée par un rayon du soleil couchant. Ses yeux lançaient des éclairs de flamme :

Ah! oui, la vieille, dit-elle, c'était à la maison de campagne de mon père, et je n'étais encore qu'un enfant. Ce cher garçon, comme j'y pense encore! Il me semble que depuis ce temps il ne m'est plus rien arrivé d'heureux...

Alors je parlai de toi; je dis que tu étais à Venise, que tu gardais encore dans ton cœur l'amour et le bonheur de cet instant passager; que tu avais fait le périlleux voyage aérien pour contempler une fois encore ton ange gardien, que tu lui avais présenté le bouquet de fleurs, le jeudi gras!...

Tonio! Tonio! elle s'écria alors avec délire : Je l'ai senti quand il porta ma main à ses lèvres, quand il prononça mon nom; mais, hélas! je ne savais quelle émotion pénétrait si singulièrement mon âme; c'était du plaisir, et c'était aussi de la douleur! Amène-le ici, amène-le-moi, ce cher enfant!

En entendant ces mots, Antonio se jeta à genoux :

— Ah! Dieu du ciel, s'écria-t-il, ne me laisse pas mourir, ne me laisse pas mourir maintenant avant de l'avoir vue, avant de l'avoir serrée encore une fois contre mon sein.

Il voulait que la vieille le conduisît dès le lendemain, mais elle s'y refusa nettement, parce que le vieux Falièri visitait presque à toutes les heures sa femme malade.

Plusieurs jours s'étaient écoulés; la dogaresse avait été guérie par la vieille; mais il était toujours impossible de lui mener Antonio. La vieille le consola de son mieux en lui répétant qu'elle parlait toujours à Annunziata de celui qu'elle avait sauvé, et qui l'aimait de toute son âme. Antonio dévoré des tourments du désir, allait en gondole et se promenait sans but sur les places. Ses pas se dirigeaient toujours involontairement vers le palais ducal.

Un jour, près du pont, en face des prisons, il aperçut Piétro appuyé sur une rame bigarrée. Dans le canal se balançait une gondole amarrée aux colonnes. Elle était petite à la vérité, mais par son charmant tillac, ses statuettes artistement sculptées, et son pavillon vénitien, elle ressemblait presque au *Bucentaure*.

MADEMOISELLE DE SCUDÉRI.
Je m'approchai du blessé; je m'agenouillai auprès de lui...

Dès que Piétro vit son ancien camarade :

— Ah! signor Antonio, cria-t-il, je vous salue mille fois! Le bonheur m'est venu avec vos sequins.

Antonio, d'un air distrait, lui demanda de quel bonheur il s'agissait, et apprit que presque tous les soirs Piétro conduisait le doge et la dogaresse à la Giudecca, où le doge possédait une charmante maison de campagne, non loin de Saint-Georges-le-Majeur.

Antonio regarda fixement Piétro et lui dit :

— Camarade, tu peux gagner encore dix sequins, et plus, si tu veux. Laisse-moi prendre ta place. Je veux conduire le doge.

Piétro répondit que cela était impossible, puisque le doge le connaissait et ne voulait se fier qu'à lui. Antonio, en proie à mille tourments amoureux, le pressa vivement, et jura qu'en cas de refus il allait se précipiter dans la gondole et le jeter à la mer.

— Ah! signor Antonio, s'écria alors Piétro en riant, vous avez regardé avec trop d'attention les beaux yeux de la dogaresse.

Il consentit à ce qu'Antonio vînt avec lui, comme pour l'aider à ramer; il dit qu'il donnerait pour prétexte au vieux Falièri la pesanteur de la gondole, ou bien une faiblesse subite. D'ailleurs, pendant cette promenade, la gondole n'allait jamais assez vite au gré des désirs du vieux Falièri.

Antonio s'en alla en courant, et à peine fut-il de retour au pont, en mauvais habits de matelot, le visage barbouillé et les lèvres ombragées de longues moustaches, que le doge arriva avec la dogaresse, tous deux en costumes éclatants et magnifiques.

— Quel est cet étranger? dit brusquement le doge à Piétro.

Ce ne fut que sur les protestations les plus sacrées de Piétro, qu'il avait ce jour-là besoin d'un aide, que le vieux Falièri lui permit de s'adjoindre Antonio.

Il arrive qu'au comble du bonheur et de l'ivresse, l'âme, fortifiée par la puissante influence du moment, se rend maîtresse d'elle-même et subjugue ses flammes secrètes prêtes à éclater.

Ainsi Antonio, à côté de la belle Annunziata, frôlant le pan de sa robe, réussit à cacher l'ardeur de son amour. Il mania la rame d'une main vigoureuse, et, craignant de s'exposer, il osa à peine regarder furtivement son amante.

Le vieux Falièri souriait, baisant et caressant les petites mains blanches d'Annunziata, et lui passait le bras autour de la taille.

Lorsqu'ils furent au large, et que la superbe Venise, avec toutes ses tours et tous ses beaux palais, se déroula devant leurs yeux, le vieux Falièri releva la tête, et promenant autour de lui des regards de fierté :

— Eh! ma bien-aimée, dit-il, n'est-il pas doux d'aller en gondole sur la mer avec le maître et l'époux de la mer? Oui, mon amie, ne sois pas jalouse de l'épouse qui nous porte humblement sur son dos liquide; écoute seulement le doux murmure des vagues. N'y distingue-t-on pas des paroles d'amour qu'elle adresse à l'époux qui la domine? Oui, oui, ma bien-aimée, tu portes au doigt mon anneau; mais cette fiancée garde dans son sein profond la bague de mariage que je lui ai jetée.

— Ah! mon seigneur, dit Annunziata, comment cette onde froide et cruelle peut-elle être ton épouse? Je frissonne en songeant que tu t'es uni à cet élément fier et impérieux.

Le vieux Falièri rit au point de faire trembler sa barbe et son menton.

— N'aie pas peur, ma tourterelle, dit-il, on se repose mieux dans tes bras tendres et brûlants que dans le sein de cette épouse glacée; mais il est beau d'aller se promener sur la mer avec le maître de la mer.

Dans le moment où le doge prononçait ces mots, une musique douce et lointaine se fit entendre. Des sons de douces voix d'hommes glissèrent sur les flots et se rapprochèrent par degrés; ils chantaient les paroles que voici :

Ah! senza amare
Andare del mare
Col sposo d'el mare
Non può consolare.

On a beau suivre sur mer
L'époux de la mer lui-même,
Si l'on ne sent point qu'on aime
C'est un chagrin bien amer.

D'autres voix se firent entendre, et ces mêmes paroles furent chantées alternativement par les deux chœurs, jusqu'à ce que le chant se confondit avec le souffle du vent.

Le vieux Falièri ne parut faire aucune attention à la musique; il expliqua longuement ce que signifiait la cérémonie du jour de l'Ascension, où le doge jetait sa bague du haut du *Bucentaure*, et se mariait avec la mer. Il parla des victoires de la république; il dit comment autrefois l'Istrie et la Dalmatie avaient été conquises sous le règne de Pierre Urseolus II, et comment cette conquête était l'origine première de la solennité dont il s'agissait. Mais si le doge n'écouta point le chant, la dogaresse n'écouta nullement le doge ; elle demeura assise, tout entière aux sons mélodieux, les yeux fixes, comme une personne qui s'est réveillée d'un rêve profond, et cherche à revoir et à expliquer les images dont elle a été environnée.

— *Senza amare, senza amare... Non può consolare!* répétait-elle tout bas, et des larmes brillaient dans ses yeux célestes comme des perles transparentes, et des soupirs s'échappaient de son sein, qui montait et baissait agité d'une vague inquiétude. Toujours souriant et continuant ses histoires, le vieux Falièri sortit de la gondole, et, accompagné de la dogaresse, monta sur le balcon placé devant sa maison, près de Saint-Georges-le-Majeur, sans s'apercevoir qu'Annunziata, en proie à des sensations confuses et singulières, les yeux gros de larmes et tournés, comme dans un rêve, vers un pays lointain, était silencieuse à côté de lui.

Un jeune homme, en habits de matelot, sonna dans une trompe en forme de coquille, dont les sons ricochèrent au loin sur la mer.

A ce signal, une autre gondole s'approcha. Sur ces entrefaites, un homme, qui portait une ombrelle et une femme âgée s'avancèrent, et le doge, ainsi escorté, se rendit au palais avec la dogaresse. L'autre gondole ayant atterri, Marino Bodoèri en descendit avec une foule d'autres individus, artistes, marchands, gens du peuple même, et suivit Marino Falièri.

Le lendemain, Antonio put à peine attendre le soir, espérant recevoir d'heureuses nouvelles de sa bien-aimée Annunziata. Enfin, après une longue attente, la vieille entra en boitant, s'assit dans un fauteuil, et frappa l'une contre l'autre ses mains décharnées, en s'écriant : — Tonio, ah! Tonio! qu'est-il arrivé à notre colombe? Lorsque je suis entrée chez elle, elle était là, couchée sur les coussins, les yeux fermés, sa petite tête appuyée sur son bras, dans un état mixte entre la veille et le sommeil, entre la maladie et la santé; je m'approche d'elle :

Eh! gracieuse dame et dogaresse, lui dis-je, quel malheur vous est donc arrivé? Votre blessure, à peine guérie, vous fait-elle encore mal?

Alors elle me regarda avec des yeux... Tonio... comme je n'en ai jamais vus! A peine ai-je eu le temps d'en voir les rayons humides comme ceux de la lune. Ils se sont cachés derrière ses cils de soie comme sous l'abri d'un nuage sombre. Puis elle a soupiré profondément; elle tournait du côté du mur sa belle et pâle figure, et murmurait tout bas avec un accent de tristesse qui m'a percé le cœur :

Amare, amare! Ah! senza amare!

Je vais chercher une petite chaise, je m'assieds près d'elle, et je me mets à parler de toi. Elle se cache le visage dans les coussins. Sa respiration devient de plus en plus haletante; elle soupire... je lui dis franchement que tu étais déguisé auprès d'elle dans la gondole, que tu languis d'amour et de désir, et que je vais te conduire sans retard auprès d'elle. A ces mots, elle se lève subitement, et s'écrie en versant un torrent de larmes brûlantes :

Pour l'amour de Dieu, de tous les saints, non, non! je ne puis le voir. La vieille, je t'en conjure, dis-lui de ne jamais s'approcher de moi, jamais, entends-tu bien? Il faut qu'il quitte Venise, qu'il s'éloigne.

Je l'interrompis en disant : Il faut donc que mon pauvre Tonio meure!

Alors elle retombe sur les coussins, comme saisie d'une douleur accablante, sanglote, et d'une voix étouffée par les pleurs :

Ne faut-il pas, dit-elle, que je meure aussi de la mort la plus cruelle?

En ce moment le vieux signor Falièri est entré dans l'appartement, et m'a fait signe de me retirer.

— Elle m'a repoussé!... allons-nous-en, partons sur la mer, s'écria Antonio au désespoir.

La vieille se mit à rire à sa manière ordinaire : — Enfant insensé, s'écria-t-elle, n'es-tu donc pas aimé de la belle Annunziata avec toute l'ardeur, tous les tourments que jamais cœur de femme ait ressentis? Enfant insensé, demain, à la faveur de la nuit, tu te glisseras dans le palais ducal. Tu me trouveras dans la seconde galerie à droite du grand escalier, et nous verrons ce qui arrivera.

Lorsque, le lendemain au soir, Antonio, tremblant de désir, monta le grand escalier, il lui semblait qu'il était sur le point de commettre un grand crime. Etourdi et agité, il put à peine monter les degrés, et fut obligé de s'appuyer contre une colonne près de la galerie qui lui était désignée.

Tout à coup il se vit entouré d'une vive clarté, et, avant qu'il pût quitter sa place, le vieux Bodoèri était devant lui, accompagné de quelques serviteurs qui portaient des flambeaux. Bodoèri jeta sur le jeune homme un coup d'œil scrutateur, et dit :

— Ah! tu es Antonio; on t'a mandé ici, je le sais; suis-moi.

Antonio, persuadé que l'on avait trahi le secret de son rendez-vous, ne le suivit pas sans crainte. Quel fut son étonnement lorsque, entré dans une chambre écartée, Bodoèri l'embrassa et lui parla d'un poste important qui lui avait été confié, et qu'il devait défendre cette nuit avec courage et résolution. Mais sa surprise se changea en terreur quand il apprit que depuis déjà longtemps on tramait contre la Seigneurie une conjuration à la tête de laquelle s'était placé le doge lui-même. Dans la maison de Falièri, à la Giudecca, il avait été arrêté que la seigneurie serait renversée cette nuit même, et que le vieux Marino Falièri serait proclamé duc souverain de Venise.

Antonio regarda fixement Bodoèri sans répondre. Celui-ci prit le silence du jeune homme pour un refus de prendre part à l'exécution de cet horrible complot, et s'écria avec fureur :

— Lâche! tu ne sortiras plus de ce palais; ou tu mourras, ou tu prendras les armes avec nous; mais parle d'abord à cet homme.

Du fond obscur de l'appartement s'avançait une grande et noble figure. Dès qu'Antonio eut vu le visage de l'étranger, qu'il ne put reconnaître qu'à la lueur des flambeaux, il se précipita à ses pieds, et s'écria, mis hors de lui par cette apparition inattendue :

— Oh! Seigneur du ciel! mon père Bertuccio Néolo, mon bienfaiteur!

Néolo releva le jeune homme, le serra dans ses bras, et lui dit d'une voix douce :

— Oui, je suis bien ce Bertuccio Néolo que tu croyais peut-être enseveli au fond de la mer, et qui s'est échappé, il y a peu de temps, des fers où le retenait le cruel Morbassan. Je suis Bertuccio Néolo, qui t'accueillit, et qui n'aurait pu s'imaginer que les serviteurs insensés, envoyés par Bodoèri pour prendre possession de la maison de campagne qui lui était vendue, t'en auraient ainsi chassé. Jeune homme aveugle! tu hésites à prendre les armes contre une caste despotique dont la cruauté t'a privé de ton père... Oui, va dans la cour du Fontego. C'est le sang de ton père, dont tu peux voir encore les traces sur le pavé. Quand la seigneurie donna aux négociants allemands le magasin que tu connais sous le nom de Fontego, il fut interdit à chacun de ceux à qui l'on cédait des chambres de garder les clefs en partant; il fallait les laisser au *fontegaro* ou garde-magasin. Ton père avait contrevenu à cette loi, et avait été condamné à une amende considérable. Mais, lorsque au retour de son voyage on ouvrit ses appartements, on trouva entre ses marchandises une caisse pleine de fausse monnaie de Venise. Il protesta en vain de son innocence; il n'était que trop certain que quelque scélérat, et peut-être le fontegaro lui-même, avait mis cette caisse dans la chambre de ton père pour le perdre. Les juges inexorables, admettant comme preuve suffisante contre lui la découverte de la caisse dans son domicile, le condamnèrent à mort. Il fut exécuté dans la cour du Fontego. Toi-même tu ne serais plus, si la fidèle Marguerite ne t'avait sauvé. Ce fut moi, l'ami de ton père, qui t'accueillis. Pour t'empêcher de te trahir toi-même à la seigneurie, on te cachait le nom de ton père. Mais à présent, Antoine Dalbinger, l'heure est venue; prends les armes, et venge sur les chefs des patriciens la mort ignominieuse de ton père.

Antonio, animé par la soif de la vengeance, promit aux conjurés une fidélité sans bornes et un courage invincible.

On sait que l'injure que Bertuccio Néolo avait reçue de Dandolo, chef des armements maritimes, qui lui avait donné un soufflet dans une dispute, était le motif de la conjuration qu'il tramait contre la seigneurie avec son gendre ambitieux. Néolo et Bodoèri désiraient tous deux que le vieux Falièri s'emparât du pouvoir pour le partager avec lui. D'après le plan des conjurés, on devait répandre la nouvelle que la flotte génoise croisait dans les lagunes. Alors la grande cloche de Saint-Marc aurait sonné au milieu de la nuit, et convoqué la population sous prétexte de la défense commune. A ce signal, les conjurés, dont le nombre était considérable et qui étaient épars dans la ville, devaient occuper la place Saint-Marc, s'emparer des postes principaux, massacrer les chefs de la seigneurie et proclamer le doge duc souverain de Venise. Mais la Providence ne permit pas que ce projet de meurtre réussît et que la constitution de l'État en péril fût détruite par l'orgueil et l'ambition de Falièri. Les conciliabules tenus à la Giudecca, dans la maison de Falièri, n'avaient pas échappé à la vigilance du conseil des Dix, mais il n'avait obtenu aucun renseignement positif. Cependant un des conjurés, nommé Bention, marchand de fourrures à Pise, eut des remords de conscience. Il voulut sauver son parrain et ami, Nicolo Léoni, qui siégeait au conseil des Dix. Il se rendit chez lui à la brune, et le conjura de ne pas sortir de la nuit, quelque chose qu'il arrivât. Léoni eut des soupçons, retint le marchand fourreur, et, à force de le presser, en apprit tout le complot. Avec l'aide de Giovanni Gradenigo et de Marco Cornaro, il convoqua le conseil des Dix, à Saint-Sauveur, et moins de trois heures après toutes mesures étaient prises pour étouffer à leur naissance les tentatives des conjurés.

Antonio était chargé d'aller avec un peloton à la tour de Saint-Marc et d'y faire sonner le tocsin. Lorsqu'il arriva au poste désigné, il le trouva occupé par un fort détachement des troupes de l'arsenal, qui le reçut la hallebarde en avant. Les gens d'Antonio, saisis d'une terreur panique, se dispersèrent, et lui-même s'échappa à la faveur de la nuit. En fuyant, il entendit derrière lui les pas d'un homme qui le talonnait de près et ne tarda pas à le saisir. Déjà Antonio s'apprêtait à poignarder cet adversaire incommode, lorsqu'une lumière qui vint à briller lui fit reconnaître Piétro.

— Sauve-toi, s'écria celui-ci, sauve-toi, Antonio! Dans ma gondole! nous sommes vendus! Bodoèri et Néolo sont au pouvoir de la seigneurie; les portes du palais sont fermées; le doge, retiré dans son appartement, est gardé comme un criminel par ses propres gardes, les traîtres! Va, va, hâte-toi!

Antonio se laissa entraîner dans la gondole.

On entendit des voix sourdes, le bruit des armes, quelques cris d'angoisse..... Puis tout rentra dans un calme lugubre au milieu d'une nuit profonde. Le lendemain, le peuple, saisi d'une terreur mortelle, fut témoin d'un spectacle qui figea le sang dans les veines des assistants. La nuit même le conseil des Dix avait prononcé et fait exécuter la sentence de mort des chefs qui avaient été pris. On descendit par la galerie leurs cadavres étranglés sur la piazzetta attenante au palais, où le doge avait coutume de se tenir dans les solennités publiques, où Antonio, suspendu dans les airs devant la belle Annunziata, lui avait remis le bouquet de fleurs.

Au nombre des morts étaient Marino Bodoëri et Néolo. Deux jours après, le vieux Falièri, condamné par le conseil des Dix, fut exécuté dans le palais, sur l'escalier des Géants.

Antonio était là comme un insensé. Personne ne songea à l'arrêter, car personne ne savait la part qu'il avait prise à la conspiration. En voyant tomber la tête chauve du vieux Falièri, il fut saisi d'un frisson mortel :

— Annunziata! s'écria-t-il avec l'accent d'une affreuse terreur; et il se précipita dans les galeries du palais. On ne s'opposa point à sa marche. Les gardes, étourdis de ce qui venait d'arriver, le regardèrent avec des yeux fixes. La vieille vint à sa rencontre en pleurant et en se lamentant. Elle le prit par la main, et, quelques pas plus loin, il entra avec elle dans l'appartement d'Annunziata.

La pauvre enfant gisait inanimée sur des coussins. Antonio s'élança vers elle, lui couvrit les mains de baisers brûlants, l'appela des noms les plus doux. Enfin elle ouvrit ses yeux languissants; elle aperçut Antonio, sembla d'abord chercher à se rappeler son souvenir, puis se leva tout à coup, le prit dans ses bras et le pressa contre son cœur.

— Antonio, s'écria-t-elle en le mouillant de ses larmes et en lui baisant les joues et les lèvres, mon Antonio, je t'aime; oui, il y a encore un bonheur céleste sur la terre! Qu'est-ce que la mort de mon père, de mon oncle, de mon époux, auprès de la félicité que me procure ton amour? Oh! fuyons... fuyons ce lieu de carnage.

Ainsi s'exprima Annunziata dans les transports de la douleur la plus amère et du plus ardent amour. Les deux amants se jurèrent une éternelle constance, et mille baisers et des torrents de larmes scellèrent ce serment. Ils oublièrent les affreux événements de ces tristes jours. Leurs yeux, détournés de la terre, se levèrent vers le ciel, que l'amour leur avait ouvert.

La vieille leur conseilla de se réfugier au port de Chiozza; mais Antonio voulut prendre une direction opposée et gagner ensuite par terre sa patrie. L'ami Piétro leur procura une petite barque, qu'il amarra près du pont derrière le palais. Dès qu'il fut nuit, Annunziata, enveloppée d'un voile épais, descendit avec son amant et Marguerite, qui portait dans son capuchon une cassette remplie de bijoux. Ils gagnèrent le pont sans être aperçus, et montèrent dans la barque. Antonio saisit les rames, et ils s'éloignèrent avec vitesse. La lune les éclairait, comme une messagère d'amour, et ses rayons dansaient devant eux sur les vagues argentées.

Ils étaient en pleine mer. Des bruits sinistres, de longs sifflements commencèrent à se faire entendre dans les airs. Des ombres épaisses couvrirent la face douce et pure de la lune. L'ouragan s'éleva et chassa devant lui les sombres nuages avec des mugissements de colère. La barque fut ballottée par les flots.

— Seigneur du ciel, viens à notre secours! s'écria la vieille.

Antonio, incapable de diriger plus longtemps l'embarcation, embrassa Annunziata, qui, ranimée par ses baisers, le serra contre sa poitrine avec l'ardeur de l'amour heureux.

— Oh! mon Antonio! — Oh! mon Annunziata! s'écrièrent-ils sans faire attention à la tempête qui grondait avec une fureur toujours croissante.

Mais la mer, veuve jalouse de Falièri décapité, souleva ses vagues comme des bras de géants, saisit les deux amants, et les entraîna avec la vieille dans le gouffre sans fond.

Lorsque l'homme au manteau eut ainsi terminé son récit, il se leva promptement et sortit de la chambre à pas précipités. Les deux amis le regardèrent s'éloigner en silence et avec étonnement, et se mirent de nouveau à contempler le tableau. Le vieux doge leur souriait encore avec sa vaine magnificence et son orgueil insensé. En examinant de plus près la dogaresse, ils remarquèrent en effet sur son front de lis les ombres d'une couleur inconnue et d'un triste pressentiment. D'amoureuses rêveries semblaient briller sous ses longs cils et planer autour de ses lèvres charmantes. Sur la mer lointaine, on eût dit que les nuages vaporeux qui enveloppaient Saint-Marc renfermaient une puissance ennemie prête à apporter la ruine et la mort. Ils comprirent alors la signification profonde de ce charmant tableau; mais, chaque fois qu'ils y jetaient les yeux, ils ressentaient vivement la tristesse de l'histoire d'Antonio et d'Annunziata, et leurs cœurs se remplissaient d'une douce mélancolie [1].

[1] Cet épilogue est supprimé dans la traduction de M. Loève-Weimar.

MADEMOISELLE DE SCUDÉRI.

CHRONIQUE DU TEMPS DE LOUIS XIV.

I.

C'était dans une petite maison de la rue *Saint-Honoré* qu'habitait Madeleine de Scudéri, connue par ses vers élégants et la faveur de Louis XIV et de madame de Maintenon.

On pouvait être dans l'automne de l'an mil six cent quatre-vingts; minuit venait de sonner, lorsqu'on heurta à coups redoublés à la porte de cette maison, avec un fracas qui fit retentir tout le vestibule. Baptiste, qui dans le petit intérieur de la demoiselle cumulait les fonctions de cuisinier, de laquais et de concierge, avait été à la campagne aux noces de sa sœur, avec l'autorisation de sa maîtresse, et il ne restait au logis que la Martinière, femme de chambre de la demoiselle.

La Martinière n'était pas encore couchée. Elle entendit le vacarme qu'on faisait à la porte, et songea que le départ de Baptiste la laissait sans protection avec mademoiselle de Scudéri. L'esprit rempli du souvenir des vols et des assassinats qui se commettaient alors dans Paris, il lui vint à l'idée qu'il y avait en bas une bande de scélérats, instruits de l'abandon où la maison était laissée, et disposés à attenter aux jours de sa maîtresse. La crainte la retint tremblante dans sa chambre, et elle maudit Baptiste et la noce de sa sœur.

— Ouvrez donc! au nom du Christ, ouvrez! cria une voix qui dominait le bruit du marteau retentissant.

Les angoisses de la Martinière s'accrurent. Enfin elle prit un flambeau allumé, et descendit dans le vestibule. Là, elle entendit très-distinctement la voix de celui qui frappait.

— Au nom du Christ, ouvrez donc! répétait-il.

— Au fait, se dit la Martinière, il n'y a pas de voleur qui s'exprime de la sorte. Qui sait? c'est peut-être un homme que l'on poursuit, et qui vient chercher asile auprès de ma maîtresse, toujours prête à faire le bien. En tout cas, il faut de la prudence.

Elle ouvrit une fenêtre, et, d'une voix à laquelle elle cherchait à donner un son mâle, elle demanda qui troublait ainsi, à cette heure de nuit, le sommeil de tout le voisinage. A la clarté d'un rayon de la lune, qui perçait en ce moment les nuages épais, elle aperçut une longue figure enveloppée dans un manteau gris-clair, et les yeux ombragés d'un large chapeau.

— Baptiste, Claude, Pierre, levez-vous, et voyez un peu quel est le vaurien qui veut enfoncer notre porte! s'écria la Martinière en élevant la voix, de manière à être entendue de l'homme qui était en bas.

Mais celui-ci murmura d'une voix douce et presque plaintive :

— Ah! la Martinière, je sais que c'est vous, ma chère dame; ainsi il est inutile de chercher à déguiser votre voix. Je sais aussi que Baptiste est allé à la campagne, et que vous êtes seule dans la maison avec votre maîtresse; ouvrez-moi donc, ne craignez rien. Il faut que je parle à votre maîtresse à l'instant, à la minute même.

— Y pensez-vous? répondit la Martinière. Vous voulez parler à mademoiselle au milieu de la nuit? Ne savez-vous pas qu'elle dort depuis longtemps, et que, pour rien au monde, je ne voudrais l'arracher aux douceurs du premier sommeil, qui lui est si nécessaire à son âge.

— Je sais, dit l'inconnu, que votre maîtresse vient de mettre de côté le manuscrit d'un roman intitulé *Clélie*, auquel elle travaille sans relâche, et qu'elle écrit en ce moment des vers dont elle veut demain faire hommage à la marquise de Maintenon. Je vous en supplie, dame Martinière, ayez de la compassion et ouvrez-moi la porte. Sachez qu'il s'agit d'arrêter un malheureux sur le penchant de sa ruine; sachez que l'honneur, la liberté, la vie même d'un homme dépendent de l'entretien que je dois avoir avec votre maîtresse. Elle vous en voudrait éternellement, songez-y bien, quand elle apprendrait que vous avez impitoyablement refusé sa porte à un infortuné qui venait lui demander assistance.

— Mais, reprit la Martinière, pourquoi implorer la pitié de ma maîtresse à cette heure indue? Revenez demain en temps plus opportun.

— Demain! répondit l'étranger; mais le sort s'inquiète-t-il du temps et de l'heure, quand il vous frappe comme la foudre, quand il vous brise sous ses coups? Faut-il différer le secours si le salut n'est possible qu'un seul instant? Ouvrez-moi; ne craignez rien d'un malheureux sans appui, abandonné de tout le monde, persécuté, et qui compte sur votre maîtresse pour le sauver d'un pressant danger!

Lorsque l'étranger eut achevé ces mots, la Martinière l'entendit soupirer et gémir, comme sous le poids d'une douleur amère. La voix était celle d'un jeune homme, douce et vibrante jusqu'au fond du cœur. Elle se sentit émue, et, sans plus de réflexions, elle alla chercher les clefs.

Dès qu'elle eut ouvert la porte, l'homme au manteau entra précipitamment, et, devançant la femme de chambre dans le vestibule, il lui dit d'une voix sauvage :

— Conduisez-moi auprès de votre maîtresse !

Remplie d'effroi, la Martinière éleva son flambeau, dont la lueur lui fit voir un visage de jeune homme, pâle comme la mort et horriblement décomposé ; elle faillit s'évanouir de terreur lorsque l'homme entr'ouvrit son manteau, et qu'elle vit luire sur son pourpoint la brillante poignée d'un stylet.

— Conduisez-moi auprès de votre maîtresse, vous dis-je, répéta l'inconnu d'un ton plus violent encore, et en la regardant avec des yeux étincelants.

La Martinière sentit qu'un grand péril menaçait mademoiselle de Scudéri. Tout son amour pour sa chère maîtresse, qu'elle révérait comme une mère bonne et attentive, se réveilla dans son âme, et lui donna un courage dont elle ne se serait pas crue capable. Elle ferma promptement la porte de l'appartement qui était restée ouverte, se plaça devant, et dit d'un ton ferme et résolu :

— En vérité, la folle conduite que vous tenez ici ne s'accorde guère avec ces discours plaintifs, qui, comme je le vois, ont fort mal à propos excité ma compassion. Il n'est pas convenable que vous parliez à ma maîtresse, et vous ne lui parlerez pas. Si vous n'avez point de mauvaise intention, le jour ne doit pas vous faire peur, revenez donc demain lui dire votre affaire. Pour le moment, sortez d'ici !

L'homme poussa un profond soupir, jeta sur la Martinière un coup d'œil hagard, et saisit la poignée de son stylet. La Martinière recommanda en silence son âme à Dieu, mais elle demeura immobile, les yeux hardiment fixés sur l'étranger, et se pressa contre la porte par laquelle il fallait qu'il passât pour parvenir jusqu'à mademoiselle de Scudéri.

— Laissez-moi aller voir votre maîtresse, vous dis-je ! s'écria encore une fois l'inconnu.

— Faites ce que vous voudrez ! répliqua la Martinière ; je ne quitte point cette place. Commettez l'attentat que vous méditez ; vous trouverez vous-même une mort ignominieuse sur la place de Grève, ainsi que vos odieux complices.

— Ah ! s'écria l'homme, vous avez raison, la Martinière ! je le vois, je suis armé comme un voleur et comme un assassin ; mais mes complices n'ont pas encore subi leur châtiment ! ils ne l'ont pas encore subi !...

Et, en disant ces mots, il lui lança un regard de colère, et tira son stylet.

— Jésus ! s'écria-t-elle, à moitié morte de frayeur, et attendant le coup fatal.

En ce moment l'on entendit dans la rue un cliquetis d'armes et un piétinement de chevaux.

— La maréchaussée ! la maréchaussée ! au secours ! au secours ! cria la Martinière.

— Femme insensée, tu veux me perdre ! Maintenant, c'en est fait, c'en est fait ! prends, prends ! donne cela à ta maîtresse dès aujourd'hui... demain, si tu veux.

En murmurant ces mots, l'homme avait arraché le flambeau à la Martinière, avait éteint la lumière, et remis une petite cassette entre les mains de la femme de chambre.

— Sur ton salut éternel, donne cette cassette à ta maîtresse, s'écria-t-il, et il s'élança hors de la maison.

La Martinière était tombée sur le carreau ; elle se releva avec peine, et en tâtonnant dans l'obscurité elle arriva à sa chambre, où, tout épuisée et incapable de parler, elle se jeta dans un fauteuil. Au même instant elle entendit tourner les clefs, qu'elle avait laissées à la serrure de la grande porte. On la referma, et l'on s'approcha de sa chambre à pas légers et incertains. Clouée à sa place, sans pouvoir faire un mouvement, elle s'attendait à quelque chose d'affreux ; mais son étonnement fut grand lorsque la porte s'ouvrit, et qu'à la clarté de la lampe de nuit elle reconnut, au premier coup d'œil, l'honnête Baptiste pâle comme un cadavre et tout effaré.

— Au nom de tous les saints, s'écria-t-il, dites-moi, dame Martinière, qu'est-il arrivé ? Ah ! quel tourment, quel tourment ! Je ne sais quelle inquiétude m'agitait, mais j'ai quitté la noce hier au soir !... J'arrive dans cette rue... Dame Martinière, pensais-je, a le sommeil léger ; je n'aurai qu'à frapper tout doucement à la porte ; elle m'entendra et viendra m'ouvrir. Je vois arriver à moi une grosse patrouille, des cavaliers, des fantassins, tous armés jusqu'aux dents ; on m'arrête, et l'on ne veut pas me lâcher. Par bonheur se trouvait là Desgrais, le lieutenant de la maréchaussée, qui me connaît bien.

— Eh ! Baptiste, me dit-il pendant que ses gens me mettent leur lanterne sous le nez, comment te trouves-tu en route à cette heure ? Retourne à la maison, et garde-la ; il ne fait pas bon ici : nous comptons faire cette nuit une bonne prise. Vous ne sauriez croire, dame Martinière, comme ces paroles m'ont bouleversé. Enfin, sur le seuil de la porte, voilà qu'un homme enveloppé d'un manteau sort d'ici, un stylet étincelant à la main, et me jette à terre. La maison est ouverte, les clefs sont à la porte. Dites-moi, qu'est-ce que tout cela signifie ?

La Martinière, remise de son épouvante, lui raconta tout ce qui s'était passé. Baptiste et elle allèrent dans le vestibule, et trouvèrent à terre le flambeau que dans sa fuite l'étranger avait rejeté derrière lui.

— Il est clair, dit Baptiste, que notre maîtresse devait être volée et assassinée. Comme vous le dites, cet homme savait que vous étiez seule avec mademoiselle, et même qu'elle veillait pour travailler à ses ouvrages. Il est certain que c'est un de ces maudits filous et coupeurs de bourses qui se glissent jusque dans l'intérieur des maisons, et épient avec adresse tout ce qui peut être utile à l'exécution de leurs projets diaboliques ; et la petite cassette, dame Martinière, m'est avis qu'il faut la jeter au fond de la Seine. Qui nous dit qu'un infâme machinateur n'en veut pas à la vie de notre bonne maîtresse, et qu'en ouvrant cette cassette elle ne tombera pas morte, comme le vieux marquis de Tournay en décachetant une lettre qu'il avait reçue d'une main inconnue !

Les loyaux serviteurs délibérèrent longtemps, et résolurent enfin de tout raconter le lendemain à leur maîtresse et de lui remettre la cassette mystérieuse, qu'il était possible d'ouvrir en prenant les précautions convenables. Puis, ils examinèrent une à une les circonstances de l'apparition de l'étranger suspect, et pensèrent qu'il pouvait y avoir en jeu un secret particulier sur lequel il fallait se garder de faire des suppositions, et qu'il n'appartenait qu'à leur maîtresse de dévoiler.

II.

Les alarmes de Baptiste n'étaient pas dépourvues de fondement. A cette époque, Paris était le théâtre des crimes les plus affreux, et des imaginations infernales mettaient en œuvre les moyens les plus atroces.

Glaser, apothicaire allemand, le meilleur chimiste de son temps, se mêlait d'expériences d'alchimie, occupation assez habituelle aux gens de sa profession. Il aspirait à découvrir la pierre philosophale. Il avait pour associé un Italien, nommé Exili ; mais pour ce dernier l'art de faire de l'or n'était qu'un prétexte. Ce qu'il voulait connaître, c'était le mélange, la cuisson et la sublimation des substances vénéneuses dans lesquelles Glaser espérait trouver une source de richesses. L'Italien réussit enfin à composer ce poison subtil, inodore et insipide, dont l'effet est lent ou immédiat, qui ne laisse aucune trace sur le corps humain, et déjoue l'art et la science des médecins obligés, à défaut d'indices, d'attribuer la mort à une cause naturelle.

Bien qu'Exili mît de la circonspection dans ses manœuvres, il fut soupçonné d'avoir vendu des poisons et envoyé à la Bastille.

On enferma bientôt dans la même chambre que lui le capitaine Godin de Sainte-Croix. Ce dernier avait longtemps été l'amant en titre de la marquise de Brinvilliers. Quoique ces liaisons répandissent la honte sur toute la famille, le marquis de Brinvilliers était resté indifférent aux désordres de sa femme ; mais le père de celle-ci, Dreux d'Aubray, lieutenant civil à Paris, fut contraint de séparer le couple criminel au moyen d'une lettre de cachet qu'il obtint contre le capitaine.

Violent, sans caractère, feignant la dévotion, adonné dès la jeunesse à tous les vices, jaloux, vindicatif jusqu'à la rage, tel était le capitaine, et rien ne pouvait lui être plus agréable que les secrets diaboliques d'Exili, qui lui donnaient le pouvoir d'anéantir tous ses ennemis. Il devint donc son élève zélé, et fut bientôt l'égal de son maître ; de sorte que, lorsqu'il quitta la Bastille, il était en état de manipuler seul.

La Brinvilliers était une femme dégradée ; grâce à Sainte-Croix, ce fut bientôt un monstre. Il la poussa successivement à empoisonner d'abord son propre père, chez lequel elle vivait et dont elle soignait la vieillesse avec une infâme hypocrisie, puis ses deux frères, et enfin sa sœur ; elle tua son père par vengeance, et les deux autres pour recueillir leur riche héritage. L'histoire de plusieurs empoisonneurs donne des preuves affreuses que les crimes de cette nature prennent le caractère d'une passion irrésistible. Sans but ultérieur, uniquement par fantaisie, et comme un chimiste pour le plaisir de faire des expériences, des empoisonneurs ont fait périr des personnes dont la vie ou la mort leur était complétement indifférente. La mort subite de plusieurs pauvres de l'Hôtel-Dieu fit soupçonner plus tard que la Brinvilliers avait empoisonné les pains qu'elle y faisait distribuer toutes les semaines, pour se donner les apparences de la bienfaisance et de la piété. Il est d'ailleurs certain qu'elle mit du poison dans des pâtés de pigeons et qu'elle les servit à ses convives. Le chevalier du guet et plusieurs autres personnes succombèrent victimes de ces affreux repas.

Sainte-Croix, son complice la Chaussée et la Brinvilliers surent longtemps couvrir d'un voile impénétrable leurs horribles forfaits ; mais c'est en vain que les criminels redoublent de ruse et d'artifices, quand la Providence divine a résolu de les châtier. Une poudre subtile, que les Parisiens appelaient *poudre de succession*, était le principal ingrédient des poisons composés par Sainte-Croix. Comme il suffisait de la respirer pour être immédiatement frappé de mort, Sainte-Croix avait soin, pendant qu'il manipulait, de se couvrir la figure d'un masque de verre. Un jour, il recueillait dans un flacon le poison qu'il venait de préparer, son masque se détacha, et les émanations qu'il respira le firent tomber mort à l'instant.

Comme il n'avait point d'héritiers, la justice apposa les scellés chez lui. On trouva renfermée dans une caisse toute l'infernale pharmacopée des empoisonnements qui avait été au service de l'infâme Sainte-Croix. On découvrit aussi les lettres de la Brinvilliers, qui ne laissaient aucun doute sur ses crimes.

Elle se réfugia à Liége dans un couvent. Desgrais, employé de la maréchaussée, fut expédié à sa poursuite. Déguisé en ecclésiastique, il s'introduisit dans le couvent où elle s'était cachée. Il parvint à nouer une intrigue d'amour avec cette femme redoutable, et à l'attirer à un rendez-vous secret dans un jardin solitaire, hors de la ville. A peine y était-elle arrivée, qu'elle fut entourée par les archers de Desgrais. Le prêtre amant se métamorphosa subitement en officier de la maréchaussée, et la força à monter dans la voiture qui se trouvait prête à l'entrée du jardin, et qui, escortée d'archers, prit aussitôt la route de Paris. La Chaussée venait d'être décapité. La Brinvilliers subit également le dernier supplice, et, après l'exécution, son corps fut brûlé vif et ses cendres jetées au vent.

Les Parisiens respirèrent après la mort du monstre dont les armes secrètes atteignaient impunément amis et ennemis. Cependant on apprit que l'odieux Sainte-Croix avait des successeurs. Comme un spectre malicieux et invisible, le meurtre se glissa dans les cercles les plus unis et les plus intimes, tels qu'en peuvent former seuls les liens du sang, l'amour, l'amitié, et il y ravit de malheureuses victimes avec autant de rapidité que de certitude. Celui qu'on voyait aujourd'hui d'une santé florissante, chancelait le lendemain sous le poids de la maladie, et aucune science médicale ne pouvait le sauver de la mort. La richesse, un emploi lucratif, une épouse belle et trop jeune peut-être, c'étaient des motifs suffisants pour être menacé. La plus cruelle méfiance rompait les nœuds les plus sacrés. L'époux tremblait devant la femme, le père devant le fils, la sœur devant le frère. Dans le repas offert par l'ami à son ami, les mets, le vin demeuraient intacts, et là où avaient présidé auparavant la joie et le bonheur, des regards égarés épiaient sans cesse le meurtrier caché. On vit des pères de famille acheter au loin des aliments, et les préparer eux-mêmes, parce qu'ils craignaient dans leur maison quelque trahison satanique. Et toutefois la circonspection la plus minutieuse devenait souvent inutile.

Pour réprimer les désordres qui augmentaient chaque jour, le roi nomma une cour de justice à laquelle il confia exclusivement la recherche et la punition de ces crimes mystérieux. C'était la *chambre ardente*, qui tenait ses séances non loin de la Bastille, et que présidait la Reynie. Pendant quelque temps, les recherches de la Reynie, quelque actives qu'elles fussent, demeurèrent infructueuses. Il était réservé au rusé Desgrais de découvrir le secret repaire où se tramait le crime.

Dans le faubourg Saint-Germain vivait une vieille femme nommée la Voisin, qui prédisait l'avenir, conjurait les esprits, et, à l'aide de ses complices, le Sage et le Vigoureux, savait effrayer et étonner des personnes qui ne pouvaient passer ni pour faibles ni pour crédules. Mais elle faisait plus. La Voisin était élève d'Exili, et, ainsi que lui, elle apprêtait ce poison impalpable qui ne laissait point de traces. Elle aidait de cette manière des fils impies à hériter prématurément, des femmes déshonorées à se défaire de maris trop âgés, pour convoler à d'autres noces.

Desgrais pénétra ses secrets; elle avoua tout, et la *chambre ardente* la condamna à être brûlée vive. La sentence fut exécutée en place de Grève. On trouva chez elle une liste de toutes les personnes qui s'étaient servies de son assistance, et il s'ensuivit que non-seulement les supplices se multiplièrent, mais encore que des soupçons graves planèrent sur des personnages de haute distinction. Par exemple, on croyait que le cardinal Bonsi s'était procuré auprès de la Voisin les moyens de se débarrasser en peu de temps de toutes les personnes auxquelles il avait à payer pension comme archevêque de Narbonne. La duchesse de Bouillon et la comtesse de Soissons, dont les noms étaient sur la liste, furent accusées d'avoir eu des rapports avec l'empoisonneuse. On ne ménagea même pas François-Henri de Montmorency, comte de Bouteville, duc de Luxembourg, pair et maréchal du royaume. Il se vit aussi poursuivi par la terrible *chambre ardente*. Il se constitua lui-même prisonnier à la Bastille, où la haine de Louvois et de la Reynie le fit enfermer dans un cachot de six pieds en carré. Des mois entiers s'écoulèrent avant qu'il fût bien prouvé que le délit du duc n'avait rien de répréhensible; il s'était fait tirer son horoscope par le Sage.

Toujours est-il certain qu'un zèle aveugle entraîna le président la Reynie à des violences et à des cruautés. Le tribunal prit tout à fait le caractère de l'inquisition; le plus léger soupçon suffisait pour faire infliger une dure captivité, et souvent on laissait le hasard décider de l'innocence d'un prévenu menacé de la peine capitale. En outre, la Reynie était d'un extérieur si repoussant, d'une physionomie si jésuitique, qu'il s'attira bientôt la haine de ceux même qu'il était appelé à venger ou à protéger. Durant l'interrogatoire de la duchesse de Bouillon, il lui demandait si elle avait vu le diable.

— Il me semble que je le vois en ce moment, répondit-elle.

Pendant que le sang des coupables et des suspects ruisselait sur la place de Grève, et qu'enfin les empoisonnements devenaient de plus en plus rares, une calamité d'une autre espèce répandit une nouvelle terreur. Une bande de voleurs semblait avoir à cœur d'accaparer tous les bijoux. A peine achetées, les riches parures disparaissaient d'une manière inexplicable, malgré les soins qu'on prenait de les garder. Mais ce qui était pis, c'est que quiconque se hasardait à porter le soir des bijoux sur soi était volé et même assassiné en pleine rue ou dans les allées sombre des maisons. Ceux qui s'en tiraient avec la vie sauve racontaient qu'un coup de poing sur la tête les avait fait tomber à terre comme frappés de la foudre, et que, revenus de leur étourdissement, ils s'étaient trouvés dévalisés et transportés dans un endroit bien éloigné de celui où ils avaient été attaqués. Les victimes, que l'on trouvait chaque matin dans la rue ou dans les maisons, avaient toutes la même blessure mortelle, un coup de poignard dans le cœur, qui, au dire des médecins, tuait d'une manière si prompte et si sûre, que l'individu blessé devait tomber sans proférer une parole.

Quel personnage de la voluptueuse cour de Louis XIV n'était pas embarqué dans quelque aventure d'amour? A qui n'arrivait-il pas de se glisser à une heure avancée auprès de sa belle, et souvent chargé d'un riche présent? Or les voleurs semblaient être d'intelligence avec les mauvais esprits; ils savaient à point nommé quand pareille chose devait avoir lieu. Tantôt le malheureux n'atteignait pas la maison où il espérait goûter mille délices; tantôt il tombait sur le seuil, à la porte même de la chambre de sa maîtresse, qui trouvait avec horreur le cadavre ensanglanté.

En vain d'Argenson, le lieutenant de police, faisait arrêter tous les gens du peuple qu'on pouvait supposer coupables; en vain la Reynie, transporté de fureur, cherchait à arracher des aveux; en vain l'on multipliait les sentinelles et les patrouilles; la trace des assassins était introuvable. La seule chance de salut était de s'armer jusqu'aux dents et de se faire précéder d'un falot; encore vit-on souvent le valet poursuivi à coups de pierres, et le maître assassiné et volé.

Ce qu'il y eut de singulier, c'est qu'après qu'on eut fait des perquisitions partout où le commerce de bijoux était possible, on ne trouva ni le moindre indice des objets volés, ni le moindre renseignement sur les malfaiteurs.

Desgrais écumait de rage en voyant les filous déjouer ses artifices. Se trouvait-il dans un quartier, cette partie de la ville était respectée; tandis que dans les autres, où l'on eût cru n'avoir rien à craindre, le vol à main armée guettait sa proie au passage. Desgrais imagina de se procurer plusieurs individus tellement semblables *à lui de voix*, de maintien, de taille et de visage, que les archers eux-mêmes ne pussent savoir où était le véritable Desgrais. En attendant, il faisait le guet, seul, au péril de sa vie, dans les lieux les plus écartés, et suivant de loin ceux qu'il savait porter sur eux de riches joyaux. Cette mesure fut encore infructueuse; les voleurs en étaient donc instruits comme des autres. Desgrais se désespérait.

Un matin Desgrais arrive chez le président la Reynie, pâle, défiguré, hors de lui :

— Qu'avez-vous? quelles nouvelles? avez-vous la trace? lui cria le président.

— Ah! monseigneur, balbutia Desgrais suffoqué de colère, ah! monseigneur!... hier, dans la nuit... tout près du Louvre... le marquis de la Fare a été attaqué en ma présence.

— Ciel et terre! s'écria la Reynie plein de joie, nous les tenons!...

— Oh! écoutez d'abord comment tout s'est passé, interrompit Desgrais avec un sourire amer. Je me tenais donc debout auprès du Louvre, l'enfer dans le cœur, épiant ces diables qui se moquent de moi. Voici venir d'un pas incertain, et regardant sans cesse derrière lui, un individu qui passe à côté de moi sans me voir. A la clarté de la lune, je reconnais le marquis de la Fare. Je pouvais l'attendre là, car je savais où il allait. A peine est-il à dix ou douze pas de moi, qu'un homme sort comme de dessous terre, le renverse et se jette sur lui. Étonné de l'occasion qui me livrait enfin l'assassin, je me mets étourdiment à crier; d'un saut vigoureux je sors de ma cachette, et je poursuis le scélérat. Voilà que je m'embarrasse dans mon manteau et que je tombe. Je vois l'homme s'enfuir comme sur les ailes du vent. Je me relève, je cours après lui; tout en courant, je donne du cor; les sifflets des archers répondent au loin. Tout s'anime, le cliquetis des armes, le bruit des pas des chevaux, retentissent de toutes parts. Je crie d'une voix à faire trembler les rues : Par ici, par ici! Desgrais, Desgrais! A la lueur de la lune, je vois toujours devant moi l'assassin, qui fait mille détours pour me donner le change. Nous arrivons à la rue Saint-Nicaise; là *ses forces semblent l'abandonner, les miennes redoublent*; il n'a plus que quinze pas d'avance...

— Vous l'atteignez, vous le saisissez, les archers arrivent, s'écrie la Reynie les yeux étincelants et empoignant Desgrais par le bras comme si c'eût été lui-même le meurtrier fugitif.

— Quinze pas! continue Desgrais d'une voix sourde et en respirant péniblement; à quinze pas devant moi cet homme fait un saut dans l'ombre et disparaît à travers la muraille!

— Disparait!... à travers la muraille! Etes-vous fou? dit la Reynie en reculant de deux pas et en joignant les mains.

— Traitez-moi de fou, ajoute Desgrais en se passant la main sur le front comme un homme tourmenté de sinistres pensées, traitez-moi de fou, de visionnaire; mais ce que je vous raconte est l'exacte vérité. J'étais demeuré stupéfait devant la muraille, lorsque plusieurs archers arrivèrent hors d'haleine, et avec eux le marquis de la Fare, qui s'était relevé, et avait mis l'épée à la main. Nous allumons des torches, nous frappons le mur à diverses places; aucune trace de porte, de fenêtre, d'ouverture quelconque. C'est l'épaisse muraille d'une cour attenante à une maison où logent des personnes contre lesquelles ne peut s'élever le moindre soupçon. Aujourd'hui encore j'ai examiné les lieux avec soin. C'est le diable en personne qui se moque de moi.

L'histoire de Desgrais circula bientôt dans Paris. Les têtes étaient remplies des maléfices, des conjurations d'esprits malins, des pactes diaboliques de la Voisin, de le Vigoureux, et du fameux prêtre le Sage; et comme il est naturel que le penchant au merveilleux, à l'extraordinaire, étouffe la voix de la raison, on crut bientôt comme un fait ce que Desgrais avait dit dans sa mauvaise humeur, c'est-à-dire que le diable lui-même protégeait des scélérats qui lui avaient vendu leurs âmes.

On pense bien que l'aventure de Desgrais s'embellit des ornements les plus étranges et les plus ridicules. On imprima et l'on vendit dans tous les carrefours l'histoire de cet événement, surmontée d'un dessin représentant un diable affreux qui disparaissait sous terre aux yeux de Desgrais stupéfait; c'en fut assez pour intimider le peuple, et même pour ôter tout courage aux archers, qui ne parcouraient plus les rues la nuit qu'en tremblant, couverts d'amulettes et aspergés d'eau bénite.

D'Argenson voyant échouer les efforts de la chambre ardente, s'adressa au roi pour obtenir la création d'une cour de justice, chargée de rechercher et de punir les auteurs des nouveaux crimes, et revêtue d'une autorité illimitée. Le roi, persuadé qu'il avait déjà accordé trop de puissance à la chambre ardente, pénétré d'horreur par les exécutions sans nombre qu'avait ordonnées le sanguinaire la Reynie, refusa de donner suite à ce projet.

On prit une autre voie pour intéresser le roi à cette affaire. Louis XIV passait l'après-dînée dans les appartements de madame de Maintenon, où il travaillait souvent avec ses ministres jusque vers le milieu de la nuit. Ce fut là qu'on lui remit une pièce de vers au nom des amants en péril; ils se plaignaient d'être obligés de risquer leur vie lorsque la galanterie leur ordonnait d'offrir un riche présent à leurs maîtresses.

Il y avait honneur et plaisir à répandre son sang pour la dame de ses pensées dans une lutte chevaleresque; mais il était chose bien différente d'être mystérieusement attaqué par un assassin, des coups duquel on ne pouvait se défendre. Louis, l'éclatante étoile polaire de tout amour et de toute galanterie, daignerait dissiper par son éclat ces épaisses ténèbres, et pénétrer ainsi le sombre mystère qu'elles enveloppaient. Le divin héros qui avait foulé aux pieds ses ennemis voudrait bien encore tirer son glaive étincelant et victorieux, et, comme Hercule lutta contre l'Hydre de Lerne et Thésée contre le Minotaure, combattre ce monstre alarmant, destructeur de toute volupté, qui changeait toutes les félicités en chagrin profond et en deuil inconsolable.

Quelque sérieuse que fût l'affaire, ce poëme ne manquait pas de tournures de phrase fines et spirituelles, surtout dans la peinture que faisait l'auteur de la crainte des amants allant secrètement rendre visite à leurs maîtresses, crainte qui détruisait d'avance le plaisir, et ôtait de prime abord tout charme aux aventures galantes. Le tout se terminait par un panégyrique ampoulé de Louis XIV. Ainsi il était impossible que le roi ne parcourût pas ces vers avec une complaisance visible. Quand il eut achevé, sans détourner les yeux de dessus le papier, il se tourna brusquement du côté de madame de Maintenon, relut encore à haute voix la pièce de vers, et lui demanda en souriant avec grâce ce qu'elle pensait de la requête des amants en péril.

Madame de Maintenon, toujours fidèle à son système de sévérité, et tenant à conserver une certaine teinte de dévotion, répondit que des voies secrètes et défendues n'étaient pas dignes d'une protection spéciale; mais que les terribles malfaiteurs méritaient qu'on prît pour leur extermination des mesures extraordinaires.

Mécontent de cette réponse évasive, le roi plia le papier, et s'apprêtait à retourner auprès du secrétaire d'État qui travaillait dans une autre chambre, quand un regard qu'il lança de côté lui fit découvrir mademoiselle de Scudéri assise sur un pliant non loin de madame de Maintenon.

Alors il s'avança vers elle; on vit reparaître le gracieux sourire qui s'était joué sur sa bouche et sur ses joues; et dépliant de nouveau le papier :

— Permis à la marquise, dit-il d'une voix douce, d'ignorer les galanteries de nos gentilshommes, et de me ramener sur une voie qui n'est rien moins que défendue. Mais, vous, mademoiselle, que pensez-vous de cette requête?

Mademoiselle de Scudéri se leva respectueusement. Une rougeur fugitive parcourut, comme un rayon pourpré du soir, les joues pâles de la vieille et vénérable dame, et elle dit en s'inclinant légèrement et les yeux baissés :

Un amant qui craint les voleurs
N'est point digne d'amour [1].

Le roi, surpris de l'esprit chevaleresque de ce peu de mots, qui anéantissaient toute la requête et ses interminables tirades, s'écria les yeux étincelants :

— Par saint Denis! vous avez raison, mademoiselle! des mesures aveugles, qui atteignent l'innocent comme le coupable, ne doivent point servir à protéger la lâcheté! Que d'Argenson et la Reynie fassent tout ce qu'ils pourront.

III.

La Martinière dépeignit avec les plus vives couleurs la perversité de l'époque, en racontant le lendemain matin à sa maîtresse ce qui s'était passé la nuit précédente. Elle lui remit d'une main timide et tremblante la cassette mystérieuse. Baptiste, blême et transi de peur, se tenait dans un coin, tournant entre ses mains son bonnet de nuit, et incapable de parler. Tous deux supplièrent la demoiselle, du ton le plus lamentable et pour l'amour de tous les saints, de n'ouvrir la cassette qu'avec la plus grande circonspection.

Mademoiselle de Scudéri pesa dans sa main et souleva la cassette fermée.

— Vous êtes deux rêveurs! dit-elle en souriant. Je ne suis pas riche; il n'y a point chez moi de trésors dont la possession vaille la peine d'un meurtre. Ces infâmes assassins qui, comme vous le dites, épient ce qui se passe dans l'intérieur des maisons, doivent connaître ma situation pécuniaire aussi bien que vous et moi. Est-ce qu'on en voudrait à ma vie? A qui peut importer la mort d'une personne de soixante-treize ans, qui n'a jamais poursuivi que les scélérats et les méchants dans les romans qu'elle a composés, qui fait des vers médiocres, qui n'a jamais excité l'envie de personne, et ne laissera après elle que les atours d'une vieille demoiselle invitée parfois à la cour, et quelques douzaines de livres reliés et dorés sur tranche? Tu as beau, la Martinière, peindre l'apparition de l'étranger de manière à m'effrayer, je ne puis croire qu'il ait eu de mauvaises intentions. Ainsi donc...

La demoiselle appuya le doigt sur un bouton d'acier. La Martinière bondit de trois pas en arrière; Baptiste poussa un ah! étouffé, et fléchit les genoux. Le couvercle de la cassette s'ouvrit avec bruit.

Quel fut l'étonnement de la demoiselle en voyant briller dans la cassette des bracelets ornés de pierreries et un collier non moins précieux! Pendant qu'elle louait l'admirable travail du collier, la Martinière examinait les magnifiques bracelets, et s'écriait que véritablement la fière Montespan ne possédait pas une parure semblable.

— Mais qu'est-ce que tout cela signifie? dit mademoiselle de Scudéri.

En ce moment, elle aperçut au fond de la cassette un petit papier plié. Elle espérait avec raison y trouver la clef de ce mystère. A peine eut-elle lu le billet, qu'elle le laissa tomber de ses mains tremblantes. Elle éleva vers le ciel un regard expressif, et s'affaissa à moitié évanouie dans son fauteuil. La Martinière et Baptiste effrayés s'empressèrent auprès d'elle.

— Oh! s'écria-t-elle alors d'une voix à moitié étouffée par les sanglots, quelle mortification! quelle honte! faut-il que cela m'arrive à mon âge! Ai-je donc péché avec une légèreté indécente comme une femme jeune et étourdie? O Dieu! ces paroles jetées au hasard, prononcées en plaisantant, ont-elles donc une si affreuse portée? suffisent-elles pour me faire accuser du crime d'un pacte infernal, moi qui depuis mon enfance suis restée fidèlement dans les voies de la vertu et de la piété?

La demoiselle tenait un mouchoir devant ses yeux. Elle pleurait et sanglotait violemment. La Martinière et Baptiste, stupéfaits et troublés, ne savaient comment assister leur bonne maîtresse dans sa vive affliction. La femme de chambre avait ramassé le billet, dont voici le contenu :

« Un amant qui craint les voleurs
N'est point digne d'amour.

» Votre esprit clairvoyant, très-honorée dame, nous a sauvés d'une cruelle persécution, nous qui exerçons le droit du plus fort contre la faiblesse et la lâcheté, et nous approprions des trésors qui seraient indignement prodigués. Daignez accepter cette parure comme marque de notre gratitude. Il est vrai, vénérable dame, que vous méritez de porter des bijoux beaucoup plus beaux que ceux-ci, mais ce sont les plus précieux que nous ayons pu nous procurer depuis longtemps. Nous vous prions de ne pas nous retirer votre amitié et votre gracieuse faveur.

» LES INVISIBLES. »

[1] Ce distique est en français dans le texte d'Hoffmann.

— Est-il possible, s'écria mademoiselle de Scudéri lorsqu'elle se fut un peu *remise*, est-il possible de pousser aussi loin l'effronterie déhontée, la criminelle raillerie?

Le soleil brillait de tout son éclat à travers les rideaux de soie écarlate, et les diamants, qui se trouvaient sur la table auprès de la cassette, étincelaient à la lueur rougeâtre de ses rayons. Mademoiselle de Scudéri ayant jeté les yeux de ce côté, les détourna avec horreur, se cacha le visage, et ordonna à la Martinière d'enlever de suite ces affreux bijoux, imprégnés encore du sang caillé des victimes.

Lorsque la Martinière eut enfermé dans la cassette le collier et les bracelets, elle pensa qu'il était prudent de remettre ces bijoux au ministre de la police, et de lui confier tout ce qui s'était passé, l'apparition effrayante du jeune homme et la remise de la cassette.

Mademoiselle de Scudéri se leva et marcha en long et en large dans sa chambre sans proférer une parole. Elle avait l'air de réfléchir sur ce qu'il y avait à faire. Puis elle ordonna à Baptiste d'aller chercher une chaise à porteurs, et à la Martinière de s'habiller, parce qu'elle voulait se rendre à l'instant chez la marquise de Maintenon.

Elle s'y fit transporter précisément à l'heure où elle savait que la marquise se trouvait seule dans ses appartements. Elle s'était munie de la cassette.

La marquise parut fort étonnée de voir entrer à pas chancelants, pâle et défigurée, mademoiselle de Scudéri, qui était la dignité même, et à laquelle son grand âge n'avait rien ôté de son amabilité et de sa bonté naturelles.

— Au nom de tous les saints, que vous est-il donc arrivé? dit-elle à la pauvre et craintive demoiselle, qui, hors d'elle-même, à peine en état de se tenir debout, ne cherchait qu'à atteindre le fauteuil que lui avançait la marquise.

Ayant recouvré la parole, la demoiselle raconta quelle profonde mortification lui avait attirée la plaisanterie irréfléchie par laquelle elle avait répondu à la supplique *des amants en péril*. Après que la marquise eut tout appris d'un bout à l'autre, elle fut d'avis que mademoiselle de Scudéri prenait trop à cœur cet événement singulier, et que la raillerie d'une aussi vile canaille ne devait jamais atteindre une âme noble et généreuse. Elle finit par demander à voir la parure.

Mademoiselle de Scudéri lui remit la cassette ouverte, et lorsque la marquise aperçut les beaux joyaux, elle ne put s'empêcher de jeter une exclamation de surprise. Elle retira le collier, les bracelets, et les porta à la fenêtre. Là, tantôt elle laissa briller les bijoux au soleil, tantôt elle les approcha de ses yeux pour bien examiner avec quel art admirable chaque petit crochet de la chaîne était travaillé.

Tout à coup la marquise se tourna brusquement vers la demoiselle.

— Savez-vous bien, mademoiselle, s'écria-t-elle, que personne autre que René Cardillac ne peut avoir fait ces bracelets et ce collier?

René Cardillac était à cette époque le bijoutier le plus habile de Paris, un des hommes les plus ingénieux et à la fois des plus bizarres de son temps. Plutôt petit que grand, mais d'une large carrure, et d'une structure forte et musculeuse, Cardillac possédait encore, quoique ayant passé la cinquantaine, la force et l'agilité d'un jeune homme. De cette force que l'on pouvait qualifier d'extraordinaire, témoignaient une chevelure épaisse, crépue, rougeâtre, et un teint frais et luisant. Si Cardillac n'avait pas été connu dans tout Paris comme le plus honnête, le plus loyal, le moins égoïste des hommes, sans arrière-pensée, toujours prêt à aider ses semblables, le regard tout particulier que dardaient de petits yeux secs, enfoncés et brillants, aurait pu le faire soupçonner d'une méchanceté et d'une scélératesse secrètes.

Comme nous l'avons dit, Cardillac était dans son art le plus habile, non-seulement des joailliers de Paris, mais encore de tous ses contemporains. Il connaissait parfaitement la nature des pierres précieuses, il savait les disposer et les monter d'une telle façon que la parure qui aurait d'abord pu passer pour peu de valeur, sortait étincelante et magnifique de l'atelier de Cardillac. Il entreprenait toutes ses commandes avec une joie passionnée et brûlante, et fixait un prix si minime qu'il ne semblait nullement en rapport avec le travail.

Dès lors la besogne ne lui laissait aucun repos; jour et nuit, on l'entendait cogner et marteler dans son atelier, et souvent, lorsque l'œuvre était presque achevée, la forme lui en déplaisait, il doutait de la délicatesse de quelque partie de la monture, de quelque crochet de la chaîne. C'était une raison suffisante pour jeter de nouveau l'ouvrage entier dans le creuset et pour recommencer de plus belle. Ainsi chaque œuvre devenait un inimitable morceau de maître qui étonnait l'acquéreur. Mais il était à peine possible d'obtenir de lui l'ouvrage terminé. Il faisait attendre l'acheteur de semaine en semaine, de mois en mois. C'était en vain qu'on lui offrait le double du prix convenu, il refusait d'accepter un seul louis de plus. Était-il enfin forcé de céder aux instances de l'acheteur et de remettre la parure, il ne pouvait s'empêcher de donner des signes du profond chagrin, de la fureur qui le bouleversaient. Quand il lui avait fallu livrer un ouvrage plus remarquable que les autres, d'une valeur supérieure par la rareté des bijoux, par la délicatesse du travail, du prix de plusieurs mille francs, il lui arrivait parfois de courir çà et là comme un fou, maudissant son ouvrage et tout ce qui l'entourait.

Mais si quelqu'un venait à lui et lui criait : — René Cardillac, ne pourriez-vous me faire un beau collier pour ma fiancée?... des bracelets pour ma fille? et ainsi de suite; alors il s'arrêtait subitement, lançait un regard vif avec ses petits yeux, et demandait en se frottant les mains :

— Quels matériaux avez-vous?

Le solliciteur exhibait alors une petite boîte, et disait :

— Voici des pierreries, ce n'est rien de rare, c'est commun, mais entre vos mains!...

Cardillac ne le laissait pas achever, lui arrachait la boîte des mains, en retirait les bijoux, qui de fait n'avaient pas grande valeur; les exposait au jour, et s'écriait plein d'enthousiasme :

— Ho! ho! *commun*? *Pas du tout*! *de jolies pierres*... d'admirables pierres!... Laissez-moi seulement faire! et si vous ne regardez pas à une poignée de louis, j'y ajouterai encore quelques petites pierres qui vous éblouiront comme le soleil même!

— Je vous confie tout cela, maître René, disait le chaland, et je payerai ce qu'il vous plaira!

Alors, sans faire de distinction entre un riche bourgeois ou un seigneur distingué de la cour, Cardillac se jetait avec impétuosité au cou du chaland, l'embrassait, le serrait contre son cœur, et lui disait que désormais il était rendu au bonheur, et que dans huit jours l'ouvrage serait prêt.

Il prenait ses jambes à son cou, retournait au logis, entrait dans son atelier, jouait du marteau sans relâche, et au bout de huit jours un chef-d'œuvre était achevé. Mais lorsque celui qui l'avait commandé arrivait plein de joie pour payer la modique somme convenue, Cardillac devenait chagrin, fier, insolent.

— Mais, songez-y, maître Cardillac, c'est demain ma noce.

— Que me fait votre noce? repassez dans quinze jours.

— La parure est prête, voici l'argent, il me la faut.

— Et moi, je vous dis que j'ai encore beaucoup à changer à la parure, et que je ne peux pas vous la donner aujourd'hui.

— Et moi, je vous dis que si vous ne me remettez pas de bonne volonté la parure, que je vous payerai double, vous me verrez revenir avec les limiers de d'Argenson.

— Eh bien donc! que Satan vous torture avec cent tenailles rouges, et pende un poids de trois quintaux à votre collier pour que votre fiancée s'étrangle!

En disant cela, Cardillac fourrait le collier dans la poche du futur, le saisissait par le bras, le jetait à la porte de la chambre, de manière à le faire rouler jusqu'en bas de l'escalier, et riait comme un démon quand il voyait de sa fenêtre le pauvre homme sortir en boitant de la maison, son mouchoir devant son nez ensanglanté.

Il n'était pas non plus explicable que souvent Cardillac, après avoir entrepris un travail avec ardeur, suppliât tout d'un coup l'acheteur, avec toutes les marques d'une vive émotion, avec les protestations les plus entraînantes, au milieu même de pleurs et de sanglots, au nom de la Vierge et de tous les saints, de lui laisser l'ouvrage commencé. Plusieurs personnes des plus considérées du roi et de la nation avaient vainement offert de grandes sommes pour obtenir le moindre bijou de la fabrique de Cardillac. Il s'était jeté aux pieds du roi, et avait imploré la grâce de ne rien faire pour lui; il avait de même refusé de travailler pour la marquise de Maintenon, et ce fut avec l'expression de la répugnance et de l'horreur qu'il rejeta la proposition qu'elle lui fit de monter une petite bague, ornée des emblèmes des beaux-arts, dont elle voulait faire présent à Racine.

— Je parie, dit à cause de cela la marquise de Maintenon à mademoiselle de Scudéri, que Cardillac, quand même je l'enverrais chercher pour apprendre à qui il a livré cette parure, se refusera à venir ici, parce qu'il craint peut-être une commande, et qu'il ne veut absolument rien faire pour moi; cependant il semble s'être un peu départi de son entêtement, car, d'après ce que j'ai entendu dire, il travaille aujourd'hui plus activement que jamais, et livre ses ouvrages sur-le-champ, toujours pourtant avec un profond chagrin et en détournant les yeux.

Mademoiselle Scudéri, qui tenait beaucoup à voir, si c'était possible, la parure revenir bientôt entre les mains de son légitime propriétaire, pensa que l'on pouvait faire dire de suite à l'original joaillier qu'on ne lui demandait pas d'objets de sa fabrication, mais seulement son opinion sur des bijoux. La marquise approuva cet avis. On envoya chercher Cardillac, et, comme s'il eût déjà été en chemin, il entra au bout de quelque temps dans l'appartement.

Il parut stupéfait lorsqu'il aperçut mademoiselle de Scudéri, et, comme un homme qui, saisi par une circonstance inattendue, oublie les lois des convenances et les obligations qu'elles imposent, il s'inclina d'abord profondément et avec respect devant cette vénérable demoiselle, et ce ne fut qu'ensuite qu'il se tourna vers la marquise. Celle-ci, lui montrant les joyaux qui brillaient sur le tapis vert-foncé de la table, lui demanda précipitamment si cela était son ouvrage.

Cardillac y jeta à peine les yeux, mit bien vite, en regardant fixement la marquise, les bracelets et le collier dans la cassette qui était à côté, et la poussa brusquement loin de lui; puis il prit la parole, et un sourire désagréable glissa sur sa figure enluminée.

— Dans le fait, madame la marquise, il faudrait mal connaître l'ouvrage de René Cardillac pour croire un seul moment qu'aucun autre bijoutier dans le monde soit capable de monter une semblable parure; il est vrai, ceci est de ma fabrique.

— Eh bien! en ce cas, poursuivit la marquise, dites-moi donc pour qui vous avez fait cette parure?

— Pour moi seul, répondit Cardillac.

La marquise de Maintenon et mademoiselle de Scudéri le regardèrent tout étonnées, celle-là remplie de méfiance, celle-ci dans une attente craintive de la tournure que prendrait la chose.

— Oui, vous pouvez le trouver singulier, continua le bijoutier, *mais il en est ainsi*. C'est seulement pour l'amour du beau que j'ai rassemblé mes meilleures pierres, et par plaisir que je les ai travaillées plus activement et plus soigneusement que jamais. Il y a quelque temps, cette parure disparut de mon atelier d'une manière inconcevable.

René Cardillac.

— Que le ciel soit loué! s'écria mademoiselle de Scudéri, dont les yeux étincelèrent, et qui, vive et agile comme une jeune fille, sauta de son fauteuil, et s'avança vers Cardillac. Puis, posant les deux mains sur les épaules du joaillier :

— Reprenez, dit-elle, maître René, la propriété que d'infâmes voleurs vous ont dérobée!

Elle raconta alors en détail comment elle avait reçu la parure. Cardillac écouta tout en silence et les yeux baissés. Seulement, de temps en temps, il lançait un hem! mal articulé, *ainsi que des ah! ho! ho!* tantôt il croisait ses mains derrière son dos, tantôt il se caressait doucement le menton et la joue.

Lorsque mademoiselle de Scudéri eut achevé, on eût dit que Cardillac luttait avec des pensées toutes particulières qui lui étaient venues pendant ce récit. Il semblait avoir peine à prendre une résolution bien arrêtée. Il s'essuya le front, il soupira, il passa sa main sur ses yeux, sans doute pour retenir des larmes prêtes à couler. Enfin, il saisit la cassette que lui présentait mademoiselle de Scudéri, se pencha lentement, mit un genou en terre et dit :

— C'est à vous, noble et digne demoiselle, que le sort a destiné cette parure. Oui, c'est à présent seulement que je me le rappelle, j'ai pensé à vous en y travaillant; je travaillais pour vous. Ne dédaignez pas d'accepter et de porter ces bijoux, qui sont ce que j'ai fait de mieux depuis longtemps.

— Ah! ah! repartit mademoiselle de Scudéri d'un ton de plaisanterie gracieux, à quoi pensez-vous, maître René? peut-il encore me *convenir à mon âge de me parer de ces pierres fines? Et qui a donc* pu vous engager à me faire un si riche cadeau? Allez, allez, maître René, si j'étais belle et riche comme la marquise de Fontanges, dans ce cas, je ne laisserais pas cette parure sortir de mes mains. Et que feraient à ces bras fanés la splendeur futile des diamants, et à ce cou voilé les reflets de ce collier?

Cependant Cardillac s'était relevé; il paraissait hors de lui, et son regard était égaré. Il persista à présenter la cassette à mademoiselle de Scudéri.

— Faites-moi cette charité, mademoiselle, dit-il, et acceptez cette parure. Vous ne savez pas quelle profonde vénération je ressens dans mon cœur pour votre vertu, pour votre grand mérite! Acceptez donc mon pauvre présent. En vous l'offrant, je m'efforce de vous donner un gage de l'estime que j'ai pour vous.

Comme mademoiselle de Scudéri hésitait encore, la marquise de Maintenon prit la cassette des mains de Cardillac et dit :

— Au nom du ciel, mademoiselle, pourquoi parlez-vous toujours de votre grand âge? qu'avons-nous, vous et moi, à démêler avec les années et leur poids? N'agissez-vous pas précisément comme une fille jeune et timide qui aimerait bien prendre les fruits sucrés qu'on lui offre, si elle n'avait besoin pour cela d'employer la main ou les doigts? Ne vous refusez pas à accepter du brave maître René comme don volontaire ce que mille autres ne peuvent obtenir malgré tout l'or, toutes les prières, toutes les supplications imaginables.

Pendant ce temps la marquise de Maintenon avait forcé mademoiselle de Scudéri *à prendre la cassette*. Cardillac se jeta alors à genoux, baisa les mains et le bas de la robe de mademoiselle de Scudéri, gémit, soupira, pleura, sanglota, se releva, et s'enfuit en hâte comme un fou, heurtant les fauteuils et les tables, et manquant de briser les verres et les porcelaines.

— Au nom de tous les saints, qu'arrive-t-il à cet homme? s'écria mademoiselle de Scudéri tout effrayée.

Cependant la marquise, qui, ce jour-là, était particulièrement de bonne humeur, et dont la gaicté allait même jusqu'à l'espièglerie, tout à fait étrangère à sa manière d'être habituelle, poussa un bruyant éclat de rire :

— Voici le fait, dit-elle, mademoiselle : maître René est éperdument amoureux de vous, et, d'après un usage très-logique, et les us de la vraie galanterie, il commence par assiéger votre cœur au moyen de riches présents!

La marquise de Maintenon poussa la plaisanterie plus loin, en exhortant mademoiselle de Scudéri à n'être pas trop cruelle envers l'amant désespéré, et *celle-ci, donnant essor à son humeur naturelle*, se laissa entraîner au torrent impétueux de mille saillies joyeuses. Elle pensa que, les choses en étant à ce point, elle finirait par être vaincue, et ne pourrait faire autrement que de donner au monde l'exemple inouï d'une personne de noblesse irréprochable devenant à soixante-treize ans la fiancée d'un bijoutier.

Madame de Maintenon s'offrit pour tresser la couronne de mariée, et pour l'instruire des devoirs d'une bonne femme de ménage, dont une petite fille à peine au monde ne pouvait pas savoir grand'chose.

Lorsque enfin mademoisellede Scudéri se leva pour quitter la marquise, malgré ce feu roulant de plaisanteries, elle redevint fort sérieuse en prenant la cassette aux bijoux.

Pourtant, madame la marquise, dit elle, je ne pourrai jamais me servir de cette parure. Elle a été, n'importe comment, entre les mains de ces damnés brigands qui pillent, qui assassinent audacieusement, qui semblent même avoir fait avec Satan un pacte exécrable. J'ai horreur du sang dont ces joyaux paraissent souillés. L'avouerai-je? la conduite même de Cardillac *a pour moi quelque* chose de singulièrement effrayant et de mystérieux. Je ne puis me défendre d'un sombre pressentiment, je me figure qu'il y a derrière tout ceci un secret sinistre, horrible et épouvantable. Pourtant, si je me remets devant les yeux toute l'aventure et chacune de ses circonstances, je ne puis deviner en quoi consiste ce secret, et surtout comment l'honnête, le brave maître René, le modèle d'un bon et pieux bourgeois, peut se trouver mêlé à quelque chose de mal, de condamnable. Toujours est-il que je n'oserai jamais mettre cette parure.

La marquise pensait que c'était porter trop loin le scrupule; mais lorsque mademoiselle de Scudéri lui demanda, la main sur la conscience, ce qu'elle ferait, elle, à sa place, elle répondit d'un ton sérieux et avec fermeté :

— Plutôt les jeter à la Seine que de les porter jamais!

Mademoiselle de Scudéri retraça sa scène avec maître René dans une pièce de vers agréable, qu'elle lut au roi le soir d'après dans les appartements de madame de Maintenon. Surmontant ses vagues ap*préhensions*, elle avait su représenter sous de vives couleurs, en s'égayant aux dépens de maître René, le portrait divertissant de la noble fiancée du bijoutier, chargée de soixante-treize ans. Bref, le roi rit de tout son cœur, et jura que Boileau Despréaux avait trouvé son maître. Grâce à cet éloge, la pièce de vers de mademoiselle de Scudéri passa pour ce qui avait jamais été écrit de plus spirituel.

Plusieurs mois s'étaient écoulés, lorsque le hasard voulut que mademoiselle de Scudéri passât sur le Pont-Neuf dans le carrosse à glaces de la duchesse de Montausier. L'invention de ces *élégantes* voitures était encore si nouvelle, que le peuple se pressait avec curiosité autour des équipages de cette espèce qui paraissaient dans les rues. Il advint donc que la cohue des badauds entoura sur le Pont-Neuf la voiture de madame de Montausier, au point d'arrêter presque la marche des chevaux. Mademoiselle de Scudéri entendit tout d'un coup des vociférations, des jurements, et aperçut un homme qui se faisait jour à travers le gros de la foule, non sans donner et recevoir force horions et coups de poing. Lorsqu'il approcha, les yeux de la demoiselle rencontrèrent le coup d'œil perçant d'une figure juvénile, mais pâle comme la mort et défigurée par la douleur. Le jeune homme la regardait fixement, tout en travaillant courageusement des coudes et des poings; enfin il arriva à la portière de la voiture, qu'il ouvrit avec véhémence, jeta un billet sur les genoux de mademoiselle de Scudéri, et disparut, comme il était venu, en distribuant et recueillant des coups à droite et à gauche.

La Martinière, qui se trouvait auprès de sa maîtresse, avait poussé un cri d'horreur, et était tombée évanouie au fond de la voiture lorsque l'inconnu avait paru à la portière. En vain mademoiselle de Scudéri tirait le cordon, appelait le cocher; celui-ci, comme entraîné

Les visites de Madelon à l'atelier devinrent de plus en plus fréquentes.

par un mauvais génie, fouettait les chevaux, qui, la bouche écumante, piaffèrent, se cabrèrent, et enfin traversèrent le pont au galop. Mademoiselle de Scudéri versa le contenu de son flacon sur la femme de chambre évanouie, qui ouvrit enfin les yeux et se serra convulsivement contre sa maîtresse, tremblante et le visage empreint de crainte et d'horreur.

— Sainte Mère de Dieu! dit-elle en balbutiant, que voulait ce terrible homme? Ah! c'était lui, c'était le même qui vous apporta la cassette dans cette nuit affreuse!

Mademoiselle de Scudéri rassura la pauvre femme en lui représentant qu'aucun malheur n'était *arrivé* et que l'important était de savoir ce que contenait le billet. Elle déploya le papier et y trouva ces mots :

« Une malheureuse destinée que vous pouvez détourner me pousse dans l'abîme! Je vous conjure, comme l'enfant plein d'amour filial conjure sa mère, de faire parvenir à maître René Cardillac, sous un prétexte quelconque, pour y faire quelque changement, le collier et les bracelets que vous avez eus par moi; votre bien-être, votre vie en dépendent. Si vous ne le faites pas d'ici à après-demain, j'entre de force dans votre demeure, et je me tue sous vos yeux. »

— Maintenant, dit mademoiselle de Scudéri lorsqu'elle eut lu ce billet, il est certain que si cet individu mystérieux appartient vraiment à cette bande de voleurs et d'assassins, il n'a aucun mauvais dessein contre moi. S'il avait réussi à me parler dans cette fameuse nuit, qui sait quelles bizarres circonstances, quels sombres récits auraient éclairci pour moi des faits dont je cherche en vain dans mon âme la moindre explication. Quel qu'en soit le résultat, je ferai ce qui m'est conseillé sur ce papier, quand cela n'aboutirait qu'à me débarrasser de cette maudite parure, qui semble elle-même être un talisman infernal. Cela fait, Cardillac, fidèle à sa vieille habitude, ne la laissera pas si facilement sortir de ses mains.

Dès le lendemain, mademoiselle de Scudéri songea à se rendre avec la parure chez le bijoutier. Cependant on eût dit que tous les beaux esprits de Paris s'étaient entendus pour assiéger la demoiselle, précisément ce matin-là, de vers, de pièces de théâtre, et d'anecdotes.

A peine Lachapelle[1] eut-il achevé la lecture d'une scène de tragédie, et donné adroitement à entendre qu'il espérait bien maintenant triompher de Racine, que celui-ci entra en personne, et le terrassa en récitant une tirade royale et pathétique; puis Boileau fit monter les fusées de ses saillies spirituelles jusque dans le ciel sombre de la tragédie, afin de ne pas entendre éternellement bavarder au sujet de la colonnade du Louvre, dont l'architecte docteur Perrault lui faisait une amphigourique description.

La matinée était avancée; mademoiselle de Scudéri devait se rendre chez la duchesse de Montausier, et *ainsi la visite à maître* René Cardillac fut remise au lendemain matin.

Mademoiselle de Scudéri se sentit tourmentée d'une inquiétude singulière. Le jeune homme était toujours devant ses yeux, et du fond de son cœur il s'élevait comme un souvenir vague d'avoir vu cette figure et ces traits. Des rêves causés par ses alarmes troublèrent son léger sommeil; il lui semblait que sa conduite était coupable, qu'elle avait négligé étourdiment de prendre la main que lui tendait le malheureux prêt à tomber dans l'abîme; qu'il dépendait d'elle d'empêcher un crime impie, un événement funeste.

Aussitôt que le jour parut, elle se fit habiller, et, munie de l'écrin, se rendit chez le bijoutier.

IV.

Dans la rue Saint-Nicaise, où Cardillac demeurait, le peuple était rassemblé devant la porte de la maison. La foule criait, *tapageait*, grondait, voulait entrer à toute force, et n'était retenue qu'avec peine par un cordon de maréchaussée qui environnait la maison. Au milieu du tumulte et de la confusion, des voix animées par la colère s'écriaient :

— Déchirez-le, mettez-le en pièces, le maudit assassin!

Enfin parait Desgrais avec une escorte nombreuse qui se fraye un passage à travers les groupes épais. La porte de la maison s'ouvre, un homme chargé de chaînes en sort, et est entraîné au milieu des malédictions terribles du peuple exaspéré.

Le caveau de Cardillac.

Mademoiselle de Scudéri aperçoit ce qui se passe, et perd presque contenance, tant sa crainte est grande, tant ses pressentiments sont sinistres. Soudain un cri d'alarme perçant frappe ses *oreilles*.

— Avancez! avancez encore! crie-t-elle hors d'elle-même au cocher.

[1] M. Loève-Weimars a substitué le nom de Chapelle à celui de Lachapelle, qui se trouve dans le texte d'Hoffmann. Jean de Lachapelle, dont il est ici question, auteur des tragédies de *Zaïde*, *Cléopâtre*, *Téléphonte* et *Ajax*, dans lesquelles il cherchait à imiter la manière de Racine, n'a rien de commun avec le spirituel collaborateur et compagnon de voyage de Bachaumont. (*Note du trad.*)

Celui-ci, par une manœuvre prompte et adroite, balaye la foule, et s'arrête devant la porte de Cardillac.

Mademoiselle de Scudéri y aperçoit Desgrais, et à ses pieds une jeune fille, belle comme le jour, les cheveux épars, à moitié nue, la crainte, le désespoir peints sur la physionomie. Elle tient enlacés les genoux du lieutenant, et crie avec l'accent de la douleur la plus affreuse, la plus poignante :

— Il est innocent! il est innocent!

Les efforts de Desgrais, ceux de ses gens sont inutiles pour la relever et l'arracher de sa place. Enfin un homme fort et brutal saisit la malheureuse avec ses poings solides, l'arrache violemment des genoux de Desgrais, trébuche maladroitement, et laisse aller la jeune fille, qui roule en bas des marches de pierre et reste sur le pavé sans parole et sans mouvement.

Mademoiselle de Scudéri ne peut se contenir plus longtemps.

—Au nom du Christ! que se passe-t il ici? s'écrie-t-elle. Elle ouvre la portière et descend de voiture. La foule s'écarte respectueusement devant la respectable dame. Quelques femmes compatissantes relèvent la jeune fille, la font asseoir sur les marches et lui lavent le front avec des spiritueux; mademoiselle de Scudéri s'approche de Desgrais, et réitère énergiquement sa question.

— Il est arrivé un affreux malheur! répond Desgrais; René Cardillac a été trouvé ce matin assassiné d'un coup de poignard. Son ouvrier Olivier Brusson est le meurtrier. On vient de le conduire en prison.

— Et la jeune fille? s'écria mademoiselle de Scudéri.

— C'est Madelon, interrompit Desgrais, la fille de Cardillac. L'assassin infâme était son amant. Maintenant elle pleure, elle gémit, et crie coup sur coup qu'Olivier Brusson est tout à fait innocent. Enfin elle sait ce qui s'est passé, et il faut que je la fasse conduire à la conciergerie.

En disant cela, Desgrais lança un regard malicieux et méchant qui fit trembler mademoiselle de Scudéri. En ce moment, la jeune fille commença à respirer doucement, sans pouvoir toutefois faire entendre aucun son, et sans faire aucun mouvement; elle était là étendue, les yeux fermés, et l'on ne savait si l'on devait la remporter dans la maison, ou lui prodiguer des soins dans la rue jusqu'à ce qu'elle revînt à elle.

Profondément émue, les larmes aux yeux, mademoiselle de Scudéri contemplait cet ange d'innocence; elle frémissait à l'aspect de Desgrais et de ses camarades. Un bruit sourd se fit entendre sur l'escalier, on emportait le cadavre de Cardillac. Promptement déterminée, mademoiselle de Scudéri s'écria à haute voix :

— Je prends la jeune fille avec moi, vous pourrez veiller au reste, Desgrais!

Un murmure d'approbation parcourut la foule. Les femmes soutinrent la jeune fille; on se pressa autour d'elle; des centaines de mains s'efforcèrent de prêter secours, et, comme planant dans les airs, Madelon Cardillac fut portée dans la voiture, tandis que des bénédictions partaient de toutes les bouches, et pleuraient sur la vénérable dame qui avait arraché l'innocence à la justice sanguinaire.

Les efforts de Fagon, le plus fameux médecin de Paris, parvinrent enfin à rappeler à la vie Madelon, qui était restée des heures entières dans une insensibilité léthargique. Mademoiselle de Scudéri acheva ce que le médecin avait commencé, en laissant poindre quelques douces lueurs d'espoir dans l'âme de la jeune fille, jusqu'à ce qu'un ruisseau de larmes, qui sortit de ses yeux, vint la soulager. Elle essaya de raconter comment tout s'était passé; mais de temps à autre la violence de la douleur la plus vraie étouffait ses paroles au milieu des sanglots. Voici ce qui était arrivé.

Sur le minuit, elle avait été réveillée par un léger bruit à la porte de sa chambre, et avait entendu la voix d'Olivier qui la conjurait de se lever tout de suite, parce que son père était à la mort : effrayée, elle avait sauté du lit et avait ouvert la porte. Olivier, pâle et défiguré, couvert de sueur, était allé en chancelant, la lumière à la main, dans l'atelier où elle l'avait suivi. Son père y était couché, les yeux fixes, râlant et dans les dernières convulsions de l'agonie. Elle s'était jetée sur lui en gémissant, et avait alors seulement aperçu que sa chemise était ensanglantée. Olivier l'avait doucement retirée, et s'était occupé à bassiner et à panser une blessure que Cardillac avait sur le sein gauche. Pendant ce temps, son père avait recouvré sa connaissance; il avait cessé de râler, l'avait regardée elle, puis avait jeté sur Olivier un coup d'œil plein d'expression, avait saisi sa main, l'avait mise dans celle d'Olivier, et les avait serrées toutes deux dans les siennes. Olivier et elle étaient tombés à genoux devant la couche du moribond. Il s'était relevé en poussant un cri déchirant, mais il était retombé tout de suite et avait rendu le dernier soupir.

Alors ils avaient gémi et pleuré tous les deux. Olivier avait raconté comment son maître avait été assassiné en sa présence pendant une course nocturne que sur sa demande il avait été obligé de faire avec lui, et comment il l'avait porté au logis avec la plus grande peine, ne le croyant pas blessé mortellement.

Au point du jour, les voisins, que le bruit, les larmes et les gémissements avaient étonnés, étaient montés et les avaient trouvés agenouillés et inconsolables auprès du cadavre de Cardillac. Là-dessus grandes rumeurs; la maréchaussée était entrée et avait entraîné Olivier en prison, comme le meurtrier de son maître.

Madelon termina par la plus touchante peinture de la vertu, de la piété, de la fidélité de son bien-aimé Olivier. Elle dit comment il vénérait son patron à l'égal de son propre père, comment celui-ci lui rendait largement son amour, comment il l'avait choisi pour gendre malgré sa pauvreté, parce que son talent égalait sa loyauté et la noblesse de son caractère. Madelon racontait tout cela avec une sincérité naïve, et elle termina en disant que si Olivier avait en sa présence enfoncé le poignard dans la poitrine de son père, elle aurait cru être abusée par un piége de Satan plutôt que de juger Olivier capable d'un crime aussi atroce, aussi plein d'horreur.

Mademoiselle de Scudéri, émue profondément par les peines inexprimables de Madelon, et toute disposée à regarder Olivier comme innocent, prit des informations, et on lui confirma ce que Madelon lui avait raconté des rapports intimes du maître et de l'apprenti. Les gens de la maison vantaient d'un commun accord Olivier comme donnant l'exemple d'une conduite réglée, pieuse, loyale et active. Personne ne savait rien de mal sur son compte, et cependant était-il question de l'épouvantable événement, chacun baissait les yeux et pensait qu'il y avait là-dessous quelque chose d'incompréhensible.

Olivier, conduit devant la chambre ardente, à ce qu'apprit mademoiselle de Scudéri, nia avec la plus grande fermeté, avec la liberté d'esprit la moins équivoque, le fait dont on l'accusait; il affirmait que son maître avait été attaqué et terrassé en sa présence, au milieu de la rue; qu'il l'avait pourtant traîné encore vivant jusqu'à son domicile, où Cardillac avait bientôt expiré.

Mademoiselle de Scudéri ne se lassa pas de se faire répéter les plus petites circonstances de cet événement affreux. Elle rechercha avec soin si aucune querelle entre le maître et l'ouvrier n'était jamais survenue; peut-être Olivier n'était-il pas tout à fait exempt de cette fougue qui trouble parfois, comme une aveugle folie, les meilleures natures d'homme, et les pousse à des actes qu'ils n'auraient pas commis s'ils avaient eu le libre exercice de leur volonté. Pourtant plus Madelon parlait avec enthousiasme du paisible bonheur de la vie d'intérieur qu'avaient menée trois personnes unies par l'affection la plus vraie, plus, aux yeux de la demoiselle, se dissipait toute ombre de soupçon contre l'accusé Olivier.

En examinant tout avec soin, en admettant qu'Olivier, malgré tout ce qui plaidait hautement en faveur de son innocence, fût néanmoins le meurtrier de Cardillac, la Scudéri ne trouva, dans le domaine de la possibilité, aucun motif d'un crime affreux, qui dans tous les cas devait troubler le bonheur d'Olivier.

— Il est pauvre, mais habile, se disait-elle : il parvient à gagner l'affection du maître le plus célèbre de Paris; il aime la fille, le maître favorise son amour; la félicité, le bien-être de sa vie entière sont assurés : supposons maintenant que, Dieu sait pourquoi, Olivier, entraîné, stimulé par la colère, ait assassiné son bienfaiteur et son père, quelle hypocrisie diabolique de se conduire après le crime comme il l'a fait réellement!

Avec la conviction la plus ferme de l'innocence d'Olivier, mademoiselle de Scudéri prit la résolution de sauver le malheureux jeune homme à quelque prix que ce fût.

Il lui sembla plus sûr, avant d'implorer la grâce du roi, de s'adresser au président la Reynie, d'appeler son attention sur toutes les circonstances qui devaient parler en faveur de la non-culpabilité d'Olivier, et d'éveiller peut-être ainsi dans l'âme du président une conviction favorable à l'accusé, qui pût se communiquer aux juges.

La Reynie reçut mademoiselle de Scudéri avec la profonde estime que méritait la respectable septuagénaire, que le roi lui-même avait en haute estime. Il écouta attentivement tout ce qu'elle dit sur le crime, sur le caractère, sur la situation d'Olivier; un sourire fin et presque malicieux indiqua seul que ces protestations, que ces exhortations mêlées de larmes, ces apostrophes au juge qui, loin d'être ennemi de l'accusé, doit faire attention à tout ce qui parle en sa faveur, n'étaient pas adressées à des oreilles tout à fait sourdes. Lorsque enfin la demoiselle se tut, exténuée, et essuya ses pleurs, la Reynie commença ainsi :

— Il est bien digne de votre excellent cœur, mademoiselle, d'être touchée des larmes d'une jeune fille remplie d'amour, de croire tout ce qu'elle avance, d'être incapable de concevoir la pensée d'un crime affreux; mais il en est autrement du juge, qui est accoutumé à arracher le masque à l'hypocrisie effrontée. Peut-être n'entre-t-il pas dans les attributions de ma charge de dérouler à quiconque m'interroge la marche d'un procès criminel. Mademoiselle, je fais mon devoir : le jugement du monde m'importe peu; les criminels doivent trembler devant la chambre ardente, qui ne connaît d'autres châtiments que le bûcher et l'échafaud; mais à vos yeux, ma digne demoiselle, je n'aimerais pas à passer pour un monstre de dureté et de cruauté. Permettez-moi donc de vous exposer clairement et en peu de mots le crime du jeune homme sur lequel, grâce au ciel! retombe le sang de sa victime. Votre esprit subtil dédaignera alors cette commisération, qui vous fait honneur, mais qui ne saurait s'accorder avec mes fonctions.

Ainsi, le matin on trouve René Cardillac assassiné d'un coup de poignard; personne n'est auprès de lui que son ouvrier, Olivier Brusson, et sa fille. Dans la chambre d'Olivier, on trouve un poignard teint de sang fraîchement versé, dont la dimension s'accorde parfaitement avec celle de la blessure. Cardillac, dit Olivier, a été tué cette nuit devant mes yeux.

— Voulait-on le voler?

— Quant à cela, je l'ignore!

— Tu étais avec lui, et il ne t'a pas été possible d'arrêter l'assassin, de le retenir, d'appeler du secours?

— Le maître marchait à quinze, à vingt pas devant moi je le suivais.

— Pourquoi cette distance?

— Le maître le voulait ainsi.

— Qu'avait donc maître Cardillac à faire si tard dans la rue?

— Quant à cela, je ne puis le dire.

— Il ne lui est jamais arrivé de sortir de la maison après neuf heures du soir?

Ici Olivier hésite; il est atterré, il soupire, il verse des larmes, il jure par tout ce qu'il y a de sacré que véritablement Cardillac est sorti cette nuit-là, et qu'il a trouvé la mort hors de son domicile. Maintenant faites bien attention, mademoiselle; il est constaté jusqu'à la plus entière certitude que Cardillac n'a pas quitté la maison cette nuit; d'où il résulte que l'assertion d'Olivier, qui dit être vraiment sorti avec lui, est un mensonge effronté. La porte d'entrée est munie d'une forte serrure, qui fait un bruit perçant lorsqu'on l'ouvre et qu'on la ferme. Ensuite la porte tourne en craquant et en gémissant sur ses gonds; et, ainsi que des essais réitérés l'ont prouvé, ce bruit retentit jusqu'à l'étage supérieur de la maison.

Or, à l'étage inférieur, et par conséquent à côté de la porte, demeure maître Claude Patru avec sa gouvernante, femme de près de quatre-vingts ans, mais encore alerte et éveillée. Ces deux personnes ont entendu maître Cardillac lorsque, d'après son habitude de tous les jours, il eut descendu l'escalier à neuf heures précises, fermer et verrouiller la porte avec bruit, remonter, lire tout haut la prière du soir et entrer dans sa chambre à coucher comme on pouvait supposer qu'il le ferait, puisqu'il avait fermé la porte. Maître Claude souffre d'insomnies, désagrément auquel les vieillards sont sujets. Cette nuit-là même, il ne pouvait fermer l'œil. Aussi sa gouvernante, arrivant à la cuisine par le vestibule, battit le briquet vers neuf heures et demie, et s'assit devant la table auprès de maître Claude avec une vieille chronique dont elle lut un passage, tandis que le vieillard, se livrant à ses pensées, tantôt demeurait dans son fauteuil, tantôt se levait et marchait doucement de long en large dans la chambre pour obtenir un peu de sommeil.

Tout demeura calme et paisible jusqu'à minuit. A cette heure, ils entendirent au-dessus d'eux des pas précipités, un grand bruit semblable à celui d'un poids lourd tombant à terre, et tout de suite après un gémissement sourd. Une frayeur et une stupéfaction étranges les remplirent tous les deux. L'idée vague du crime affreux qui venait d'avoir lieu les fit frissonner. La lumière du matin dévoila ce qui avait été accompli dans les ténèbres.

— Mais, interrompit mademoiselle de Scudéri, pour l'amour de tous les saints, pouvez-vous, avec toutes les circonstances que je vous ai racontées en détail, trouver à cette action infernale l'apparence d'un prétexte quelconque?

— Hem! repartit la Reynie, Cardillac n'était pas pauvre; il était en possession de pierreries magnifiques.

— Est-ce que sa fille ne devait pas être son héritière? Vous oubliez qu'Olivier allait devenir le gendre de Cardillac.

— Il devait peut-être partager, ou seulement assassiner pour d'autres, dit la Reynie.

— Partager! assassiner pour d'autres! dit mademoiselle de Scudéri avec le plus grand étonnement.

— Sachez, mademoiselle, continua le président, qu'Olivier aurait déjà depuis longtemps subi sa peine en place de Grève, si son crime ne se trouvait pas en relation avec les meurtres dont jusqu'à présent Paris épouvanté n'a pu sonder le ténébreux mystère. Olivier appartient évidemment à cette bande infâme qui, narguant tous les efforts, toutes les recherches des cours de justice, savait lancer ses coups sûrement et avec impunité. Par lui tout s'éclaircira, tout doit s'éclaircir. La blessure de Cardillac ressemble parfaitement à celles que portaient tous les individus assassinés et volés dans les rues. Ensuite, ce qu'il y a de plus convaincant, c'est que tous les meurtres, tous les vols ont cessé depuis qu'Olivier est arrêté. Les rues sont aussi sûres la nuit que le jour. Preuve suffisante qu'Olivier était peut-être à la tête de cette bande meurtrière. Il ne veut encore rien avouer; mais il y a moyen de le faire parler contre son gré.

— Et Madelon, s'écria mademoiselle de Scudéri, la fidèle, l'innocente colombe?

— Et qui me répond, dit la Reynie avec un sourire empoisonné, qu'elle n'est pas du complot? Que lui importe son père? ses larmes ne coulent que pour l'assassin.

— Que dites-vous? s'écria mademoiselle de Scudéri : cela n'est pas possible. Son père! cette jeune fille!

— Oh! continua la Reynie, pensez donc à la Brinvilliers. Vous me le pardonnerez, mais je me verrai peut-être bientôt forcé de vous arracher votre protégée et de la faire enfermer à la Conciergerie.

Mademoiselle de Scudéri frissonna d'horreur à ce soupçon affreux. Il lui sembla qu'aucune fidélité, aucune vertu ne pouvait paraître de bon aloi aux yeux de cet homme terrible, qui guettait partout le meurtre, qui furetait dans les pensées les plus profondes, les plus secrètes, pour y saisir d'odieux desseins.

Elle se leva.

— Soyez humain! dit-elle avec effort. Ce furent les seules paroles qu'elle put proférer. Déjà prête à descendre l'escalier vers lequel le président l'avait conduite avec une aménité cérémonieuse, il lui vint, elle ne sut comment, une idée bizarre.

— Me serait-il permis de voir le malheureux Olivier Brusson? demanda-t-elle en se tournant subitement vers le président. Celui-ci la regarda avec réflexion, et son visage fut contracté par ce sourire repoussant qui lui était particulier.

— Sans doute, dit-il, vous voulez, ma respectable demoiselle, vous confiant plutôt à votre sentiment et à votre voix intérieure qu'au témoignage de vos yeux, discuter vous-même la culpabilité ou l'innocence d'Olivier. S'il ne vous répugne pas de visiter le sombre séjour du crime, d'observer dans sa laideur le tableau de la réprobation, les portes de la Conciergerie vous seront ouvertes pendant deux heures. On vous présentera cet Olivier, dont le sort excite votre intérêt.

En effet, mademoiselle de Scudéri ne pouvait se convaincre de la culpabilité du jeune homme. Tout s'élevait contre lui; aucun autre juge au monde n'aurait agi autrement que la Reynie en présence de faits aussi décisifs. Mais l'image de ce bonheur intérieur que Madelon lui avait présenté sous les couleurs les plus vives étouffait tout soupçon dans l'esprit de la vieille dame, et elle aimait mieux croire à un mystère inexplicable qu'à une chose contre laquelle toute son âme se révoltait.

Elle songea donc à se faire raconter par Olivier comment tout s'était passé dans cette nuit fatale, et à pénétrer autant que possible un secret qui était peut-être resté caché aux juges, parce qu'il leur avait semblé inutile de l'approfondir davantage.

Arrivée à la Conciergerie, on conduisit mademoiselle de Scudéri dans un parloir grand et bien éclairé. Peu de temps après, elle entendit un bruit de chaînes. Olivier Brusson fut amené. Mais quand il parut à la porte, mademoiselle de Scudéri tomba évanouie. Lorsqu'elle se fut remise, Olivier Brusson avait disparu. Elle demanda avec violence qu'on la ramenât à sa voiture; elle voulait quitter tout de suite l'asile de l'infamie. Hélas! au premier coup d'œil elle avait reconnu dans Olivier Brusson le jeune homme qui avait jeté ce billet dans sa voiture sur le Pont-Neuf, qui lui avait apporté la cassette et les bijoux!

Maintenant toute espèce de doute était effacé; l'affreuse opinion de la Reynie se trouvait entièrement confirmée. Olivier Brusson appartenait à l'affreuse bande d'assassins, et certainement c'était lui qui avait assassiné son maître.

Trompée pour la première fois aussi amèrement par son sentiment intime, forcée de reconnaître cette puissance infernale dont elle avait nié l'existence, mademoiselle de Scudéri doutait maintenant de toute vérité. Elle donna accès à l'épouvantable soupçon de la complicité de Madelon. Elle commença à croire à la possibilité de sa participation au parricide. Il arrive que l'esprit humain, lorsqu'une image lui est apparue, cherche et trouve des couleurs pour la rendre de plus en plus claire; ainsi mademoiselle de Scudéri, pesant chaque circonstance du crime, et la conduite de Madelon dans ses plus petits détails, trouva beaucoup de motifs à l'appui de ses suppositions.

Une foule de choses qui auparavant auraient passé à ses yeux pour des preuves d'innocence et de pureté, devinrent les signes évidents d'une méchanceté impudente, d'une hypocrisie étudiée. Ces plaintes déchirantes, ces larmes de sang pouvaient bien lui être arrachées, non point par la crainte mortelle de voir mourir son amant, mais par celle de tomber elle-même sous la main du bourreau. Ce fut avec la résolution de se débarrasser à l'instant du serpent qu'elle nourrissait dans son sein que mademoiselle de Scudéri descendit de voiture.

Lorsqu'elle fut entrée dans son appartement, Madelon se jeta à ses pieds; ses yeux avaient une expression céleste : un ange de Dieu ne les a pas plus beaux. Ses mains étaient croisées sur sa poitrine, que faisaient onduler ses soupirs. Elle implorait à haute voix des secours et des consolations.

Mademoiselle de Scudéri, se remettant avec peine, chercha à donner à sa voix autant de sévérité et de calme que possible.

— Va, va, dit-elle, console-toi; ne pleure pas un assassin qu'attend la juste punition de ses méfaits... Que la sainte Vierge te garde, afin qu'une accusation sanglante ne vienne pas aussi peser lourdement sur toi!

— Ah! maintenant tout est perdu!

En poussant cette exclamation, la jeune fille tomba à terre évanouie. Mademoiselle de Scudéri la laissa aux soins de la Martinière, et passa dans une autre pièce.

Le cœur déchiré, froissé et brisé par tout ce qui l'environnait, mademoiselle de Scudéri souhaita de ne plus vivre dans un monde de fourberie. Elle se plaignit de cette destinée qui, par une raillerie amère, lui avait accordé tant d'années pour fortifier sa croyance à la vertu et à la loyauté, et qui détruisait maintenant dans sa vieillesse le tableau qui l'avait charmée pendant sa vie entière.

Pendant que la Martinière emmenait Madelon, elle entendit celle-ci soupirer et gémir doucement.

— Ah! criait la pauvre fille, elle aussi, elle aussi! les barbares l'ont trompée! Misérable que je suis! — malheureux Olivier!

Ces paroles remuèrent avec force le cœur de mademoiselle de Scudéri, et de nouveau s'élevèrent dans le fond de son âme les vagues pressentiments d'un mystère, et la foi dans l'innocence d'Olivier.

Hors d'elle-même, assiégée par les sentiments les plus opposés, mademoiselle de Scudéri s'écria :

— Quel esprit infernal m'a mêlée à cette histoire terrible, qui me coûtera la vie?

Dans ce moment Baptiste entra, pâle et effrayé, apportant la nouvelle que Desgrais était en bas. Depuis l'affreux procès de la Voisin, l'apparition de Desgrais dans une maison était l'indice certain d'une accusation criminelle. De là venait la frayeur de Baptiste; en le voyant si effaré, la demoiselle lui demanda avec un doux sourire :

— Qu'as-tu, Baptiste? Est-ce que le nom de Scudéri s'est trouvé sur la liste de la Voisin?

— Ah! pour l'amour du Christ! repartit Baptiste tremblant de tous ses membres, comment pouvez-vous dire une chose pareille?... Mais Desgrais, le terrible Desgrais, agit avec tant de mystère, il se dit si pressé! Il semble qu'il ne puisse pas retarder d'un instant sa visite.

— Eh bien, Baptiste, faites-le entrer, cet homme qui vous paraît si effrayant, et qui du moins ne saurait exciter en moi la moindre crainte.

— Le président la Reynie m'envoie vers vous, mademoiselle, dit Desgrais dès qu'il fut entré dans l'appartement, chargé de vous faire une prière qu'il désespérerait de vous voir exaucer s'il ne connaissait pas votre vertu, votre courage, si le dernier moyen de dévoiler un crime affreux n'était entre vos mains, si vous n'aviez vous-même déjà pris part au procès terrible qui tient en haleine la chambre ardente et nous tous. Depuis qu'Olivier Brusson vous a vue, il est à moitié fou; il était près de faire des révélations, et maintenant il jure de nouveau par Jésus-Christ et tous les saints qu'il est tout à fait innocent du meurtre de Cardillac, bien qu'il se soumette sans murmure à la mort qu'il a méritée. Remarquez, mademoiselle, que l'addition de cette dernière phrase implique évidemment d'autres crimes qui pèsent sur lui. Pourtant on a fait de vains efforts pour lui arracher un mot de plus; la menace même de la torture n'a servi à rien. Il nous implore, il nous conjure de lui procurer un entretien avec vous; c'est à vous seulement, à vous seule, qu'il veut tout avouer. Condescendez, mademoiselle, à recevoir les aveux de Brusson.

— Comment! s'écria mademoiselle de Scudéri tout irritée, est-ce que je dois servir d'organe au sanguinaire tribunal? Dois-je abuser de la confiance de ce malheureux pour le mener à l'échafaud? Non, Desgrais, quand même Brusson serait un assassin infâme, il ne me serait jamais possible de le trahir aussi indignement. Je ne veux rien savoir de ses secrets, qui demeureraient renfermés dans mon sein comme une confession sacrée.

— Peut-être, mademoiselle, continua Desgrais avec un sourire malicieux, votre opinion changera-t-elle, lorsque vous aurez entendu Brusson. N'avez-vous pas vous-même prié le président d'être humain? Il l'est, en cédant à la folle demande de Brusson, avant d'employer la torture, pour laquelle Brusson est mûr depuis longtemps.

Mademoiselle de Scudéri, pleine de terreur, frémit involontairement.

— Voyez, respectable dame, ajouta Desgrais; on ne vous engagera aucunement à rentrer encore une fois dans ces lieux sombres qui vous remplissent d'horreur et de dégoût. Au milieu de la tranquillité de la nuit, sans bruit, on amène Brusson dans votre maison, comme s'il était libre. Sans être épié, mais gardé pourtant, il peut alors tout vous avouer volontairement. Que vous, personnellement, vous n'ayez rien à craindre du malheureux, c'est ce dont je vous réponds sur ma vie. Il parle de vous avec une vénération sincère; il jure que la destinée mystérieuse qui l'a empêché de vous voir plus tôt l'a seule conduit à la mort. Et puis, il dépendra de vous de dire ce qu'il vous plaira de tout ce que Brusson vous dévoilera. Pourrait-on vous imposer d'autres conditions?

Mademoiselle de Scudéri regarda devant elle en réfléchissant profondément. Il lui semblait qu'elle devait obéir à la puissance supérieure qui demandait d'elle l'éclaircissement d'un mystère terrible, et qu'elle ne pouvait plus sortir du labyrinthe où elle était entrée malgré elle. Subitement décidée, elle dit avec dignité :

— Dieu me donnera du courage, du calme et de la fermeté; amenez Brusson, je lui parlerai.

V.

Comme la nuit où Brusson apporta la cassette, on frappa vivement à la porte de mademoiselle de Scudéri. Baptiste, averti de la visite nocturne, vint ouvrir. Un frisson glacé parcourut mademoiselle de Scudéri lorsqu'elle comprit, aux pas légers, au bruit sourd qu'elle entendait, que les gardes qui avaient amené Brusson se répandaient dans les couloirs et les corridors de la maison. Enfin, la porte de la chambre s'ouvrit doucement; Desgrais entra, et derrière lui Olivier Brusson, débarrassé de ses chaînes et décemment vêtu.

— Voici Brusson, ma digne demoiselle, dit Desgrais saluant respectueusement, et il quitta l'appartement.

Brusson tomba à genoux devant mademoiselle de Scudéri, les mains levées comme pour implorer, et des larmes abondantes lui coulaient des yeux.

Mademoiselle de Scudéri, pâle et sans proférer une parole, le regarda attentivement. Malgré le ravage que le chagrin avait fait dans les traits du jeune homme, l'expression pure d'une belle âme brillait sur sa physionomie. Plus mademoiselle de Scudéri laissait ses yeux se reposer sur le visage de Brusson, plus lui revenait le souvenir d'une personne aimée, qu'elle ne se rappelait pas distinctement. Toute appréhension l'abandonna; elle oublia que le meurtrier de Cardillac était agenouillé devant elle, et, avec le ton de bienveillance calme et gracieux qui lui était propre, elle lui demanda :

— Eh bien! Brusson, qu'avez-vous à me dire?

Celui-ci, toujours à genoux, soupira douloureusement. — O ma respectable, ma vénérée demoiselle, répondit-il, tout souvenir de moi a donc disparu de votre cœur?

Mademoiselle de Scudéri, le regardant encore avec attention, répondit qu'elle avait en effet trouvé dans ses traits de la ressemblance avec ceux d'une personne aimée, et qu'il ne devait qu'à cette ressemblance qu'elle surmontât la profonde horreur que lui inspirait l'assassin, et qu'elle l'écoutât tranquillement.

Brusson, blessé de ces paroles, se releva promptement et recula d'un pas; son regard était sombre et fixé vers le plancher. Puis il dit d'une voix sourde :

— Avez-vous donc oublié entièrement Anne Guiot? Je suis son fils Olivier, le petit garçon que vous avez fait sauter sur vos genoux; il est devant vous.

— Oh! pour l'amour de tous les saints! s'écria mademoiselle de Scudéri; et se couvrant le visage de ses deux mains, elle retomba sur son coussin.

La demoiselle avait assez de motifs pour être émue aussi vivement. Anne Guiot, fille d'un bourgeois ruiné, était demeurée depuis sa plus tendre enfance auprès de mademoiselle de Scudéri, qui l'avait élevée avec les soins empressés qu'une mère prodigue à un enfant chéri.

Lorsqu'elle fut plus âgée, il se trouva un jeune homme honnête et rangé, nommé Claude Brusson, qui rechercha la jeune fille. Comme c'était un horloger habile, qui devait largement gagner sa vie à Paris, et qu'Anne l'aimait sincèrement, mademoiselle de Scudéri n'hésita pas à consentir au mariage de sa fille adoptive. Les jeunes gens s'établirent, vécurent dans une union paisible, heureuse, et ce qui resserra encore le lien de leur amour, ce fut la naissance d'un fils remarquablement beau, l'image fidèle de sa jolie mère. Mademoiselle de Scudéri devint idolâtre du petit Olivier, qu'elle enlevait des heures, des jours entiers à sa mère pour le caresser, pour le dorloter tendrement. De là il arriva que l'enfant s'habitua tout à fait à elle, et qu'il aimait autant à être auprès d'elle qu'auprès de sa mère. Trois années s'étaient écoulées quand, par jalousie de métier, les confrères de Brusson cherchèrent à lui nuire. Ils firent tant que son travail diminua tous les jours, et qu'à la fin il put à peine soutenir misérablement son existence. A cela se joignit le désir ardent de revoir Genève, sa belle patrie, et la petite famille s'y rendit donc malgré l'opposition de mademoiselle de Scudéri, qui promettait toute la protection et tous les secours possibles.

Anne écrivit quelquefois à sa mère adoptive, puis elle garda le silence, et celle-ci dut croire que l'existence heureuse qu'elle menait dans le pays de Brusson ne laissait plus de place aux souvenirs des jours passés.

Il y avait alors précisément vingt-trois ans et demi que Brusson, sa femme et son enfant, avaient quitté Paris et s'étaient établis à Genève.

— Quelle horreur! s'écria mademoiselle de Scudéri lorsqu'elle se fut un peu remise; es-tu donc Olivier? le fils d'Anne Guiot, de ma chère protégée, et maintenant!...

— Jamais, interrompit tranquillement Olivier, qui avait recouvré son assurance, jamais vous n'auriez pu prévoir, ma respectable demoiselle, qu'un jour vous verriez devant vous, parvenu à l'âge d'homme et accusé de meurtre, le petit garçon que vous soigniez comme la plus tendre mère, auquel, en le berçant sur vos genoux, vous donniez friandise sur friandise, que vous appeliez des noms les plus doux!... Je ne suis pas exempt de blâme, la chambre ardente peut avec raison me considérer comme coupable, mais, aussi vrai que j'espère mourir saintement, fût-ce même par la main du bourreau, je suis pur de tout assassinat. Ce n'est point par moi, ce n'est point par ma faute qu'a péri le malheureux Cardillac!

Olivier trembla et chancela à ces mots. Mademoiselle de Scudéri lui montra en silence un tabouret qui se trouvait à côté de lui. Il s'y assit lentement et commença.

VI.

« — J'ai eu, dit Olivier Brusson, le temps de me préparer à un entretien avec vous, que je regarde comme la dernière faveur du ciel réconcilié avec le pécheur. J'ai maintenant autant de calme et de contenance qu'il en faut pour vous raconter l'histoire de mes malheurs aussi terribles qu'incroyables. Soyez assez compatissante pour m'entendre tranquillement, quelque étonnée, quelque remplie d'horreur que vous puissiez-être à la découverte d'un mystère que vous ne soupçonnez certainement pas.

» Ah ! pourquoi mon pauvre père a-t-il jamais quitté Paris ! Aussi loin que me reporte mon souvenir, à Genève, je me retrouve baigné des pleurs de mes parents inconsolables, ému moi-même jusqu'aux larmes par des plaintes que je ne comprenais pas. Plus tard, avec l'intelligence, m'arriva la connaissance complète de la misère affreuse dans laquelle mes parents étaient plongés. Mon père vit toutes ses espérances déçues. Abattu, écrasé sous le poids de la douleur, il mourut au moment où il était parvenu à me placer chez un orfévre en qualité d'apprenti. Ma mère parlait beaucoup de vous, elle voulait tout vous avouer; mais en prenant la plume elle était accablée par le découragement que produit le malheur. Cette disposition d'esprit et la fausse honte, qui ronge souvent l'âme mortellement blessée, la firent renoncer à sa résolution. Peu de mois après la mort de mon père, ma mère le suivit dans la tombe.

» — Ma pauvre Anne! ma pauvre Anne! s'écria mademoiselle de Scudéri accablée de douleur.

» — Grâce et louange à la puissance éternelle du ciel qui l'a rappelée là-haut pour lui éviter d'être témoin du supplice infamant de son fils bien-aimé, livré à la main du bourreau ! »

Olivier prononça ces paroles à haute voix en jetant au ciel un regard farouche et terrible.

On entendit du tumulte au dehors, on marchait çà et là dans les corridors.

« — Ho ! ho ! dit Olivier avec un sourire amer, Desgrais réveille ses camarades comme si je pouvais m'échapper ici... Mais poursuivons :

» Je fus traité durement par mon maître, quoique je fusse son meilleur ouvrier. Sa propre habileté ne tarda pas à être éclipsée par la mienne.

» Il arriva qu'un jour un étranger vint dans notre atelier pour acheter quelques bijoux. Lorsqu'il vit un beau collier que j'avais monté, il me frappa sur l'épaule d'un air amical, et dit en examinant le collier :

» — Eh ! eh ! mon jeune ami, voilà un ouvrage parfait; en vérité, je ne connais personne qui pût vous surpasser, si ce n'est René Cardillac, qui, à la vérité, est le premier orfévre qu'il y ait au monde. Vous devriez aller chez lui; il vous prendra avec plaisir dans son atelier, car vous seulement pouvez le seconder dans son travail d'artiste, et d'un autre côté il est seul capable d'être votre maître.

» Les paroles de l'étranger étaient profondément entrées dans mon âme. Je n'avais plus de repos à Genève; j'éprouvais à y rester une répugnance insurmontable. Je réussis enfin à rompre mon engagement avec mon maître. Je vins à Paris.

» René Cardillac me reçut froidement et avec rudesse. Je ne me décourageai point; il promit de me donner du travail, quelque insignifiant qu'il pût être. J'eus à lui faire une petite bague. Lorsque je lui apportai mon ouvrage, il me regarda fixement avec ses yeux étincelants, comme s'il eût voulu pénétrer dans mon âme.

» — Tu es un brave et habile ouvrier, dit-il ensuite; tu peux entrer chez moi et m'aider dans l'atelier. Je te payerai bien, tu seras content de moi.

» Cardillac tint parole. J'étais déjà auprès de lui depuis plusieurs semaines, sans avoir vu Madelon, qui, si je ne me trompe, était alors à la campagne chez une parente de Cardillac. Enfin elle arriva. O puissance éternelle du ciel! quelle agitation j'éprouvai en voyant cette figure angélique! Aucun homme a-t-il jamais aimé comme moi? Et maintenant!... O Madelon! »

La douleur étouffa la voix d'Olivier. Il tint ses deux mains devant son visage et sanglota avec force. Enfin, surmontant violemment la tristesse qui s'était emparée de lui, il continua :

« — Madelon me regarda d'un œil affable. Ses visites à l'atelier devinrent de plus en plus fréquentes; je m'aperçus avec transport de son amour. Malgré la sévérité avec laquelle Cardillac nous surveillait, plus d'un serrement de main dérobé fut le signe de notre intelligence mutuelle. Cardillac parut ne rien remarquer. Je comptais demander la main de Madelon, après avoir d'abord cherché à me concilier les bonnes grâces de son père, et à me faire admettre à la maîtrise.

» Un matin, au moment où j'allais me mettre à l'ouvrage, Cardillac vint à moi; la colère et le mépris assombrissaient son regard.

» — Je n'ai plus besoin de ton travail, dit-il; sors de la maison à l'instant même, et ne reparais plus jamais devant mes yeux. Il serait superflu de te dire pourquoi je ne peux plus te supporter ici. Le fruit auquel tu aspires est trop haut pendu pour toi, pauvre diable!

» Je voulais parler, mais il me saisit d'un poignet vigoureux, et me jeta à la porte avec tant de force, que je tombai, et que je me blessai grièvement à la tête et au bras.

» Révolté, déchiré par une douleur affreuse, j'abandonnai la maison, et je trouvai enfin, au bout du faubourg Saint-Martin, hors des murs, une connaissance qui, par humanité, me reçut dans son galetas.

» Je n'avais ni repos ni relâche. A l'approche de la nuit, je me glissais du côté de la maison de Cardillac, pensant que Madelon entendrait mes soupirs, mes plaintes, et qu'elle parviendrait peut-être à me parler secrètement par la fenêtre. Toutes sortes de plans, pour l'accomplissement desquels j'espérais obtenir son aveu, me traversèrent le cerveau.

» Dans la rue Saint-Nicaise, à la maison de Cardillac vient aboutir un mur élevé où sont creusées des niches qui contiennent de vieilles statues à moitié détruites. Une nuit, je me tenais près d'une de ces statues, et je regardais aux fenêtres de la maison qui donnent sur la cour qu'entoure cette muraille. J'aperçus tout d'un coup de la lumière dans l'atelier de Cardillac. Il était minuit. Jamais Cardillac ne veillait à cette heure; il avait l'habitude de se rendre au lit au coup de neuf heures. Le cœur me bat, j'éprouve un pressentiment craintif, je pense à une circonstance qui pourra me frayer l'entrée de la maison. Cependant la lumière disparaît promptement. Je me blottis dans la niche, je me tiens contre la statue; mais je recule terrifié en sentant celle-ci remuer et me toucher comme si elle fût devenue vivante. A la lueur douteuse de la nuit, je m'aperçois que la pierre tourne lentement, et que de derrière elle sort une sombre figure qui descend la rue à pas légers. Je m'élance vers la statue, elle tient au mur comme auparavant. Involontairement, comme entraîné par une puissance intérieure, je me glisse derrière le fantôme. Il se retourne précisément auprès d'une image de la Vierge. La clarté de la lampe qui brûle devant cette image lui tombe sur la figure. C'est Cardillac!

» Une frayeur incompréhensible, une horreur secrète m'accablent. Il me semble être sous l'empire d'un sortilége. Il faut que je marche sur les traces du fantastique somnambule, car je considère mon maître comme tel, quoiqu'on ne soit pas dans la pleine lune, époque à laquelle une influence particulière agit sur les gens endormis.

» Enfin Cardillac se jette de côté et disparaît dans l'ombre. Cependant à une petite toux bien connue, je m'aperçois qu'il est entré dans l'allée d'une maison.

» — Que va-t-il faire? me dis-je rempli d'étonnement.

» Je me serre contre les maisons. Quelques instants s'écoulent. Un homme, au chapeau duquel voltige un éclatant panache, et dont les éperons retentissent sur le pavé, arrive en chantant et en fredonnant. Comme un tigre qui se jette sur sa proie, Cardillac se précipite de sa cachette sur le passant, qui tombe aussitôt en râlant.

» Je pousse un cri d'horreur, je m'élance. Cardillac est sur l'homme étendu à terre. Je lui crie à haute voix :

» — Maître Cardillac, que faites-vous?

» — Malédiction! hurle Cardillac.

» Il passe auprès de moi avec la rapidité de l'éclair, et s'enfonce dans les ténèbres.

» Hors de moi, à peine en état de marcher, je m'approche du blessé; je m'agenouille auprès de lui. Je pense qu'il est peut-être encore temps de le sauver, mais il ne donne plus le moindre signe de vie. Dans la terreur dont je suis saisi, je m'aperçois à peine que la maréchaussée m'a entouré.

» — Encore un couché bas par ces démons! Eh, eh! jeune homme, que fais-tu là? es-tu de leur bande? Sus, sus! debout!

» Ainsi parlent les soldats, et ils m'arrêtent. J'osais à peine dire un mot pour ma défense, balbutier que j'étais incapable de commettre un crime aussi affreux, et qu'ils pouvaient me laisser aller en paix. L'un d'eux m'éclaire le visage.

» — Ah! s'écrie-t-il en riant, c'est Olivier Brusson, l'ouvrier bijoutier, qui travaille chez l'honnête et loyal maître René Cardillac : parbleu! c'est bien lui qui assassinera les gens en pleine rue! il en a vraiment tout l'air! c'est bien la manière des meurtriers, de se lamenter auprès du cadavre et de se laisser prendre. Comment cela s'est-il passé, jeune homme? raconte hardiment.

» — Tout près de moi, leur dis-je, un homme est sauté sur celui-ci, l'a jeté par terre, et s'est enfui prompt comme la foudre en m'entendant crier. J'ai voulu voir si l'homme terrassé était encore susceptible d'être sauvé.

» — Non, mon fils, dit l'un de ceux qui avaient relevé le cadavre, il est mort! Comme d'ordinaire, le coup de poignard a traversé le cœur.

» — Diable! dit un autre, nous sommes encore venus trop tard, comme avant-hier.

» Ils s'éloignèrent en emportant le cadavre.

» Je ne saurais dire quelles sensations m'agitaient. Je me tâtai, pour savoir si je n'étais pas le jouet d'un mauvais rêve; je croyais que j'allais me réveiller, et m'étonner de cette folle et trompeuse image. Cardillac! le père de ma Madelon, un infâme homicide! j'étais tombé sans connaissance sur les marches de pierre d'une maison. Le jour allait croissant; un chapeau d'officier, richement orné de plumes, gisait à terre devant moi, plus de doutes! c'était bien là que s'était passée l'action sanglante; c'était là que Cardillac avait frappé... il me sembla le voir encore, et je m'enfuis épouvanté.

» Troublé, respirant à peine, j'étais assis dans mon galetas, lorsque la porte s'ouvre. René Cardillac paraît.

» — Au nom du Christ! que voulez-vous? lui dis-je.

» Il ne fait aucune attention à mes paroles, s'avance vers moi, et me sourit avec un calme et une affabilité qui augmentent le dégoût que je ressens. Il tire à lui une vieille chaise et s'assoit près de moi. J'essaye inutilement de me lever de la couche de paille sur laquelle je m'étais jeté. Cardillac entame la conversation.

» — Eh bien, Olivier, comment cela va-t-il, mon pauvre garçon? Au fait, je me suis trop pressé de te congédier; tu me manques, tu me fais faute en tout et pour tout. En ce moment j'ai un travail qu'il m'est impossible d'achever sans ton assistance. Es-tu tenté de revenir travailler dans mon atelier?... Tu te tais... Oui, je le sais, je t'ai offensé. Je ne veux pas te le dissimuler, j'étais courroucé contre toi à cause de tes amourettes avec ma Madelon. Cependant, plus tard, j'ai bien pesé la chose, et j'ai jugé qu'eu égard à ton adresse, à ton activité, à ta probité, je ne pourrais désirer un meilleur gendre que toi : viens donc avec moi, et conduis-toi de manière à obtenir Madelon.

» Les paroles de Cardillac me percèrent le cœur. Sa perversité me faisait trembler, et je fus incapable de lui répondre.

» — Tu hésites! continua-t-il d'une voix perçante, en me lançant des regards de flammes; tu ne veux pas encore me suivre aujourd'hui, tu as d'autres desseins en tête!... Tu songes peut-être à aller trouver Desgrais, ou même à te faire conduire chez d'Argenson ou la Reynie? Prends garde, jeune homme; tremble que les griffes que tu veux faire servir à la perte d'autrui ne te saisissent toi-même et ne te déchirent.

» A ces mots, le trop-plein de mon cœur ulcéré déborde; je m'écrie :

» — Que ceux auxquels leur conscience reproche d'affreux attentats redoutent les gens que vous nommiez tout à l'heure : quant à moi, qui ai la conscience nette, je n'ai rien à faire avec eux.

» — Au fait, ajoute Cardillac, cela te fait honneur, Olivier, de travailler chez moi, le maître le plus renommé de son temps, honoré partout pour sa loyauté et sa probité, de sorte que toute calomnie malveillante retomberait lourdement sur la tête du calomniateur. Maintenant, pour ce qui regarde Madelon, je dois t'avouer que tu dois à elle seule ma condescendance. Elle t'aime avec une violence que je n'aurais jamais supposée dans cette faible enfant. Dès que tu fus parti, elle se jeta à mes pieds, embrassa mes genoux, et avoua au milieu des sanglots et des larmes qu'elle ne pouvait vivre sans toi. Je pensais qu'elle s'imaginait cela, comme font les jeunes filles amoureuses qui parlent de mourir pour la première figure blafarde qui les a lorgnées. Mais ma Madelon devint réellement souffrante et malade; et lorsque j'essayai de la sermonner, elle répéta cent fois ton nom. Que pouvais-je faire, à moins de vouloir l'abandonner au désespoir? Hier au soir je lui dis que je consentais à tout, et que j'allais aujourd'hui te chercher. Dans la nuit elle est devenue fraîche comme une rose, et elle t'attend maintenant toute remplie d'amour.

» Que la puissance éternelle du ciel veuille me le pardonner, mais je ne sais pas moi-même comment il se fit que je me trouvai tout d'un coup dans la maison de Cardillac. Madelon, en poussant des cris de joie, se précipita sur mon cœur :

» — Olivier! mon Olivier!... mon bien aimé!... mon époux!

» Elle m'entoura de ses bras, me serra contre son sein. Au comble de la félicité, je jurai par la Vierge et tous les saints de ne la quitter jamais, de vivre et de mourir près d'elle! »

Accablé par le souvenir de ce moment décisif, Olivier fut obligé de s'arrêter. Mademoiselle de Scudéri, remplie d'horreur pour le crime d'un homme qu'elle avait regardé comme la vertu, la probité même, s'écria :

« — C'est affreux! quoi! René Cardillac appartenait à cette bande meurtrière qui a pendant si longtemps fait de notre ville une caverne de brigands?

» — Que dites-vous, mademoiselle? une bande! Jamais il n'y a eu de bande semblable. C'était Cardillac seul, dont l'adroite scélératesse cherchait et trouvait ses victimes dans toute la ville. Par cela même qu'il était seul, il dirigeait plus sûrement ses coups, et il était d'une difficulté insurmontable d'arriver sur les traces de l'assassin. Mais laissez-moi continuer, la suite vous dévoilera les secrets du plus infâme et en même temps du plus malheureux des hommes.

» Chacun peut se figurer la position dans laquelle je me trouvais chez mon maître. Le pas était fait, je ne pouvais plus reculer. Quelquefois il me semblait que j'étais moi-même devenu le complice de Cardillac. L'amour de Madelon seul me faisait oublier la douleur intérieure qui me consumait. Ce n'était qu'auprès d'elle que je parvenais à maîtriser toute marque extérieure d'un chagrin indéfinissable. Si je travaillais dans l'atelier avec le vieillard, je n'osais ni le regarder en face, ni prononcer une parole, tant était vive mon horreur d'être à côté de l'homme étrange qui exerçait toutes les vertus du chrétien, du tendre père, de l'honnête bourgeois, et enveloppait ses crimes des voiles de la nuit.

» Madelon, la pieuse, la pure enfant, avait pour lui un attachement poussé jusqu'à l'idolâtrie. Une idée qui me perçait le cœur, c'était que, si un jour la justice sévissait contre le scélérat masqué, cruellement désabusée de ses illusions, elle serait en proie au plus affreux désespoir. Ce motif suffisait pour me fermer la bouche, dussé-je être puni de mon silence par la mort des criminels.

» Les forfaits de Cardillac m'avaient été dévoilés par les discours des soldats de la maréchaussée; mais leur motif, la manière de les accomplir, étaient pour moi une énigme : l'explication ne s'en fit pas longtemps attendre.

» Un jour, Cardillac, que j'avais d'ailleurs en horreur, malgré les joviales plaisanteries dont il égayait son travail, se montra très-sérieux et concentré en lui-même. Tout à coup il jeta au loin les bijoux qu'il montait, de sorte que les pierres et les perles roulèrent çà et là dans l'atelier; il se leva précipitamment :

» — Olivier, dit-il, cela ne peut durer ainsi entre nous; cette position m'est insupportable. Ce que les artifices raffinés de Desgrais et de ses acolytes n'ont pu parvenir à découvrir, le hasard te l'a mis entre les mains. Tu m'as vu occupé de l'œuvre nocturne à laquelle me pousse ma mauvaise étoile. Je tenterais en vain de m'en défendre.

» Ce fut aussi ta mauvaise étoile qui te fit me suivre, qui t'entoura d'un voile impénétrable, qui donna à tes pas la légèreté muette de ceux du plus petit animal, si bien que je ne te remarquai pas, moi qui vois clair la nuit comme le tigre, qui entends à la distance d'une rue le moindre murmure, le bourdonnement d'un cousin. Ta mauvaise étoile, mon camarade, t'a conduit vers moi. Dans la position où tu es maintenant, tu ne saurais songer à me trahir. C'est pourquoi tu peux tout savoir.

» — Jamais je ne serai ton complice, scélérat hypocrite!

» Telles étaient les paroles que je voulais prononcer; mais l'horreur extrême qui m'avait saisi aux paroles de Cardillac me serra la gorge, et je ne pus proférer qu'un son inarticulé. Cardillac se rassit sur sa chaise de travail; il essuya la sueur de son front. Fort ému au souvenir du passé, il parut ne se remettre que difficilement; enfin il commença son récit.

VII.

« — Les philosophes parlent beaucoup des impressions extraordinaires dont sont susceptibles les femmes enceintes, de l'influence bizarre de ces impressions vives et involontaires sur l'enfant qu'elles portent dans leur sein; on m'a raconté de ma mère une histoire étonnante. Lorsqu'elle était dans les premiers mois de sa grossesse, elle assista avec d'autres femmes à une fête brillante qui se donnait à Trianon. Son regard s'arrêta sur un cavalier, en costume espagnol, qui portait au cou une chaîne étincelante de pierreries. Il lui fut impossible d'en détourner les yeux. Toute sa personne exprimait l'envie qu'éveillaient en elle ces pierres éclatantes qui lui parurent un trésor céleste. Le même cavalier avait, plusieurs années auparavant, tendu des piéges à la vertu de ma mère; mais il avait été dédaigneusement éconduit. Ma mère le reconnut; mais dans ce moment, où il était entouré de l'éclat des diamants comme d'une auréole, il lui sembla un être d'une nature supérieure et le résumé de toutes les perfections. Le cavalier remarqua les regards langoureux et brûlants de ma mère, il crut qu'il serait plus heureux qu'auparavant; il trouva moyen de s'approcher d'elle, et, qui plus est, de l'attirer, loin de ses amies, dans un endroit solitaire. Là, il la serra ardemment dans ses bras; ma mère saisit la belle chaîne; mais au même moment le cavalier tomba à terre et entraina ma mère avec lui; soit qu'une attaque d'apoplexie l'eût subitement saisi, soit par une autre raison, bref, il était mort!

» Ma mère fit d'inutiles efforts pour se débarrasser des bras du cadavre roidis par la convulsion de l'agonie. Ses yeux creux, dont la puissance était éteinte, demeuraient dirigés sur elle; le mort se roulait sur le sol avec elle. Son cri de détresse parvint enfin à des gens qui passaient au loin; ils accoururent et la délivrèrent des bras de cet horrible amant.

» L'épouvante rendit longtemps ma mère malade. On la regarda, ainsi que moi, comme perdue. Pourtant elle se rétablit, et sa délivrance fut plus heureuse qu'on ne l'aurait pu espérer; mais les terreurs de ce moment terrible m'avaient atteint. Ma mauvaise étoile s'était levée et avait fait tomber l'étincelle qui alluma dans mon sein une des passions les plus extraordinaires et les plus funestes.

» Dès ma plus tendre enfance, les diamants, les brillants, les bijoux en or, surpassaient déjà tout à mes yeux. On prit pour un goût enfantin cet amour des joyaux; mais il se manifesta d'une manière plus grave. Devenu grand, je dérobais l'or et les pierreries, partout où je pouvais m'en rendre maître. Aussi bien que le connaisseur le plus exercé, je distinguais par instinct les bijoux faux d'avec les véritables : ceux-ci seuls me tentaient; je laissais de côté, sans y faire attention, le chrysocale et l'or monnayé. Ma convoitise naturelle dut céder aux cruelles punitions que mon père ne m'épargna pas. Afin de pouvoir manier sans cesse l'or et les pierres précieuses, j'embrassai l'état de bijoutier. Je travaillai avec passion, et je devins bientôt le premier maître de joaillerie de Paris. Alors vint une époque où mon penchant naturel, si longtemps comprimé, reparut avec violence, et grandit démesurément; il m'absorba en entier, il passa dans mon cœur comme un torrent en détruisant tout sur son passage.

» Dès que j'avais achevé et livré un joyau, je tombais dans une inquiétude, *dans une tristesse qui me privaient de sommeil, de force,* de santé. Comme un fantôme, je voyais, devant mes yeux, jour et nuit, parée de mes bijoux, la personne pour laquelle j'avais travaillé, et une voix me chuchotait aux oreilles :

» — C'est à toi, c'est à toi; prends donc. Les morts ont-ils besoin de diamants?

» Enfin, je débutai dans la carrière de l'escroquerie. J'avais entrée dans les maisons des grands, je profitais en un clin d'œil de la moindre occasion; aucune serrure ne résistait à mon adresse, et bientôt la parure que j'avais fabriquée se retrouvait dans mes mains. Mais ces vols ne dissipèrent pas mon inquiétude : la même voix se fit encore entendre :

» — Oh! oh! c'est un mort qui porte tes bijoux! me criait-elle d'un ton railleur.

» J'éprouvais une haine indicible, dont je ne pouvais me rendre compte, pour *tous ceux auxquels j'avais fait quelque parure. Oui! au* fond de mon âme s'élevait contre eux une soif de meurtre, qui me faisait trembler moi-même.

» — Vers cette époque, j'achetai cette maison. Je m'étais arrangé avec le propriétaire; nous étions assis tous deux dans cette chambre, satisfaits de l'affaire conclue, et nous buvions une bouteille de vin. La nuit était tombée; je voulais m'en aller, mais mon vendeur me dit :

— Ecoutez, maître René, avant que vous partiez, il faut que je vous fasse connaître un secret de cette maison.

— Là-dessus il ouvrit l'armoire pratiquée dans ce mur, en poussa la boiserie, entra dans un petit cabinet, se baissa et souleva une trappe. Nous descendîmes un escalier roide et étroit, nous arrivâmes à une petite porte qu'il ouvrit, et nous entrâmes dans la cour.

» Alors le vieux monsieur, mon vendeur, s'avança vers la muraille, tira une languette de fer peu saillante, et aussitôt je vis tourner un pan de mur qui présenta une ouverture assez grande pour qu'une personne pût y passer et parvenir dans la rue. Tu pourras un jour, Olivier, voir de tes yeux cette ingénieuse machine, qu'avaient sans doute fait faire les moines du couvent qu'il y avait ici autrefois, pour *pouvoir entrer et sortir secrètement. C'est un morceau* de bois qui n'est qu'extérieurement enduit de plâtre et de ciment. Il est adapté à une statue également de bois, mais imitant parfaitement la pierre, et tourne avec la statue sur des pivots imperceptibles.

» De sombres pensées s'élevèrent en moi lorsque je vis ce mécanisme. Il me semblait que tout était disposé pour faciliter des actes mystérieux dont je n'avais pas encore une idée bien précise.

» Je venais de livrer à un seigneur de la cour une riche parure, qui, à ce que je savais, était destinée à une danseuse de l'Opéra. La torture mortelle qui m'agitait en pareille occasion ne se fit pas longtemps attendre. Le spectre s'attacha à mes pas; Satan me murmura à l'oreille. J'emménageai dans la maison. Baigné d'une sueur de sang, je me retournais sur ma couche que fuyait le sommeil.

» Je vois en esprit l'individu se glisser chez la danseuse avec ma parure. Furieux, je me relève, je jette mon manteau sur mes épaules, je descends l'escalier dérobé, je passe par le mur, et sors dans la rue Saint-Nicaise. Il vient, je saute sur lui; il crie; cependant je l'ai saisi par derrière; je lui enfonce mon poignard dans le cœur... La parure est à moi.

» Cela fait, je sentis une paix, une satisfaction intérieure que je n'avais pas éprouvée. Le spectre avait disparu, la voix de Satan se taisait. Maintenant je savais ce que voulait ma mauvaise étoile, je dus lui céder ou mourir!

» Tu comprends maintenant toutes mes actions, Olivier! Ce que je fais, je suis poussé fatalement à le faire; mais ne crois pas que j'aie perdu totalement les sentiments de commisération et de pitié qui sont dans la nature humaine. Tu sais combien il m'est difficile de livrer une parure; que je ne travaille même pas pour ceux dont je ne désire point la mort. Souvent aussi, je terrasse d'un vigoureux coup de poing le possesseur de mes bijoux, dont je m'empare, sachant que le lendemain *mon spectre me demandera du sang*, mais heureux d'en éluder momentanément les provocations.

VIII.

» Ainsi parla Cardillac, puis il me mena sous la voûte secrète, et me permit de contempler sa collection de bijoux. Le roi n'en possède pas une plus riche. Auprès de chaque parure, était indiqué en termes précis sur un petit papier pour qui elle avait été faite, et quand elle avait été reprise par le vol, la rapine ou l'assassinat.

— Le jour de ta noce, dit Cardillac d'une voix sourde, tu *me jureras*, Olivier, la main sur l'image du Christ crucifié, d'anéantir, dès que je serai mort, toutes ces richesses, de les réduire en poudre par des moyens que je te ferai connaître; je ne veux pas qu'un être humain, *et encore moins Madelon et toi, soyez en possession du trésor* acheté au prix du sang.

» Emprisonné dans ce labyrinthe du crime, plein d'amour et d'horreur, de joie et d'épouvante, j'étais semblable au maudit auquel un ange sourit doucement, mais que Satan tient fortement serré dans ses griffes brûlantes. Le bienveillant sourire du bon ange, dans lequel *se reflète toute la félicité céleste*, est pour lui le plus terrible de ses tourments. Je pensai à la fuite, au suicide même; mais Madelon!... Condamnez-moi, condamnez-moi, ma respectable demoiselle, d'avoir été trop faible pour réprimer énergiquement une passion qui me liait au crime; mais n'en vais-je pas être puni par une mort ignominieuse?

» Un jour Cardillac rentra au logis singulièrement gai. Il caressa Madelon, me lança les regards les plus affectueux, but à table une bouteille de bon vin, comme il n'avait coutume de faire que les jours de grande fête, et chanta à gorge déployée. Madelon nous avait quittés; je voulais me rendre à l'atelier.

— Demeure assis, mon garçon, s'écria Cardillac; aujourd'hui, congé absolu! Buvons ensemble à la prospérité de la plus parfaite, de la plus estimable dame de Paris. Je trinquai avec lui, il vida un verre de vin, et parla en ces termes :

— Dis-moi, Olivier, comment trouves-tu ces vers :

Un amant qui craint les voleurs
N'est pas digne d'amour.

» Il raconta alors ce qui s'était passé entre vous et le roi dans les appartements de madame de Maintenon; il ajouta qu'il vous honorait depuis longtemps comme jamais il n'avait honoré un être humain, et que vous étiez douée d'une si haute vertu qu'elle faisait pâlir sa mauvaise étoile; enfin que, fussiez-vous parée de ses plus beaux bijoux, jamais aucun spectre funeste n'éveillerait en lui la pensée d'un attentat contre votre personne.

— Ecoute, Olivier, ce que j'ai résolu. Depuis longtemps j'avais à faire un collier et des bracelets pour Henriette d'Angleterre; je m'étais même engagé à fournir les pierres. Ce travail me réussit comme tout autre; mais j'avais le cœur déchiré en songeant à me séparer de *cette parure, qui était mon œuvre favorite*. Tu connais la mort malheureuse de la princesse. J'ai gardé la parure, et je veux maintenant l'envoyer, au nom de la bande poursuivie, comme une marque de mon respect et de ma reconnaissance, à mademoiselle de Scudéri. Outre que, de cette façon, cette demoiselle recevra une preuve frappante de mon estime, j'aurai le plaisir de turlupiner Desgrais et ses suppôts comme ils le méritent. Tu lui porteras donc la parure en question.

» Lorsque Cardillac prononça votre nom, mademoiselle, ce fut comme si de sombres voiles s'écartaient. La belle et brillante image de mon heureuse enfance reparut sous les couleurs les plus variées, les plus étincelantes. Je sentis descendre en mon âme une consolation singulière, une lueur d'espérance devant laquelle s'évanouirent les funèbres esprits qui m'assiégeaient. Cardillac put s'apercevoir de l'impression que ses paroles avaient produite sur moi, et l'interpréter *à sa manière*.

— Mon projet, dit-il, semble te sourire. J'avoue qu'une voix intérieure et profonde, bien différente de celle qui exige, comme une bête féroce, des victimes sanglantes, m'a ordonné d'en agir ainsi. Souvent il se passe de singulières choses dans mon âme; de vagues frayeurs, la crainte d'un avenir éloigné, mais terrible, dont le pressentiment me fait frissonner, des alarmes prématurées, me saisissent avec violence; il me semble alors que ce que ma mauvaise étoile a accompli par moi pourra être imputé à mon âme immortelle qui n'y a point de part. Dans une disposition pareille, j'avais résolu de faire pour la sainte Vierge de l'église Saint-Eustache une belle couronne de diamants. Mais cette terreur *incompréhensible s'emparait de moi* avec plus de force chaque fois que je voulais me mettre à l'ouvrage, et j'abandonnai entièrement mon projet. Maintenant, en envoyant à mademoiselle de Scudéri la plus belle parure que j'aie jamais faite, je *me figure apporter humblement mon offrande* à la vertu et à la piété mêmes, dont j'implore l'utile intercession.

» Informé avec le plus grand détail de votre manière de vivre, Cardillac m'indiqua comment et à quelle heure je devais vous remettre la parure, qu'il renferma dans une jolie cassette. Tout mon être était ravi, car le ciel lui-même m'envoyait par le criminel Cardillac les moyens de me sauver de l'enfer où, pauvre pécheur, je gémissais. Ainsi, toutes mes idées étaient contraires à celles de Cardillac; je voulais pénétrer jusqu'à vous dans des intentions bien différentes. Comme fils d'Anne Brusson, comme votre protégé, je songeais à me jeter à vos pieds et à tout vous découvrir. Vous auriez gardé le secret, touchée de la douleur affreuse qui menaçait la malheureuse, l'innocente Madelon, dans le cas où il eût été dévoilé; mais votre esprit élevé et pénétrant aurait sûrement trouvé les moyens d'arrêter l'infâme scélératesse de Cardillac, sans le démasquer complétement. Ne *me demandez pas* en quoi ces moyens auraient pu consister, je ne le sais pas; mais que vous sauveriez Madelon et moi, j'en avais la ferme conviction; j'y avais foi comme à l'appui consolateur de la sainte Vierge.

» Vous savez, mademoiselle, que mon dessein échoua dans cette nuit fatale. Je ne renonçai pas à l'espoir d'être plus heureux une autre fois. Il arriva que Cardillac perdit subitement toute gaieté; il allait çà et là triste et inquiet; ses yeux étaient fixes et hagards; il murmurait des paroles inintelligibles, faisait avec la main des gestes comme pour repousser un ennemi. Son esprit semblait tourmenté de mauvaises pensées. Il avait été ainsi pendant une matinée entière; enfin il s'assit à l'établi, se releva tout d'un coup avec humeur, regarda à la fenêtre, et dit d'un ton sérieux et morne :

» — Je préférerais pourtant qu'Henriette d'Angleterre eût porté ma parure.

» Ces mots me remplirent d'épouvante. Je savais donc que son esprit était de nouveau assailli par le terrible spectre assassin, que la voix de Satan bruissait de nouveau à ses oreilles; je vis votre vie

Mademoiselle de Scudéri.

menacée par le démon homicide. Il suffisait que la parure revînt entre les mains de Cardillac pour que vous fussiez sauvée; à chaque instant le péril augmentait. Je vous rencontrai sur le Pont-Neuf; je parvins à votre voiture, et vous jetai ce billet par lequel je vous conjurais d'apporter chez Cardillac la parure que vous aviez reçue de lui.

» Vous ne vîntes point; ma frayeur s'accrut jusqu'au désespoir, car le lendemain Cardillac ne parla que de la précieuse parure qui, pendant les rêves de la nuit, avait brillé sans cesse à ses yeux. Je ne pouvais appliquer cette phrase qu'à votre écrin; il m'était évident qu'il couvait un meurtre, et qu'il s'était certainement proposé de l'accomplir dans la nuit. Je devais vous sauver au prix même de la vie de Cardillac.

» Mon maître s'enferma comme d'habitude après la prière du soir. Quant à moi, je passai par une fenêtre dans la cour, me glissai par l'ouverture de la muraille, et me tins non loin de là dans l'ombre. Peu d'instants s'écoulèrent, et Cardillac sortit, passa sans bruit, et longea les maisons. Je le suivis. Il alla du côté de la rue Saint-Honoré; le cœur me battait... Cardillac avait tout d'un coup disparu; je résolus de me tenir à votre porte.

» Comme au jour où le hasard me rendit spectateur d'un meurtre de Cardillac, arrive, en chantant et en fredonnant, un officier qui passe devant moi sans m'apercevoir. Mais, dans le même instant, une noire figure s'élance en avant et vient fondre sur lui. C'est Cardillac!...

» Je veux empêcher cet assassinat : je pousse un cri; en trois sauts je suis sur la place. Ce n'est pas l'officier, c'est Cardillac, qui, frappé à mort, tombe en râlant. L'officier quitte son poignard, tire son épée du fourreau, et se met sur la défensive, pensant que je suis le camarade du meurtrier; mais il se sauve en voyant que, sans m'inquiéter de lui, je donne mes soins au blessé. Cardillac vivait encore. Je le chargeai sur mes épaules, après avoir caché sur moi le poignard qu'avait laissé tomber l'officier; je le portai avec peine à la maison, puis là dans l'atelier par le passage secret.

» Le reste vous est connu. Vous voyez, respectable demoiselle, que mon seul crime, c'est de n'avoir pas dénoncé à la justice le père de Madelon, et de n'avoir pas ainsi mis un terme à ses méfaits. Je suis pur de tout meurtre. — Aucune torture ne m'arrachera le secret du crime de Cardillac. Je ne veux pas que la puissance éternelle, qui cachait à la fille vertueuse les crimes affreux de son père, vienne l'assaillir et empoisonner son avenir de la misère du passé. Je ne veux pas que la vengeance humaine aille déterrer le cadavre, que le bourreau flétrisse des ossements déjà réduits en poussière. Non!... La bien-aimée de mon âme me pleurera comme l'innocence déchue. Le temps diminuera sa douleur, mais elle aurait à gémir éternellement sur les forfaits d'un père chéri. »

IX.

Olivier se tut, mais un torrent de larmes coula de ses yeux; il se jeta aux pieds de mademoiselle de Scudéri, et dit avec un accent d'instante supplication :

— Vous êtes convaincue de mon innocence; vous l'êtes certainement! Ayez pitié de moi; dites, comment va Madelon?

Mademoiselle de Scudéri appela la Martinière, et au bout de quelques instants Madelon se jetait au cou d'Olivier.

— Maintenant que tu es ici, tout va bien. Je savais bien que la plus généreuse des femmes te sauverait!

Elle répéta plusieurs fois ces mots. Olivier oublia son sort et les malheurs qui le menaçaient; il était libre et heureux. Ils se dirent mutuellement, de la manière la plus touchante, ce qu'ils avaient souffert l'un pour l'autre, s'embrassèrent de nouveau et pleurèrent de bonheur de se retrouver.

Si mademoiselle de Scudéri n'avait pas déjà été persuadée de l'innocence d'Olivier, elle y aurait cru en ce moment en voyant ces deux amants qui, au milieu de la félicité de l'union la plus tendre, perdaient le souvenir du monde, de leurs misères et de leurs peines.

Mais je recule terrifié en sentant la statue remuer et me toucher comme si elle fût devenue vivante.

— Non, s'écria-t-elle, il n'y a qu'un cœur pur qui soit capable d'un aussi heureux oubli.

Les rayons du matin pénétraient par les fenêtres. Desgrais frappa doucement à la porte de la chambre, et rappela qu'il était temps d'emmener Olivier Brusson; car plus tard il eût été impossible de le faire sans attirer l'attention. Les amants durent se séparer.

Les sombres pressentiments dont l'esprit de mademoiselle de Scudéri était agité depuis la première entrée de Brusson dans sa maison s'étaient réalisés d'une manière effrayante. Elle voyait le fils de sa bien-aimée Anne Guyot enveloppé dans une telle complication de circonstances qu'on pouvait à peine concevoir l'idée de le sauver de l'échafaud. Elle honorait le caractère chevaleresque du jeune homme, qui préférait mourir chargé d'accusations plutôt que de trahir un secret

Paris. — Typographie de J. Best, rue Poupée, 7.

qui devait donner la mort à sa Madelon. Dans l'ordre des choses possibles, elle ne trouva pas de moyen d'arracher le malheureux au redoutable tribunal. Et pourtant quelque chose lui disait positivement dans son âme qu'elle ne devait reculer devant aucun sacrifice pour empêcher l'injustice criante qu'on était au moment de commettre. Elle se mit l'esprit à la torture, enfanta des projets fantasques, des plans aventureux, et les abandonna à mesure qu'elle les formait. Toute lueur d'espérance s'évanouissait insensiblement, et le désespoir allait la saisir. Mais la confiance entière, pieuse, enfantine de Madelon, la manière prophétique dont elle parlait de son amant, qui, absous de toute accusation, embrasserait bientôt sa fiancée, remontaient le moral de mademoiselle de Scudéri. Elle puisa des forces dans la profonde émotion de son cœur.

Pour commencer à faire enfin quelque démarche, mademoiselle de Scudéri écrivit une longue lettre à la Reynie. Olivier Brusson, mandait-elle, lui avait expliqué de la manière la plus digne de foi comment il était complétement innocent de la mort de Cardillac. Mais la résolution héroïque d'emporter dans le tombeau un mystère dont la découverte serait fatale à l'innocence et à la vertu mêmes l'empêchait de faire devant le tribunal des aveux qui devaient le laver du terrible soupçon non-seulement d'avoir assassiné Cardillac, mais encore d'appartenir à cette bande d'infâmes meurtriers. Tout ce que peuvent le zèle ardent, l'éloquence ingénieuse, mademoiselle de Scudéri l'avait employé pour amollir le cœur dur de la Reynie.

Au bout de quelques heures, la Reynie répondit qu'il voyait avec une satisfaction sincère qu'Olivier Brusson se fût entièrement disculpé auprès de son honorable protectrice; que, pour ce qui regardait la résolution héroïque d'Olivier d'emporter dans la tombe un secret relatif à l'assassinat, il regrettait que la chambre ardente ne pût respecter cet héroïsme, et qu'elle dût plutôt chercher à en détruire l'effet par les moyens les plus actifs. Dans trois jours, disait-il, il espérait être en possession du mystère étrange qui mettrait probablement au jour de prodigieux incidents.

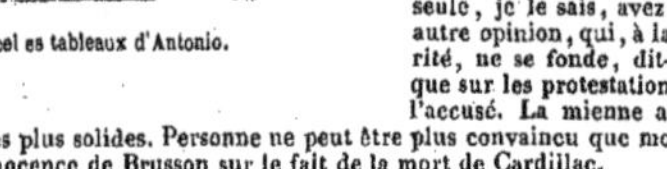

Salvator examine longtemps en silence les tableaux d'Antonio.

Mademoiselle de Scudéri ne savait que trop bien ce que la Reynie entendait par ces moyens qui devaient détruire l'effet de l'héroïsme de Brusson. Maintenant il était certain que le pauvre Olivier était menacé de la torture. Mademoiselle de Scudéri, dans son anxiété mortelle, pensa enfin que, pour obtenir des délais, l'avis d'un habile jurisconsulte pourrait être utile.

Pierre Arnaud d'Andilly était à cette époque l'avocat le plus fameux de Paris. Sa vertu, sa droiture égalaient sa profonde science et sa vaste intelligence. Mademoiselle de Scudéri se rendit auprès de lui, et lui dit tout ce qu'il était possible de dire sans trahir le secret de Brusson. Elle pensait que d'Andilly se chargerait avec empressement de la cause de l'innocent; mais son espoir fut déçu de la manière la plus amère. D'Andilly avait tout écouté avec calme. Il répondit en souriant par ce vers de Boileau :

Le vrai peut quelquefois n'être pas vraisemblable[1].

Il démontra à mademoiselle de Scudéri que les charges les plus accablantes pesaient avec raison sur Brusson, que l'on ne pouvait en aucune manière qualifier de cruelle et de précipitée la conduite de la Reynie, exactement conforme à la légalité; qu'il lui eût été impossible d'agir différemment sans enfreindre les devoirs du magistrat. Lui, d'Andilly, quelle que fût l'habileté de la défense, n'osait s'attendre à préserver Brusson de la torture. Brusson seul le pouvait, ou par un aveu véridique, ou du moins par le récit le plus détaillé des circonstances du meurtre de Cardillac, récit qui amènerait peut-être la découverte de nouveaux faits capables d'éclairer la justice.

— S'il en est ainsi, je me jetterai aux pieds du roi, je demanderai grâce, dit mademoiselle de Scudéri hors d'elle-même, d'une voix à moitié étouffée par les larmes.

— Pour l'amour de Dieu! n'en faites rien, mademoiselle! s'écria d'Andilly. Réservez-vous ce dernier moyen de salut; car s'il venait à vous manquer une fois, vous l'auriez perdu pour toujours. Le roi ne fera jamais grâce à un criminel de cette espèce; il s'exposerait aux murmures et aux reproches amers du peuple indigné. Il est possible que, par la révélation de son secret ou autrement, Brusson trouve moyen de dissiper les soupçons qui planent sur lui. Alors il sera temps d'implorer la clémence du roi, qui ne s'informera pas de ce qui est ou n'est pas prouvé devant le tribunal, mais qui se laissera guider par sa conviction intime.

Mademoiselle de Scudéri se vit dans la nécessité d'approuver le conseil de d'Andilly.

Abîmée dans un chagrin profond, invoquant la Vierge et les saints, ruminant dans son esprit toutes les combinaisons propres à sauver le malheureux Brusson, elle était assise dans sa chambre à une heure avancée, lorsque la Martinière entra et annonça le comte de Miossens, colonel des gardes du corps, qui demandait instamment à parler à la demoiselle.

— Pardonnez, mademoiselle, dit Miossens en faisant gracieusement le salut militaire, de vous importuner dans un moment si mal choisi. Nous autres soldats n'agissons pas autrement. Deux mots suffiront à mon excuse : c'est Olivier Brusson qui m'amène auprès de vous.

Mademoiselle de Scudéri, dans l'attente de ce qu'elle allait apprendre, s'écria :

— Olivier Brusson, le plus malheureux de tous les hommes!... Qu'avez-vous de commun avec lui?

— Je pensais bien, continua le comte de Miossens en souriant, que le nom de votre protégé suffirait pour me procurer de vous un accueil favorable. Tout le monde est convaincu de la culpabilité de Brusson. Vous seule, je le sais, avez une autre opinion, qui, à la vérité, ne se fonde, dit-on, que sur les protestations de l'accusé. La mienne a des bases plus solides. Personne ne peut être plus convaincu que moi de l'innocence de Brusson sur le fait de la mort de Cardillac.

— Parlez! oh! parlez! s'écria mademoiselle de Scudéri, dont les yeux pétillaient de joie.

— C'est moi-même, dit Miossens avec énergie, qui ai tué le vieux bijoutier dans la rue Saint-Honoré, non loin de votre maison.

— Vous, de par tous les saints! vous! s'écria mademoiselle de Scudéri.

— Et je vous jure, mademoiselle, continua Miossens, que je suis fier de mon action. Sachez que Cardillac était le scélérat le plus infâme, le plus hypocrite du monde; que c'était lui qui assassinait et qui volait la nuit, et qui évita si longtemps toutes les embûches de la police. Je ne sais même pas comment il se fit qu'un soupçon s'éleva en moi contre le vieux coquin, lorsque, rempli d'une inquiétude visible, il apporta la parure que je lui avais commandée; il s'informa exactement de la personne à laquelle je la destinais. Il questionna artificieusement mon valet de chambre, et apprit de lui à quelle heure j'avais habitude de visiter certaine dame.

Depuis longtemps j'avais été frappé de ce que les malheureuses victimes de la plus détestable rapacité portaient toutes la même blessure mortelle. Il m'était prouvé que le meurtrier avait la main exercée à certain coup qui devait tuer à l'instant, et qu'il y comptait. Si celui-là manquait, la lutte était égale. Ces réflexions me firent em-

[1] En français dans l'original.

ployer une mesure de prudence si simple, que je ne comprends pas comment d'autres n'y ont pas songé plus tôt, et n'ont pas échappé à l'assassin. Je mis sous ma veste une légère cotte de mailles. Cardillac tomba sur moi par derrière; il me saisit avec une force de géant; mais le coup sûrement dirigé glissa sur le tissu de fer. Au même moment, je me débarrassai de lui et lui enfonçai dans la poitrine le poignard que je tenais tout prêt.

— Et vous avez gardé le secret? demanda mademoiselle de Scudéri; vous n'avez pas dénoncé aux tribunaux ce qui s'était passé?

— Permettez-moi, mademoiselle, continua Miossens, de vous faire remarquer qu'une semblable dénonciation pouvait, sinon me perdre, du moins m'embarquer dans le plus affreux procès. La Reynie, qui flaire partout le crime, m'aurait-il cru si j'avais accusé de tentative d'assassinat le loyal Cardillac, le modèle de toute piété et de toute vertu? Que serait-il arrivé si le glaive de la justice avait tourné sa pointe contre moi-même?

— Cela n'était pas possible, s'écria mademoiselle de Scudéri; votre naissance, votre position...

— Oh! ajouta Miossens, pensez donc au maréchal de Luxembourg, que l'idée de se faire tirer l'horoscope par le Sage fit soupçonner d'empoisonnement et conduisit à la Bastille. Non, par Saint-Denis! je ne livrerai pas une heure de ma liberté, pas le petit bout de mon oreille au furieux la Reynie, qui nous mettrait volontiers à tous le couteau sur la gorge.

— Mais vous mènerez donc l'innocent Brusson à l'échafaud? dit mademoiselle de Scudéri en l'interrompant.

— Vous appelez innocent, mademoiselle, repartit Miossens, le complice de l'infâme Cardillac; celui qui l'aidait dans ses crimes, qui a cent fois mérité la mort! Non, dans le fait, son exécution sera juste; et si je vous ai découvert, ma digne demoiselle, le véritable enchaînement de l'affaire, je l'ai fait dans la supposition que vous sauriez, sans me livrer entre les mains de la chambre ardente, utiliser mon secret d'une manière quelconque pour l'intérêt de votre protégé.

Mademoiselle de Scudéri, ravie de voir sa conviction de l'innocence de Brusson confirmée d'une manière décisive, ne se fit pas de scrupule de tout découvrir au comte, qui connaissait déjà les crimes de Cardillac, et de l'engager à se rendre avec elle chez d'Andilly. Ils convinrent de tout apprendre à l'avocat sous le sceau du secret, et de lui demander conseil sur ce qu'il y avait à faire.

D'Andilly, après que mademoiselle de Scudéri lui eut tout raconté avec exactitude et dans les plus grands détails, s'enquit encore des moindres circonstances; il demanda particulièrement au comte de Miossens s'il avait la ferme persuasion d'avoir été attaqué par Cardillac même, et s'il pourrait reconnaître Olivier Brusson pour celui qui avait emporté le cadavre.

— Outre, répondit Miossens, que je reconnus très-bien le bijoutier à la clarté de la lune, j'ai aussi vu chez la Reynie le poignard avec lequel Cardillac a été tué; c'est le mien, qui est remarquable par le travail élégant du manche. A un pas de lui, je vis tous les traits du jeune homme, dont le chapeau était tombé, et je pourrais certainement le reconnaître.

D'Andilly regarda quelques minutes devant lui, silencieux et l'œil fixe.

— Par les voies ordinaires, dit-il, il est impossible de tirer Brusson des mains de la justice. Il ne veut pas, à cause de Madelon, faire connaître Cardillac pour un meurtrier et un voleur. Au reste, il peut se taire là-dessus sans inconvénient, car, dans le cas même où il réussirait à prouver le fait en signalant la sortie secrète et le trésor volé, la mort l'atteindrait encore comme complice. Les circonstances restent les mêmes si le comte de Miossens dévoile aux juges ce qui lui est arrivé, sans rien dissimuler de la vérité. Un sursis, voilà ce que nous devons chercher à obtenir. Que le comte de Miossens se rende à la Conciergerie; qu'il se fasse amener Olivier Brusson et le reconnaisse pour celui qui a emporté le cadavre de Cardillac; qu'il coure chez la Reynie, et lui dise : Dans la rue Saint-Honoré, j'ai vu jeter un homme à terre, et j'étais tout près de la victime, lorsqu'un autre individu arriva, se pencha sur elle, et, lui trouvant encore des signes de vie, la chargea sur ses épaules et l'emporta; j'ai reconnu cet individu dans Olivier Brusson.

Cet aveu entraîne un nouvel interrogatoire de Brusson et sa confrontation avec le comte de Miossens. Bref, la torture n'a pas lieu et on gagne du temps; alors il sera bon de s'adresser au roi lui-même, et, dans cette mission dont vous serez chargée, mademoiselle, il faudra déployer toute votre habileté diplomatique. Selon moi, on fera bien de découvrir au roi tout le mystère. La déposition du comte de Miossens confirme les aveux de Brusson, à l'appui desquels peuvent venir encore les visites domiciliaires faites secrètement chez Cardillac. Tout ceci n'est pas suffisant pour motiver un acquittement; mais nous serons protégés par la décision que le roi rendra d'après sa conviction intime, et la clémence prononcera à la place de la justice inflexible.

Le comte de Miossens suivit exactement l'avis de d'Andilly, et ce que celui-ci avait prévu se réalisa.

Maintenant il s'agissait d'intéresser le roi, et c'était là le point le plus difficile. En effet, il manifestait une horreur profonde pour Brusson, qu'il regardait comme l'assassin qui seul avait si longtemps rempli tout Paris de crainte et de terreur. Il se mettait dans une violente colère lorsqu'on faisait l'allusion la plus légère à ce procès infâme. Madame de Maintenon, fidèle à son principe de ne jamais parler au roi de choses désagréables, refusa formellement son entremise. Ainsi le sort de Brusson était entièrement entre les mains de mademoiselle de Scudéri.

X.

Après de mûres réflexions, elle prit une résolution et l'accomplit tout aussi vite. Elle se vêtit d'une robe noire d'une épaisse étoffe de soie, se para des précieux bijoux de Cardillac, s'enveloppa la tête d'un voile noir, et parut ainsi dans les appartements de madame de Maintenon pendant que le roi y était. La noble tournure de la respectable demoiselle avait dans ce costume solennel une majesté qui devait éveiller un profond respect, même chez ce peuple de mœurs relâchées qui est habitué à traîner dans les antichambres son inattentive frivolité. Tout le monde se rangea humblement sur son passage, et le roi même se leva tout étonné et vint à sa rencontre. A l'instant, les précieux diamants du collier et des bracelets brillèrent à ses yeux.

— Par le ciel, s'écria-t-il, c'est la parure de Cardillac!

Et alors, se tournant vers madame de Maintenon, il ajouta avec un sourire gracieux :

— Voyez, madame la marquise, comme notre belle fiancée porte le deuil de son fiancé.

— Eh! sire, interrompit mademoiselle de Scudéri continuant la plaisanterie, siérait-il à une fiancée remplie de douleur de se parer d'une manière aussi brillante? Non, j'ai tout à fait renoncé à ce bijoutier, et je ne pense plus à lui. Si l'affreux spectacle de son cadavre, emporté sous mes yeux, ne se présentait trop souvent à mon esprit...

— Comment! demanda le roi, vous avez vu ce pauvre diable?

Mademoiselle de Scudéri raconta alors en peu de mots, sans parler de Brusson, comment le hasard l'avait amenée devant la maison de Cardillac lorsque le meurtre venait d'être découvert. Elle peignit la douleur sauvage et l'égarement de Madelon, la profonde impression que cette céleste enfant avait produite sur elle, la manière dont elle avait sauvé la malheureuse des mains de Desgrais au milieu des cris de joie du peuple. Avec un intérêt toujours croissant elle retraça les scènes avec la Reynie, avec Desgrais, avec Olivier Brusson lui-même. Le roi, entraîné par l'animation brûlante qui régnait dans le discours de mademoiselle de Scudéri, ne s'aperçut point qu'il était question du détestable procès de ce Brusson qu'il haïssait; il ne pouvait prononcer une parole, et de temps en temps il manifestait son émotion intérieure par une exclamation isolée.

Avant qu'il l'eût prévu, mis hors de lui par les faits inouïs qu'il venait d'apprendre, et incapable encore de tout classer dans sa tête, mademoiselle de Scudéri était à ses pieds et implorait grâce pour Olivier Brusson.

— Que faites-vous, mademoiselle? s'écria le roi.

Il la prit par les deux mains et la força de s'asseoir sur un tabouret.

— Vous m'étonnez d'une étrange manière! ajouta-t-il. C'est une histoire terrible!... Qui répond de la vérité du récit romanesque de Brusson?

Là-dessus, mademoiselle de Scudéri répondit :

— L'aveu du comte de Miossens, les perquisitions dans la maison de Cardillac, la conviction intime... Ah! le cœur vertueux de Madelon, qui avait reconnu des qualités dignes des siennes dans le malheureux Brusson!

Le roi allait répliquer, lorsqu'il se retourna en entendant du bruit à la porte. Louvois, qui dans ce moment travaillait dans l'autre pièce, regarda d'un air soucieux. Le roi se leva, quitta la chambre, et suivit Louvois.

Mademoiselle de Scudéri et madame de Maintenon regardèrent toutes deux cette interruption comme dangereuse; car, déjà surpris une première fois, le roi pourrait se garder de donner dans le piége. Cependant, au bout de quelques minutes, le roi rentra, fit brusquement plusieurs tours dans la chambre en long et en large, mit ses mains derrière son dos, s'approcha de mademoiselle de Scudéri, et dit à demi-voix, sans la regarder :

— J'aimerais à voir votre Madelon!

— Sire, reprit mademoiselle de Scudéri, quel bonheur immense, quelle haute faveur Votre Majesté accorde à la pauvre, à la malheureuse enfant! Ah! il ne faut qu'un signe de vous pour voir la petite à vos pieds.

Elle s'en alla vers la porte en trottinant aussi vite que le lui permettaient son âge et ses lourds habits, cria que le roi voulait faire paraître devant lui Madelon Cardillac, revint à sa place, et se mit à pleurer et à sangloter de bonheur et d'émotion.

Mademoiselle de Scudéri avait pressenti une telle faveur, et avait amené Madelon, qui attendait chez la femme de chambre de la marquise avec un court placet que lui avait remis d'Andilly. En peu d'instants elle était muette et troublée aux pieds du roi. La frayeur, la stupéfaction, le respect timide, l'amour et la douleur, faisaient couler le sang plus activement dans toutes les veines de la malheureuse enfant. Ses joues étaient pourprées; ses yeux brillaient de larmes, qui de temps à autre, comme des perles liquides, tombaient sur son sein de lis à travers ses cils soyeux.

Le roi parut stupéfait de la beauté merveilleuse de Madelon. Il releva doucement la jeune fille, et fit un mouvement comme pour baiser sa main, qu'il avait saisie. Mais il l'abandonna bien vite, et jeta sur la belle enfant un regard humide de pleurs qui indiquait sa profonde émotion.

Madame de Maintenon chuchota à l'oreille de mademoiselle de Scudéri :

— Cette petite fille ne ressemble-t-elle pas trait pour trait à mademoiselle de la Vallière? Le roi est bercé des souvenirs les plus doux. Votre cause est gagnée.

Malgré le soin qu'avait pris madame de Maintenon de modérer le ton de sa voix, le roi sembla pourtant l'avoir entendue. Une rougeur subite parcourut son visage; son regard rapide effleura madame de Maintenon; il lut la supplique que Madelon lui avait présentée, et dit avec tendresse et bonté :

— Je veux bien croire, ma chère enfant, que tu es convaincue de l'innocence de ton bien-aimé, mais sachons d'abord quel sera l'avis de la chambre ardente!

Et d'un léger mouvement de la main il congédia la petite, prête à fondre en larmes.

Mademoiselle de Scudéri s'aperçut avec terreur que le souvenir de mademoiselle de la Vallière, quelque favorable qu'il eût d'abord paru, avait changé les dispositions du roi, lorsque madame de Maintenon avait prononcé ce nom. Peut-être le roi souffrit-il de se voir rappeler à brûle-pourpoint qu'il était près de sacrifier la justice sévère à la beauté, ou peut-être en était-il du roi comme de celui qui rêve, et qui, s'il est réveillé en sursaut, voit s'envoler toutes les gracieuses images qu'il croyait saisir. Peut-être encore n'avait-il plus devant lui sa duchesse de la Vallière, mais plutôt la sœur Louise de la Miséricorde (c'était le nom de religieuse de mademoiselle de la Vallière au couvent des Carmélites). Or celle-ci le fatiguait avec sa piété et sa pénitence.

Il n'y avait plus qu'à attendre tranquillement la décision du roi.

XI.

Cependant la déclaration du comte de Miossens devant la chambre ardente était devenue publique; et, comme il arrive souvent que le peuple est facilement entraîné d'un extrême à l'autre, celui que l'on maudissait comme le meurtrier le plus infâme, et que l'on parlait de mettre en pièces, sans lui donner le temps de monter sur l'échafaud, fut plaint comme l'innocente victime d'une juridiction barbare. Alors seulement les voisins se rappelèrent sa conduite vertueuse, son grand amour pour Madelon, sa fidélité, le dévouement de corps et d'âme qu'il avait voué au vieux bijoutier. Des bandes de gens du peuple se montraient quelquefois avec une allure menaçante devant l'hôtel de la Reynie, et criaient :

— Qu'on délivre Olivier Brusson; il est innocent!

On jeta même des pierres dans les vitres, et la Reynie fut obligé de chercher assistance auprès de la maréchaussée contre le peuple courroucé.

Plusieurs jours s'écoulèrent sans que la moindre nouvelle du procès de Brusson parvînt aux oreilles de mademoiselle de Scudéri. Tout inconsolable, elle se rendit chez madame de Maintenon, qui lui assura que le roi gardait le silence sur cette affaire, et qu'il ne semblait nullement opportun de la lui rappeler. Elle demanda encore avec un sourire ce que faisait la petite la Vallière. Ainsi mademoiselle de Scudéri se persuada qu'au fond du cœur l'orgueilleuse femme nourrissait un chagrin profond d'une circonstance fortuite, qui pouvait rengager le monarque facile à séduire sous un joug dont elle ne comprenait pas la magie. Mademoiselle de Scudéri n'avait donc pour cette raison rien à espérer de madame de Maintenon.

Enfin, avec l'aide de d'Andilly, mademoiselle de Scudéri parvint à découvrir que le roi avait eu avec le comte de Miossens une longue conversation secrète; de plus, que Bontems, le valet de chambre de confiance et l'agent d'affaires du roi, avait été à la Conciergerie et s'était entretenu avec Brusson; et qu'enfin le même Bontems avait été, avec plusieurs personnes, dans la maison de Cardillac et s'y était longtemps arrêté. Claude Patru, l'habitant de l'étage inférieur, affirma que, toute la nuit, on avait fait du bruit au-dessus de sa tête, et que bien sûr Olivier était présent; car il avait distinctement reconnu sa voix. Il était certain que le roi lui-même faisait faire une enquête; mais la prolongation du procès demeurait incompréhensible. Peut-être la Reynie mettait-il tout en jeu pour retenir entre ses serres la victime qui allait lui être arrachée. Cette idée détruisait en germe tout espoir.

Presque un mois était écoulé, lorsque madame de Maintenon fit dire à mademoiselle de Scudéri de se rendre dans ses appartements, où le roi désirait la voir durant la soirée.

Le cœur de mademoiselle de Scudéri lui battit violemment; elle comprit que le moment critique était venu, et que le sort de Brusson allait se décider. Elle le dit à la pauvre Madelon, qui pria avec ferveur la Vierge et tous les saints de faire en sorte que le roi acquît la certitude de l'innocence de Brusson.

On crut pourtant que le roi avait oublié toute l'affaire; car, comme de coutume, il se livra aux plaisirs de la conversation avec madame de Maintenon et mademoiselle de Scudéri, et ne prononça pas une seule syllabe qui eût trait à ce pauvre Brusson. Enfin parut Bontems; il s'approcha du roi et lui dit quelques mots si bas, que les deux dames n'en entendirent rien.

Mademoiselle de Scudéri tremblait intérieurement. Le roi se leva, s'avança vers elle et lui dit d'un air radieux :

— Je vous félicite, mademoiselle; votre protégé, Oliver Brusson, est libre.

Les larmes aux yeux, incapable de prononcer une parole, mademoiselle de Scudéry voulut se jeter aux pieds du roi; mais celui-ci la retint!

— Allez, dit-il, allez, mademoiselle, vous devriez être avocat au parlement et y débattre mes droits; car, par Saint-Denis! personne sur la terre ne résiste à votre éloquence. Pourtant, ajouta-t-il plus gravement, celui que la vertu protége n'est pas toujours à l'abri d'une accusation injuste devant la chambre ardente et devant tous les tribunaux du monde!

Mademoiselle de Scudéri trouva alors des paroles pour s'épandre en vifs remercîments. Le roi l'interrompit, et lui rappela que chez elle l'attendaient des actions de grâce beaucoup plus vives qu'il n'en pouvait espérer d'elle; car probablement, en ce moment, l'heureux Olivier embrassait sa chère Madelon.

— Bontems, ajouta le roi, doit vous remettre mille louis; donnez-les en mon nom comme dot à la petite. Qu'elle épouse son Brusson, qui est loin de mériter un tel bonheur; mais qu'ensuite tous deux sortent de Paris : c'est notre volonté.

La Martinière vint à pas précipités à la rencontre de mademoiselle de Scudéri; derrière elle marchait Baptiste. Tous deux avaient des figures épanouies, tous deux dans la jubilation s'écriaient :

— Il est ici! il est libre! Oh! les chers jeunes gens!

L'heureux couple se jeta aux genoux de mademoiselle de Scudéri.

— Oh! s'écria Madelon, je l'avais pressenti que vous, vous seule, sauveriez mon époux.

— Ah! dit Olivier, ma confiance en vous, ma mère, ne m'a jamais abandonné.

Et tous deux baisèrent les mains de la respectable dame, et versèrent mille larmes brûlantes; puis ils s'embrassèrent de nouveau, protestèrent que la félicité céleste de ce moment surpassait toutes les douleurs indicibles des jours passés, et jurèrent de ne se séparer qu'à la mort.

Peu de jours après, ils reçurent la bénédiction nuptiale. Quand même ce n'eût pas été la volonté du roi, Brusson n'aurait pu rester à Paris, où tout lui rappelait les crimes de Cardillac, et où le hasard pouvait dévoiler pour son malheur le secret terrible qui était maintenant connu d'un plus grand nombre de personnes, et détruire ainsi à jamais la tranquillité de son existence. Aussitôt après le mariage, il partit avec sa jeune femme pour Genève, accompagné des bénédictions de mademoiselle de Scudéri. Riche par la dot de Madelon, d'une habileté rare dans sa profession, ayant toutes les vertus qui constituent l'honnête homme, il mena à Genève une vie heureuse et sans trouble. Il vit s'accomplir en lui les espérances dont l'illusion avait trompé son père jusqu'au tombeau.

Un an s'était écoulé depuis le départ de Brusson, lorsque parut un avis, signé de Harlay de Champvallon, archevêque de Paris, et de l'avocat au parlement Pierre Arnaud d'Andilly. Cet avis contenait en substance qu'un pécheur repentant avait remis à l'église, sous le sceau de la confession, un trésor volé, consistant principalement en bijoux et en pierreries. Toutes les personnes à qui l'on avait dérobé une parure, surtout à main armée, étaient invitées à se rendre chez d'Andilly, où on leur rendrait leurs bijoux, si la description qu'elles en donneraient était exacte, et qu'aucun doute ne s'élevât sur la légitimité de leurs demandes.

Une foule d'individus, portés sur la liste de Cardillac, non comme assassinés, mais seulement étourdis par un coup de poing, se présentèrent successivement chez l'avocat du parlement, et, à leur grande surprise, retrouvèrent les bijoux qui leur avaient été volés. Le reste échut au trésor de l'église Saint-Eustache.

NOTE DU TRADUCTEUR.

Le récit de Sylvestre obtint l'approbation complète de tous les amis. On le qualifia de *sérapionique*, parce que, étant basé sur un fond historique, il était néanmoins enrichi de fantastiques détails.

— Il est de fait, dit Lothaire, que notre cher Sylvestre s'est tiré habilement d'un pas difficile. Il n'était pas aisé de peindre le caractère de cette vieille demoiselle qui avait fondé, dans la rue Saint-Honoré, un *bureau d'esprit*, dans lequel Sylvestre nous a introduits. Nos femmes auteurs, auxquelles dans un âge avancé je souhaite de bon cœur l'amabilité, la grâce et les qualités de la vieille dame en robe noire, seraient contentes de toi, ô mon Sylvestre, si elles avaient entendu ton histoire; elles te pardonneraient l'exécrable et hideux Cardillac, qui est vraiment le fruit d'une inspiration fantastique.

— A propos de cela, dit Ottmar, je me souviens avoir lu l'histoire d'un vieux savetier de Venise, que toute la ville tenait pour un brave homme, et qui était le plus infâme des assassins et des voleurs. Comme Cardillac, il se glissait pendant la nuit hors de chez lui, et pénétrait dans les palais des riches. A la faveur des plus profondes ténèbres, il frappait ses victimes d'un coup de poignard au cœur, qui les faisait à l'instant tomber sans prononcer un seul mot. Toutes les peines de la police la plus adroite et la plus infatigable étaient demeurées infructueuses. Le meurtrier continuait à épouvanter impunément Venise; mais enfin une circonstance attira sur le savetier les soupçons de l'autorité. Il tomba malade, et on trouva très-irrégulier que, tant qu'il ne put quitter le lit, les assassinats cessassent; ils recommencèrent sitôt qu'il fut levé. On le mit en prison sous un prétexte quelconque. Tant qu'il y demeura, les palais furent en sûreté. N'ayant à articuler contre lui aucun grief positif, on le relâcha, et de nouveaux malheureux périrent victimes de sa cruelle avidité. Enfin la torture lui arracha l'aveu de ses crimes; il fut supplicié. Un fait digne de remarque, c'est qu'il n'avait fait aucun usage de l'argent, fruit de ses rapines, qu'on trouva caché sous le plancher de sa boutique. Le gaillard déclara très-naïvement *qu'il avait fait vœu à Saint-Roch*, patron de son métier, de ne voler qu'une certaine petite somme ronde, et de cesser ensuite. Il ajouta qu'il était dommage qu'on l'eût empoigné avant qu'il eût amassé sa petite somme.

— J'ignorais l'histoire de ce savetier, reprit Sylvestre; mais, en homme probe et loyal, je dois indiquer les sources où j'ai puisé. Il faut vous dire que les paroles de mademoiselle de Scudéri :

Un amant qui craint les voleurs
N'est point digne d'amour.

ont été réellement prononcées par elle, et dans une circonstance semblable. Le fait du présent envoyé par le voleur n'est en aucune façon une invention poétique. Vous en trouverez la narration dans un livre où vous ne la chercheriez jamais. C'est la chronique de Nuremberg, écrite par Wagenseils. Ce vieil auteur rend compte d'une visite que, pendant son séjour à Paris, il avait faite à mademoiselle de Scudéri; et si je suis parvenu à représenter convenablement cette gracieuse et respectable demoiselle, je le dois à la manière dont Wagenseils a parlé de la vieille savante.

— En vérité, s'écria Théodore en souriant, pour trouver mademoiselle de Scudéri dans la chronique de Nuremberg, il faut avoir, comme notre ami Sylvestre, une chance de poëte.

SALVATOR ROSA.

NOUVELLE.

I.

Le fameux peintre Salvator Rosa vient à Rome et est atteint d'une dangereuse maladie. — Ce qui lui arrive pendant cette maladie.

On dit ordinairement beaucoup de mal des hommes célèbres, qu'ils donnent ou non prise à la médisance. C'est ce qu'éprouva le grand peintre Salvator Rosa, dont tu n'as pas sans doute, bien-aimé lecteur, contemplé les vivants tableaux sans un plaisir sincère et tout particulier.

Vers le milieu du dix-septième siècle, la réputation de Salvator était répandue à Naples, à Rome, en Toscane, enfin dans toute l'Italie, et les artistes, s'ils voulaient plaire, devaient s'efforcer d'imiter sa manière extraordinaire. Mais en même temps, des envieux tentaient de jeter, par mille calomnies, un reflet odieux sur la gloire supérieure que lui avaient acquise ses talents. Ils prétendaient que, dans sa jeunesse, Salvator avait fait partie d'une bande de brigands; c'était, disait-on, à cette société dépravée que Salvator devait les figures sauvages, sinistres, vêtues de costumes bizarres, qu'il aimait à reproduire dans ses tableaux. Les lieux sombres et terribles, les *selve selvagge*, pour me servir de l'expression de Dante, les déserts qu'il retraçait fidèlement dans ses paysages étaient ceux où il avait été obligé de se cacher.

Mais ce qu'il y avait de pis, c'est qu'on disait qu'il avait été complice de l'affreuse et sanglante conspiration tramée à Naples, en 1647, par le fameux Mas'Aniello. On racontait comment les choses s'étaient passées, avec les détails les plus circonstanciés.

Suivant ces récits, un des meilleurs maîtres de Salvator Rosa avait été Aniello Falcone, le peintre de batailles.

Ce Falcone fut enflammé de rage et d'une soif sanglante de vengeance en voyant un de ses parents massacré dans une émeute par les soldats espagnols. Il réunit sur-le-champ un assez grand nombre de jeunes gens déterminés, peintres pour la plupart, leur donna des armes, et nomma sa troupe la *compagnie de la mort*.

En effet, cette troupe commit tant d'excès, inspira tant d'horreur, qu'elle mérita bientôt son effroyable nom. Elle parcourait Naples toute la journée, et ne faisait quartier à aucun des Espagnols qu'elle rencontrait. Bien plus, elle arrachait des lieux d'asile et massacrait sans pitié les malheureux qui s'y réfugiaient dans l'espoir d'éviter la mort. La nuit, les membres de la compagnie de la mort se rassemblaient chez leur chef, le cruel Mas'Aniello, et ils le peignaient à la lueur des flambeaux, de sorte qu'en peu de temps des centaines de portraits de cet homme furent distribués partout à Naples et dans les environs.

Salvator Rosa était accusé d'avoir pris une part active, le jour aux expéditions meurtrières, la nuit à la confection des tableaux.

Le meilleur jugement porté sur Salvator est celui d'un célèbre critique français nommé Taillasson. Voici ce qu'il en dit :

« Une fierté sauvage, une bizarre, dure et brûlante énergie, une sorte de barbarie dans les pensées et dans la manière de les rendre, sont les caractères distinctifs de Salvator Rosa. Jamais il ne sentit ce que la nature a d'aimable, de doux et d'attendrissant; il y vit ce qu'elle a de singulier, d'extraordinaire, d'effrayant. Il n'a choisi dans les campagnes que des sites sauvages, piquants par une effrayante nouveauté; il ne peint jamais des *plaines riantes*, de riches vallées; il peint d'arides déserts, de tristes rochers; il choisit les plus affreux, et s'ils ne le sont pas, ils le deviennent par la manière dont il les rend.

» Ses arbres ne sont pas revêtus de cet épais et vert feuillage dont l'ombre est l'asile des bergers et des troupeaux. Il a peint ces troncs immenses qui portent dans leur forme terrible l'empreinte des ans et des tempêtes : sur leurs cimes nues, élevées, se reposent les aigles et les vautours; ils ressemblent à ces grands vaisseaux longtemps tourmentés par les vents et par les combats, qui, sur les mers bruyantes, élèvent orgueilleusement leurs mâts dépouillés.

» En admirant ces paysages pittoresques, on ne désire jamais d'habiter de pareilles demeures. Soit par le choix qu'il a fait des sites, soit par la manière de les imiter, ils ressemblent toujours à ces lieux favorables aux assassinats, à ces chemins écartés de toute habitation, où l'on ne passe jamais la nuit, et que le jour on traverse avec rapidité, sur lesquels on vous dit : Là, un voyageur fut égorgé; là, son corps sanglant fut traîné et jeté dans les précipices, etc. »

Tout cela est possible, et Taillasson peut avoir raison de prétendre que le Platon de Salvator, et même son saint Jean, annonçant dans le désert la naissance du Sauveur, ressemblent un peu à des voleurs de grands chemins. Tout cela est possible, dis-je; mais il est injuste de juger le caractère du maître d'après ses œuvres, et de croire qu'il a dû être lui-même un homme sauvage et cruel. Bien des gens parlent beaucoup de combats, et n'en sont pas moins pacifiques; il y a des hommes dont l'âme conçoit vivement les scènes de sang et de carnage, qui les retracent, la palette, le pinceau ou la plume à la main, et sont incapables de la moindre action criminelle.

C'est assez sur ce sujet. Je ne crois pas un mot des méchants propos qui tendent à représenter Salvator Rosa comme un voleur et un assassin sans foi ni loi.

Je souhaite, bien-aimé lecteur, que ton opinion s'accorde avec la mienne. Autrement j'aurais à craindre de te voir concevoir des doutes à l'égard de ce que je suis sur le point de te raconter. Car mon Salvator, tel que je l'ai conçu, est un homme plein d'ardeur et de vivacité, irritable et bouillant, mais doué de sentiments nobles et élevés, sachant souvent maîtriser l'ironie amère qu'excite chez tous les hommes de haute portée la contemplation de la vie.

Il est, au reste, reconnu que Salvator se distinguait dans les lettres et l'art musical aussi bien que dans la peinture. Son puissant génie rayonnait dans toutes ses œuvres.

Encore une fois, je ne crois rien de la participation de Salvator Rosa aux désordres de Mas'Aniello : je pense, au contraire, que les excès dont il fut témoin à Naples le déterminèrent à quitter cette ville pour aller à Rome; ce fut là que, précisément à l'époque de la chute de Mas'Aniello, il arriva pauvre, fugitif et presque mendiant.

Vêtu avec fort peu de recherche, portant dans sa poche une petite bourse qui ne contenait que quelques sequins, il franchit la porte de Rome à l'entrée de la nuit. En marchant au hasard et sans avoir conscience de la route qu'il suivait, il arriva sur la place Navone.

Là, dans un meilleur temps, il avait habité une belle maison voisine du palais Pamfili. Il regarda d'un œil triste les grandes fenêtres à vitres fines de son ancien domicile, qui étincelaient à la lueur des rayons de la lune.

— Hum ! s'écria-t-il douloureusement, j'userai bien des couleurs et de la toile avant de me réinstaller là-haut.

Il sentit tous ses membres comme paralysés, et éprouva un abattement et un désespoir qui lui étaient inconnus. Il se laissa tomber sur les marches de pierre devant la maison, et murmura entre ses dents :

— Pourrai-je barbouiller assez de toile pour contenter les imbéciles ! Hum ! il me semble que je suis à bout.

Le vent de la nuit, perçant et glacé, soufflait à travers les rues. Salvator sentit la nécessité de chercher un abri. Il se leva avec effort, s'avança en chancelant vers la promenade du Corso, et prit ensuite la rue Bergognona. Là il s'arrêta devant une petite maison qui n'avait que deux fenêtres, et qu'habitait une pauvre veuve et ses deux filles. Elle l'avait logé pour presque rien la première fois qu'il était venu à Rome obscur et inconnu, et il comptait trouver chez elle un gîte en harmonie avec sa triste situation.

Il frappa hardiment à la porte, et se nomma à plusieurs reprises. Enfin il entendit la vieille, arrachée au sommeil, grommeler en se levant ; elle alla en pantoufles jusqu'à la fenêtre, et demanda d'un ton de colère quel filou venait la troubler au milieu de la nuit, disant que sa maison n'était pas une auberge, etc.

Il fallut bien des pourparlers pour qu'elle reconnût à la voix son ancien locataire. Quand Salvator lui eut conté ses peines, sa fuite de Naples, et son arrivée à Rome, où il était sans asile, la vieille poussa une exclamation de surprise.

— Ah ! par le Christ et tous les saints, s'écria-t-elle, c'est vous, signor Salvator ? Eh bien ! votre petite chambre du haut sur la cour est encore vacante, et les branches et les feuilles du vieux figuier montent maintenant jusqu'à la fenêtre, de sorte que vous pourrez vous asseoir et travailler comme dans un frais et joli cabinet de verdure ! Comme mes filles vont être contentes de vous revoir, signor Salvator ! A propos, savez-vous que Margarita a beaucoup profité et qu'elle est bien embellie ? Vous ne la bercerez plus sur vos genoux ! Et votre petite chatte, vous la rappelez-vous ? Il y a trois mois que la pauvre bête a été étranglée par une arête. La tombe est notre héritage à tous. A propos, vous souvenez-vous de cette grosse voisine, dont vous avez ri si souvent, dont vous avez fait tant de caricatures ? Savez-vous bien qu'elle vient d'épouser un jeune homme, le signor Luigi ?... ma foi ! *nozze el magistrati sono da Dio destinati !* Les mariages, dis-je, sont arrêtés d'avance dans le ciel !

— Mais, interrompit Salvator, signora Caterina, je vous en prie, au nom de tous les saints, faites-moi d'abord entrer, et vous me parlerez ensuite de votre figuier, de vos filles, de la petite chatte et de la grosse voisine ! Je meurs de lassitude et de froid.

— Voyez donc quelle impatience ! s'écria la vieille. *Chi va piano va sano, chi va presto more lesto.* Qui va doucement va sagement, dis-je, et qui va vite meurt bientôt. Mais vous êtes fatigué, vous avez froid ; ainsi, vite les clefs ! vite les clefs !

Il fallut d'abord que la vieille éveillât ses filles, et passât une heure à allumer le feu. Enfin elle ouvrit la porte au pauvre Salvator. A peine eut-il passé le seuil, qu'épuisé de fatigue et de souffrance, il tomba inanimé sur le sol. Par bonheur, le fils de la veuve, qui habitait ordinairement Tivoli, était en ce moment chez elle. Il quitta son lit, et le céda volontiers à l'ami de la maison.

La vieille aimait à l'excès Salvator Rosa. Elle le plaçait, sous le rapport de son art, au-dessus de tous les peintres du monde, et prenait généralement le plus grand plaisir à le voir faire. Mais l'état de souffrance du peintre lui causa une émotion bien opposée à la joie ; elle songea à se rendre sur-le-champ au couvent voisin et à en amener son confesseur pour qu'il conjurât la puissance ennemie au moyen de cierges bénits ou de quelque autre bon amulette. Le fils s'aventura à dire qu'il valait peut-être mieux aller chercher un bon médecin ; et aussitô il courut à la place d'Espagne, où demeurait le célèbre docteur Splendiano Accoramboni. Quand celui-ci apprit que le grand peintre Salvator Rosa était malade au lit dans la rue Bergognona, il s'apprêta en diligence à se rendre chez le patient.

Salvator Rosa était sans connaissance, et dans un violent accès de fièvre. La vieille avait pendu au-dessus du lit quelques images de saints, et priait avec ardeur. Ses filles, baignées de larmes, s'efforçaient de faire avaler de temps en temps au malade quelques gouttes de la limonade rafraichissante qu'elles avaient préparée. Quant au fils, placé au chevet du lit, il essuyait la sueur glacée du front de Salvator. Il faisait jour quand la porte s'ouvrit avec un grand fracas, pour livrer entrée au célèbre docteur signor Splendiano Accoramboni.

Si Salvator n'avait pas été malade à la mort et n'eût pas inspiré tant d'inquiétude, les deux filles de la veuve auraient, je pense, éveillées et joyeuses comme elles l'étaient ordinairement, éclaté de rire à l'aspect de l'étonnant docteur ; mais elles éprouvèrent un mouvement de crainte et se retirèrent dans un coin.

La personne qui parut au point du jour chez la veuve Caterina dans la rue Borgognona vaut à la vérité la peine d'être décrite.

Malgré ses dispositions naturelles à devenir d'une belle taille, monsieur le docteur Splendiano Accoramboni n'avait pu atteindre que quatre pieds de hauteur. Il avait été dans ses jeunes années très-élégamment bâti ; mais depuis, sa tête, un peu difforme dès le principe, avait acquis une grosseur considérable par suite de l'épaississement de ses joues et des replis multipliés de son menton. L'usage du tabac d'Espagne avait démesurément élargi ses narines, et son ventre, bourré de macaroni, s'allongeait en auvent sur la partie inférieure de son corps.

Le costume d'abbé que portait autrefois le docteur lui allait à ravir. On le regardait alors avec raison comme un joli petit homme, et les dames romaines l'avaient appelé leur *caro pupazetto*, leur cher poupon ; mais cet heureux temps n'était plus. A l'époque de notre histoire, un peintre allemand, voyant M. le docteur Splendiano Accoramboni se promener sur la place d'Espagne, disait, non sans motifs valables, qu'il semblait que la tête d'un robuste géant de six pieds fût venue se planter sur le corps d'un polichinelle de marionnettes, obligé depuis ce temps de la porter comme la sienne propre.

Cette miniature extraordinaire était revêtue d'une ample robe de chambre de damas de Venise à grands ramages. Elle portait sur la poitrine un large ceinturon de cuir, auquel pendait une rapière de trois aunes de long : et sa perruque, blanche comme la neige, était surmontée d'un bonnet pointu qui avait assez d'analogie avec l'obélisque de la place Saint-Pierre. La susdite perruque, pareille à plusieurs écheveaux de fil embrouillés, couvrait en entier le dos du docteur, et pouvait passer à juste titre pour le cocon où logeait ce magnifique ver à soie.

Le digne Splendiano Accoramboni mit ses grandes lunettes étincelantes, regarda le malade, et prit à part madame Caterina.

— Voilà, dit-il à demi-voix en nasillant, l'habile peintre Salvator Rosa atteint chez vous d'une maladie qui lui laisse bien peu d'espoir. Il est perdu, dame Caterina, si mon art ne le sauve ! Dites-moi, quand est-il arrivé chez vous ? A-t-il apporté de beaux et grands tableaux ?

— Ah ! mon cher monsieur le docteur, répondit dame Caterina, ce n'est que cette nuit que ce pauvre enfant est venu loger chez moi ; et, pour ce qui est des tableaux, je n'en sais rien encore. Mais il y a en bas une grande caisse, que Salvator m'a priée de garder avec le plus grand soin, avant de tomber dans l'état de défaillance où vous le voyez à présent. Elle contient sans doute quelques beaux tableaux, qu'il a peints à Naples.

C'était un mensonge que se permettait dame Caterina ; mais nous apprendrons bientôt qu'elle avait de bonnes raisons pour attraper ainsi le docteur.

— Bon, bon, dit celui-ci en se caressant la barbe ; et il s'approcha du malade avec autant de gravité que pouvait le permettre sa longue rapière, qui demeurait toujours accrochée aux chaises et aux tables, lui prit la main et lui tâta le pouls. Pendant ce temps il soufflait et reniflait avec un bruit singulier, qui troublait le silence de mort dans lequel tous étaient plongés.

Puis il nomma en latin et en grec cent vingt maladies que Salvator n'avait pas, et presque autant qu'il aurait pu avoir, et décida en dernier ressort qu'il lui était impossible de préciser le genre d'affection morbide de Salvator, mais qu'avant peu il lui trouverait un nom pertinent et un remède approprié. Enfin il se retira aussi gravement qu'il était venu, et laissa derechef tout le monde dans la douleur et l'anxiété.

Au bas de l'escalier, le docteur demanda à voir la caisse de Salvator. Dame Caterina lui montra une malle où étaient renfermées quelques vieilles nippes et quelques mauvaises savates de son défunt mari. Le docteur prit un air radieux, frappa sur la caisse à plusieurs reprises, et dit : — Nous verrons, nous verrons !

Au bout de quelques heures, le docteur reparut avec un très-beau nom pour la maladie de Salvator, et quelques grands flacons d'une boisson détestable, qu'il recommanda de faire avaler sans relâche au malade.

On parvint assez difficilement à exécuter cette prescription. Salvator manifestait la plus grande répugnance, l'horreur la plus invincible pour cette médecine, qui semblait puisée dans l'Achéron. Soit que la maladie de Salvator, devenue réelle depuis qu'elle avait reçu un nom, se montrât dans toute son intensité, soit que la boisson de Splendiano agît avec trop d'efficacité sur les entrailles de son client, le pauvre Salvator s'affaiblissait à vue d'œil. Le docteur Splendiano Accoramboni assurait qu'après une suspension totale de sa marche, la machine, semblable au pendule d'une horloge, reprendrait tout à coup un mouvement plus rapide. Toutefois tous doutaient du rétablissement de Salvator, et pensaient que M. le docteur avait peut-être communiqué au pendule une impulsion si violente, qu'il l'avait complétement désorganisé.

Un jour Salvator, qui paraissait à peine capable de remuer un membre, saisi tout à coup d'un brûlant accès de fièvre, s'élança avec force hors de son lit, saisit toutes les fioles à médecine, et les jeta par la fenêtre. Le docteur Splendiano Accoramboni était précisément sur le point d'entrer dans la maison. Quelques flacons l'atteignirent et se brisèrent sur sa tête, et les flots noirs de la potion inondèrent son visage, sa perruque et sa fraise. Il se précipita aussitôt dans la maison.

— Signor Salvator est devenu fou, s'écria-t-il ; il est tombé en frénésie, aucune science ne peut le sauver ; il sera mort dans dix minutes. Donnez-moi le tableau, dame Caterina ; il est à moi ! c'est le moindre salaire de mes peines !... à moi le tableau, vous dis-je !

Mais lorsque dame Caterina eut ouvert la malle, et que le docteur Splendiano eut vu les vieilles nippes et les savates déchirées, les yeux lui roulèrent dans la tête comme deux roues de feu. Il grinça des dents, frappa du pied, donna le pauvre Salvator, la veuve et toute la maison à tous les diables de l'enfer, et quitta la maison aussi vite que s'il eût été lancé par la bouche d'un canon.

Après le violent paroxysme de sa fièvre, Salvator retomba dans un assoupissement semblable à la mort. Dame Caterina crut bien que la fin du malheureux artiste était proche. Elle courut à la hâte au couvent, et en ramena le père Bonifacio pour administrer le viatique au moribond.

Le père Bonifacio avait l'expérience des signes particuliers que l'approche de la mort imprime au visage de l'homme. En regardant Salvator évanoui, il reconnut que le terme de ses jours n'était pas encore arrivé, et crut encore à la possibilité de le sauver, pourvu que le docteur Splendiano Accoramboni ne franchît plus le seuil de la porte avec ses noms grecs et ses fioles infernales. Le bon père se mit aussitôt en route, et nous allons apprendre quels furent les résultats de ses soins.

Quand Salvator se réveilla de son sommeil léthargique, il magina être sous un berceau odoriférant, car des branches et des feuilles formaient sur sa tête un dôme de verdure. Il sentait une douce et bienfaisante chaleur parcourir ses membres. Sa seule souffrance provenait d'un léger engourdissement du bras gauche.

— Où suis-je ? dit-il d'une voix faible.

Un jeune homme de bonne mine, qui se tenait près du lit, et qu'il aperçut alors pour la première fois, se mit à genoux, lui prit la main droite, la baisa, la baigna de larmes brûlantes, et s'écria à plusieurs reprises :

— Ah ! mon grand maître ! ô mon cher artiste !... maintenant tout va bien ; vous êtes sauvé !... vous êtes guéri !

— Mais, reprit Salvator, dites-moi...

— Ne m'interrogez pas, interrompit le jeune homme ; vous avez encore besoin de calme et de repos, et dans l'état de faiblesse où vous êtes, il vous est interdit de parler. Laissez-moi le soin de vous raconter ce qui s'est passé. Voyez-vous, mon cher maître, vous étiez bien malade quand vous êtes arrivé de Naples ici ; mais vous n'étiez pas en danger de mort. Votre constitution robuste, soutenue par des moyens curatifs convenables, vous eût en peu de temps tiré d'affaire, si, par l'empressement maladroit de Carlo, qui a couru vite chercher le médecin le plus proche, vous n'étiez tombé entre les mains du funeste docteur Pyramide, qui a fait tout ce qu'il fallait pour vous mettre en terre.

— Quoi ! s'écria Salvator en riant d'aussi bon cœur que sa faiblesse le lui permettait. Que dites-vous ? le docteur Pyramide ? Oui, oui, malgré ma maladie, je l'ai vu parfaitement, ce petit individu damassé qui m'a condamné à cette potion nauséabonde et effroyable. Il portait sur la tête l'obélisque de la place Saint-Pierre, et c'est pour cette raison que vous l'appelez le docteur Pyramide.

— Dieu tout-puissant ! dit le jeune homme en partant également d'un éclat de rire, le docteur Splendiano Accoramboni vous est donc apparu coiffé de son bonnet de nuit pointu, sous lequel il brille tous les matins à sa fenêtre sur la place d'Espagne, comme un météore de mauvais présage ! mais ce n'est point à ce bonnet qu'il doit le sobriquet de docteur Pyramide. Il y a à cette qualification un tout autre motif. Le docteur Splendiano Accoramboni est grand amateur de tableaux, et il possède effectivement une galerie de tableaux magnifiques qu'il s'est procurée par des manœuvres particulières. Il est à la piste des peintres ; il les poursuit avec autant d'adresse que d'activité, et attaque de préférence les artistes étrangers. S'ils ont une seule fois mangé un peu trop de macaroni, ou bu un verre de vin de Syracuse au-dessus de la dose suffisante, il sait les enlacer dans ses filets, les affuble tantôt d'une maladie, tantôt d'une autre, qu'il baptise d'un nom monstrueux, et se charge de les traiter. Pour prix de ses soins, il a fait promettre un tableau qui lui échoit ordinairement par succession, car il faut être de fer pour résister à l'énergie de ses remèdes. Le pauvre peintre étranger qui l'a pris pour médecin est enterré près de la pyramide de Cestius. Bien entendu que le signor Splendiano choisit toujours ce que l'artiste défunt a produit de mieux, et ne se contente pas d'une seule toile. Le cimetière voisin de la pyramide de Cestius est le champ ensemencé que le docteur Splendiano Accoramboni cultive avec zèle, et voilà pourquoi il est nommé le docteur Pyramide. Dame Caterina, dans une bonne intention, avait alléché le docteur. A l'en croire, vous aviez apporté un tableau de la plus grande beauté, et vous pouvez bien penser qu'il épuisait pour vous sa science pharmaceutique. Par bonheur, dans le paroxysme de la fièvre, vous lui avez jeté ses fioles à la tête ; par bonheur, il vous a abandonné, et par bonheur encore dame Caterina, qui vous croyait à l'agonie, est allée chercher le père Bonifacio pour vous administrer l'extrême-onction. Le père Bonifacio s'entend un peu en médecine ; il a jugé au premier coup d'œil votre position, et m'a fait venir...

— Vous êtes donc aussi docteur ? demanda Salvator d'une voix faible et plaintive.

— Non, répondit le jeune homme, dont une vive rougeur colora subitement le visage, non, mon cher maître, je ne suis nullement docteur comme le signor Splendiano Accoramboni, mais simplement chirurgien.

La douleur et la joie faillirent me faire tomber à la renverse quand le père Bonifacio me dit que Salvator Rosa était malade dans la rue Bergognona, et avait besoin de mes secours ; je courus, je vous ouvris une veine au bras gauche... vous fûtes sauvé !...

Nous vous transportâmes dans cette jolie chambre où vous avez déjà logé. Regardez autour de vous : voici le chevalet que vous y avez laissé ; voici quelques esquisses que dame Caterina avait gardées comme des reliques. Votre maladie n'est plus rien. Les remèdes simples que le père Bonifacio vous a préparés et de bons soins rétabliront bientôt vos forces.

Et maintenant permettez-moi de baiser encore une fois cette main, cette main sublime, dont la puissance magique rend vivants et animés les mystères les plus cachés de la nature. Permettez au pauvre Antonio Scacciati de vous ouvrir son cœur tout entier, de s'abandonner à ses transports de joie, de remercier le ciel, qui a bien voulu faire de lui l'instrument du salut du grand, du noble maître Salvator Rosa !

En disant ces mots, le jeune homme tomba à genoux de nouveau, saisit la main de Salvator, la baisa et l'arrosa de ses pleurs.

— Mon cher Antonio, dit Salvator en se levant avec effort sur son séant, je ne sais pas quel sentiment particulier vous pousse à me témoigner tant de respect. Vous êtes, dites-vous, chirurgien, et d'ordinaire cette profession s'accorde difficilement avec les arts.

— Mon cher maître, répondit le jeune homme en baissant les yeux, quand vos forces seront plus complétement revenues, je vous dirai plusieurs choses qui me pèsent sur le cœur.

— J'y compte, dit Salvator ; confiez-vous entièrement à moi. Vous le pouvez, car je ne connais pas de regard humain qui m'ait inspiré plus de sympathie que le vôtre. Plus je vous considère, plus il m'est évident que votre visage a des points de ressemblance avec celui du divin jeune homme... je veux dire de Sanzio.

Les yeux d'Antonio brillèrent d'une vive ardeur, et il parut faire d'inutiles efforts pour répondre.

En ce moment dame Caterina entra avec le père Bonifacio, qui apportait à Salvator une boisson qu'il avait composée avec art. Elle fit meilleure bouche au malade, et produisit un meilleur effet que l'eau achérontique du docteur Pyramide Splendiano Accoramboni.

II.

Par l'entremise de Salvator Rosa, Antonio Scacciati parvient à de grands honneurs. — Il découvre les motifs de sa constante affliction à Salvator, qui le console et lui promet son appui.

Ce qu'Antonio avait prédit arriva : les médicaments simples et efficaces du père Bonifacio, les soins vigilants de la bonne dame Caterina et de ses filles, la douceur de la température, du printemps, la nature vigoureuse de Salvator, toutes ces circonstances réunies mirent bientôt l'artiste en état de songer à la peinture, et il commença par jeter sur le papier quelques idées qu'il avait l'intention d'exécuter.

Antonio ne quitta presque point la chambre de Salvator. Il était tout yeux quand le grand peintre dessinait, et plusieurs fois les jugements qu'il émit prouvèrent qu'il était initié aux secrets de l'art.

— Ecoutez, Antonio, lui dit un jour Salvator, vous comprenez si bien la peinture que je crois que non-seulement vous avez beaucoup vu avec fruit, mais encore que vous avez vous-même tenu le pinceau.

— Mon cher maître, répondit Antonio, rappelez-vous que, le jour où vous êtes sorti de votre léthargie, je vous ai parlé d'un poids qui m'oppressait le cœur. Il est temps aujourd'hui de me montrer à vous tout entier. Voyez-vous, quoique je sois le chirurgien Antonio Scacciati qui vous a saigné, j'appartiens cependant corps et âme à la peinture, et, pour m'y adonner complétement, je veux quitter l'odieux métier que j'exerce.

— Oh ! oh ! s'écria Salvator, Antonio, prenez garde à ce que vous allez faire ; vous êtes un habile médecin, et vous seriez peut-être toujours un mauvais peintre ; car, pardonnez-moi ma franchise, vous êtes déjà trop vieux, malgré votre jeunesse, pour prendre en main les crayons. La vie d'un homme suffit à peine pour acquérir un peu la connaissance du vrai dans les arts, et surtout le talent d'exécution.

— Eh ! mon cher maître, répondit Antonio avec un doux sourire, comment pourrait me venir la folle pensée de me livrer à l'art difficile de la peinture, si je ne m'en étais occupé dès ma jeunesse, si le ciel ne m'avait accordé de résister à la volonté d'un père ennemi des beaux-arts, et de ne fréquenter que des maîtres célèbres ? Sachez que le grand Annibal Carrache accueillait l'enfant abandonné ; sachez que je puis me vanter d'être l'élève de Guido Reni.

— Eh bien ! mon brave Antonio, dit Salvator avec un léger ton d'acrimonie qu'il prenait quelquefois, vous avez eu certainement de grands maîtres, et ils ne peuvent manquer d'avoir en vous un grand élève, sans préjudice de votre chirurgie. Vous êtes un fidèle sectateur de l'élégant et doucereux Guido, et sans doute (c'est le propre de l'enthousiasme des disciples) vous exagérez encore sa manière dans vos tableaux. Comment pourrez-vous trouver quelque charme à mes œuvres, et me tenir réellement pour un maître de l'art ?

Le rouge monta à la figure du jeune homme à ces mots de Salvator, qui lui firent l'effet d'un sarcasme.

— Laissez-moi, dit-il, mettre de côté tout sentiment de crainte susceptible de me fermer la bouche; laissez-moi exprimer franchement ma pensée tout entière. Voyez-vous, Salvator, jamais je n'ai eu pour aucun maître la vénération profonde que j'ai pour vous. C'est la grandeur souvent surhumaine des pensées que j'admire dans vos ouvrages. Vous saisissez les plus profonds secrets de la nature; vous déchiffrez les merveilleux hiéroglyphes de ses rochers, de ses arbres, de ses torrents; vous entendez sa voix sainte, vous comprenez sa langue, et vous avez la puissance de transcrire ce qu'elle vous a dit. Oui, l'on peut appeler transcription votre peinture large et hardie. L'homme seul et ses actes ne vous suffisent pas. Vous ne regardez l'homme que comme un point dans le cercle de la nature, et ne le représentez que lorsque sa présence est utile à l'harmonie de l'ensemble. Voilà pourquoi, Salvator, vous êtes réellement grand dans vos paysages. Ces merveilleuses compositions sont vos principaux titres à la gloire. Le genre historique a des bornes qui gênent votre essor et compriment votre génie.

— Antonio, interrompit Salvator, c'est un propos que vous répétez d'après les peintres d'histoire, mes envieux. Ils me jettent le paysage comme un morceau suffisant pour moi, que je dois me contenter de ronger sans toucher à leur propre viande. Est-ce que je m'entends bien aux figures humaines, et à tout ce qui en dépend? mais ces absurdes médisances...

— Prenez garde, reprit Antonio, vous vous emportez, mon cher maître; je ne répète point aveuglément les paroles d'autrui, et c'est principalement de nos peintres de Rome que je décline la compétence. Qui n'admirera pas le dessin hardi, l'expression merveilleuse, et surtout le mouvement plein de vie de vos figures? On voit que vous ne travaillez pas d'après des modèles roides et sans intelligence, ou d'après des mannequins inanimés; on voit que vous êtes vous-même votre modèle actif et vivant; enfin que, pour peindre ou pour dessiner, vous vous placez devant une grande glace et composez la figure que vous avez l'intention de produire sur la toile.

— Diantre! Antonio, s'écria Salvator en riant, je crois que vous avez déjà, sans que je m'en doute, jeté un coup d'œil dans mon atelier, car vous savez bien ce qu'on y fait.

— Peut-être, répondit Antonio; mais laissez-moi continuer.

— Je ne saurais comprendre étroitement dans un seul genre, comme le font des maîtres pédantesques, les œuvres de votre puissant génie. En effet, ce qu'on appelle communément paysage n'a pas un rapport exact avec vos tableaux, que l'on pourrait nommer avec plus de profondeur compositions historiques. Il semble souvent que tel ou tel rocher, tel ou tel arbre, nous regarde avec un regard sévère, comme un homme de taille colossale; tel groupe que vous formez de personnages étrangement vêtus est en retour semblable à un amas de pierres merveilleusement devenues vivantes. Toute la nature s'anime et s'unit dans un harmonieux accord pour rendre vos brillantes conceptions.

Voilà comment j'ai envisagé vos tableaux; et c'est à vous que je dois, maître sublime, d'avoir approfondi la peinture. Ne croyez pas à cause de cela que je sois tombé dans une imitation puérile. Autant je souhaite atteindre à la hardiesse, à la liberté de votre pinceau, autant, je vous l'avouerai, les couleurs que me présente la nature me paraissent différentes de celles de vos tableaux. A mon avis, s'il est utile à l'élève d'adopter dans la pratique le style de tel ou tel maître, il doit aussi, quand il commence à marcher seul, peindre la nature comme il la voit. Ce n'est qu'en la jugeant par ses propres yeux, qu'en se l'assimilant, qu'en la faisant sienne, qu'il peut être original et vrai. Guido pensait ainsi; et le fougueux Pétri, surnommé, comme vous le savez, le Calabrois, peintre qui certainement avait médité plus qu'aucun autre son art, m'avertissait de me garder de toute espèce d'imitation. Maintenant vous savez, Salvator, pourquoi j'ai pour vous une si haute estime sans vous copier servilement.

Pendant que le jeune homme parlait, Salvator avait tenu les yeux fixés sur lui, il se leva, et le pressa avec émotion contre son sein.

— Antonio, dit-il, vous venez de prononcer des paroles sages et pleines de sens. Tout jeune que vous êtes, vous pouvez cependant, en ce qui regarde la véritable intelligence de l'art, vous croire au-dessus de nos vieux maîtres si estimés, qui hasardent beaucoup d'extravagances sur la peinture, sans jamais envisager les choses sous leur point de vue réel. Vraiment! quand vous m'avez parlé de mes tableaux, il m'a semblé que pour la première fois je me connaissais complétement : je vous loue de ne point parodier ma manière; assez d'autres sans vous cherchent à me copier; ceux-là prennent en main un pot de couleur noire, distribuent la lumière par masses éclatantes, font sortir d'une terre fangeuse deux ou trois personnages éclopés à figures épouvantables, et se persuadent que Salvator est là tout entier. Antonio, vous ne m'imitez pas, et je vous estime pour cela même. Vous avez désormais en moi l'ami le plus fidèle. Je me donne à vous de toute mon âme.

La bonté du maître remplit Antonio d'une joie qui allait jusqu'au délire. Salvator témoigna le désir de voir les œuvres du jeune artiste, qui le conduisit sur-le-champ à son atelier.

Salvator n'attendait rien de médiocre de celui qui avait parlé de l'art avec tant d'intelligence, et que semblait animer un génie particulier. Cependant le maître fut émerveillé de la beauté des tableaux d'Antonio. Il trouva partout le dessin correct, les idées fraîches et hardies. Le bon goût des draperies, la délicatesse exquise des extrémités, la grâce des têtes, indiquaient le digne élève du grand Guido. Toutefois Antonio s'était efforcé d'éviter le défaut de ce maître, qui souvent sacrifiait trop visiblement l'expression à la beauté. On voyait qu'Antonio aspirait à l'énergie d'Annibal Carrache, sans avoir encore pu l'atteindre.

Salvator examina longtemps en silence les tableaux d'Antonio.

— Ecoutez, mon ami, lui dit-il ensuite, il est certain que vous êtes né pour la peinture. Car non-seulement la nature vous a donné l'esprit créateur, qui élève les pensées et en fait une source d'inépuisables richesses, mais elle vous a accordé aussi le rare talent de surmonter en peu de temps les difficultés de la pratique. Je vous flatterais faussement si je vous disais que vous êtes déjà l'égal de vos maîtres, que vous avez la grâce de Guido, l'énergie de Carrache; mais il est certain que vous êtes de beaucoup au-dessus des peintres qui se rengorgent ici dans l'académie de Saint-Luc, les Tiarini, les Gessi, les Sementa, et les autres; je n'en excepte même pas Lanfranc, qui ne sait peindre qu'à fresque. Et pourtant, Antonio, et pourtant, si j'étais à votre place, j'y regarderais à deux fois avant d'abandonner absolument la lancette, et de ne plus manier que le pinceau! Ces mots sonnent étrangement à vos oreilles; mais écoutez-moi.

L'époque actuelle est fatale pour les beaux-arts, ou plutôt le diable paraît s'acharner sur nos maîtres, et les combattre avec fureur. Il faut vous préparer à essuyer bien des affronts; car plus vous monterez, plus vous serez accablé de railleries et de mépris. A mesure que votre renommée grandira, des envieux vils et méchants vous coudoieront en chemin. Ils s'attacheront à vous, et prendront les dehors de l'amitié, afin de vous perdre plus sûrement. Si vous n'êtes pas prêt à souffrir tous ces ennuis, renoncez à la peinture. Songez au destin de votre maître, le grand Annibal, que la horde méprisable de ses confrères poursuivit si lâchement à Naples; qui, loin d'obtenir des commandes importantes, fut dédaigneusement repoussé, et que le chagrin conduisit prématurément au tombeau. Songez à ce qui arriva à notre Dominiquin lorsqu'il peignit la coupole de la chapelle de Saint-Janvier : ne gagnèrent-ils pas, ces infâmes... Je n'en veux nommer aucun, pas même Ribéra et ce coquin de Bélisario! Ne gagnèrent-ils pas le domestique du Dominiquin pour qu'il jetât des cendres dans la chaux? N'espéraient-ils pas qu'ainsi l'enduit du mur serait mal lié, et que la peinture n'aurait aucune solidité? Méditez bien ces observations et tâtez votre courage; car si vous faiblissez, vous tomberez; et avec la ferme volonté de produire, vous n'en aurez plus la capacité.

— Ah! Salvator, répondit Antonio, il est à peine possible que, si je m'adonne complétement à la peinture, je sois en butte à plus de sarcasmes et de mépris que dans ma profession actuelle de chirurgien. Vous avez été content de mes tableaux; vous m'avez dit avec l'accent de la conviction que je pourrais arriver à mieux faire que la plupart de nos académiciens; or, ce sont ceux-là même qui font la grimace à l'aspect des ouvrages que je soigne le plus et qui disent avec mépris : — Voyez donc, ce chirurgien se mêle de peindre! C'est là précisément ce qui affermit ma résolution d'abandonner entièrement une profession qui m'est chaque jour plus odieuse. Je mets tout mon espoir en vous, mon digne maître! je m'en rapporte à votre avis; vous pouvez, si vous voulez plaider ma cause, terrasser d'un signe mes persécuteurs jaloux. Vous pouvez m'élever à la place où j'aspire.

— Vous avez, répondit Salvator, beaucoup de confiance en moi; mais nous nous sommes parfaitement entendus au sujet de l'art; je viens de voir vos ouvrages, et vraiment je ne connais personne pour qui je combattrais de toutes mes forces plus volontiers que pour vous.

Salvator examina encore une fois les tableaux d'Antonio, et s'arrêta devant une peinture qui représentait une Madeleine aux pieds du Sauveur. Elle fut principalement l'objet de ses éloges.

— Vous vous êtes écarté, dit-il, de la manière ordinaire de représenter la Madeleine. La vôtre n'est pas une jeune fille sévère, mais plutôt un enfant d'innocence et d'amour, tel que Guido Reni l'eût pu créer. Il y a un charme particulier dans cette céleste figure. Vous l'avez peinte d'enthousiasme, et, si je ne me trompe, l'original de cette Madeleine doit se trouver ici, à Rome. Avouez-le, Antonio, vous êtes amoureux?

Antonio baissa les yeux, et dit d'une voix faible et émue :

— Rien n'échappe à votre perspicacité, mon cher maître; ce que vous dites est bien possible, mais ne m'en faites pas de reproches. Voilà celui de tous mes tableaux qui a le plus de valeur pour moi, et je l'ai jusqu'à ce jour tenu loin de tous les yeux comme un mystère sacré.

— Que dites-vous? interrompit Salvator; aucun de nos peintres n'a vu ce tableau?

— Non, répondit Antonio.

— Eh bien! reprit Salvator les yeux brillants de joie, s'il en est ainsi, Antonio, je terrasserai vos persécuteurs envieux et insolents, et je vous élèverai aux honneurs que vous méritez. Confiez-moi votre tableau; portez-le cette nuit secrètement chez moi, et reposez-vous sur moi pour le reste... Le voulez-vous?

— Avec bien de la joie, répondit Antonio. Ah! je pourrais dès à présent vous faire part des circonstances qui viennent à la traverse de mon amour; mais le jour où nous nous sommes mutuellement dévoilé nos idées sur l'art ne serait point convenable pour ce second entretien. Plus tard je vous prierai de m'aider, en ce qui concerne mon amour, de vos conseils et de vos démarches.

— Tout à votre service, dit Salvator, quand vous en aurez besoin.

En partant, Salvator se retourna encore une fois, et dit en souriant : — Écoutez, Antonio, quand vous m'avez découvert que vous étiez peintre, j'eus un vif regret de vous avoir parlé de votre ressemblance avec Sanzio. Je croyais déjà que vous alliez marcher sur les traces de plusieurs de nos jeunes gens, qui ayant quelque trait de

Le docteur Splendiano Accoramboni lui prit la main et lui tâta le pouls.

tel ou tel maître, ont l'extravagance d'en adopter la coiffure, la manière de se tailler la barbe, et se croient appelés à l'imiter en peinture, quelles que soient d'ailleurs leurs dispositions. Nous n'avons ni l'un ni l'autre prononcé le nom de Raphaël; mais, croyez-moi, j'ai trouvé dans votre tableau des signes évidents que vous possédez le trésor des pensées divines du plus grand peintre du seizième siècle. Vous avez compris Raphaël; vous ne me répondriez pas comme Vélasquez, à qui je demandais l'autre jour son avis. Titien, me dit-il, est le peintre le plus habile de tous : Raphaël ne connaît rien à la carnation. Il y a de la chair dans cet Espagnol, mais point d'expression, et pourtant les académiciens de Saint-Luc l'élèvent aux nues, parce qu'une fois il a peint des cerises que les moineaux ont becquetées.

Au jour fixé, les académiciens de Saint-Luc se réunirent dans leur église, afin de juger les ouvrages des peintres qui avaient concouru pour entrer à l'académie. Salvator avait fait exposer le beau tableau de Scacciati.

Les peintres furent involontairement charmés de la vigueur et de la grâce de cette œuvre, et les louanges les plus exagérées partirent de toutes les bouches, lorsque Salvator assura qu'il avait apporté de Naples ce tableau, legs d'un jeune peintre enlevé prématurément aux beaux-arts.

Peu de temps après, Rome entière accourait admirer l'ouvrage du jeune peintre mort inconnu. On s'accordait à dire que depuis Guido Reni, on n'avait point produit de pareil chef-d'œuvre. Des enthousiastes allèrent jusqu'à prétendre que la ravissante Madeleine était au-dessus de toutes les créations analogues de Guido Reni.

Au milieu de la foule qui se pressait sans cesse devant la toile de Scacciati, Salvator remarqua un jour un homme qu'il prit pour un fou à l'excessive bizarrerie de son extérieur. Il était avancé en âge, grand, maigre comme un fuseau; son teint était blême, son nez effilé et pointu, son menton long et terminé en pointe par une barbiche; ses yeux gris et étincelants; par-dessus sa perruque épaisse et d'un blond clair, il portait un chapeau de forme élevée, surmonté d'une plume magnifique. Son petit mantelet, d'un rouge foncé, avait une garniture nombreuse de boutons polis; son pourpoint espagnol était large, tailladé, et de couleur bleu de ciel. Il avait en outre une longue rapière pendue au côté, des gants à revers ornés de franges d'argent, des bas gris clair tirés par-dessus ses *genoux pointus*, et attachés avec des rubans jaunes, et des rosettes également jaunes à ses souliers.

Cet étrange personnage était en admiration devant le tableau. Il se levait sur la pointe des pieds, se rapetissait, sautait tout à coup sur *les deux jambes*, *soupirait*, poussait des exclamations, clignait de l'œil avec tant de véhémence que les larmes lui coulaient sur les joues, rouvrait ensuite les yeux, et regardait sans bouger la jolie Madeleine.

— *Ah! carissima! benedettissima! Ah! Marianna!... Marianna!... bellissima*[1]!... balbutiait-il d'une voix faible et criarde comme celle d'un castrat.

Salvator, qui aimait à la folie de semblables figures, se fraya un passage jusqu'au vieillard, et voulut entrer en conversation avec lui au sujet de l'œuvre de Scacciati, qui semblait le ravir à un si haut degré. Sans faire grande attention à Salvator, le vieillard maudit sa pauvreté qui ne lui permettait pas de donner un million du tableau, et de le cacher aux regards sataniques de tous. Puis il sauta de côté et d'autre, et remercia la Vierge et tous les saints de la mort du maudit peintre, auteur de ce céleste tableau, qui le pénétrait de rage et de désespoir.

Salvator en conclut que cet homme était fou, ou que ce devait être un académicien de Saint-Luc à lui inconnu.

Toute la ville parlait du merveilleux tableau; lui seul était l'objet de l'attention et des entretiens, et ce devait être une preuve évidente de l'excellence de l'ouvrage. Les peintres se réunirent de nouveau dans l'église Saint-Luc pour délibérer sur l'admission des divers exposants.

Tout à coup Salvator Rosa demanda si le peintre dont l'œuvre représentait la Madeleine aux pieds du Sauveur n'eût pas été digne d'être nommé membre de l'académie.

Tous les peintres, sans en excepter même le satirique chevalier Josepin, déclarèrent d'une commune voix qu'un maître d'un génie aussi éminent eût été l'ornement de leur compagnie, et employèrent les *expressions les plus emphatiques pour déplorer* sa mort, dont peut-être, comme le vieux fou, ils rendaient intérieurement grâces au ciel.

Dans leur enthousiasme, ils allèrent jusqu'à résoudre d'accorder le titre d'académicien à l'habile jeune homme qu'une mort trop hâtive avait ravi aux arts, et de faire dire des messes pour le repos de son âme dans l'église Saint-Luc. Ils demandèrent donc à Salvator le nom du défunt, la date de sa naissance, sa patrie, etc.

Alors Salvator Rosa se leva :

— Eh! messieurs, dit-il à haute voix, ces honneurs que vous voulez rendre à un mort enseveli dans la tombe, vous pouvez, ce qui vaut mieux, en gratifier un vivant que vous avez parmi vous. Sachez que la Madeleine aux pieds du Sauveur, ce tableau que vous avez, à juste titre, placé si au-dessus de toutes les productions de la peinture moderne, n'est pas l'ouvrage d'un peintre napolitain déjà mort, comme je l'ai avancé afin que votre jugement fût exempt de partialité. Ce tableau, ce chef-d'œuvre dont Rome entière s'étonne, est de la main d'Antonio Scacciati le chirurgien!

Muets, stupéfaits, et comme frappés de la foudre, les peintres regardèrent Salvator. Celui-ci jouit un moment de leur embarras, et poursuivit :

— Eh bien! messieurs, dit-il, vous avez refusé d'admettre parmi vous le brave Antonio, parce qu'il est chirurgien; mais moi, je pense qu'un chirurgien est indispensable dans l'inestimable académie de Saint-Luc, ne fût-ce que pour remettre les membres aux figures estropiées qui sortent de l'atelier de plusieurs de vos artistes. Ne balancez pas plus longtemps à faire ce que vous auriez dû faire depuis si longtemps, c'est-à-dire à nommer membre de l'académie de Saint-Luc l'excellent peintre Antonio Scacciati.

Les académiciens avalèrent cette amère pilule; ils témoignèrent une vive satisfaction de ce qu'Antonio avait *manifesté* son talent d'une manière aussi éclatante, et l'admirent en grande pompe à l'académie.

A peine sut-on dans Rome qu'Antonio avait exécuté le merveilleux tableau, que des éloges et des commandes considérables lui arrivèrent de tous côtés. Ainsi le jeune homme, grâce aux manœuvres adroites et ingénieuses de Salvator, fut tiré de l'obscurité, et parvint de prime abord à de grands honneurs, lorsqu'il ne faisait qu'entrer dans la carrière des beaux-arts.

Antonio nageait dans la joie et la prospérité. Salvator fut donc bien surpris de le voir entrer quelques jours après chez lui pâle, défait, en proie à la douleur et au désespoir.

[1] Ah! très-chère!... très-bénie!... ah! Marianna! ma petite Marianne, ma toute belle!...

— Ah! Salvator, dit Antonio, à quoi me sert maintenant d'avoir réussi au delà de toutes mes prévisions, d'être comblé de louanges et d'honneurs, de voir s'ouvrir à mes yeux la perspective de la plus heureuse vie d'artiste, puisque ce tableau même auquel, après vous, mon cher maître, je dois mon triomphe, est pour moi la cause d'une infortune sans retour?

— Arrêtez, répondit Salvator; n'outragez ni l'art ni votre tableau. Je ne crois aucunement à cet affreux malheur que vous appréhendez. Vous êtes amoureux et vous n'atteignez pas de suite le but de vos désirs; voilà tout. Les amants sont comme des enfants qui se mettent à pleurer et à crier dès qu'on touche à leur poupée. Laissez, je vous en conjure, laissez là les lamentations, je ne saurais les souffrir. Mettez-vous là, et racontez-moi tranquillement comment vont vos affaires avec votre céleste Madeleine; faites-moi part de l'histoire de vos

Mais lorsque dame Caterina eut ouvert la malle, et que le docteur Splendiano eut vu les vieilles nippes, etc.

amours, indiquez-moi où sont les pierres d'achoppement que nous devons mettre de côté, car je vous promets d'avance mon appui. Plus les choses qu'il nous faudra entreprendre seront hasardeuses, plus je m'en occuperai volontiers. En effet, le sang coule de nouveau rapidement dans mes veines, et la diète que j'ai subie m'inspire le désir de combiner quelques bons tours bien fous. Mais commencez maintenant, Antonio, et, comme je vous l'ai recommandé, demeurez tranquille, et abstenez-vous d'hélas! de mon Dieu! et autres exclamations fastidieuses.

Antonio prit place sur la chaise que Salvator lui avait avancée près du chevalet sur lequel il travaillait, et commença de la manière suivante :

— Dans la rue Ripetta[1], dans la maison élevée dont on aperçoit le large balcon en entrant par la porte del Popolo, demeure le hibou le plus grotesque qui soit peut-être dans toute la ville. C'est un vieux célibataire, résumant en lui toutes les imperfections de son état: Ladre, orgueilleux, jouant le jeune homme, amoureux, plein de sottise et de fatuité; c'est un homme grand et sec comme une gaule, affublé d'un manteau espagnol bariolé, avec une perruque blonde, un chapeau pointu, des gants à revers, une rapière au côté...

— Arrêtez, arrêtez! s'écria Salvator interrompant le jeune homme; accordez-moi quelques instants, Antonio!

A ces mots, il ôta le tableau qu'il était en train de peindre, prit son crayon, et dessina à grands traits sur l'envers de la toile l'étrange vieillard qui avait fait tant de contorsions devant la Madeleine d'Antonio.

— Par tous les saints! s'écria celui-ci en sautant de sa chaise et en éclatant de rire en dépit de son désespoir, c'est lui-même en personne, c'est le signor Pasquale Capuzzi, dont je viens de vous parler.

[1] Quoique Hoffmann ne soit jamais allé à Rome, tous les détails de localité qu'il donne sont de la plus complète exactitude. (*Note du trad.*)

— Vous voyez bien, dit Salvator avec calme, que je connais déjà le patron qui, vraisemblablement, va sur vos brisées; mais poursuivez.

— Signor Pasquale Capuzzi, reprit Antonio, est puissamment riche; mais, comme je l'ai déjà dit, c'est un vrai grippe-sou et un fat à trente-six carats. Sa seule qualité, c'est d'aimer les arts, et notamment la musique et la peinture. Mais il mêle tant de folie à son goût favori, que sur ce point même on ne peut être d'accord avec lui. Il se considère comme le plus grand compositeur du monde, et comme un chanteur tel qu'on n'en saurait trouver dans la chapelle papale. A l'entendre, notre vieux Frescobaldi n'est pas digne de lui dénouer les cordons de ses souliers. Les Romains ont beau vanter les attraits merveilleux de la voix de Ceccarelli; il prétend que Ceccarelli chante comme une botte de gendarme, et que lui seul, Capuzzi, possède les moyens de charmer ses auditeurs. Mais parce que le premier chanteur du pape prend le nom ronflant d'Odoardo Ceccarelli di Merania, notre Capuzzi s'entend appeler volontiers signor Pasquale Capuzzi di Sinigaglia. C'est à Sinigaglia, et, si l'on en croit le bruit public, sur une barque de pêcheur, que l'enfanta sa mère effrayée à la vue d'un chien de mer. C'est pour cela qu'il y a du chien de mer dans le naturel de cet homme.

Dans sa jeunesse, il produisit sur le théâtre un opéra qui fut cruellement sifflé, ce qui ne l'a pas empêché de composer d'effroyable musique. Bien plus, en entendant l'opéra de Francesco Cavalli, *le Nozze di Teti e Peleo*, il jura que ce maître de chapelle lui avait volé les plus sublimes idées de ses ouvrages immortels, assertion qui lui valut une grêle de coups de bâton, et même de coups de couteau.

Il est en outre enragé pour chanter de grands airs et pour martyriser une pauvre guitare étique, obligée d'accompagner de ses plaintes et de ses soupirs les effroyables coassements du chanteur. Son fidèle Pylade est un castrat, nain et tortu, que les Romains appellent Pitichinaccio.

Si Capuzzi s'absente, le nain Pitichinaccio ferme et verrouille avec soin toutes les portes.

A ce couple se joint... devinez qui... nul autre que le docteur Pyramide, qui brait comme un âne mélancolique, et pense cependant qu'il possède une basse-taille supérieure à celle de Martinelli de la chapelle pontificale. Ces trois dignes personnages se rassemblent le soir, se placent à leur balcon, et chantent les motets de Carissimi. Au tintamarre qu'ils font, tous les chiens et les chats du voisinage poussent des hurlements lamentables, et les passants donnent à tous les diables l'infernal trio.

Ces détails suffiront pour vous faire connaître le signor Pasquale Capuzzi. Mon père fréquentait la maison de cet original, dont il était chargé d'arranger la barbe et la perruque.

Après la mort de mon père, j'embrassai sa profession, et Capuzzi fut enchanté de moi, parce que je savais mieux que tout autre donner un contour gracieux à sa moustache en fourchette, et principalement parce que je me contentais pour ma peine de quelques malheureux *quattrini*. Il croyait encore me payer grassement, à cause de l'air de sa façon dont il me régalait toutes les fois que je lui faisais la barbe. Son chant me déchirait les oreilles, mais je m'amusais excessivement de ses burlesques contorsions.

Un jour je monte tranquillement l'escalier, je frappe à la porte, je l'ouvre... une jeune fille s'avance vers moi, un ange de lumière... Vous connaissez ma Madeleine, c'était elle!... Je demeure interdit, et comme enraciné à ma place... Ne craignez rien, Salvator, je vous épargnerai les hélas! et les mon Dieu!

Qu'il vous suffise de savoir qu'à l'aspect des charmes de la jeune fille je fus saisi des transports de l'amour le plus brûlant. Le vieillard me dit en souriant que c'était la fille unique de son frère Piétro, de Sinigaglia, qu'elle s'appelait Marianna, et qu'elle était orpheline de père et de mère; en qualité d'oncle et de tuteur, il l'avait recueillie chez lui.

Comme vous le pouvez penser, la maison de Capuzzi fut désormais mon paradis. Cependant je fis d'inutiles efforts pour me trouver un seul instant en tête-à-tête avec Marianna; mais ses regards, plusieurs soupirs étouffés, plusieurs serrements de main ne me laissèrent pas douter de mon bonheur.

Le vieillard me devina, ce qui ne lui était guère difficile. Il m'avertit que ma conduite envers sa nièce lui déplaisait extrêmement, et me demanda quel était mon but réel. Je lui avouai ouvertement que j'aimais Marianna de toute mon âme, et que je ne connaissais pas sur la terre de plus grand bonheur que celui d'être son époux.

Alors Capuzzi me toisa du haut en bas, partit d'un éclat de rire de dédain, et me fit entendre qu'il n'aurait jamais cru qu'un misérable barbier pût porter ses vues aussi haut. La rage s'empara de moi; je lui dis qu'il savait bien que, loin d'être un misérable barbier, j'étais un habile chirurgien, et en outre, en ce qui concernait l'art sublime de la peinture, un fidèle élève du grand Annibal Carrache, de l'inimitable Guido Reni.

Le vaurien de Capuzzi se mit à rire encore plus fort, et prenant son fausset criard :

— Eh! mon doux signor barbier, dit-il, mon excellent signor chirurgien, mon céleste Annibal Carrache, mon délicieux Guido Reni, allez à tous les diables, et ne vous avisez plus de vous faire voir, si vous voulez garder vos jambes!

Là-dessus le vieux fou casseur de jambes m'empoigna, et il se proposait tout bonnement de me jeter à la porte du haut en bas des escaliers. Non, il n'y avait pas moyen d'y tenir; furieux, je saisis le vieillard, je le renversai, je le laissai les jambes en l'air et poussant des cris lugubres, je descendis précipitamment, et franchis la porte désormais fermée pour moi.

Tel était l'état des choses lorsque vous êtes venu à Rome, et que le ciel a donné au père Bonifacio l'idée d'avoir recours à moi pour vous saigner; nommé par votre adresse membre de l'académie de Saint-Luc, aux portes de laquelle j'avais jusqu'alors inutilement frappé, comblé par Rome entière de louanges et d'honneurs, je suis allé directement chez le vieillard, et j'ai surgi tout à coup devant lui dans sa chambre; il paraît que j'avais l'air d'un *fantôme vengeur*; car il devint pâle comme un cadavre, et, tremblant de tous ses membres, se retira derrière une grande table.

Je lui exposai d'un ton ferme et sévère qu'Antonio Scacciati n'était plus ni barbier, ni chirurgien, mais bien peintre célèbre, et que l'académicien de Saint-Luc obtiendrait sans doute aisément la main de sa nièce Marianna.

Il eût fallu voir alors la rage dans laquelle tomba le vieillard; il hurla, il battit l'air de ses bras comme un possédé du diable; il s'écria que j'étais un vil assassin, que j'en voulais à sa vie, que je lui avais volé sa Marianna en la contrefaisant dans mon tableau; que maintenant tout le monde contemplait d'un œil plein de luxure et de convoitise sa Marianna... sa vie... son espoir... son tout!... Mais que je prisse garde à moi, qu'il mettrait le feu à ma maison, afin de la faire crouler sur ma tête, et de brûler moi et mon tableau.

Puis il se mit à crier à tue-tête : — Au feu!.... au meurtre!.... au voleur!... au secours!...

Je m'enfuis tout bouleversé, et quittai la maison.

Le vieux et insensé Capuzzi a de l'amour pour sa nièce par-dessus les yeux. Il la tient en chartre privée, et si on lui accorde une dispense, *il la contraindra à la plus abominable alliance*. Tout espoir est perdu.

— Pourquoi cela? dit Salvator en riant; je suis plutôt d'avis que vos affaires ne peuvent mieux marcher. Marianna vous aime, vous en êtes convaincu, et il ne s'agit que de l'enlever à ce vieux fou de signor Pasquale Capuzzi. Or, je ne sais vraiment pas pourquoi deux hommes robustes et entreprenants comme nous n'y réussiraient pas. Prenez courage, Antonio; au lieu de vous plaindre, au lieu de soupirer votre amoureux martyre et de vous évanouir, il vaut mieux songer à délivrer Marianna. Faites attention, Antonio, à la manière dont nous mènerons le vieux fat par le nez. Dans de pareilles entreprises, les folies les plus folles le sont à peine assez pour moi. Je veux aviser sur-le-champ aux moyens d'avoir de plus amples renseignements sur le vieillard et son genre de vie. Il ne faut pas vous montrer, Antonio; retournez chez vous, et venez me voir demain de bonne heure pour arrêter avec moi le plan de la première attaque.

A ces mots, Salvator essuya son pinceau, prit son manteau, et se rendit au Corso. Antonio rentra dans sa demeure, conformément à l'avis de Salvator; il était consolé, et l'espérance était revenue rafraîchir son cœur.

III.

Le signor Pasquale Capuzzi paraît chez Salvator Rosa. — Ce qui s'y passe. — Bon tour de Salvator Rosa et de Scacciati, et les conséquences d'icelui.

Antonio fut bien étonné quand, le lendemain matin, Salvator lui décrivit de la manière la plus exacte le genre de vie de Capuzzi, sur lequel il avait fait une enquête.

— La pauvre Marianna, dit Salvator, est livrée à d'*infernales* tortures par ce vieillard insensé : il soupire et fait l'amour toute la journée, et ce qu'il y a de plus déplorable, dans l'intention de lui attendrir le cœur, il lui chante tous les airs de passion possibles qu'il a jamais composés ou prétendu composer.

En outre, il est jaloux jusqu'au délire, et ne permet pas même à la malheureuse jeune fille d'avoir, comme ses compagnes, une femme de chambre, qui pourrait se prêter aux intrigues d'amour qu'il appréhende. Au lieu d'une camériste, on voit chez lui matin et soir un petit spectre effroyable, aux yeux creux, aux joues blêmes et pendantes, qui sert de suivante à la dame Marianna. Ce spectre n'est autre que le petit marmouset de Pitichinaccio, qui s'affuble de vêtements de femme.

Si Capuzzi s'absente, il ferme et verrouille avec soin toutes les portes. De plus, il solde un mauvais garnement, ex-bravo, qui était dans les sbires, et qui demeure maintenant au rez-de-chaussée de la maison de Capuzzi. Il semble presque impossible de pénétrer dans un lieu si bien gardé; et pourtant je vous promets, Antonio, que dès la nuit prochaine vous serez chez Capuzzi, dans sa propre chambre, et que vous verrez votre Marianna, pour cette fois néanmoins, en présence du vieux fou.

— Que dites-vous? s'écria Antonio hors de lui; Salvator accomplira la nuit prochaine ce qui me paraît impossible!

— Silence, Antonio, reprit Salvator; laissez-moi examiner en repos les moyens d'exécuter avec sécurité le plan que j'ai conçu.

D'abord, je dois vous dire qu'à votre insu je suis en relation avec le signor Pasquale Capuzzi. Cette pitoyable épinette, que voici dans ce coin, appartient au vieillard, et je la lui ai achetée moyennant le prix exorbitant de dix ducats, que je lui dois. Je voulais faire de la musique, pour charmer les ennuis de ma convalescence; je priai mon hôtesse de me procurer un instrument tel que celui-ci. Dame Caterina se mit sur-le-champ en campagne, et apprit qu'un vieux monsieur, domicilié dans la rue Ripetta, désirait se défaire d'une magnifique épinette. L'instrument me fut apporté. Je ne demandai ni le prix, ni le nom du propriétaire. C'est hier soir seulement que j'ai appris par hasard que c'était l'honorable signor Capuzzi qui avait résolu de me prendre pour dupe en me colloquant sa vieille épinette fêlée. Dame Caterina est allée chez une de ses connaissances, qui demeure dans la maison de Capuzzi et sur le même carré. Vous pouvez deviner d'où je tiens ces beaux renseignements.

— Ah! s'écria Antonio; ainsi, l'entrée nous est ouverte..... Votre hôtesse...

— Je sais ce que vous allez dire, interrompit Salvator; vous voulez trouver un chemin jusqu'à votre Marianna, par l'entremise de dame Caterina : mais il n'y faut point songer. Dame Caterina est beaucoup trop bavarde; elle ne sait point garder le moindre secret, et ne doit pas se mêler de nos affaires. Écoutez-moi tranquillement. Chaque soir, à la nuit, signor Pasquale prend dans ses bras le petit castrat, qui vient d'achever son service de femme de chambre, et, à la sueur de son front, reporte Pitichinaccio chez lui, car, pour rien au monde le nain pusillanime ne voudrait à cette heure mettre le pied sur le pavé. Ainsi donc, quand...

En ce moment on frappa à la porte de Salvator, et à la grande stupéfaction de tous deux le signor Pasquale Capuzzi entra avec la pompe *et la dignité qui le caractérisaient*.

Quand il aperçut Scacciati, il demeura comme perclus de tous ses membres, ouvrit de grands yeux, et respira l'air comme s'il allait étouffer. Salvator courut en hâte vers lui, et le prit par les deux mains.

— Mon excellent signor Pasquale, combien je me sens honoré de votre présence dans ma misérable demeure! Il est certain que c'est l'amour de l'art qui vous amène chez moi. Vous voulez voir mes productions nouvelles, peut-être me commander un ouvrage... Parlez, mon brave signor Pasquale, en quoi puis-je vous être agréable?

— J'ai à vous parler, balbutia Capuzzi avec effort, j'ai à vous parler, mon digne signor Salvator, mais... à vous seul... quand nous serons seuls. Permettez que je me retire, et que je revienne dans un moment plus favorable.

— Point du tout, dit Salvator *en retenant de force le vieillard*, point du tout, mon excellent signor, vous ne sortirez pas d'ici; vous ne sauriez venir à une heure plus convenable, car vous êtes grand amateur du noble art de la peinture, et ami de tous les bons peintres. Vous serez donc ravi que je vous présente Antonio Scacciati, le premier peintre de notre temps, dont le délicieux tableau, la Madeleine aux pieds du Sauveur, a rempli toute la ville du plus ardent enthousiasme. Vous-même, sans doute, partagiez l'admiration générale, et souhaitiez sincèrement connaître un maître aussi habile.

Le vieillard fut saisi d'un violent tremblement : il semblait être en proie au frisson de la fièvre, et lançait au pauvre Antonio des regards enflammés de rage.

Antonio s'avança vers Capuzzi, le salua avec aisance, et lui dit qu'il s'estimait heureux de se rencontrer d'une manière si inattendue avec le signor Pasquale Capuzzi, dont les profondes connaissances en musique aussi bien qu'en peinture étonnaient non-seulement Rome, mais encore toute l'Italie. Il termina en lui demandant sa protection.

Le vieillard se rassura en voyant Antonio agir comme s'il le voyait pour la première fois, et lui adresser des compliments aussi flatteurs. Il s'efforça de sourire, profita de ce que Salvator lui avait lâché la main pour se caresser délicatement la moustache, bégaya quelques mots incompréhensibles, et se tourna vers Salvator, auquel il réclama les dix ducats convenus pour le payement de l'épinette.

— Mon brave signor, répondit Salvator, nous allons régler cette bagatelle. Mais d'abord, vous plairait-il de regarder l'esquisse d'un tableau que je compose, et d'accepter un verre de bon vin de Syracuse ?

A ces mots, Salvator plaça son esquisse sur le chevalet, offrit une chaise au vieillard, et lui présenta une grande et belle coupe où pétillait le noble vin de Syracuse.

Le vieillard buvait très-volontiers un verre de vin quand il n'avait pas à le payer. En outre, il avait au cœur l'espoir de toucher dix ducats pour une épinette usée et vermoulue. Il était assis devant un tabeau remarquable de pensée et d'exécution, dont il était capable d'apprécier les beautés de premier ordre. Tout concourut donc à le mettre de bonne humeur; et il en donna des symptômes évidents. Il sourit gracieusement, ferma à demi ses petits yeux, et se caressa doucement le menton et la moustache.

— Parfait ! précieux ! balbutia-t-il à plusieurs reprises, sans qu'on sût s'il voulait parler du tableau ou du vin.

— Dites-moi donc, lui demanda à l'improviste Salvator cherchant à profiter de ses bonnes dispositions; dites-moi, mon digne signor, n'avez-vous pas une nièce aimable et belle, qu'on appelle Marianna ? Tous nos jeunes seigneurs, emportés par un amoureux délire, courent sans s'arrêter dans la rue Ripetta, et, les yeux fixés sur votre balcon, se tordent à moitié le cou pour voir votre céleste Marianna, pour recueillir un seul regard de ses yeux angéliques.

Le sourire disparut du visage du vieillard avec l'air d'allégresse que le bon vin y avait répandu, et son regard devint triste et sombre.

— Voilà, dit-il brusquement, la profonde perversité de notre jeunesse criminelle. C'est à des enfants qu'ils adressent leurs regards sataniques, les abominables séducteurs ! car, je vous le dis, mon excellent signor, ma nièce Marianna n'est qu'un enfant, un simple enfant, à peine revenu de nourrice.

Salvator changea de conversation, et le vieillard se remit. Mais au moment où son visage reprenait sa sérénité, et où il portait à ses lèvres la coupe pleine jusqu'aux bords, Savator lui poussa une nouvelle botte.

— Dites-moi, mon excellent signor, votre nièce de seize ans, la divine Marianna, a-t-elle réellement de beaux cheveux châtain-brun et des yeux pleins de l'éclat et de la félicité du ciel comme la Madeleine d'Antonio ? On les trouve généralement ressemblantes l'une à l'autre.

— Je n'en sais rien, répondit le vieillard d'un ton plus maussade qu'auparavant; mais taisons-nous sur le chapitre de ma nièce. N'est-il pas plus à propos de nous entretenir de peinture, et votre charmant tableau ne nous en fournit-il pas l'occasion ?

Mais chaque fois que le vieillard prenait la coupe en main, et s'apprêtait à la vider, Salvator recommençait à parler de la belle Marianna. Enfin Capuzzi se leva furieux, et renversa le vase si violemment qu'il faillit le briser.

— Par le noir et infernal Pluton ! s'écria-t-il d'une voix retentissante; par toutes les furies, vous me faites un poison, un poison de ce vin ! Mais, je m'en aperçois, vous vous entendez avec votre bel ami, le signor Antonio, pour me turlupiner ! cela vous réussira mal. Payez-moi de suite les dix ducats que vous me devez, et je vous abandonnerai à tous les diables avec votre camarade le barbier Antonio.

— Quoi ! répondit Salvator feignant la plus vive colère, vous vous permettez de me traiter ainsi chez moi ? vous demandez dix ducats pour cette mauvaise caisse dont les vers ont depuis longtemps épuisé toute la moelle et tous les sons ? Je ne vous donnerai ni dix, ni cinq, ni trois, ni même un seul ducat de cette épinette, qui ne vaut pas deux sous ! Enlevez-moi cette drogue !

A ces mots, Salvator renversa sens dessus dessous et foula aux pieds la petite épinette, dont les cordes rendirent des sons bruyants et lamentables.

— Ah ! cria Capuzzi, il y a encore des juges à Rome ! En prison ! en prison ! Je vous ferai fourrer dans le cachot le plus profond !...

Et grondant comme une nuée chargée de grêle, il voulut regagner la porte.

Salvator le retint par les deux bras, le força à s'asseoir dans un fauteuil, et, d'une voix douce, lui murmura à l'oreille :

— Mon excellent signor Pasquale, ne voyez-vous pas que ce n'est qu'une plaisanterie ? Vous aurez de votre épinette, non pas dix, mais trente ducats en espèces, trente ducats en bon argent !

Il ne cessa de lui répéter ces derniers mots, jusqu'à ce que Capuzzi redit d'une voix faible et éteinte : — Que dites-vous, mon digne signor ! trente ducats de cette épinette, sans la faire réparer ?

Salvator lâcha le vieillard, et lui assura sur l'honneur qu'avant une heure l'épinette vaudrait trente et même quarante ducats, et que signor Pasquale en obtiendrait cette somme.

— Trente... quarante ducats ? murmura le vieillard en reprenant haleine après avoir poussé un profond soupir.

— Mais, reprit-il, vous m'avez vivement contrarié, signor Salvator!

— Trente ducats ! répéta Salvator.

Le vieillard sourit : — Mais, poursuivit-il, vous m'avez blessé au cœur, signor Salvator.

— Trente ducats ! interrompit Salvator. Il répéta : — Trente ducats ! trente ducats ! tant que le vieillard eut l'air de faire la moue. Enfin Capuzzi dit d'un ton joyeux : — Si je puis vendre mon épinette trente ou quarante ducats, tout sera pardonné et oublié, mon excellent signor.

— Pourtant, dit Salvator, avant de tenir ma promesse, j'ai une petite condition à vous imposer, mon très-digne signor Pasquale Capuzzi di Sinigaglia; elle est très-facile à remplir. Vous êtes le premier compositeur de toute l'Italie et le plus excellent chanteur qu'on puisse rencontrer; j'ai été dans l'extase en entendant la grande scène de l'opéra *le Nozze di Teti e Peleo*, que l'infâme Francesco Cavalli vous a indignement volée, et a donnée pour son propre ouvrage. Voulez-vous, pendant que je vais raccommoder cette épinette, me chanter ce bel air ? Je ne sais rien en vérité qui puisse me faire autant de plaisir.

La bouche du vieillard se courba en croissant pour former le plus doux sourire; et ses petits yeux gris pétillèrent.

— On voit bien, digne signor, dit-il, que vous êtes vous-même un grand musicien, car vous avez du goût et vous savez mieux apprécier les bons artistes que ces Romains ingrats. Ecoutez !... Ecoutez ! voici l'air de tous les airs !

A ces mots, Capuzzi se leva, se dressa sur la pointe des pieds, allongea les bras, ferma les yeux de manière à ressembler à un coq qui va chanter. Puis il commença à criailler si for que les murs en frémirent. Dame Caterina et ses deux filles entrèrent précipitamment, croyant que ces affreux glapissements annonçaient quelque malheur subit. Elles s'arrêtèrent à la porte tout étonnées, les yeux fixés sur le vieillard croassant, et formèrent ainsi un public à l'incomparable virtuose Capuzzi.

Cependant Salvator avait ramassé l'épinette, avait retourné le couvercle, pris sa palette, et d'une main hardie commencé à grands traits sur le couvercle de l'épinette la plus merveilleuse peinture qu'il fût possible de voir. Le principal sujet était une scène de l'opéra de Cavalli, *le Nozze di Teti*; mais Salvator y avait mêlé d'autres personnages d'une manière tout à fait fantastique. Parmi eux se voyaient Capuzzi, Antonio, Marianna d'après le tableau de la Madeleine, Salvator, dame Caterina et ses deux filles très-reconnaissables, et même le docteur Pyramide, et tout était ordonné avec tant d'esprit, de sens et de génie, qu'Antonio ne pouvait revenir de la surprise que lui causaient le talent et la facilité du maître.

Le vieux Capuzzi ne s'en tint pas à la scène que Salvator désirait entendre; mais, saisi d'un délire musical, il chanta, ou plutôt brailla près de deux heures sans discontinuer, passant d'un air à l'autre au moyen des plus terribles récitatifs. A la fin il tomba hors d'haleine, dans son fauteuil, le visage cramoisi.

Au même moment, Salvator avait terminé son croquis, et l'ensemble en était si vivant, qu'à quelque distance il faisait l'effet d'un tableau achevé.

— J'ai tenu parole au sujet de l'épinette, mon excellent signor Pasquale ! murmura Salvator à l'oreille du vieillard.

Pasquale parut sortir d'un songe, ses regards tombèrent sur l'épinette peinte placée auprès de lui. Il écarquilla les yeux comme s'il eût vu un miracle, enfonça sur sa perruque son chapeau pointu, prit sa canne sous son bras, s'élança d'un saut vers l'épinette, arracha le couvercle des charnières, l'éleva au-dessus de sa tête, courut comme un possédé vers la porte, descendit les escaliers, et s'éloigna rapidement. Dame Caterina et ses deux filles poursuivirent le fugitif de bruyants éclats de rire.

— Le vieil avare, dit Salvator, sait bien qu'il n'a qu'à porter le couvercle peint au comte Colonna ou à mon ami Rossi pour en avoir quarante ducats et plus encore.

Quand ils furent seuls, Salvator et Antonio arrêtèrent le plan d'attaque qu'ils devaient mettre à exécution la nuit suivante. Nous allons voir comment débutèrent nos deux aventuriers, et quel fut le succès de leur entreprise.

Quand la nuit fut venue, le signor Pasquale, après avoir bien fermé et verrouillé son logis comme d'habitude, reconduisit son petit monstre de castrat. Le petit miaula tout le long du chemin, et formula en soupirant ses trois principaux griefs : 1° Il s'exposait à devenir poitrinaire en chantant les airs de Capuzzi ; 2° il était obligé de se brûler les doigts en confectionnant du macaroni ; 3° on lui imposait une fonction qui ne lui rapportait que des horions et de solides coups de pied, dont Marianna était prodigue envers lui toutes les fois qu'il approchait d'elle.

Le vieillard le consola comme il put, et lui promit de lui donner plus de friandises qu'il n'en avait eu jusqu'alors. Il s'engagea même, pour apaiser le myrmidon, qui ne cessait de piailler et de se lamenter, à lui faire faire un joli petit costume d'abbé avec une vieille veste de peluche noire que Pitichinaccio avait souvent lorgnée d'un œil d'envie; le petit demanda en outre une perruque et une épée.

En réglant cet article de la capitulation, ils arrivèrent dans la rue Bergognona, où demeurait Pitichinacchio; il n'y avait que quatre maisons entre son logis et celui de Salvator.

Le vieillard déposa le petit avec précaution, ouvrit la porte de la maison, et tous deux montèrent, le petit devant, et le vieux derrière, l'escalier étroit, qui ressemblait à une mauvaise échelle de poulailler. Mais à peine avaient-ils gravi la moitié des marches, qu'on entendit sur le palier du haut un horribles fracas, et la voix rude d'un homme ivre et grossier, qui priait en jurant tous les diables de l'enfer de lui indiquer un chemin pour sortir de cette maudite maison.

Pitichinacchio se serra contre le mur, et conjura Capuzzi au nom de tous les saints de passer devant lui. Mais à peine Capuzzi avait-il monté quelques degrés, que l'ivrogne se précipita du haut de l'escalier, entraîna Capuzzi comme un tourbillon, et franchit avec lui la porte qui était restée ouverte. Tous deux roulèrent jusqu'au milieu de la rue, où ils demeurèrent étendus, Capuzzi dessous, et l'ivrogne dessus comme un sac pesant.

— Au secours! au secours! cria Capuzzi d'une voix dolente.

Aussitôt deux hommes qui passaient accoururent, et non sans efforts et sans peine délivrèrent le signor Pasquale de son fardeau. L'ivrogne, dès qu'il fut relevé, s'éloigna en chancelant et en jurant.

— Jésus! que vous est-il arrivé, signor Pasquale? comment êtes-vous venu ici à cette heure? quelle mauvaise rencontre avez-vous faite dans cette maison?

Ainsi parlèrent Antonio et Salvator, car les deux hommes n'étaient autres que nos héros.

— Ah! voilà ma dernière heure, dit Capuzzi avec effort, ce cerbère m'a disloqué tous les membres, je ne puis me remuer.

— Souffrez que je voie, dit Antonio; et il tâta le vieillard par tout le corps, et le pinça tout à coup si violemment à la jambe que Capuzzi poussa un cri perçant.

— Saints du ciel! s'écria Antonio d'un ton de désespoir, vous avez la jambe gauche cassée à l'endroit le plus dangereux, mon brave signor Pasquale; si on ne vous porte les secours les plus prompts, vous serez mort dans dix minutes, ou vous serez au moins boiteux pour le reste de vos jours.

Capuzzi jeta un effroyable hurlement.

— Calmez-vous, mon digne signor, poursuivit Antonio; quoique je sois peintre aujourd'hui, je n'ai pas encore oublié mon état de chirurgien. Nous vous porterons chez Salvator, et je vous panserai sur-le-champ.

— Mon digne signor Antonio, dit Capuzzi en gémissant, vous êtes mon ennemi, je le sais...

— Ah! interrompit Salvator, il n'est plus question d'inimitié; vous êtes en danger, et c'est assez pour que l'honnête Antonio vous prodigue tous les secours de son art. Allons, ami Antonio!

Les deux artistes relevèrent le vieillard, qui se plaignait avec de grands cris de l'inexprimable douleur que lui causait sa jambe cassée. Ils l'emportèrent avec précaution, et l'amenèrent dans la demeure de Salvator.

Dame Caterina assura qu'elle avait eu le pressentiment de quelque malheur, et qu'il lui avait été impossible de dormir. Dès qu'elle eut vu le vieillard, et qu'elle eut appris son accident, elle lui reprocha vivement sa conduite.

— Je sais bien, dit-elle, signor Pasquale, qui vous avez ramené à son logis. Vous croyez, ayant chez vous votre belle nièce Marianna, n'avoir pas besoin de domestiques du sexe, et vous abusez honteusement et irréligieusement du pauvre Pitichinaccio, en lui faisant endosser des habits de femme. Mais, voyez-vous bien, *ogni carne ha il suo osso*, toute chair a des os. Voulez-vous avoir une jeune fille chez vous, il faut des femmes pour la servir. *Fate il passo secondo la gamba*, faites des enjambées à la mesure de vos jambes, et n'exigez de votre Marianna ni plus ni moins que ce qui est juste. Ne l'enfermez pas comme une recluse, ne changez pas votre logis en prison : *asino punto convien che trotti*; quand l'âne est piqué, il faut qu'il trotte. Vous avez une jolie nièce, et vous devez régler là-dessus votre train de maison, c'est-à-dire ne faire que ce qui est agréable à la jolie nièce; mais vous êtes un homme rude et peu galant. On dit aussi, je souhaite que ce soit une médisance, on dit que, malgré votre grand âge, vous êtes amoureux et jaloux. Pardonnez-moi de vous dire ainsi tout ce que je pense. *Chi ha nel petto fiele, non puo sputar miele*. Qui a du fiel dans le cœur, ne peut cracher du miel. Eh bien! si vous ne mourez pas de votre fracture, comme votre âge pourrait le faire conjecturer, vous ferez votre profit de ces avis, et vous laisserez à votre nièce la liberté de faire sa volonté, et d'épouser un joli jeune homme que je connais parfaitement.

Elle débita d'un seul trait cette harangue pendant que Salvator et Antonio déshabillaient avec précaution le vieillard et le mettaient au lit. Les paroles de dame Caterina étaient autant de coups de poignard, qui pénétraient profondément dans le cœur de Capuzzi; mais quand il voulait glisser quelque parole, Antonio lui observait que la moindre agitation pouvait lui être funeste, et le vieux jaloux fut obligé d'avaler cette amère pilule. Salvator fit enfin sortir dame Caterina pour aller chercher de l'eau à la glace, sur l'ordonnance d'Antonio.

Salvator et Antonio se convainquirent que l'individu qu'ils avaient mis en embuscade dans la maison de Pitichinaccio avait parfaitement rempli sa tâche. Hors quelques contusions bleuâtres, Capuzzi n'avait pas la moindre blessure, quelque grave qu'eût été la chute en apparence.

Antonio emboîta le pied du vieillard dans des éclisses et des attelles. Il l'enveloppa en outre de compresses d'eau glacées, sous prétexte d'empêcher l'inflammation. Ainsi accommodé, Pasquale Capuzzi ne pouvait bouger, et grelottait comme un fiévreux.

— Mon bon signor Antonio, disait-il d'une voix faible et plaintive, dites-moi, est-ce que je n'en reviendrai pas? faut-il me préparer à la mort?

— Tranquillisez-vous seulement, signor Pasquale! répondit Antonio; puisque vous avez supporté le premier appareil avec un courage héroïque, et sans tomber en syncope, le danger paraît n'être plus imminent. Toutefois, les soins les plus actifs vous sont nécessaires; il faut que le chirurgien ait les yeux constamment fixés sur vous.

— Ah! Antonio, balbutia Capuzzi, vous savez combien je vous aime!... combien je prise vos talents!... ne m'abandonnez pas!... donnez-moi votre main chérie!... Bien!... N'est-ce pas, mon bon, m.. tendre fils, que vous ne m'abandonnerez pas?

— Je ne suis plus chirurgien, dit Antonio, j'ai complétement renoncé à cet odieux métier; mais pourtant, je ferai une exception en votre faveur, signor Pasquale, et j'entreprendrai de vous guérir. En retour, je ne vous demande que votre amitié, votre confiance. Vous avez été un peu brusque avec moi.

— N'en parlons plus, mon excellent Antonio! murmura le vieillard.

— Votre nièce, reprit Antonio, sera dans une inquiétude mortelle en ne vous voyant pas rentrer. Vous êtes assez fort et assez alerte, eu égard à votre état. Ainsi, dès que le jour paraîtra, nous vous porterons chez vous. Là, j'examinerai encore une fois votre appareil, j'arrangerai votre lit convenablement, et je donnerai à votre nièce toutes les instructions nécessaires pour votre prompte guérison.

Le vieillard soupira profondément, ferma les yeux et demeura quelques instants silencieux. Puis il tendit la main à Antonio et l'attira auprès de lui.

— N'est-il pas vrai, mon bon signor, dit-il à voix basse, que votre passion pour Marianna n'était qu'un badinage, une simple plaisanterie, comme s'en permettent les jeunes gens?

— N'y pensez plus, signor Pasquale, répondit Antonio. A la vérité, votre nièce m'avait donné dans l'œil; mais maintenant j'ai bien d'autres choses en tête, et, je dois vous l'avouer sans détour, je suis enchanté que vous m'ayez si lestement congédié. Je croyais être amoureux de votre Marianna, et je ne voyais en elle qu'un beau modèle pour ma Madeleine. De là est venu qu'après l'achèvement de mon tableau, Marianna m'est devenue complétement indifférente.

— Antonio! s'écria le vieillard, être envoyé du ciel! tu es ma consolation, mon appui, mon soulagement! puisque tu n'aimes plus Marianna, toute ma douleur est passée!

— En vérité, signor Pasquale, dit Salvator, si l'on ne vous connaissait pas pour un homme grave et de bon sens, qui sait observer le décorum convenable à son âge, on croirait que vous êtes follement amoureux de votre nièce de seize ans.

Capuzzi ferma de nouveau les yeux et recommença à geindre et à se plaindre de ses affreuses souffrances, qui se faisaient sentir avec un redoublement d'intensité.

Les feux du matin pénétraient à travers la fenêtre. Antonio dit au vieillard qu'il était temps de le transporter à sa demeure de la rue Ripetta. Signor Pasquale répondit par un soupir profond et plaintif.

Salvator et Antonio l'enlevèrent de son lit, l'enveloppèrent d'un large manteau qui avait appartenu au défunt mari de dona Caterina, et que celle-ci leur donna. Capuzzi supplia au nom de tous les saints qu'on lui enlevât les compresses à la glace dont on avait embéguiné sa tête chauve, et qu'on lui rendît sa perruque et son chapeau à plume. Il demanda également qu'Antonio lui frisât la moustache, afin que Marianna ne fût pas épouvantée de son aspect.

Deux porteurs et un brancard se tenaient prêts devant la maison. Dame Caterina, sans cesser de vitupérer le vieillard et d'assaisonner ses harangues de proverbes, descendit les matelas, dans lesquels

Capuzzi fut dûment empaqueté, et les deux artistes le reconduisirent chez lui.

Dès que Marianna vit son oncle dans ce pitoyable état, elle jeta les hauts cris. Un torrent de larmes ruissela de ses yeux; elle ne fit attention ni à son bien-aimé ni à Salvator, saisit les mains du vieillard, les pressa contre ses lèvres, et déplora l'horrible accident dont il avait été victime. Telle était la sensibilité et le bon cœur de cette pieuse enfant, qu'elle avait compassion du vieillard qui la persécutait de son amour insensé. Mais au même instant se montra en elle ce sentiment inné de finesse naturel aux femmes. Quelques regards significatifs de Salvator la mirent au fait de toute l'aventure. Alors, pour la première fois, elle regarda à la dérobée l'heureux Antonio; les joues de la jeune fille se couvrirent d'une vive rougeur, et un malicieux sourire ravissant à voir rayonna sur son visage baigné de larmes.

Au reste, en dépit de la Madeleine, Salvator ne s'était fait qu'une idée imparfaite de la grâce et de la beauté de Marianna, et il enviait presque le bonheur d'Antonio. Ce sentiment lui fit sentir doublement la nécessité d'enlever à tout prix la pauvre Marianna au maudit Pasquale Capuzzi.

Signor Pasquale, reçu par sa nièce avec une tendresse dont il n'était pas digne, oublia sa mésaventure. Il sourit, il se pinça les lèvres, ce qui imprima à sa moustache un mouvement d'oscillation, gémit, et poussa des soupirs, non pas de douleur, mais de passion.

Antonio arrangea le lit avec art, serra les bandes de l'appareil qu'il avait placé à Capuzzi, et enveloppa également les deux jambes du vieillard, de manière à l'obliger de demeurer sans mouvement comme une poupée de bois. Salvator se retira et laissa les amoureux se livrer à leurs transports.

Le vieillard gisait enseveli dans des oreillers. Par surcroît, Antonio lui avait attaché autour de la tête une épaisse serviette imbibée d'une grande quantité d'eau, de sorte qu'il ne pouvait entendre la conversation des amants. Ceux-ci, qui pour la première fois donnaient un libre cours à leur tendresse, se jurèrent avec des larmes et de doux baisers une éternelle fidélité. Capuzzi ne pouvait avoir aucune idée de ce qui se passait; car Marianna lui demandait sans cesse des nouvelles de son état, et souffrait même qu'il pressât de ses lèvres une main blanche et mignonne.

Quand il fit grand jour, Antonio s'éloigna pour aller, dit-il, chercher des médicaments nécessaires à Capuzzi; mais effectivement pour rêver aux moyens de maintenir au moins pour quelques heures le vieux jaloux dans cette fâcheuse position, et pour se concerter avec Salvator sur leurs plans ultérieurs.

IV.

Nouvelle trame ourdie par Salvator Rosa et Antonio Scacciati contre le signor Pasquale Cappuzzi et ses acolytes, et ce qu'il en advint.

Le lendemain matin, Antonio, l'air triste et découragé, se présenta chez Salvator.

— Eh bien! s'écria Salvator en allant à sa rencontre, comment cela va-t-il? Mais pourquoi baissez-vous ainsi la tête? n'êtes-vous pas au comble de vos vœux? n'avez-vous pas la facilité de voir chaque jour votre bien-aimée, de l'embrasser, de la presser sur votre cœur?

— Ah! Salvator, s'écria Antonio, c'en est fait à jamais de mon bonheur! je suis le jouet du diable! nous en sommes pour nos frais d'artifices, et nous nous sommes mis en guerre ouverte avec le maudit Capuzzi!

— Tant mieux, dit Salvator. Mais parlez, Antonio; que s'est-il donc passé?

— Figurez-vous, Salvator, commença Antonio, qu'hier, après une absence de deux grandes heures, je retournais rue Ripetta avec un assortiment d'essences; je vois le vieux grigou tout habillé devant la porte de son logis. Derrière lui se tenaient le docteur Pyramide et ce coquin de sbire, et entre leurs jambes gigotait quelque chose de bariolé. C'était, je crois, ce petit maltourné de Pitichinaccio.

Du plus loin que le vieillard m'aperçut, il me menaça du poing, lâcha les imprécations et les blasphèmes les plus furieux, et jura qu'il me ferait briser tous les membres si je reparaissais devant sa porte.

— Allez à tous les diables, méchant barbier! s'écria-t-il. Vous pensiez me prendre pour dupe avec vos ruses et vos fourberies; comme Satan en personne, vous tendiez des embûches à la vertu de ma pauvre Marianna, que vous comptiez faire tomber dans vos piéges diaboliques!... Mais attendez!... je mangerai mes derniers ducats pour vous faire *exterminer* avant même *que* vous vous en doutiez; et quant à votre digne patron, le signor Salvator, le meurtrier, le voleur, l'échappé de potence, qui doit rejoindre en enfer son capitaine Mas'Aniello, je le ferai chasser de Rome; c'est là le cadet de mes soucis!

Telles furent les paroles de l'enragé vieillard. L'infâme sbire, excité par le docteur Pyramide, fit contre moi une démonstration hostile. Les badauds commençaient à s'ameuter; il ne me restait d'autre ressource que celle de jouer des jambes, et c'est ce dont je m'acquittai avec toute l'activité possible. Dans mon désespoir, je n'ai pas d'abord jugé à propos d'aller vous trouver, car je sais que vous vous seriez moqué de mon inconsolable douleur. Tenez, vous pouvez à peine en ce moment vous empêcher d'éclater de rire.

En effet, dès qu'Antonio eut cessé de parler, Salvator s'en donna à cœur joie.

— Bien! s'écria-t-il, les choses sont en bon train maintenant! je vais vous mettre au fait, mon brave Antonio, de ce qui s'est passé dans la maison de Capuzzi. A peine l'aviez-vous quittée, que le signor Splendiano Accoramboni, instruit, Dieu sait comment! de l'accident nocturne arrivé à son meilleur ami Capuzzi, accourut avec grand étalage, accompagné d'un chirurgien. Votre appareil, et la manière dont on avait conduit le traitement, durent éveiller les soupçons. Le chirurgien ôta les attelles et les bandages, et l'on reconnut ce que nous savons parfaitement tous deux, c'est-à-dire que le pied du digne Capuzzi n'avait pas un os de dérangé, et encore moins de fracturé. Le reste se devinait de soi-même sans qu'on eût besoin de beaucoup de pénétration.

— Mais, mon bon maître, dit Antonio stupéfait, dites-moi seulement comment vous avez appris tous ces détails, comment vous avez eu accès dans le domicile de Capuzzi, et comment enfin vous avez découvert ce qui s'y passait?

— Je vous ai dit, répondit Salvator, que dans la maison de Capuzzi, et sur le même carré, demeurait une connaissance de dame Caterina. Cette connaissance, veuve d'un marchand de vin, a une fille que va voir souvent ma petite Margarita. Les jeunes filles ont un instinct particulier qui les porte à chercher et à trouver des compagnes. Donc Margarita et Rosa, ainsi s'appelle la fille de la veuve du marchand de vin, eurent bientôt découvert dans le garde-manger une espèce de soupirail qui donnait sur un cabinet noir de l'appartement de Marianna. L'attention de Marianna fut éveillée par les chuchotements et le babil des jeunes filles, et bientôt la petite fenêtre leur servit de moyen de communication.

Quand le signor Pasquale faisait sa sieste, les jeunes filles bavardaient à leur aise. Vous avez dû remarquer les qualités de la petite Margarita; c'est la favorite de dame Caterina et la mienne; Anna, sa sœur aînée, fait la prude et la renchérie, mais Margarita est joviale, éveillée et disposée à rire.

Sans lui parler positivement de votre amour, je l'ai dressée à se faire raconter par Marianna tout ce qui se fait chez Capuzzi. Elle s'acquitte à merveille de sa mission; et si je ris de votre douleur, de votre désespoir, c'est parce que j'ai de quoi vous consoler et vous prouver que vos *affaires prennent une excellente tournure*. Je tiens en réserve pour vous un sac plein des plus excellentes nouvelles.

— Salvator! s'écria Antonio en fixant sur son ami des yeux étincelants, quel espoir me donnez-vous? Bénie soit la petite fenêtre du garde-manger! J'écris à Marianna... Margarita portera le billet...

— Point du tout, Antonio, reprit Salvator; il faut que Margarita nous soit utile sans être précisément notre courrière d'amour. D'ailleurs le hasard, dont les jeux sont souvent étranges, pourrait faire tomber un poulet entre les mains du vieillard jaloux, et préparer mille nouveaux malheurs à la pauvre Marianna, occupée maintenant à faire plier sous sa petite pantoufle de velours la tête du vieux fat amoureux.

La manière dont Marianna a reçu le Capuzzi, quand nous l'avons ramené chez lui, l'a complétement bouleversé. Il s'imagine bonnement que Marianna ne vous aime plus, ou qu'elle lui a accordé la moitié de son cœur, de sorte qu'il ne s'agit plus que de conquérir l'autre moitié. Marianna, depuis qu'elle a savouré le poison de vos caresses, est de trois ans plus avisée, plus fine, plus expérimentée. Non-seulement elle a persuadé à Capuzzi qu'elle n'était nullement complice de notre machination, mais encore qu'elle avait horreur de notre conduite, et qu'elle repousserait avec un profond mépris toutes les manigances qui tendraient à nous rapprocher d'elle. Dans les transports de sa joie, l'imprudent vieillard a prié Marianna de former un vœu, de lui faire connaître le plaisir qu'elle pouvait désirer, et il s'est engagé par serment à le lui procurer sur l'heure, s'il était en son pouvoir de le faire.

Là-dessus Marianna a modestement demandé que le *zio carissimo*, le très-cher oncle, la conduisît au théâtre de la porte del Popolo.

Le vieillard a été un peu déconcerté; il a eu de longs entretiens avec le docteur Pyramide et Pitichinaccio. Enfin tous deux, le signor Pasquale et le signor Splendiano, ont résolu de conduire Marianna à ce spectacle dès demain. Pitichinaccio doit l'accompagner en guise de soubrette, et il n'y a consenti qu'à condition que le signor Pasquale lui donnerait encore une perruque avec la veste de peluche, et en outre qu'il alternerait avec le docteur Pyramide pour le transporter chez lui : tout est bien réglé, et demain le trio merveilleux se rendra avec la céleste Marianna au théâtre de la porte del Popolo, pour voir signor Formica.

Il est nécessaire de dire ce que c'était que le théâtre de la porte del Popolo, ainsi que le signor Formica.

Rien n'était plus affligeant que les accidents survenus aux spectacles à l'époque du carnaval. Souvent les *impresari* [1] étaient malheu-

[1] Directeurs de spectacle.

reux dans le choix de leurs compositeurs; le *primo tenore* du théâtre *Argentina* avait laissé sa voix en route; le *primo uomo da donna*[1] du théâtre *Valle* était retenu au lit par un rhume. Bref, le principal plaisir sur lequel les Romains comptaient venait à manquer, et le *giovedi grasso* mettait un terme à toutes les espérances que l'on avait pu conserver.

Ce fut précisément à la suite d'un aussi triste carnaval, le carême étant à peine passé, qu'un certain Nicolo Musso ouvrit un théâtre hors de la porte del Popolo. Il annonça qu'on y représenterait de petites farces improvisées. L'affiche était écrite dans un style spirituel et piquant, et les Romains conçurent d'avance une opinion favorable de l'entreprise de Musso. D'ailleurs leur appétit dramatique était aiguillonné par un long jeûne, et ils étaient prêts à se jeter sur toute espèce d'aliments de ce genre offerts à leur voracité.

La décoration du théâtre, ou plutôt de la petite baraque, attestait que l'entrepreneur était loin d'être millionnaire. Il n'y avait ni orchestre ni loges. A la place, on avait mis dans le fond de la salle une galerie sur laquelle on avait peint les armes de la maison Colonna pour indiquer que le comte Colonna avait sous sa protection particulière Nicolo Musso et son théâtre.

Une petite éminence couverte de tapis, autour de laquelle étaient suspendues quelques tapisseries de couleurs diverses représentant au besoin un bois, un salon ou une rue; voilà quelle était la scène.

Pour combler la mesure, les spectateurs étaient obligés de se contenter pour s'asseoir de bancs de bois durs et incommodes; on ne pouvait donc manquer de murmurer hautement contre le signor Musso, qui donnait le titre de théâtre à une pauvre bâtisse de planches.

Mais à peine les deux premiers acteurs qui se présentèrent eurent-ils prononcé quelques mots que les assistants devinrent attentifs. La pièce continua, et de l'attention on passa aux applaudissements, des applaudissements à l'admiration, de l'admiration à l'enthousiasme le plus exagéré; il éclata par une explosion de rires fous et désordonnés, de trépignements et de bravos multipliés.

En effet, on ne pouvait voir rien de mieux que ces comédies improvisées de Nicolo Musso, qui fourmillaient de bonnes *plaisanteries* et de saillies spirituelles, et cinglaient sans pitié les folies du jour. Chaque acteur donnait à son rôle une physionomie particulière; mais le *Pasquarello*[2] se distinguait surtout par sa pantomime expressive, par son talent pour imiter à s'y méprendre la voix, la tournure et la démarche de personnes connues, par sa verve inépuisable, par le sel de ses sarcasmes. C'était l'idole du public.

L'homme qui jouait le rôle de Pasquarello, et qui s'appelait signor Formica, paraissait doué d'un esprit rare et tout particulier. Souvent il y avait dans son ton et dans ses manières quelque chose de si étrange que les spectateurs, au milieu de leurs accès de gaieté folle, se sentaient glacés d'un frisson involontaire.

Le docteur Graziano marchait avec bonheur à ses côtés. C'était un comédien auquel on ne pouvait comparer personne au monde pour la grâce des gestes, la beauté de l'organe et l'art de dire les choses les plus divertissantes en ayant l'air de débiter les plus grosses absurdités. Un vieux Bolonais du nom de Maria Agli remplissait le rôle de ce docteur Graziano.

Bientôt la société choisie de Rome accourut en foule au petit théâtre de Nicolo Musso, près de la porte del Popolo. Le nom de Formica fut dans toutes les bouches, et, dans la rue comme au théâtre, chacun s'écriait dans un transport d'admiration :

— *Oh! Formica! Formica benedetto! oh! Formicissimo*[3]!

On considérait Formica comme un être surnaturel; et plus d'une vieille dame qui s'était pâmée de rire au théâtre, quand on critiquait le moins du monde le jeu de Formica se fâchait tout rouge et disait d'un ton solennel :

— *Scherza coi fanti, e lascia star santi*[4].

C'est que hors du théâtre la vie du signor Formica demeurait un mystère impénétrable; on ne le voyait nulle part, et Nicolo Musso gardait un silence absolu sur le séjour de Formica.

Tel était le théâtre où Marianna désirait aller.

— Abordons notre ennemi en face, dit Salvator. Le chemin du théâtre à la ville nous fournit une occasion très-favorable.

Alors il fit part à Antonio d'un *plan qui paraissait aventureux*, mais qu'Antonio adopta avec joie; car il espérait s'en servir pour enlever sa Marianna au méchant Capuzzi. Il lui parut également convenable de punir le docteur Pyramide, comme Salvator en manifestait l'intention.

Quand il fit nuit, Salvator et Antonio prirent des guitares, se rendirent dans la rue Ripetta, et, à la barbe du vieux Capuzzi, donnèrent à la charmante Marianna la plus jolie sérénade qu'il fût possible d'entendre. Salvator jouait et chantait en maître, et Antonio possédait une belle voix de ténor, presque égale à celle d'Odoardo Ceccarelli.

Le signor Pasquale parut sur le balcon, et chercha à faire taire les chanteurs à force d'injures; mais les voisins, que les chants avaient attirés aux fenêtres, lui demandèrent si, parce que ses compagnons et lui hurlaient et braillaient comme tous les diables d'enfer réunis, il ne voulait pas souffrir qu'on fît de bonne musique dans la rue. On lui conseilla de s'enfermer chez lui et de se boucher les oreilles, s'il ne lui plaisait pas d'entendre la sérénade.

Pasquale Capuzzi fut donc obligé de prendre son mal en patience, et de laisser les deux amis chanter presque toute la nuit. Ils firent entendre tantôt les plus douces paroles d'amour, et tantôt des railleries contre la folie des vieillards amoureux. Ils aperçurent distinctement à la fenêtre Marianna que le signor Pasquale essayait inutilement de faire rentrer, employant toute sa rhétorique pour la supplier de ne pas s'exposer au mauvais air de la nuit.

Le lendemain soir, la plus remarquable compagnie qu'on eût jamais vue suivait la rue Ripetta pour se rendre à la porte del Popolo. Elle attirait tous les regards, et l'on se demandait si le carnaval durait encore, ou s'il avait laissé une collection posthume de masques grotesques.

Le signor Pasquale Capuzzi portait son habit espagnol de diverses couleurs, brossé et épousseté avec soin; il avait une plume jaune neuve au sommet de son chapeau pointu retapé et passé au fer. Pétri de grâces et d'attraits, marchant comme sur des œufs dans ses souliers trop étroits, il donnait le bras à la charmante Marianna, dont on ne pouvait voir ni la taille svelte ni même le visage, à cause des voiles qui l'enveloppaient.

De l'autre côté marchait le signor Splendiano Accoramboni avec sa grande perruque qui s'étalait sur ses reins en éventail. A le voir de dos, on eût dit une tête énorme plantée sur deux petites jambes.

Derrière Marianna, et lui emboîtant le pas, s'avançait le petit monstre Pitichinaccio, vêtu d'une robe couleur de feu, et la tête désagréablement surchargée de fleurs artificielles.

Ce soir-là, le signor Formica se surpassa. Pour la première fois il mêla *au dialogue de petits airs, imitant successivement la voix de divers* chanteurs connus. Le vieux Capuzzi sentit se réveiller en lui l'amour du spectacle, que dans ses jeunes années il avait poussé jusqu'au délire. Dans son ravissement, il baisa à plusieurs reprises la main de Marianna, et jura de ne plus laisser s'écouler une soirée sans venir au théâtre de Nicolo Musso. Il élevait aux nues le signor Formica, et ses applaudissements dominaient ceux des autres spectateurs.

Le signor Splendiano était moins enchanté, il recommandait sans relâche au signor Capuzzi et à la belle Marianna de ne pas rire aussi fort. Il nommait d'un seul trait plus de vingt maladies que pouvait causer une trop grande secousse de la rate; mais ses paroles étaient en pure perte.

Pitichinaccio ne se sentait pas à son aise, il avait été forcé de prendre place derrière le docteur Pyramide, dont l'énorme perruque l'ombrageait en entier. Il ne voyait ni la scène ni les acteurs. En outre, il était en butte à la malice de deux femmes qui s'étaient placées près de lui. Elles l'appelaient chère et *jolie signora*, lui demandaient si, malgré sa jeunesse, elle était déjà mariée, et si elle avait des enfants, qui devaient être des êtres accomplis, etc. De froides gouttes de sueur inondaient le front du pauvre Pitichinaccio. Il murmurait, gémissait, et maudissait sa triste destinée.

Quand le spectacle fut fini, le signor Pasquale attendit que tous les spectateurs se fussent éloignés. On éteignait la dernière chandelle, à laquelle le docteur Splendiano avait allumé un rat-de-cave, lorsque Capuzzi avec ses dignes amis et Marianna regagnèrent leur logis avec lenteur et précaution.

Pitichinaccio pleurait et criait. Capuzzi fut contraint, à son grand ennui, de le prendre sur son bras gauche, et donna le bras droit à Marianna. Le docteur Splendiano marcha devant avec son rat-de-cave qui brûlait faiblement et donnait juste assez de lumière pour rendre plus visibles les épaisses ténèbres de la nuit.

Ils n'avaient pas encore atteint la porte del Popolo, quand ils se virent entourés à l'improviste de plusieurs grandes figures enveloppées de manteaux.

Aussitôt on arracha au docteur son rat-de-cave, qui fut jeté à terre. Capuzzi demeura sans voix; le docteur était comme pétrifié. Alors une lueur d'un rouge blafard venue on ne savait d'où éclaira les inconnus, et quatre figures de spectres blêmes fixèrent sur le docteur Pyramide des yeux creux et épouvantables.

— Malheur! malheur! malheur à toi, Splendiano Accoramboni! hurlèrent les affreux fantômes d'une voix sourde et caverneuse.

— Me connais-tu, murmura ensuite l'un d'eux, me connais-tu, Splendiano? Je suis Cornier, le peintre français, que tu as enterré la semaine dernière, que tes médicaments ont conduit au tombeau!

— Me connais-tu, Splendiano? dit le second. Je suis Kufner, le peintre allemand, que tu as empoisonné avec tes drogues infernales!

— Me connais-tu, Splendiano? dit le troisième. Je suis Liers, le paysagiste flamand, victime de tes pilules, et dont tu as enlevé les tableaux à son frère!

[1] Castrat remplissant le rôle de première chanteuse. Les *primi uomi* ont été remplacés par des femmes depuis la conquête de l'Italie par les Français en 1796. C'étaient, pour la plupart, des fils de paysans mutilés dès l'enfance par des parents avides qui les destinaient à la carrière théâtrale. *(Note du trad.)*

[2] Bouffon des comédies italiennes.

[3] Oh! Formica! Formica béni! cher petit Formica!

[4] Plaisantez avec les valets et laissez les saints tranquilles.

— Me connais-tu, Splendiano? dit le quatrième. Je suis Ghigi, le peintre napolitain, que tu as tué avec tes poudres!

Et tous les quatre reprirent à la fois : — Malheur! malheur! malheur à toi, Splendiano Accoramboni, maudit docteur Pyramide! Il faut que tu descendes... que tu descendes sous terre avec nous! Viens! viens! viens avec nous! Allons! allons!

A ces mots, ils se ruèrent sur le malheureux docteur, le soulevèrent en l'air, et l'emportèrent avec la vitesse d'une trombe.

Malgré l'effroi dont le signor Pasquale était saisi, il se sentit toutefois un courage surnaturel quand il vit qu'on n'en voulait qu'à son ami Accoramboni. Pitichinaccio avait caché sous le manteau de Capuzzi sa tête chargée de fleurs, et l'avait si vigoureusement empoigné par le cou que Capuzzi fit d'inutiles efforts pour lui faire lâcher prise.

— Rassure-toi, dit Capuzzi à Marianna quand il eut perdu de vue les fantômes et le docteur Pyramide, rassure-toi, viens à moi, ma douce, ma chère petite colombe! Il n'est donc plus, mon digne ami Splendiano! Que saint Bernard, qui était lui-même un habile docteur, et qui assura à bien des gens la félicité éternelle, puisse lui venir en aide, quand ces peintres irrités lui tordront le cou pour le punir de les avoir envoyés trop vite à sa pyramide! Qui chantera maintenant la basse de mes chansons? Ce lourdaud de Pitichinaccio m'a serré si fort la gorge, et l'enlèvement de mon Splendiano m'a causé une impression si vive, qu'avant six semaines peut-être je ne pourrai produire un son pur! Ne vous alarmez pas, ma Marianna, mon doux espoir! tout est passé!

Marianna assura qu'elle était entièrement remise de sa frayeur, et pria seulement Capuzzi de la laisser aller seule, sans l'appui de son bras, pour qu'il pût se délivrer de son nain pesant. Mais signor Pasquale serra de plus près la jeune fille, et jugea à propos de ne lui permettre pour rien au monde de faire un seul pas sans lui au milieu de cette menaçante obscurité.

Au moment où le signor Pasquale avait repris courage et se préparait à se remettre en marche, surgirent devant lui, comme du sein de la terre, quatre démons horribles, en manteau court de couleur rouge. Ils le regardèrent avec des yeux étincelants, en poussant des mugissements et des sifflements épouvantables.

— Hui! hui! Pasquale Capuzzi, maudit fou! vieux diable amoureux! nous sommes tes confrères, nous sommes les diables de l'amour. Nous venons pour t'emporter dans l'enfer, l'enfer brûlant, ainsi que ton suppôt Pitichinaccio!

Aussitôt tous les diables tombèrent sur le vieillard, Capuzzi roula à terre en compagnie de Pitichinaccio, et tous deux jetèrent des cris de douleur si étourdissants, qu'on eût cru entendre braire un troupeau tout entier d'ânes fouettés.

Marianna avait employé la force pour échapper au vieillard, et s'était mise à l'écart. Un des diables la prit doucement dans ses bras.

— Ah! Marianna, dit-il d'une voix douce et pleine de tendresse, ma Marianna!... enfin mes ruses ont réussi! Mes amis vont emporter le vieillard loin, bien loin d'ici, et nous, nous allons nous réfugier dans un asile sûr.

— Mon Antonio! murmura Marianna.

Mais tout à coup des torches éclairèrent la rue, et Antonio se sentit blessé à l'épaule d'un coup de stylet.

Il se retourna avec la rapidité de l'éclair, tira son épée, et attaqua son adversaire prêt à lui porter un second coup. Il vit ses trois amis se défendre contre des sbires[1], en nombre supérieur. Il repoussa celui qui l'avait blessé, et alla au secours de ses compagnons. Malgré leur vigoureuse résistance, le combat était inégal. Les sbires allaient inévitablement rester maîtres du champ de bataille, si deux hommes n'étaient venus subitement se ranger du côté des jeunes gens en poussant de grands cris.

L'un d'eux renversa le sbire qui pressait Antonio. En peu d'instants les sbires eurent le dessous. Ceux d'entre eux qui ne restèrent pas sur la place grièvement blessés s'enfuirent en criant du côté de la porte del Popolo.

Salvator Rosa (car c'était bien lui qui était venu au secours d'Antonio, et avait renversé le sbire) voulait rentrer en ville à la suite des fuyards avec Antonio et les jeunes gens masqués en diables. Mais Maria Agli le Bolonais, qui l'avait accompagné et avait fait bonne contenance malgré son âge, fut d'avis que ce n'était pas prudent, car le garde de la porte del Popolo, instruit de l'aventure, les arrêterait infailliblement.

Ils se rendirent tous chez Nicolo Musso, qui les reçut avec joie dans son étroite et petite demeure, peu éloignée du théâtre. Les peintres ôtèrent leurs déguisements de diables et leurs manteaux imprégnés de phosphore. Antonio, qui n'avait pas d'autre blessure que le léger coup qu'il avait reçu à l'épaule, fit valoir son habileté chirurgicale en pansant Salvator, Agli et les jeunes gens. Tous avaient attrapé quelques horions, dont aucun toutefois n'offrait le moindre danger.

Cette entreprise si folle et si hardie eût réussi si Salvator et Antonio n'avaient pas négligé de songer à un personnage, qui éventa le complot. Michele, l'ex-sbire et bravo, qui demeurait au rez-de-chaussée de la maison de Capuzzi, et était en quelque sorte le valet servant du vieux jaloux, l'avait suivi jusqu'au théâtre, en s'en tenant néanmoins à quelque distance; car Capuzzi eût eu honte de ce fainéant en haillons.

[1] Les sbires étaient des agents de police qui faisaient les fonctions de nos *patrouilles grises*. Ils se recrutaient parmi les voleurs, ne portaient point d'uniforme, et étaient armés de carabines, de pistolets et de poignards. Cette milice a été abolie depuis l'occupation de l'Italie par les Français. (*Note du trad.*)

Michele avait également accompagné le vieillard au retour. A l'apparition des fantômes, l'ex-bravo, qui ne craignait ni la mort ni le diable, se douta aussitôt de la ruse, s'esquiva à la faveur des ténèbres, et courut à bride abattue jusqu'à la porte del Popolo. Il y donna l'alarme, et arriva avec les sbires au moment où les diables s'acharnaient sur le signor Pasquale, et cherchaient à l'enlever, comme les revenants avaient enlevé le docteur Pyramide.

Pendant la mêlée, un des jeunes peintres avait vu distinctement un homme se diriger vers la porte, emportant dans ses bras Marianna sans connaissance.

Le signor Pasquale avait couru après lui avec une rapidité incroyable, et comme s'il eût eu du vif-argent dans les jambes. Quelque chose de brillant suspendu à son manteau étincelait à la lueur des torches, et poussait des cris plaintifs; c'était probablement Pitichinaccio.

Le lendemain matin on trouva le docteur Splendiano Accoramboni près de la pyramide de Cestius. Il s'était pelotonné et s'était enveloppé dans sa perruque, et ronflait là paisiblement comme dans un nid chaud et douillet.

Quand on le réveilla, il prononça des paroles sans suite, et il fut difficile de lui persuader qu'il était encore de ce monde, et qu'il se trouvait à Rome. Lorsqu'on le reconduisit enfin chez lui, il remercia la Vierge et tous les saints de sa délivrance, jeta par la fenêtre tout son magasin de drogues, teintures, essences, poudres et pilules, brûla ses recettes, et fit vœu de ne traiter désormais ses malades que par des frictions et l'imposition des mains, comme avait fait avant lui avec beaucoup de succès un célèbre médecin, canonisé depuis, dont le nom ne veut pas me revenir. Les malades de ce médecin mouraient tout aussi bien que les autres; mais avant de mourir ils voyaient le ciel ouvert et tout ce que le saint voulait leur montrer.

— Je ne sais, dit le lendemain Antonio à Salvator, quelle fureur m'embrase depuis que mon sang a coulé! Mort et ruine au misérable Capuzzi! Savez-vous, Salvator, que je suis résolu de forcer l'entrée de la maison de Capuzzi? Je frappe le vieillard, s'il se défend, et j'enlève Marianna!

— Délicieuse invention! s'écria Salvator en riant, excellente envie! Je ne doute pas que tu n'aies aussi le moyen de porter ta Marianna à travers les airs jusqu'à la place d'Espagne, pour n'être pas pris et pendu avant que d'avoir gagné cet asile[1]! Non, mon cher Antonio! la violence est ici hors de saison; vous devez bien penser, d'ailleurs, que le signor Pasquale est préparé à repousser la force par la force. En outre, notre tentative a fait trop de bruit, et l'on a tant ri de la manière dont nous avons arrangé Splendiano et Capuzzi, que la police s'est réveillée de son doux sommeil; elle va employer contre nous toutes les faibles ressources qui sont en son pouvoir. *Con arte e con inganno si vive mezzo l'anno; con inganno e con arte si vive altra parte.* Avec l'art et la ruse on vit la moitié de l'année; avec la ruse et l'art on vit encore l'autre moitié. C'est ce que dit dame Caterina, et elle a raison. Au reste, nous méritons d'être bafoués pour avoir agi comme des jeunes gens inconséquents, et j'en assume principalement la responsabilité sur ma tête, moi qui suis bien plus âgé que vous. Dites-moi, Antonio, si le coup avait véritablement réussi, si vous aviez réellement enlevé au vieillard votre Marianna, dites-moi où fuir avec elle? où la tenir cachée? Comment arriver à vous faire donner la bénédiction nuptiale assez vite pour que le vieillard ne puisse plus s'y opposer? Dans peu de jours, je vous mettrai à même d'enlever une bonne fois votre Marianna. J'ai mis Nicolo Musso et Formica dans la confidence, et monté secrètement avec eux un coup dont le succès est presque certain. Consolez-vous donc, Antonio! signor Formica vous aidera!

— Signor Formica? dit Antonio d'un ton d'indifférence et presque de mépris; en quoi ce bouffon peut-il m'être utile?

— Oh! oh! s'écria Salvator, respectez le signor Formica, je vous en prie; ne savez-vous pas que Formica est une espèce de sorcier qui possède en secret les talents les plus extraordinaires? Je vous le dis, signor Formica vous aidera. Le vieux Maria Agli, l'excellent docteur Graziano, est aussi de notre complot et y jouera un rôle très-important. C'est au théâtre de Musso, Antonio, que vous devez enlever votre Marianna.

— Salvator, dit Antonio, vous me bercez de trompeuses espérances! Vous dites vous-même que signor Pasquale se tiendra soigneusement prêt à repousser la force par la force; comment est-il donc possible qu'après notre attaque nocturne, il puisse se déterminer encore une fois à aller au théâtre de Musso?

— Il n'est pas si difficile que vous le croyez d'y amener le vieillard,

[1] Les criminels qui se réfugiaient place d'Espagne étaient sous la protection de l'ambassadeur d'Espagne, qui y demeurait, et il fallait son autorisation formelle pour les arracher à cet asile. (*Note du trad.*)

répondit Salvator; seulement nous aurons de la peine à l'empêcher de se faire accompagner de son cortége habituel. Il en sera ce qu'il voudra; en tout cas, il est nécessaire, Antonio, que vous vous disposiez à fuir de Rome avec Marianna à la première occasion favorable. Vous irez à Florence; vos talents y sont déjà pour vous une recommandation suffisante, et vous ne manquerez à votre arrivée ni de connaissances ni de dignes appuis; laissez-moi le soin de vous en procurer. Il faut nous reposer quelques jours, et puis nous verrons ce qu'il y aura à faire. Encore une fois, Antonio, prenez courage! Formica vous aidera.

V.

Nouvelle disgrâce du signor Pasquale Cappuzzi. — Antonio Scacciati mène à bonne fin son complot au théâtre de Nicolo Musso, et se réfugie à Florence.

Signor Pasquale ne connaissait que trop bien ceux auxquels le pauvre docteur Pyramide et lui devaient leur mésaventure de la

Au tintamarre qu'ils font, tous les chiens, les chats du voisinage poussent des hurlements lamentables.

porte del Popolo; on se figure aisément la rage qui l'animait contre Antonio et contre Salvator Rosa, qu'il regardait avec raison comme le chef de la cabale.

Il faisait tous ses efforts pour consoler la pauvre Marianna, malade, disait-elle, des suites de sa frayeur, mais réellement du chagrin d'avoir été séparée de son Antonio par les sbires et le maudit Michele. Cependant Margarita lui apportait de fréquentes nouvelles du bien-aimé, et elle mettait tout son espoir dans l'audace de Salvator.

Elle attendit de jour en jour avec impatience quelque nouvelle aventure, et cette impatience se déchaîna contre le vieillard. Elle lui fit souffrir mille tortures, qui domptèrent et diminuèrent sa frénésie amoureuse, sans toutefois éteindre la passion diabolique qui brûlait dans son cœur.

Marianna épuisa sur son oncle toutes les malicieuses boutades que peut enfanter l'imagination d'une jeune fille fantasque; pour en dédommager le vieillard, elle souffrit une seule fois qu'il portât à ses lèvres flétries la petite main qu'elle lui abandonnait. Au comble de l'ivresse, il jura qu'il ne cesserait de couvrir la pantoufle du pape de dévorants baisers qu'après avoir obtenu une dispense pour se marier avec sa nièce, prodige de beauté et digne de l'amour de tous les mortels.

Marianna se garda bien de le détromper, car les illusions de l'oncle soutenaient les espérances de la nièce, car elle devait s'enfuir d'autant plus aisément qu'il la croirait unie à lui par des liens plus solides.

Quelque temps s'était écoulé, quand un jour, vers midi, Michele monta, et vint frapper à la porte du signor Pasquale, qui ne lui ouvrit qu'après bien des coups inutiles. Michele l'avertit avec de longues circonlocutions qu'il y avait en bas un monsieur qui demandait le signor Pasquale Capuzzi, et disait savoir positivement que c'était là son logis.

— Oh! par toutes les armées célestes! s'écria le vieillard irrité, ce maraud ne sait-il pas que je ne reçois personne?

Michele dit que l'étranger avait une excellente tournure, qu'il était avancé en âge, s'exprimait en beau langage, et s'appelait Nicolo Musso.

— Nicolo Musso! dit en lui-même Capuzzi, le directeur du théâtre de la porte del Popolo! que peut-il me vouloir?

A ces mots, il ferma et verrouilla avec soin les portes et descendit l'escalier avec Michele pour parler à Nicolo dans la rue devant la maison.

— Mon bon signor Pasquale, dit Nicolo en l'abordant et en s'inclinant d'un air dégagé, combien je me réjouis que vous me jugiez digne de votre entretien! que je vous dois de remercîments! On connaît votre goût exquis, vos profondes connaissances en musique; et depuis que les Romains ont vu un virtuose tel que vous à mon théâtre, ma réputation et mes recettes ont doublé. Aussi ai-je éprouvé une douleur bien vive en apprenant que de vils polissons, des scélérats malintentionnés s'étaient permis de vous attaquer, vous et votre société, à votre retour de mon théâtre.

Au nom de tous les saints, signor Pasquale, ne rendez pas mon théâtre et moi responsables de cet audacieux délit, qui sera puni sévèrement! ne me privez pas de vos visites!

— Mon brave signor Nicolo, répondit Capuzzi en souriant, je vous assure que je n'ai jamais eu plus de plaisir qu'à votre théâtre. Votre Formica, votre Agli sont des acteurs qui n'ont point leurs pareils. Mais l'effroi qui a presque fait mourir mon ami, le signor Splendiano Accoramboni, et moi-même, a été vraiment trop grand. Ce n'est pas votre théâtre que j'appréhende, mais c'est le trajet d'ici là; si vous établissiez votre spectacle sur la place del Popolo, ou dans la rue Babuina, ou dans la rue Ripetta, vous n'auriez pas de spectateur plus assidu que moi; mais aucune puissance sur terre ne me forcerait à m'aventurer de nuit près de la porte del Popolo.

Ils se jurèrent avec des larmes et de doux baisers une éternelle fidélité.

Nicolo soupira comme pénétré d'une douleur profonde.

— Ah! signor Pasquale, dit-il ensuite, vous me faites plus de mal que vous ne le pensez peut-être!... Hélas!... j'avais mis en vous toute mon espérance! je voulais vous demander votre appui!

— Mon appui, signor Nicolo! demanda le vieillard étonné: en quoi peut-il vous être profitable?

— Mon cher signor Pasquale, répondit Nicolo en passant son mouchoir sur ses yeux comme pour essuyer les larmes qui en coulaient, mon cher et très-accompli signor Pasquale, vous avez dû remarquer que mes acteurs intercalent des airs çà et là. J'avais donc pensé à en augmenter insensiblement la quantité, à me procurer un orchestre; bref, en dépit des ordonnances qui me l'interdisent, à monter un opéra. Vous êtes, signor Capuzzi, le premier compositeur de toute l'Italie, et l'incroyable légèreté des Romains, l'envie malicieuse des

Paris. — Typographie de J. Best, rue Poupée, 7.

maestri sont seules la cause qu'on entend sur le théâtre autre chose que vos compositions. Signor Pasquale, je voulais vous demander avec instance vos œuvres immortelles pour les faire exécuter, autant qu'il est en mon pouvoir, sur mon humble théâtre.

— Mon digne signor Nicolo, dit le vieillard radieux comme le soleil, pourquoi nous entretenir ici en pleine rue? Ayez la bonté de monter, quoique l'escalier soit difficile. Entrez avec moi dans ma misérable demeure.

A peine Nicolo fut-il dans la chambre que le signor Capuzzi exhiba un gros paquet de musique couvert de poussière, classa les différents cahiers, prit en main sa guitare, et, sous prétexte de chanter, commença à faire entendre le plus abominable des coassements.

Nicolo se mit à gesticuler comme un possédé. Il soupira, il gémit, il criait par intervalles :

— *Bravo! bravissimo! benedetissimo Capuzzi!*

Enfin, feignant d'être au comble du plus doux enthousiasme, il se précipita aux pieds du vieillard et lui embrassa les genoux; mais il les serra avec tant de violence que Capuzzi sauta en l'air et poussa un cri de douleur.

— Par tous les saints! dit-il, lâchez-moi, signor Nicolo : vous allez me tuer!

— Non, signor Pasquale, s'écria Nicolo, je ne me relèverai pas que vous ne m'ayez promis cet air divin que vous venez d'entonner, pour que Formica puisse le chanter après-demain sur mon théâtre!

— Vous êtes un homme de goût, dit Pasquale tout haletant; un homme d'une perspicacité profonde! qui donc est plus digne que vous que je lui confie mes compositions? vous emporterez tous mes airs... Lâchez-moi donc!... Mais, hélas! je ne les entendrai pas, mes divins chefs-d'œuvre!... Lâchez-moi donc, signor Nicolo!...

— Non! s'écria Nicolo toujours à genoux et tenant toujours embrassées les maigres jambes de fuseau du vieillard; non, je ne vous lâcherai pas, signor Pasquale, que vous ne me donniez votre parole de venir après-demain à mon théâtre! Ne craignez pas une nouvelle attaque! N'est-il pas certain que les Romains, après avoir entendu vos airs, vous ramèneront chez vous en triomphe avec des flambeaux? Mais s'ils ne le faisaient pas, moi-même et mes fidèles camarades nous nous armerions pour vous ramener jusqu'à votre maison.

— Vous-même, demanda Pasquale, vous et vos camarades, combien de gens êtes-vous?

— Huit à dix personnes à vos ordres, signor Pasquale! décidez-vous, exaucez ma prière!

— Formica a une belle voix, balbutia Pasquale; comment chantera-t-il mes airs?

— Décidez-vous, s'écria encore une fois Nicolo; et il étreignit encore plus fort les jambes du vieillard.

— Vous m'assurez, dit Capuzzi, que je regagnerai mon logis sans encombre?

— J'y engage mon honneur et ma vie, s'écria Nicolo.

Et il pressa les jambes de Capuzzi avec un redoublement d'énergie.

— Topo! j'irai après-demain à votre théâtre, s'écria le vieillard.

Alors Nicolo se leva et le serra contre son cœur avec tant de force qu'il faillit l'étouffer.

Au même instant Marianna entra. Le signor Pasquale voulut l'éloigner, et lui jeta un regard de mauvaise humeur; mais elle n'en tint pas compte, et marcha droit à Musso, ayant l'air d'être en proie à une vive colère.

— Il est inutile, signor Nicolo, dit-elle, de chercher à entraîner mon cher oncle à votre théâtre. Vous oubliez le tour odieux que nous ont joué dernièrement ces effrontés ravisseurs qui me poursuivent : il a failli coûter la vie à mon oncle bien-aimé et à son digne ami Splendiano! jamais je ne consentirai à ce que mon oncle s'expose de nouveau à un pareil danger! Cessez donc vos prières, Nicolo. N'est-ce pas, mon cher oncle, vous resterez tranquille chez vous, et vous n'irez plus à la porte del Popolo dans les ténèbres d'une nuit perfide, qui n'est amie de personne?

A ces mots, le signor Pasquale fut comme frappé de la foudre. Il ouvrit de grands yeux, et resta tout ébahi devant sa nièce. Enfin il prit le son de voix le plus mielleux, et lui exposa avec de minutieux détails comment le signor Nicolo s'engageait à prendre des mesures telles qu'il n'aurait absolument rien à craiddre.

— Pourtant, dit Marianna, je maintiens ce que j'ai dit, et je vous conjure de toutes mes forces, mon très-cher oncle, de ne pas aller au théâtre de la porte del Popolo. Pardonnez-moi, signor Nicolo, si j'exprime franchement en votre présence ce qui m'a mis dans l'âme un noir pressentiment. Vous êtes, je le sais, lié avec Salvator Rosa, et même avec Antonio Scacciati. N'est-il pas possible que vous vous entendiez avec nos ennemis, que vous ne songiez traîtreusement qu'à duper mon oncle, qui, je le sais, ne visitera pas sans moi votre théâtre? N'y a-t-il pas en jeu un nouveau tour plus infâme et d'un succès plus certain que le premier?

— Quel soupçon! s'écria Nicolo saisi d'horreur, quel affreux soupçon, signora! Me connaissez-vous donc sous des rapports aussi défavorables? Ai-je assez mauvaise réputation pour donner prise à d'aussi effroyables accusations? Mais si vous avez si triste opinion de moi, si vous vous défiez du secours que je vous promets, eh bien! faites-vous accompagner par Michele, qui, à ce que j'ai appris, vous a sauvée des mains des brigands; que Michele prenne avec lui une bonne escorte de sbires, qui vous attendront à la porte du théâtre, car vous ne pouvez me demander de remplir ma salle d'agents de police.

BONHEUR AU JEU. — Le baron et l'inconnu prirent tous deux place sur un banc solitaire, et celui-ci commença en ces termes...

Marianna regarda fixement Nicolo, et lui dit d'un ton grave et solennel : — Que me proposez-vous? de nous faire accompagner par Michele et les sbires?... je sais bien maintenant, signor Nicolo, que vos intentions sont honnêtes, et que mon soupçon est injuste! Pardonnez-moi l'inconvenance de mes paroles! Mon anxiété, mes alarmes pour mon oncle me les ont dictées, et je ne puis m'empêcher de le conjurer encore une fois de ne pas se hasarder sur cette route périlleuse.

En écoutant cette harangue, le signor Pasquale témoigna par d'étranges regards l'émotion qui l'animait, et les efforts qu'il faisait pour la comprimer. Enfin il n'y put tenir, se précipita aux genoux de sa belle nièce, lui saisit les mains, les baisa, les inonda d'un déluge de larmes, et s'écria *comme hors de lui :*

— Céleste, incomparable Marianna, mon cœur brûle, mon cœur est tout en feu! Ah! cette anxiété, ces alarmes, dont je suis l'objet, sont la plus douce preuve que tu m'aimes!

Il la supplia de mettre de côté toute crainte, et de venir au théâtre entendre le plus beau des airs qu'eût jamais composés le plus divin des compositeurs.

Nicolo n'épargna pas non plus les instances, et Marianna finit par y céder. Elle promit d'oublier ses vaines frayeurs, et de suivre son aimable oncle au théâtre de la porte del Popolo.

Le signor Pasquale était aux anges, il nageait dans les délices. Il avait la certitude d'être aimé de Marianna, l'espoir d'entendre sa musique au théâtre, et de moissonner des lauriers si longtemps ambitionnés en vain; il voyait donc par là se réaliser tous ses rêves les plus doux!

Il voulut éclairer ses amis fidèles des reflets de sa splendeur, et songea à amener avec lui, comme la première fois, le docteur Splendiano et le petit Pitichinaccio.

Outre les spectres qui l'avaient enlevé, toutes sortes d'apparitions sinistres avaient tourmenté le docteur Splendiano, la nuit où il s'était endormi dans sa perruque près de la pyramide de Cestius. Tous les morts étaient sortis de leurs tombeaux, et cent cadavres avaient étendu vers lui leurs bras de squelettes, en se plaignant à grands cris de ses essences et de ses poudres, source de tortures que la mort même n'apaisait pas. Le docteur Pyramide sembla d'accord avec le signor Pasquale sur les causes de leur accident. C'était évidemment un mauvais tour qu'il fallait attribuer à la malveillance infatigable de leurs maudits ennemis; mais, en dépit de cette conviction, Splendiano Accoramboni restait mélancolique, et bien qu'il ne fût pas disposé à la superstition, il voyait partout des fantômes et était torturé au dernier point de pressentiments et de mauvais rêves.

Il fut impossible de convaincre Pitichinaccio que ce n'étaient pas de vrais diables sortis des flammes de l'enfer qui s'étaient jetés sur le signor Pasquale et sur lui; il poussait de grands cris quand on lui rappelait cette nuit fatale. En vain le signor Pasquale lui assura que ces diables étaient tout simplement Antonio Scacciati et Salvator Rosa déguisés, Pitichinaccio jura, en versant un torrent de larmes, que, malgré son anxiété et son effroi, il avait bien reconnu, à la voix et à toutes les manières en général, le diable Fanfarell, qui lui avait fait sur le ventre des pinçons bruns et bleus.

Qu'on se figure combien il fallait d'efforts au signor Pasquale pour décider le docteur Pyramide et Pitichinaccio à le suivre encore une fois au théâtre. Splendiano s'y résolut le premier; mais il eut soin de se faire donner par un moine bernardin un sachet de musc bénit, dont ni les revenants ni les diables ne peuvent supporter l'odeur. Cette précaution devait le garantir de toute espèce d'attaque.

Pitichinaccio ne put résister à la promesse d'une boîte de raisins confits; mais en outre, il exigea qu'on substituât un costume d'abbé tout neuf à ses jupons, qui, *disait-il*, avaient suffi pour mettre le diable à ses trousses. Le signor Pasquale fut obligé de s'exécuter.

Ce que Salvator avait appréhendé paraissait donc devoir se réaliser, et pourtant, comme il l'assurait, il était essentiel au succès de son plan que le signor Pasquale allât seul avec Marianna au théâtre de Nicolo sans être escorté de ses fidèles compagnons.

Antonio et Salvator se cassaient la tête à chercher les moyens d'isoler Splendiano et Pitichinaccio du signor Pasquale. Quand même ils les auraient trouvés, ils n'avaient guère le temps de les mettre à exécution, car c'était le lendemain au soir qu'ils devaient faire jouer leurs batteries au théâtre de Musso. Le ciel, qui souvent met en œuvre les ressorts les plus étranges pour punir les fous, se mêle des affaires du couple amoureux dans l'embarras, et conduisit Michele par la main. La gaucherie de celui-ci fit ce que n'avait pu faire l'habileté réunie de Salvator et d'Antonio.

La nuit même il s'éleva dans la rue Ripetta, devant la maison du signor Pasquale, des cris de douleur si épouvantables, avec accompagnement de jurons, d'imprécations et d'invectives, que tous les voisins furent arrachés au sommeil. Les sbires, qui venaient de poursuivre un meurtrier, réfugié à la place d'Espagne, crurent qu'un nouvel assassinat avait été commis, et accoururent en hâte avec des torches. Une foule d'individus, attirés par cette alerte, les suivirent sur le lieu présumé du crime.

Là gisait le pauvre petit Pitichinaccio presque mort, et Michele, armé d'un formidable gourdin, frappait sur le docteur Pyramide, qu'il venait de renverser. Le signor Pasquale, également terrassé, s'était relevé avec effort, avait mis l'épée à la main, et fondait furieux sur Michele. Çà et là étaient épars des morceaux de guitares brisées.

Plusieurs personnes retinrent Capuzzi par les bras, car il eût infailliblement percé Michele d'outre en outre. Michele, qui pour la première fois voyait à la lueur des flambeaux le spectacle qu'il avait sous les yeux, demeurait stupéfait, immobile comme une statue, les yeux écarquillés, semblable à ce tyran dont il est parlé je ne sais où, et qu'on représente irrésolu entre le pouvoir et la volonté d'agir. Enfin il poussa un hurlement affreux, s'arracha les cheveux, et implora pardon et miséricorde.

Le nabot et le docteur Pyramide n'avaient que des blessures insignifiantes, mais ils étaient si moulus qu'ils ne pouvaient se remuer, et qu'on fut obligé de les transporter chez eux.

Le signor Pasquale s'était lui-même attiré ce malheur sur la tête.

Nous savons que Salvator et Antonio avaient donné à Marianna les plus belles sérénades; mais j'ai oublié de dire qu'ils les avaient répétées toutes les nuits suivantes, au grand désespoir du vieux Capuzzi.

Celui-ci, dont les voisins tenaient en bride la fureur, fut assez fou pour s'adresser aux magistrats, les priant de défendre aux deux peintres de chanter dans la rue Ripetta. Mais les magistrats alléguèrent qu'il était inouï à Rome qu'on eût interdit à personne la faculté de chanter et de jouer de la guitare, et qu'il fallait n'avoir pas de bon sens pour demander une semblable défense.

Alors le signor Pasquale résolut de mettre un terme aux concerts, et promit à Michele une bonne somme d'argent, pourvu qu'à la première occasion il se chargeât d'attaquer les chanteurs et de les étriller d'importance.

Michele se procura donc un gourdin respectable, et se mit chaque nuit en embuscade derrière la porte. Mais il arriva que Salvator et Antonio jugèrent prudent de s'abstenir de leurs sérénades plusieurs nuits avant l'exécution de leur dessein, afin que le vieillard n'eût aucun soupçon des tours qu'on allait lui jouer.

Marianna assura sans détours à Capuzzi qu'autant elle haïssait Antonio et Salvator, autant elle aimait leurs chants, qu'elle écoutait volontiers, car elle ne trouvait rien au-dessus de la musique dont les sons flottaient librement la nuit dans les airs silencieux.

Le signor Pasquale se grava ces mots dans la tête, et ce miracle de galanterie voulut ménager à sa bien-aimée la surprise d'une sérénade, qu'il composa lui-même, et répéta attentivement avec ses fidèles amis.

La veille du jour où il comptait célébrer son plus grand triomphe au théâtre de Nicolo Musso, le signor Pasquale se glissa clandestinement hors de chez lui, et alla chercher ses fidèles, qui déjà avaient été prévenus d'avance. Mais à peine avaient-ils tiré le premier son de leurs guitares, que Michele, auquel le signor Pasquale avait eu l'irréflexion de ne rien dire de ses projets, ravi de pouvoir enfin gagner la somme promise, sortit brusquement du vestibule de la maison, et dauba impitoyablement les musiciens; il en résulta ce que nous savons.

Ce n'était plus une question de savoir si le signor Splendiano et Pitichinaccio, qui gisaient au lit couverts d'emplâtres, pourraient accompagner le signor Pasquale au théâtre de Nicolo. Toutefois le signor Pasquale ne put se décider à rester chez lui, quoiqu'il eût les épaules et les reins endoloris par de nombreux coups de bâton; chaque note de ses airs était une douce chaîne qui l'entraînait irrésistiblement.

— Bon, dit Salvator à Antonio, le hasard a écarté heureusement un obstacle que nous regardions comme insurmontable; il ne s'agit plus que de saisir l'occasion, et de profiter du moment opportun pour enlever votre Marianna du théâtre de Nicolo; vous ne sauriez manquer d'y réussir, et je vous salue déjà comme le fiancé de la charmante nièce de Capuzzi, qui sera votre femme dans peu de jours. Je vous souhaite beaucoup de bonheur, Antonio, quoique je sente un frisson glacé me pénétrer jusque dans la moelle des os, lorsque je songe à votre mariage.

— Que voulez-vous dire, Salvator? demanda Antonio surpris.

— Traitez-moi de rêveur et de visionnaire, répondit Salvator; appelez-moi comme vous me voudrez; mon opinion n'en est pas moins fermement arrêtée. J'aime les femmes, Antonio; mais celle même dont il m'arrive d'être éperdument amoureux, pour laquelle je donnerais ma vie, éveille dans mon cœur un soupçon qui me trouble et m'agite. Une appréhension me saisit, à l'idée d'une union comme celle du mariage. L'homme chercherait en vain à combattre ce qu'il y a d'impénétrable dans la nature de la femme. Celle que nous croyons nous avoir donné tout son être, nous ouvrir son âme tout entière, est la première à nous trahir, et ses plus douces caresses recèlent le plus funeste poison.

— Et ma Marianna? s'écria Antonio déconcerté.

— Pardonnez, Antonio, reprit Salvator; mais votre Marianna même, qui est l'affabilité et la grâce en personne, m'a prouvé de nouveau combien est dangereuse la mystérieuse nature de la femme. Voyez en effet comment s'est conduite cette innocente et naïve enfant quand nous avons rapporté son oncle chez lui; comment un seul coup d'œil lui a tout fait deviner, et comment, ainsi que vous me l'avez dit vous-même, elle a continué à fixer sa robe avec la plus grande habileté. Mais cette habileté ne saurait entrer en comparaison avec celle qu'elle a montrée lors de la visite de Musso au vieux Capuzzi. L'adresse la plus exercée, la ruse la plus impénétrable, bref tous les artifices imaginables d'une femme du monde, ne valent pas ce qu'a fait la petite Marianna pour tromper le vieillard en toute sécurité. Elle ne pouvait employer de meilleurs moyens pour faciliter le succès de notre entreprise. Dans notre lutte contre ce vieux maniaque, toute ruse paraît légitime; mais pourtant!... mon cher Antonio, ne vous inquiétez pas de mes rêveries sans motifs; mais soyez heureux avec votre Marianna autant que vous pouvez l'être

Si quelque moine avait suivi le signor Pasquale partant avec sa nièce pour le théâtre de Nicolo Musso, on eût cru généralement que le couple étrange allait au supplice. En effet, le valeureux Michele ouvrait la marche, la figure menaçante et armé jusqu'aux dents, et vingt sbires au moins venaient sur ses traces, en suivant Marianna et le signor Pasquale.

Nicolo reçut solennellement le vieillard et sa dame à l'entrée du théâtre, et les conduisit à des places voisines de la scène, et qu'on leur avait réservées.

Le signor Pasquale fut vivement touché de cette distinction honorifique. Il regarda autour de lui d'un air de fierté et de satisfaction, et sa joie fut à son comble quand il remarqua qu'il n'y avait que des femmes autour de Marianna.

On entendait s'accorder dans la coulisse une basse et quelques violons. L'attente fit battre le cœur de Capuzzi, et il sentit une sorte de commotion électrique l'ébranler des pieds à la tête quand on commença soudain à jouer la ritournelle de son air.

Formica s'avança sous le costume de Pasquarello, et chanta, avec la voix, avec les gestes les plus caractéristiques de Capuzzi, le plus abominable de tous les airs. Le théâtre retentit des rires bruyants et prolongés des spectateurs.

— *A! Pasquale Capuzzi,* répétait-on de toutes parts, *compositore, virtuoso celeberrimo, bravo! bravissimo!*

Le vieillard, s'imaginant être réellement l'objet de l'admiration du public, était dans l'extase et le ravissement.

— Silence! silence! cria-t-on lorsque l'air fut achevé.

Le docteur Graziano, représenté cette fois par Nicolo Musso lui-même, entra en scène en se bouchant les oreilles, et criant à Pasquarello de cesser enfin son détestable beuglement.

Le docteur demanda ensuite à Pasquarello depuis quand il avait contracté l'habitude de chanter si mal, et où il avait déterré cet air effroyable.

— A qui en avez-vous, docteur? répondit là-dessus Pasquarello; vous êtes comme les Romains, qui n'ont aucun goût pour la véritable musique, et qui ne daignent pas faire attention aux talents les plus remarquables. Cet air est du plus grand des virtuoses et compositeurs vivants, chez lequel j'ai l'honneur d'être domestique, et qui me donne lui-même des leçons de musique et de chant.

Alors Graziano fit mille conjectures, et nomma plusieurs virtuoses et compositeurs connus; mais à chaque nom célèbre, Pasquarello secouait dédaigneusement la tête.

— Vous faites preuve d'une ignorance crasse, dit enfin Pasquarello, puisque vous ne connaissez pas le plus grand compositeur du temps. Ce n'est personne autre que le signor Pasquale Capuzzi di Sinigaglia; il m'a fait l'honneur de me prendre à son service, et il est tout simple que Pasquarello soit l'ami et le serviteur du signor Pasquale.

Alors le docteur partit d'un éclat de rire immodéré. — Quoi, maraud? s'écria-t-il, tu m'as quitté, moi, le docteur Graziano, chez lequel, outre les gages et la nourriture, tu trouvais à voler plus d'un *quattrino,* et pourquoi? pour entrer au service chez le fat le plus accompli, le plus fieffé, qui se soit jamais régalé de macaroni; chez le plus grotesquement habillé de tous les masques de carnaval, chez un vaniteux qui se pavane comme un coq après la pluie, chez un fesse-mathieu, chez un vieil amoureux étourdi, dont l'insipide grognement, décoré du nom de chant, infecte l'air de la rue Ripetta, chez...

—Arrêtez! s'écria Pasquarello furieux, c'est la jalousie seule qui vous fait dire, docteur Graziano; mais moi, je parle le cœur sur la main (*io parlo col cuore in mano*). Vous n'êtes pas un homme capable d'apprécier le signor Pasquale Capuzzi di Sinigaglia; mais moi, je parle le cœur sur la main. Vous prêtez à l'excellent signor Capuzzi des défauts que vous êtes fortement soupçonné d'avoir vous-même; mais moi, je parle le cœur sur la main. Il vous est souvent arrivé de voir jusqu'à six cents personnes rire à vos dépens, monsieur le docteur Graziano!

Là-dessus Pasquarello entreprit un long éloge de son nouveau maître, le signor Pasquale. Il lui trouva toutes les qualités possibles, et conclut par la description de sa personne, qu'il représenta comme l'archétype de la grâce et de la dignité.

— Brave Formica, murmura en lui-même le signor Capuzzi, je vois que tu as entrepris de rendre mon triomphe complet. Tu vas montrer aux Romains leur béjaune, leur jeter au nez leur basse envie et leur ingratitude, et leur faire connaître ce que je suis.

— Mais voici mon maître lui-même, s'écria tout à coup Pasquarello.

On vit paraître sur la scène le signor Pasquale Capuzzi, tel qu'il était, complétement semblable d'habits, de visage, de geste, de tournure, de maintien, au signor Capuzzi, spectateur. Celui-ci, presque épouvanté, lâcha Marianna, dont il tenait la main depuis le commencement du spectacle. Il se tâta le nez et la perruque, pour s'assurer s'il ne rêvait pas, s'il ne se voyait pas double, s'il était réellement assis sur les bancs du théâtre de Nicolo Musso, et s'il pouvait croire à ce miracle.

L'acteur qui représentait Capuzzi embrassa le docteur Graziano avec beaucoup de cordialité, et lui demanda comment il se portait. Le docteur répondit que son appétit était bon, son sommeil tranquille, pour le servir (*per servirlo*); mais qu'en ce qui concernait la bourse, il souffrait d'une consomption totale.

— Hier, ajouta-t-il, j'ai dépensé mes derniers ducats, en l'honneur de mes amours, pour acheter une paire de bas de couleur romarin; et je m'en vais aller chez le banquier voir s'il ne peut m'avancer trente ducats.

— Comment? dit Capuzzi l'acteur, ne pouvez-vous vous adresser à votre meilleur ami? Tenez, mon cher signor, voilà cinquante ducats; prenez-les.

— Pasquale, que fais-tu? dit le véritable Capuzzi à demi-voix.

Le docteur Graziano parla de reconnaissance écrite, d'intérêts de la somme; mais le faux signor Capuzzi déclara que ces précautions étaient inutiles avec un ami comme le docteur.

— Pasquale, tu as perdu la tête! s'écria encore plus haut le vrai Capuzzi.

Le docteur Graziano se confondit en remercîments. Puis Pasquarello s'avança, fit une foule de courbettes, éleva aux nues le signor Capuzzi, et dit que sa bourse était atteinte de la même maladie que celle de Graziano, et qu'il priait Capuzzi de la guérir avec son excellent remède.

Le Capuzzi du théâtre se mit à rire, se réjouit de ce que Pasquarello savait mettre à profit la bonne humeur de son maître, et lui jeta quelques bons ducats bien frappés.

— Pasquale, tu es *fou*!... possédé du diable!... dit d'une voix perçante le véritable Capuzzi.

— Silence! silence donc! lui cria-t-on de toutes parts.

Pasquarello fit encore un panégyrique de Capuzzi plus complet que le précédent, et en vint à parler de l'air que Capuzzi avait composé, et avec lequel, lui Pasquarello, il espérait charmer tout le monde.

Le Capuzzi acteur frappa familièrement sur l'épaule de Pasquarello : — Tu es mon fidèle serviteur, dit-il; je puis donc bien te confier que je n'entends réellement rien à l'art musical, et tous les airs que j'ai composés, je les ai volés aux chansons de Frescobaldi et aux motets de Carissimi.

— Tu mens par ta gorge, pendard! s'écria le véritable Capuzzi en se levant de son siége.

— Silence! silence! lui cria-t-on de nouveau; et les femmes qui étaient auprès de lui le firent rasseoir sur son banc.

Le faux Capuzzi continua : — Il est temps, dit-il, de songer à des choses plus intéressantes. Je veux donner demain un grand festin, et je te charge, Pasquarello, de te mettre en quatre pour que rien n'y manque.

Là-dessus il énuméra une foule de mets des plus chers et des plus exquis dont il voulait composer son menu. A chaque mets, Pasquarello en indiquait le prix, et recevait aussitôt l'argent nécessaire pour l'acheter.

— Pasquale! enragé!... fou!... vaurien!... dissipateur!... s'écriait le vrai Capuzzi *effrayé d'une semblable* prodigalité et *sentant son* indignation augmenter en raison directe des frais du plus insensé de tous les repas.

Quand Pasquarello eut enfin terminé sa nomenclature, il demanda au faux signor Pasquale à quelle occasion il donnait une semblable fête.

— C'est demain, répondit le faux Capuzzi, le jour le plus heureux et le plus beau de ma vie. Apprends, mon bon Pasquarello, que demain verra bénir le mariage de ma chère nièce Marianna. Je donne sa main à un brave jeune homme, à la fleur de tous les peintres, à Antonio Scacciati.

A peine le faux Capuzzi eut-il prononcé ces mots, que le vrai Capuzzi, hors de lui, éperdu, portant sur sa figure cramoisie les signes d'une rage infernale, s'élança en avant et montra les deux poings à son sosie.

— Tu ne le feras pas! s'écria-t-il d'une voix perçante; tu ne le feras pas, scélérat, coquin de Pasquale! Tu voudrais la jeter dans les bras de ce maudit gueux!... ta douce Marianna!... ta vie!... ton espoir!... ton seul bien!... Viens donc, insensé!... viens donc te présenter chez moi!... je te rouerai de coups, je t'en ferai devenir bleu des pieds à la tête, et tu oublieras bientôt ton repas et ta noce!...

Mais Capuzzi l'acteur montra le poing au véritable Capuzzi, et lui riposta avec non moins de fureur et d'une voix aussi perçante.

— Va à tous les diables! s'écria-t-il, maudit fou de Pasquale, vieux fat amoureux, âne enragé, porteur de marotte! viens, que je souffle la chandelle de ton existence, pour te punir des calomnies odieuses que tu te permets, pour venger l'honorable, le bon, le pieux Capuzzi, auquel tu voudrais attribuer tes viles actions[1]!

Malgré les affreux jurements et les imprécations du vrai Capuzzi, son sosie débita l'un après l'autre sur son compte une foule de propos insolents.

— Essaye d'y venir, dit-il enfin, vieux singe amoureux; essaye de venir troubler le bonheur de ces deux jeunes gens que le ciel a destinés l'un à l'autre!

En même temps on vit paraître au fond de la scène Antonio Scacciati et Marianna, se tenant mutuellement embrassés.

Quelque faibles que fussent les jambes du vieillard, la rage leur donna de la force et de l'agilité. D'un bond il fut sur la scène, tira sa rapière, et courut sur le faux Antonio; mais il se sentit retenu par derrière. Un officier de la garde papale l'avait arrêté.

— Souvenez-vous, signor Pasquale, dit l'officier d'un ton sévère, que vous êtes au théâtre de Nicolo Musso! Sans le vouloir, vous y avez joué aujourd'hui un plaisant personnage! Mais vous ne trouverez ici *ni Antonio ni Marianna*.

Les deux acteurs que Capuzzi avait pris pour l'artiste et sa nièce s'étaient séparés du reste de la troupe; leurs figures étaient complétement inconnues à Capuzzi!

[1] Les sarcasmes des comédiens du théâtre de Musso ne sont pas toujours de très-bon goût, mais ils donnent une idée assez exacte des farces italiennes du temps de Salvator Rosa. (*Note du trad.*)

L'épée s'échappa de ses mains tremblantes; il poussa un profond soupir, comme s'il se fût éveillé d'un mauvais rêve, se frotta le front, écarquilla les yeux. Le pressentiment de ce qui s'était passé s'empara de lui.

— Marianna! cria-t-il d'une voix terrible qui ébranla les murs de la salle.

Mais Marianna ne pouvait répondre à son appel. Antonio avait saisi à propos le moment où Pasquale, oubliant ceux qui l'entouraient, s'oubliant lui-même, se disputait avec son sosie. Le jeune homme fendit la presse des spectateurs, se fit un chemin jusqu'à Marianna, sortit avec elle par une porte dérobée; un voiturin et sa patache attendaient les deux amants, qui prirent rapidement la route de Florence.

— Marianna! s'écria encore le vieillard, elle est partie!... elle s'est enfuie... ce fripon d'Antonio me l'a volée!... Allons!... attrapons-les... Ayez pitié de moi, mes amis; prenez des torches, courez après ma douce colombe!... Ah! le serpent!...

A ces mots Capuzzi voulut sortir; mais l'officier le retint de force en lui disant :

— Parlez-vous de cette jeune et jolie fille qui était assise auprès de vous? M'est avis que je l'ai vue s'en aller il y a longtemps, pendant que vous cherchiez querelle à l'acteur qui portait un masque semblable à votre figure. Elle est partie avec un jeune homme qui s'appelle, je crois, Antonio Scacciati. Ne vous inquiétez pas; on va de suite faire toutes les recherches possibles, et l'on vous ramènera Marianna dès qu'on l'aura trouvée. Quant à ce qui vous concerne, signor Pasquale, je dois vous arrêter pour votre conduite, et pour votre attentat à la vie de cet acteur.

Le signor Pasquale, blême et défait, incapable de pousser un cri, de proférer une parole, fut confié à ces mêmes sbires qui devaient le défendre des diables et des spectres masqués.

Ainsi cette nuit, où il espérait jouir de son triomphe, tourna à sa confusion profonde. Son chagrin et son désespoir furent ceux que peut éprouver en pareille circonstance un vieux fou, amoureux et trompé.

VI.

Salvator Rosa quitte Rome et se rend à Florence. — Conclusion de l'histoire.

Toutes choses sous le soleil sont sujettes à de continuelles vicissitudes, mais rien n'est plus chancelant et plus incertain que les dispositions des hommes. Elles tournent dans un cercle éternel, comme la roue de la fortune. On accable des critiques les plus amères celui que la veille on comblait d'éloges exagérés; on foule aux pieds celui que la veille on élevait aux nues.

Qui dans Rome n'avait bafoué et traité avec mépris le vieux Pasquale Capuzzi? qui ne lui avait reproché son avarice sordide, sa passion ridicule, sa jalousie insensée? qui n'avait gémi sur le sort de la pauvre Marianna, et souhaité de la voir délivrée d'un joug intolérable? Mais quand Antonio eut enlevé heureusement sa bien-aimée, tous les dédains, toutes les railleries dont Capuzzi était l'objet, firent soudain place à la compassion, et on le plaignit sincèrement quand on le vit passer dans les rues de Rome, l'air abattu et le front incliné vers la terre.

Un malheur arrive rarement seul. Le signor Pasquale, privé de sa Marianna, eut bientôt à déplorer la perte de ses deux meilleurs amis!

Le petit Pitichinaccio s'étrangla en essayant imprudemment d'avaler une amande pendant qu'il faisait une roulade.

Une faute d'orthographe, dont il se rendit coupable, termina à l'improviste la carrière du célèbre docteur Pyramide Splendiano Accoramboni. Il se trouva si meurtri des coups de bâton que lui avait administrés Michele, qu'il se mit au lit avec la fièvre. Il résolut de se guérir lui-même au moyen d'un remède qu'il crut infaillible. Il demanda donc une plume et de l'encre, et écrivit une ordonnance dans laquelle il indiqua par inadvertance une dose beaucoup trop forte d'une substance très-énergique. A peine eut-il avalé la potion, qu'il retomba sur l'oreiller; il n'était plus. Ainsi, l'action meurtrière du *dernier médicament qu'il ordonna démontra péremptoirement* l'excellence de ses prescriptions.

Comme nous l'avons dit, tous ceux qui jadis s'étaient mille fois moqués de Capuzzi, qui avaient fait des vœux pour le succès des efforts du brave Antonio, étaient pénétrés de compassion pour le vieillard. Les plus sanglants reproches furent prodigués moins à Antonio qu'à Salvator Rosa, qu'on regardait comme le meneur de toute l'intrigue.

Les ennemis de Salvator, dont le nombre était assez considérable, attisèrent le feu du mieux qu'ils purent.

— Voyez, disaient-ils, voilà l'effronté complice de Mas'Aniello, qui prête volontiers les mains à tous les mauvais coups, à toutes les entreprises criminelles. Nous nous apercevrons bientôt à nos dépens de sa présence à Rome.

La ligue envieuse, déchaînée contre Salvator, parvint à ralentir le vol rapide qu'avait pris sa renommée. On vit successivement sortir de son atelier des tableaux hardiment conçus, largement exécutés; mais les prétendus connaisseurs haussèrent les épaules, trouvèrent les montagnes trop bleues, les arbres trop verts, les figures trop longues ou trop carrées, critiquèrent même ce qui était irréprochable, et cherchèrent à rabaisser ainsi l'immense mérite de Salvator Rosa.

Ses persécuteurs les plus acharnés étaient les académiciens de Saint-Luc, qui ne pouvaient oublier l'histoire du chirurgien. Ils allèrent jusqu'à sortir des limites de leur profession, pour décrier les vers gracieux que Salvator publiait alors; ils donnèrent même à entendre que les poésies de Salvator n'étaient pas des fruits de son propre cru, mais des productions pillées à droite et à gauche.

Salvator ne put donc parvenir à reprendre à Rome la position brillante qu'il y avait autrefois occupée. Au lieu de son grand atelier, où il recevait l'élite des habitants de Rome, il dut se contenter de sa petite chambre de la maison de dame Caterina et de l'ombrage vert de son figuier. La médiocrité de sa situation était du moins pour lui une garantie de calme et de sécurité consolatrice.

Les malicieux efforts de ses ennemis affligeaient Salvator outre mesure. Le dépit et le découragement faisaient sur lui l'effet d'une maladie chronique, qui minait lentement les sources de sa vie. Dans cette mauvaise disposition d'esprit, il composa deux grands tableaux qui mirent toute la ville en rumeur.

L'un de ces deux tableaux représentait l'instabilité de toutes les choses d'ici-bas. Dans la principale figure, symbole de l'inconstance, qui portait tous les caractères d'un métier abject, on reconnaissait la favorite d'un cardinal.

Dans l'autre tableau, on voyait *la Fortune* répartissant ses riches présents. Les chapeaux de cardinaux, les mitres d'évêques, les monnaies d'or, les signes honorifiques tombaient sur des moutons bêlants, sur des ânes en train de braire, et autres vils animaux, pendant que des hommes de bonne mine, revêtus d'habits déchirés, attendaient inutilement la moindre faveur.

Salvator avait donné un libre cours à sa verve pleine de fiel, et toutes les têtes d'animaux avaient des traits de ressemblance avec tel ou tel personnage de distinction. On peut s'imaginer aisément qu'il souleva contre lui bien des haines, et fut persécuté avec plus d'acharnement que jamais.

Dame Caterina l'avertit les larmes aux yeux qu'elle avait remarqué que, dès la chute du jour, des gens de mauvaise mine erraient autour de la maison, et paraissaient épier les pas de l'artiste. Salvator s'aperçut qu'il était temps de quitter Rome, et dame Caterina et ses chères filles furent les seules personnes dont il lui coûta de se séparer.

Il céda aux offres réitérées du grand-duc de Toscane, et se rendit à Florence. Là il fut largement dédommagé des peines qu'il avait endurées à Rome. On rendit justice à son mérite : on le combla de gloire et d'honneurs. Les présents du grand-duc, les sommes considérables qui lui furent payées pour ses tableaux le mirent bientôt à même de mener un grand train et de décorer richement la maison qu'il acheta.

Là se rassemblèrent autour de lui les poëtes et les savants les plus célèbres du temps. Il suffit de nommer Evangelista Toricelli, Valerio Chimentelli, Battista Ricciardi, Andrea Cavalcanti, Pietro Salvati, Filippo Apolloni, Volumnio Bandelli et Francesco Rovaï, qui faisaient partie de cette réunion, où l'art et la science se donnaient la main.

Salvator Rosa savait communiquer aux assemblées de cette société brillante une physionomie fantastique, qui pénétrait l'esprit d'une émotion particulière. Ainsi, la salle à manger ressemblait à un charmant bosquet, avec des fleurs, des buissons odoriférants, que des jets d'eau animaient par leur doux murmure; les mets eux-mêmes, qui étaient servis par des pages étrangement habillés, avaient un aspect merveilleux, et paraissaient avoir été apportés d'une lointaine contrée de magie et d'enchantements.

On appela cette réunion de poëtes et de savants, qui avait lieu dans la maison de Salvator, l'Académie des Persécutés (*Academia de' Percossi*).

Salvator Rosa consacrait ainsi ses talents aux sciences et aux beaux-arts. Cependant rien ne troublait le bonheur de son ami Antonio Scacciati, qui menait avec la charmante Marianna une vie d'artiste exempte de trouble et de soucis. Il songeait parfois à la trahison dont le vieux signor Pasquale Capuzzi avait été victime, et à ce qui s'était passé au théâtre Nicolo Musso.

Antonio demanda à Salvator comment il était parvenu à lui rendre favorable non-seulement Musso, mais Agli et l'excellent Formica.

Salvator répondit que cela lui avait été peu difficile; car il avait été à Rome ami intime de Formica, qui avait exécuté avec joie tout ce dont lui, Salvator, l'avait prié.

Antonio lui assura qu'autant il était disposé à rire de cette aventure, à laquelle il devait son bonheur, autant il éprouvait le désir de se réconcilier avec le vieux Capuzzi; il avait, au reste, l'intention de ne pas réclamer un *quattrino* des biens de Marianna, que le vieillard avait mis en séquestre, puisque l'argent que lui rapportait la peinture suffisait largement à sa subsistance.

Marianna ne pouvait souvent s'empêcher de pleurer de ce que le frère de son père descendrait dans la tombe sans avoir pardonné le tour qu'on lui avait joué! La haine de Pasquale jetait de sombres nuages sur l'horizon pur de la vie des deux époux.

Salvator Rosa les consolait. Il leur disait que le temps arrangeait bien des choses, que peut-être le hasard rapprocherait d'eux le vieillard avec moins de danger que s'ils fussent restés à Rome, ou que s'ils se fussent hasardés à y retourner.

Nous allons voir qu'il y avait dans les paroles de Salvator un pressentiment prophétique.

Il s'était écoulé un peu de temps quand un jour Antonio, hors d'haleine et pâle comme la mort, entra précipitamment dans l'atelier de Salvator.

— Salvator, s'écria-t-il, mon ami! mon protecteur! je suis perdu, si vous ne venez à mon aide! Pasquale Capuzzi est ici! il a obtenu un mandat d'arrêt contre moi, comme ravisseur de sa nièce!

— Mais, dit Salvator, que peut entreprendre contre vous le signor Pasquale? N'êtes-vous pas uni avec Marianna par la bénédiction de l'Église?

— Ah! répondit Antonio au comble du désespoir, la consécration de l'Église ne me sauve pas de sa fureur. Le ciel sait quel chemin le vieillard a trouvé pour approcher du neveu du pape; bref, c'est ce neveu qui l'a pris sous sa protection, qui lui a fait concevoir l'espérance que le saint-père annulerait mon mariage avec Marianna, et bien plus, que lui-même, Cappuzzi, obtiendrait une dispense pour épouser sa nièce!

— Arrêtez, s'écria Salvator, je comprends tout maintenant : c'est la haine du neveu du pape contre moi qui menace de vous perdre, Antonio! Apprenez que ce neveu, ce lourdaud arrogant et grossier figurait au nombre des animaux de mon tableau qui représentait la Fortune distribuant ses largesses. Il sait, et tous les Romains le savent aussi, que j'ai favorisé de tout mon pouvoir votre union avec Marianna, et il vous persécute, dans l'impossibilité où il se trouve de rien tenter contre moi! Je vous chéris comme mon meilleur ami, Antonio! mais je suis d'autant plus décidé à vous servir de tout mon pouvoir que c'est moi qui vous ai attiré cette mauvaise étoile. Par tous les saints! je ne sais véritablement pas comment m'y prendre pour déjouer les projets de votre antagoniste!

A ces mots, Salvator, qui avait continué de travailler au tableau dont il s'occupait, déposa son pinceau, sa palette et son appui-main, se leva de devant son chevalet, et se promena en long et en large dans la chambre, pendant qu'Antonio, absorbé dans ses réflexions, fixait sur le sol de sombres regards.

Enfin Salvator s'arrêta devant Antonio.

— Écoutez, Antonio, lui dit-il en souriant, je ne puis rien contre votre puissant ennemi; mais il est quelqu'un qui peut vous aider, et qui vous aidera. C'est... signor Formica.

— Ah! dit Antonio, ne vous raillez pas d'un malheureux auquel il ne reste plus de ressource!

— Allez-vous déjà vous désespérer? s'écria Salvator saisi tout à coup d'un accès de gaieté en partant d'un éclat de rire : je vous le dis, Antonio! l'ami Formica sera votre sauveur à Florence, comme il l'a été à Rome. Allez tranquillement chez vous, consolez votre Marianna, et attendez en paix les événements. J'espère qu'en tout cas vous êtes disposé à faire ce qu'exigera de vous signor Formica, qui se trouve présentement ici.

Antonio le promit avec joie, et de nouvelles lueurs de confiance et d'espoir commencèrent à poindre dans son cœur.

Le signor Pasquale Capuzzi fut bien étonné de recevoir une invitation solennelle d'assister aux séances de l'Académie *de' Percossi*.

— Ah! se dit-il, on sait donc apprécier le mérite à Florence! On y sait ce que vaut un homme aussi distingué que Pasquale Capuzzi di Sinigaglia!

Ainsi, la bonne opinion qu'il avait de lui, les honneurs qu'on lui rendait lui faisaient passer par-dessus la répugnance que pouvait lui inspirer une association à la tête de laquelle était Salvator Rosa.

Son habit de gala espagnol fut brossé avec plus de soin que jamais, son chapeau pointu orné d'une plume neuve, ses souliers décorés de rubans neufs, et le signor Pasquale se présenta chez Salvator dans tout l'éclat de sa toilette et étincelant comme un scarabée doré.

Le faste dont il se vit entouré, la magnificence des habits de Salvator, qui vint le recevoir, remplirent son cœur d'une sorte de terreur respectueuse; il arrive d'ordinaire aux petites âmes, d'abord fières et enflées, de se recoquiller dans la poussière sitôt qu'elles sentent quelque chose de supérieur. Ainsi, Pasquale se montra plein d'humilité et de soumission devant ce même Salvator qu'à Rome il eût volontiers foulé sous ses pieds.

De toutes parts on prodigua au signor Pasquale tant d'attentions, on en appela avec tant de déférence à son jugement, on parla avec tant d'éloges de son talent musical qu'il se sentit comme une vie nouvelle; une inspiration particulière l'anima, et il dit plusieurs choses beaucoup plus sensées que celles qu'on eût pu attendre de sa part.

Ajoutez à cela que de sa vie il n'avait été traité plus splendidement, et qu'il n'avait jamais bu de meilleur vin; sa joie ne pouvait donc manquer de s'accroître progressivement, et il oublia à la fois les iniquités dont il avait été victime à Rome et la fâcheuse affaire qui motivait sa présence à Florence.

Après le repas, les académiciens avaient coutume de donner souvent de petites représentations théâtrales improvisées. Ce jour-là, le célèbre poëte dramatique Filippo Apolloni proposa à ceux qui d'ordinaire y prenaient part de terminer la fête par un semblable spectacle. Salvator s'éloigna aussitôt pour faire les préparatifs nécessaires.

Peu de temps après, les buissons se remuèrent au fond de la salle à manger, les branches garnies de feuilles s'écartèrent les unes des autres, et l'on aperçut un petit théâtre avec quelques bancs pour les spectateurs.

— Par tous les saints! s'écria Capuzzi éperdu, où suis-je? c'est le théâtre de Nicolo Musso!

Sans faire attention à son exclamation, Evangelista Toricelli et Andrea Cavalcanti, tous deux hommes sévères, d'une noble et respectable physionomie, le prirent par les bras, le conduisirent à son siége situé tout près du théâtre, et se placèrent à ses côtés.

A peine étaient-ils assis, que Formica parut sur le théâtre, sous le costume de Pasquarello!

— Maudit Formica! s'écria Pasquale en s'élançant le poing fermé vers la scène.

Les regards sévères et impérieux de Toricelli et de Cavalcanti lui imposèrent du calme et du silence.

Pasquarello sanglota, pleura, accusa la destinée, qui l'avait condamné au désespoir et aux peines du cœur. Il assura qu'il ne savait plus comment il fallait s'y prendre pour rire, et conclut en disant que, dans son désespoir, il se couperait bien certainement la gorge, si la vue de son sang ne lui faisait perdre connaissance; ou qu'il irait se précipiter dans le Tibre, s'il pouvait seulement, une fois dans l'eau, oublier la maudite science de la natation.

Le docteur Graziano entra, et demanda à Pasquarello le sujet de son affliction.

— Ne savez-vous pas, répondit Pasquarello, ce qui s'est passé dans *la maison de mon maître, le signor Pasquale Capuzzi di Sinigaglia*? ne savez-vous pas qu'un infâme scélérat a enlevé la nièce de mon maître, la charmante Marianna.

— Ah! murmura Capuzzi, je *le vois, signor Formica*, vous voulez vous excuser auprès de moi, vous voulez que je vous pardonne! eh bien, nous allons voir.

Le docteur Graziano exprima la part qu'il prenait à la douleur de Pasquarello, et dit que le scélérat avait dû ourdir bien subtilement sa trame, pour échapper à toutes les poursuites de Capuzzi.

— Oh! oh! répondit Pasquarello, ne vous imaginez pas, docteur, qu'un misérable comme Antonio Scacciati ait pu se soustraire à la vengeance du signor Pasquale, aidé de ses puissants amis. Non; Antonio est arrêté; son mariage avec Marianna déclaré nul, et Marianna retombe enfin au pouvoir de Capuzzi!

— Il l'a retrouvée, ce bon Pasquale? s'écria Capuzzi hors de lui; il a retrouvé sa colombe, sa Marianna? le coquin d'Antonio est arrêté? béni sois-tu, signor Formica!

— Vous prenez une part trop active à la pièce, signor Pasquale, lui dit Cavalcanti d'un ton sévère; laissez parler les acteurs, sans les déconcerter par vos interruptions inopportunes.

Signor Pasquale confus se replaça sur le siége d'où il s'était levé.

Le docteur Graziano demanda ce qui était résulté de ces événements?

— Une noce, poursuivit Pasquarello, une noce. Marianna s'est repentie de ce qu'elle avait fait, le signor Pasquale a obtenu du saint-père la dispense qu'il désirait, et il a épousé sa nièce.

— Oui, oui, murmura en lui-même Pasquale Capuzzi les yeux brillants de plaisir, oui, mon bien-aimé Formica, il a épousé la douce Marianna, l'heureux Pasquale! il savait bien que sa colombe l'avait toujours aimé, et que Satan seul l'avait égarée.

— Ainsi, dit le docteur Graziano, tout est arrangé et il n'y a plus de motifs d'affliction.

Alors Pasquarello se mit à gémir et à pleurer plus fort qu'auparavant, et finit par tomber sans connaissance comme par l'effet d'une affreuse douleur.

Le docteur Graziano courut çà et là, se plaignant de n'avoir pas de flacon de sels, chercha dans toutes ses poches, en tira enfin un marron rôti, et le tint sous le nez de Pasquarello évanoui. Celui-ci annonça son retour à la vie par un violent éternument, pria le docteur d'excuser la faiblesse de ses nerfs, et raconta qu'immédiatement après son mariage, Marianna était tombée dans l'abattement le plus profond; elle avait répété sans cesse le nom d'Antonio, et traité le vieillard avec horreur et mépris. Celui-ci, aveuglé par l'amour et la jalousie, n'avait cessé de la tourmenter de sa folie.

Ici Pasquarello mentionna plusieurs preuves de dérangement d'esprit que Pasquale avait données, et répéta divers propos qu'on tenait réellement sur son compte à Rome.

— Infâme Formica, murmura Capuzzi en se démenant à sa place, tu mens! quel démon te pousse?

La surveillance sévère de Toricelli et de Cavalcanti put seule empêcher la sauvage explosion de sa fureur.

Pasquarello finit par dire que la malheureuse Marianna avait succombé victime de ses désirs d'amour contrariés, d'un profond chagrin, et des tourments multipliés que lui faisait souffrir le vieillard, et qu'elle était morte à la fleur de ses ans.

Au même instant, on entendit un lugubre *de profundis*, chanté en chœur par des voix sourdes et étouffées, et des hommes en longues soutanes noires parurent sur la scène, portant un cercueil ouvert. On y voyait le corps de la charmante Marianna enveloppé d'un blanc linceul. Signor Pasquale Capuzzi marchait derrière, au comble de la douleur, jetant les hauts cris, se frappant la poitrine, et s'écriant avec désespoir :

— O Marianna! Marianna!

Dès que le signor Capuzzi spectateur eut aperçu le cadavre de sa nièce, il poussa de profonds gémissements, et les deux Capuzzi, celui de la scène et celui de la salle, hurlèrent à l'envi d'un ton lamentable :

— O Marianna! O Marianna! O malheureux que je suis! malheur à moi! malheur à moi!

On peut juger de l'effet du cercueil ouvert contenant le corps de la belle enfant, entouré de pleureurs qui entonnaient le *de profundis*. Pasquarello et le docteur Graziano exprimaient leur douleur par la pantomime la plus grotesque, et mêlaient leurs cris à ceux des deux Capuzzi. Cet étrange spectacle était de nature à divertir les spectateurs aux dépens de l'étonnant vieillard, et à les pénétrer en même temps d'un certain frisson de terreur.

Tout à coup le théâtre s'obscurcit de nuages, que déchirèrent des éclairs et de bruyants coups de tonnerre. Du fond de la scène s'élança une figure de spectre pâle et sinistre, *qui avait des traits de ressemblance* avec Piétro, père de Marianna, frère défunt de Capuzzi di Sinigaglia.

— Malédiction sur toi, Pasquale! hurla le spectre d'une voix terrible. Qu'as-tu fait de ma fille? Perds tout espoir de salut, maudit meurtrier de mon enfant! c'est en enfer que tu trouveras le salaire de ton crime!

Le faux Capuzzi tomba comme frappé de la foudre, mais au même instant, le véritable Capuzzi roula en bas de sa place, privé de tous ses sens.

Les buissons se rapprochèrent, et la scène disparut derrière eux, avec Marianna, Capuzzi, et l'effroyable fantôme de Piétro. Le signor Pasquale Capuzzi était toujours évanoui, et il fallut de longs efforts pour le rappeler à lui.

Enfin il se réveilla en poussant un profond soupir, étendit les deux mains devant lui, comme s'il eût voulu repousser la vision qui le poursuivait, et s'écria d'une voix sourde :

— Laisse-moi, Piétro!

Puis un torrent de pleurs coula de ses yeux.

— Ah! Marianna! dit-il en sanglotant, ma charmante et chère enfant! ma Marianna!

— Signor Pasquale, lui dit Cavalcanti, rappelez-vous que ce n'est que dans la pièce que votre nièce est morte; elle vit, elle est ici, pour vous demander pardon de sa faute et de l'inconséquence grave *que lui ont fait commettre son* amour et votre conduite irréfléchie.

Aussitôt Marianna s'avança du fond de la salle, ayant derrière elle Antonio Scacciati, et elle se jeta aux pieds du vieillard, qu'on avait placé sur un fauteuil garni de coussins. Marianna, brillante d'une grâce céleste, baisa les mains de son oncle, les baigna de ses pleurs brûlants, et lui demanda pardon pour son Antonio, avec lequel elle était unie par la bénédiction de l'Eglise.

Le visage pâle de Capuzzi s'enflamma tout à coup, et la rage étincela dans ses yeux.

— Ah! maudite! s'écria-t-il d'une voix à demi étouffée, serpent venimeux, que je nourrissais dans mon sein pour ma perte!

Alors le vieux et grave Toricelli s'approcha avec dignité de Capuzzi, et se plaça devant lui. Il lui dit qu'on venait de lui mettre sous les yeux le sort qui l'attendait, et qui serait inévitablement le sien, s'il cherchait à troubler le repos et le bonheur d'Antonio et de Marianna. Il lui peignit des plus vives couleurs la folie, le délire des vieillards amoureux; ils attiraient sur eux, dit-il, le plus funeste malheur dont le ciel pût accabler un être humain; car ils perdaient tous droits à l'amour qui pouvait être encore leur partage, et voyaient la haine et le mépris leur lancer de toutes parts des traits acérés.

Cependant la charmante Marianna dit d'une voix qui allait profondément au cœur :

— O mon oncle, je veux vous honorer et vous aimer comme mon père; mais vous me donnerez la mort, une mort bien cruelle, si vous *m'enlevez mon Antonio!*

Tous les poëtes dont le vieillard était entouré s'écrièrent unanimement qu'il étoit impossible qu'un homme comme signor Pasquale Capuzzi di Sinigaglia, ami des arts et grand artiste lui-même, n'accordât pas un pardon général; que lui, qui tenait lieu de père à la plus belle des femmes, devait prendre pour gendre avec joie un peintre tel qu'Antonio Scacciati, estimé de toute l'Italie et comblé de gloire et d'honneurs.

On voyait évidemment qu'un violent combat se livrait dans l'âme du vieux Capuzzi. Il soupirait, il gémissait, il se cachait la figure avec les mains. Toricelli le pressait vivement : Marianna redoublait d'instances; tous faisaient de leur mieux l'éloge d'Antonio Scacciati, et Capuzzi regardait tantôt sa nièce, tantôt Antonio. Les riches vêtements et les colliers honorifiques de ce dernier attestaient sa gloire et la justice des louanges qu'on lui prodiguait.

Enfin toute expression de colère disparut du visage de Capuzzi, ses regards pétillèrent; il se leva, et pressa Marianna contre son cœur

— Oui, je te pardonne, ma chère enfant, dit-il; je vous pardonne, Antonio! loin de moi l'idée de troubler votre bonheur. Vous avez raison, mon digne signor Toricelli, Formica m'a représenté sur le théâtre tous les soucis, toutes les calamités qui m'auraient assailli si j'avais accompli ma résolution insensée! je suis guéri, complétement guéri de ma folie! Mais où est signor Formica? où est mon digne médecin, que je le remercie mille fois de m'avoir sauvé? La crainte salutaire qu'il a su m'inspirer a changé toutes mes dispositions.

Pasquarello s'avança.

— O signor Formica, s'écria Antonio en se jetant à son cou, vous à qui je dois ma vie, tout mon bonheur, jetez ce masque qui vous cache! que je puisse voir votre visage, que Formica ne soit pas plus longtemps un secret pour moi!

Pasquarello ôta son bonnet et son masque, fait avec tant d'art, qu'il semblait un visage naturel et ne mettait aucun obstacle au jeu de la physionomie. Formica, Pasquarello disparurent, pour laisser voir... Salvator Rosa.

— Salvator! s'écrièrent Marianna, Antonio et Capuzzi, pleins d'étonnement.

— *Oui, dit le grand homme, c'est Salvator Rosa*, que les Romains n'ont pas voulu reconnaître à titre de peintre et de poëte, et qu'ils ont applaudi tous les soirs à outrance, sous le nom de Formica, au modeste théâtre de Nicolo Musso. C'est Salvator Rosa qu'ils accueillaient avec des cris d'enthousiasme, lorsque du haut de la scène il lançait à pleines mains sur les vices des railleries qu'on ne voulait tolérer ni dans ses poésies ni dans ses tableaux; celui qui t'a prêté son appui, mon cher Antonio, c'est Salvator Formica.

— Salvator, dit alors le vieux Capuzzi, Salvator Rosa, autant je vous ai redouté comme mon plus mortel ennemi, autant j'ai toujours honoré vos talents; mais je vous aime aujourd'hui comme mon meilleur ami, et j'ose vous prier de me rendre un service.

— Parlez, répondit Salvator, mon digne signor Pasquale; en quoi puis-je vous être utile? soyez persuadé d'avance que je ferai tous mes efforts pour accéder à vos désirs.

A ces mots, on vit poindre de nouveau sur le visage de Capuzzi ce doucereux sourire qui avait disparu depuis que Marianna lui avait été enlevée. Il prit la main de Salvator.

— Mon signor Salvator, murmura-t-il, vous pouvez tout sur le brave Antonio; parlez-lui en mon nom, priez-le de me permettre de passer auprès de lui et de ma chère fille Marianna le peu de jours qui me restent à vivre. Priez-le d'accepter de moi l'héritage de la mère de sa femme, auquel j'ai l'intention d'ajouter une bonne dot, et puis qu'il ne m'en veuille pas si parfois je baise la petite main blanche de *ma douce et charmante enfant*; qu'il consente aussi, au moins tous les dimanches, avant d'aller à la messe, à réparer le désordre de ma moustache, car personne dans l'univers entier ne s'entend aussi bien que lui à la friser.

Salvator eut peine à ne pas rire au nez du singulier vieillard. Avant qu'il eût répondu, Antonio et Marianna embrassèrent le vieillard, et lui assurèrent qu'ils ne croiraient à son entier pardon et ne seraient véritablement heureux qu'après avoir été installés par lui dans sa propre maison comme dans celle d'un tendre père, pour ne plus le quitter jamais.

Antonio promit d'arranger les moustaches de Capuzzi dans le dernier goût, non-seulement les dimanches, mais tous les jours de la semaine, et aucun nuage ne troubla plus la joie et le bonheur du vieillard.

Cependant on avait apprêté un magnifique souper, et tous se mirent à table en de joyeuses dispositions.

En me séparant de toi, bien-aimé lecteur, je souhaite de tout mon cœur que tu partages le plaisir dont jouissent maintenant Salvator et tous ses amis, et que tu aies trouvé quelques charmes à la lecture de l'histoire du merveilleux signor Salvator Formica.

BONHEUR AU JEU.

Les eaux de Pyrmont en Westphalie furent plus fréquentées que jamais dans l'été de 18**. La foule des riches étrangers qui les visitaient s'accroissait de jour en jour, et éveillait la concurrence des spéculateurs de toute espèce. Aussi les entrepreneurs de banques de pharaon [1] avaient soin de placer sur les tables leurs brillantes pièces

[1] Les termes techniques du pharaon reviennent trop souvent dans ce conte pour ne pas nécessiter quelques explications

Le pharaon se joue avec un jeu de cinquante-deux cartes. Les *pontes* ou d'or en piles plus considérables qu'auparavant, afin que l'appât fût digne du noble gibier que ces chasseurs exercés avaient intention d'allécher.

Dans les villes de bains, pendant la saison des eaux, chacun, tiré de sa position habituelle, s'abandonne de propos délibéré à une oisiveté indépendante, à d'agréables distractions. Qui ne sait qu'alors l'attrayante magie du jeu devient parfois irrésistible! On voit à cette époque figurer parmi les joueurs les plus déterminés des personnes qui ordinairement ne touchent pas aux cartes. En outre, le bon ton exige, au moins dans le grand monde, que l'on paraisse chaque soir à la banque, et que l'on y perde quelque argent.

Un jeune baron allemand, que nous appellerons Siegfried, semblait seul indifférent à cette fureur générale. Si tout le monde se pressait à la table de jeu, s'il n'entrevoyait point la possibilité d'une conversation spirituelle, telle qu'il les aimait, il préférait s'abandonner dans de solitaires promenades aux caprices de son imagination, ou, demeurant dans sa chambre, prendre en main tel ou tel volume, et même s'essayer dans la littérature et la poésie.

Siegfried était riche, jeune, indépendant, il avait une figure distinguée, une physionomie agréable. Il ne pouvait donc manquer d'être aimé et estimé, et d'avoir des succès auprès des femmes. Mais en outre, dans toutes ses actions, dans toutes ses entreprises, une heureuse étoile semblait briller sur lui avec une faveur toute spéciale. On parlait d'une foule de galanteries aventureuses dont il avait été le héros, et qui, bien qu'offrant des dangers réels, avaient eu pour lui l'issue la plus facile et la plus agréable.

Les vieillards de la connaissance du baron, lorsqu'il était question de lui ou de son bonheur, avaient coutume de mentionner une histoire de montre, arrivée dans les premières années de sa jeunesse.

Voici quelle était cette histoire : Siegfried, étant encore mineur, se trouva inopinément durant un voyage dans une telle pénurie d'argent, que, pour aller plus loin, il fut obligé de vendre sa montre, richement garnie de brillants. Il était déterminé à céder ce bijou précieux pour une somme modique; mais il arriva qu'un jeune prince, logé dans le même hôtel que lui, désirait précisément se procurer une montre analogue à celle-là. Siegfried en obtint donc un prix supérieur à sa valeur réelle.

Plus d'un an s'était écoulé; Siegfried était devenu son maître, lorsque, dans une autre ville, en parcourant les papiers publics, il y vit l'annonce de la mise en loterie d'une montre. Il prit un billet qui ne lui coûta presque rien, et... gagna la montre garnie de brillants qu'il avait vendue.

Peu de mois après, il l'échangea contre une bague de prix. Il se mit pendant un certain temps au service du prince de G**, et quand il en prit congé, celui-ci lui fit remettre, comme marque de sa bienveillance, la même montre d'or garnie de brillants avec une chaîne magnifique!

Cette histoire amena ceux qui la racontaient à parler de l'obstination de Siegfried à ne pas toucher une carte. Cependant son bonheur décisif devait lui faire aimer le jeu plus que qui que ce fût, et, tout en convenant de ses brillantes qualités, on s'accorda bientôt à dire que le baron était un avare beaucoup trop craintif et trop égoïste pour s'exposer à la moindre perte; il est vrai que la conduite du baron démentait péremptoirement tout soupçon d'avarice, mais on n'y fit aucune attention. On rencontre une foule d'individus qui s'acharnent à ajouter un *mais* correctif aux éloges que leur impose la réputation d'un homme heureusement doué, et ceux-là trouvent toujours moyen de découvrir ce *mais* quelque part, quand même il n'existerait que dans leur propre imagination. On se contenta donc parfaitement de cette explication de la répugnance de Siegfried pour le jeu.

Siegfried apprit bientôt les propos que l'on tenait sur son compte. Grand et libéral, ne haïssant rien autant que l'avarice, il résolut, pour confondre les calomniateurs, de surmonter son aversion pour le jeu, et de se racheter de soupçons humiliants moyennant quelques centaines de louis d'or, et même davantage. Il se rendit à la banque, avec la ferme résolution de perdre la somme considérable qu'il avait prise sur lui. Mais ce bonheur qui le suivait partout ne lui fut pas infidèle au jeu. Toutes les cartes qu'il choisissait gagnaient, les calculs cabalistiques des vieux joueurs exercés échouèrent devant la chance du baron. Il avait beau échanger ou déplacer sa carte, le gain était toujours de son côté. Le baron donna le rare spectacle d'un joueur hors de lui parce que les cartes le favorisent. Bien que cette manière d'être fût facile à expliquer, cependant on se regardait d'un air réfléchi, et l'on semblait se dire ouvertement qu'entraîné par son penchant à l'originalité, le baron pouvait être atteint d'une espèce de folie, car il fallait qu'un joueur fût fou pour se désespérer de son bonheur.

Le gain d'une somme considérable obligea le baron à continuer de jouer. Comme, suivant toute probabilité, une perte encore plus grande devait suivre cet avantage important, le baron résolut de poursuivre jusqu'à ce que la veine se fût déclarée contre lui. Mais rien de ce qu'on pourrait prévoir ne se réalisa, car le bonheur décisif du baron demeura toujours le même.

Sans que Siegfried s'en aperçût, la passion du jeu fit tous les jours chez lui de nouveaux progrès. La simplicité même du pharaon, qui offre des chances rapides de fortune ou de ruine, contribua à exciter et à entretenir cette passion naissante. Le baron n'était plus mécontent de son bonheur; le jeu captivait son attention et l'occupait pendant des nuits entières. Ce n'était plus le gain, c'était réellement le jeu en lui-même qui l'attirait, et il fut obligé de croire à cette magie particulière dont ses amis lui avaient autrefois parlé, et qu'il avait niée constamment.

Une nuit, au moment où le banquier venait de finir une taille, Siegfried aperçut en levant les yeux un homme âgé qui s'était placé vis-à-vis de lui, et qui fixait sur lui un regard sérieux et mélancolique. Chaque fois que le baron voulait faire attention au jeu, il rencontrait l'œil sombre de l'étranger, de sorte qu'il ne put se défendre d'un sentiment de gêne et de malaise. L'étranger ne quitta la salle que lorsque le jeu eut cessé.

La nuit suivante, il se trouva de nouveau vis-à-vis du baron, et l'observa obstinément avec des yeux de spectre. Le baron se contint encore; mais, le surlendemain, l'étranger se plaça derechef en face de lui, et arrêta sur lui ses regards, qui pétillaient d'un feu dévorant.

— Monsieur, lui dit alors le baron, je dois vous prier de choisir une autre place; vous gênez mon jeu.

L'étranger s'inclina en souriant douloureusement, et quitta sans mot dire la table de jeu et la salle.

Cependant la nuit suivante l'étranger était à la même place, transperçant Siegfried de son regard sombre et brûlant.

— Monsieur, s'écria le baron, plus irrité que la nuit précédente, si cela vous amuse de me regarder, la bouche béante, je vous prie de choisir un autre temps et un autre lieu; pour le moment veuillez...

Et un geste de la main vers la porte remplaça la dure parole que le baron allait prononcer.

Et comme la nuit précédente, s'inclinant avec le même sourire douloureux, l'étranger quitta la salle.

Agité par le jeu, par le vin qu'il avait bu et par sa scène avec l'étranger, Siegfried ne put dormir. Le jour commençait déjà à paraître, lorsqu'il *se figura voir devant lui la personne de l'étranger*. C'était bien son visage expressif, ses traits fins et largement dessinés flétris par le chagrin, ses yeux enfoncés et sombres qui l'examinaient. Le baron remarqua que, malgré de misérables vêtements, un maintien plein de noblesse trahissait dans l'inconnu l'homme de bonne société; puis il songea à la résignation triste et morne avec laquelle l'étranger avait supporté d'injurieuses paroles et s'était éloigné de la salle en maîtrisant un sentiment plein d'amertume.

— Oui! s'écria Siegfried, j'ai mal agi, très-mal agi envers lui! Est-il dans mon caractère de me mettre en colère comme un manant, d'offenser les autres sans la moindre raison valable?

Le baron en vint à se persuader que si l'inconnu l'avait ainsi regardé, c'est que son attention était vivement excitée par le triste contraste de sa misère avec le bonheur de Siegfried. En effet, pendant que l'un luttait peut-être contre le plus affreux dénûment; l'autre, favorisé par un jeu insolent, entassait ducats sur ducats. Il résolut donc de chercher l'étranger dès le matin et de s'expliquer avec lui.

Le hasard voulut que l'étranger fût précisément la première personne que le baron rencontra en se promenant dans l'allée. Siegfried l'aborda, s'excusa avec chaleur de sa conduite de la nuit passée, et finit par lui demander formellement pardon.

— Je n'ai rien à vous pardonner, monsieur, répondit l'étranger, il faut passer beaucoup de choses au joueur entraîné par l'ardeur de sa passion; d'ailleurs je suis seul coupable : je me suis attiré ces paroles dures en m'entêtant à rester à une place où je devais gêner monsieur le baron.

Le baron alla plus loin. Il parla de la gêne momentanée qui souvent dans la vie accable sensiblement l'homme distingué, et fit entendre clairement qu'il était prêt à disposer de l'argent qu'il avait gagné, et même d'une somme plus considérable, pour secourir l'étranger, s'il y avait lieu.

— Monsieur, répondit l'inconnu, vous me croyez dans le besoin, je n'y suis pas précisément; car, plus pauvre que riche, j'ai cependant des ressources proportionnées à mon genre de vie simple et frugal. Dailleurs, vous devez le penser, si vous croyez m'avoir offensé et que vous vouliez effacer vos torts moyennant une somme d'argent, c'est une réparation que je ne saurais accepter, en ma seule qualité d'homme d'honneur, et quand même je ne serais pas gentilhomme.

— Je crois vous comprendre, répondit le baron consterné, et je suis prêt à vous donner satisfaction, comme vous l'exigerez.

— O ciel! reprit l'étranger, que le duel entre nous serait inégal! Je suis persuadé que, comme moi, vous regardez le duel comme une folie d'enfant; quelques gouttes de sang, sorties peut-être d'un doigt écorché, peuvent-elles laver la tache faite à l'honneur? Je me plais

joueurs mettent chacun un enjeu sur une ou plusieurs cartes. Le banquier, après avoir fait couper, tire d'abord une carte qu'il place à sa droite, et ensuite une autre qu'il place à sa gauche. Il gagne l'argent mis sur la première, et double l'argent des pontes qui ont joué sur la seconde. Il continue ainsi jusqu'à ce qu'il n'ait plus de cartes en mains. Chacun des tours s'appelle une taille.

Ce jeu était fort à la mode au temps de Louis XIV et de Louis XV, et il est encore en vogue à l'étranger; mais chez nous il est tombé en désuétude.

(*Note du trad.*)

à croire que telle n'est pas votre opinion. Il y a des circonstances, voyez-vous, qui peuvent rendre impossible à deux personnes de vivre ensemble sur cette terre. Que l'une habite le Caucase, l'autre les bords du Tibre, n'importe, il n'y a point entre elles de séparation véritable, tant que chacune d'elles est poursuivie par la pensée de l'existence de celle qu'elle exècre. Alors le duel devient nécessaire, alors c'est au duel à décider lequel des deux rivaux doit faire place à l'autre sur la terre. Mais entre nous, comme je viens de le dire, le duel serait très-inégal. Ma vie a bien moins de valeur que la vôtre. Si je vous tue, j'anéantis avec vous nombre de brillantes espérances; si je reste sur la place, vous aurez mis fin à une existence pleine de soucis, troublée par les souvenirs les plus amers et les plus déchirants! Ce qu'il y a d'essentiel, c'est que je ne me tiens nullement pour offensé. Vous m'avez dit de m'en aller, et je m'en suis allé.

L'inconnu prononça ces dernières paroles d'un ton qui décelait une mortification intérieure. Le baron y vit une raison suffisante pour s'excuser encore. Il avoua que, sans qu'il sût pourquoi, le regard de l'étranger l'avait pénétré jusqu'au fond de l'âme et avait fini par lui devenir complétement insupportable.

— Puisse mon regard, dit l'inconnu, avoir éveillé dans votre âme, si réellement il y a pénétré, la pensée du danger imminent auquel vous êtes exposé! De gaîté de cœur, avec le laisser aller de la jeunesse, vous êtes au bord du précipice; le moindre mouvement peut vous y jeter à jamais. En un mot, vous êtes sur le point de vous perdre en devenant un joueur passionné.

Le baron assura à l'inconnu qu'il se trompait complétement. Il fit un récit détaillé des circonstances qui l'avaient conduit à la banque, et affirma que la passion du jeu proprement dite ne tarderait pas à l'abandonner; qu'il désirait seulement perdre quelques centaines de louis d'or, et qu'il cesserait de jouer dès qu'il y serait parvenu; mais que jusqu'à présent il avait eu le bonheur le plus complet.

— Ah! s'écria l'étranger, ce bonheur est précisément l'appât terrible et perfide de la puissance ennemie! Le bonheur qui vous suit, baron, la manière dont vous avez été amené à jouer, votre contenance même au jeu, qui ne trahit que trop évidemment l'intérêt de plus en plus grand que vous y prenez, tout cela ne me rappelle que trop vivement le sort affreux d'un infortuné semblable à vous sous plusieurs rapports, et qui commença précisément comme vous. Voilà pourquoi je pouvais à peine m'empêcher de vous regarder, de vous exprimer par mes paroles ce que mes regards devaient vous faire deviner, de vous crier : — Arrête! vois les démons allonger leurs doigts crochus pour t'entraîner dans l'enfer! Voilà les mots qui erraient sur mes lèvres. Je désirais faire votre connaissance, et en cela du moins j'ai réussi. En apprenant l'histoire du malheureux dont j'ai parlé, peut-être serez-vous alors persuadé que si je vous vois dans le danger le plus imminent et si je vous en avertis, ce n'est point l'effet d'une vaine chimère, d'une illusion sans consistance.

Le baron et l'inconnu prirent tous deux place sur un banc solitaire, et celui-ci commença en ces termes :

— Les qualités remarquables qui vous distinguent, monsieur le baron, valurent au chevalier de Ménars l'estime et l'admiration des hommes et le rendirent le favori des femmes. Seulement le sort ne lui avait pas été aussi favorable qu'à vous en ce qui regarde la richesse. Il était dans un état voisin de la détresse, et ce n'était qu'avec le plus grand ordre et la plus stricte économie qu'il lui était possible de tenir le rang qu'il avait comme descendant d'une famille distinguée. La plus légère perte devant lui être sensible et troubler les habitudes régulières de son existence, il n'osait se permettre le jeu. En outre, il n'y était nullement enclin, et en l'évitant il ne faisait aucun sacrifice. Du reste, il réussissait à tout ce qu'il entreprenait d'une manière si étrange, que le bonheur du chevalier de Ménars était passé en proverbe.

Une nuit, contre son habitude, il s'était laissé entraîner dans une maison de jeu. Les amis qui l'avaient accompagné furent bientôt absorbés dans le maniement des cartes. Loin d'y participer, le chevalier, plongé dans des réflexions de tout autre nature, arpentait la salle de long en large, et regardait de temps en temps la table de jeu où l'or affluait de tous côtés devant le banquier.

Tout à coup un vieux colonel aperçut le chevalier, et lui cria à haute voix :

— Par tous les diables! voici au milieu de nous le chevalier de Ménars et son bonheur; ce n'est pas étonnant que nous ne puissions rien gagner : il ne s'est encore déclaré ni pour le banquier, ni pour les pontes. Mais cela ne doit pas durer longtemps ainsi. Il faut qu'à l'instant même le chevalier ponte pour moi.

Le chevalier eut beau s'excuser sur sa maladresse, sur son manque d'expérience, le colonel insista, et le chevalier fut obligé de s'installer à la table de jeu.

Il arriva précisément au chevalier la même chose qu'à vous, monsieur le baron. Toutes les cartes lui étaient favorables, et il eut bientôt gagné une somme importante. Pour le colonel, il ne pouvait se réjouir assez de l'idée qu'il avait eue de profiter du bonheur constant du chevalier de Ménars.

Quant au chevalier lui-même, son heureuse chance, qui étonnait tout le monde, ne fit pas sur lui la moindre impression, et il ne sut comment il se fit que son aversion pour le jeu en fût augmentée. Le lendemain, lorsqu'il sentit les suites d'une nuit passée contrairement à la nature dans une insomnie d'esprit et de corps, il se promit de ne jamais visiter une salle de jeu sous aucun prétexte.

Cette résolution fut encore affermie par la conduite du vieux colonel, qui, dès qu'il prenait une carte en main, était certain de perdre, et qui, par un bizarre aveuglement, mettait à présent son malheur sur le compte du chevalier. Il lui demanda vivement et à plusieurs reprises de vouloir bien ponter pour lui, ou du moins de se placer à côté de lui lorsqu'il jouerait, afin de conjurer par sa présence le mauvais génie qui lui mettait dans la main des cartes qui ne sortaient jamais : on sait que personne au monde n'est plus superstitieux qu'un joueur. Pour se débarrasser du colonel, le chevalier fut obligé de lui parler fort sérieusement, et même de lui déclarer qu'il aimerait mieux se battre avec lui que de jouer pour lui. Or le colonel n'avait pas pour les duels une prédilection très-marquée.

Le chevalier maudissait sa faiblesse envers ce vieux fou. Au reste, l'histoire de son merveilleux bonheur au jeu ne pouvait manquer de courir de bouche en bouche, avec addition de circonstances énigmatiques et mystérieuses qui représentaient le chevalier comme lié avec des puissances d'un ordre supérieur. Mais que, malgré son bonheur, il refusât de toucher une carte, c'est ce qui devait donner la plus haute idée de son caractère, et augmenter singulièrement la considération dont il jouissait.

Une année environ s'était écoulée, lorsque, par le retard inattendu des sommes modiques au moyen desquelles il suffisait à son entretien, le chevalier fut mis dans l'embarras le plus pressant et le plus pénible. Il fut obligé de se confier à son plus intime ami, qui lui prêta immédiatement ce dont il avait besoin, en lui reprochant d'être l'homme le plus bizarre qu'il eût jamais vu.

— Le destin, dit-il, nous indique par des signes certains la voie par laquelle nous devons chercher fortune. Si nous ne faisons pas attention aux avertissements qu'il nous donne, ou si nous ne les comprenons pas, la faute en est à notre indolence seule; or la puissance supérieure qui nous gouverne t'a distinctement soufflé à l'oreille : Si tu veux gagner de l'argent, va et joue; sans quoi tu croupiras toujours dans la pauvreté, la misère et la dépendance.

Ce ne fut qu'à cette époque que la pensée du bonheur surprenant qui l'avait favorisé à la banque du pharaon se présenta vivante à l'âme du chevalier de Ménars. Dans ses rêves, pendant sa veille, il voyait constamment des cartes; il entendait le cliquetis des pièces d'or, et ces paroles monotones du banquier :

— Gagne, perd! gagne, perd!

— Il est vrai, se dit-il à lui-même, une seule nuit comme celle-là m'arrache au besoin, me met au-dessus de l'embarras d'être à charge à mes amis; il est de mon devoir de suivre les avis du destin.

L'ami qui lui avait donné des conseils l'accompagna dans une maison de jeu et lui avança encore vingt louis d'or, afin de le mettre à même de commencer à jouer sans s'inquiéter des conséquences.

Si le chevalier avait merveilleusement réussi en pontant pour le colonel, quand il ponta pour lui-même la chance lui fut doublement favorable; il tirait aveuglément et sans choix les cartes sur lesquelles il mettait; ce n'était pas lui qui conduisait son jeu; c'était plutôt ce que nous appelons hasard, ou cette puissance supérieure qui est unie avec le hasard et en dirige les coups incertains. Lorsque le jeu cessa, il avait gagné mille louis d'or!

Le matin suivant, il se réveilla dans une espèce d'étourdissement. Les pièces d'or qu'il avait gagnées étincelaient à côté de lui sur la table. Au premier moment il crut rêver : il se frotta les yeux, il saisit la table à deux mains, l'approcha de lui, et réfléchit à ce qui s'était passé. En fouillant dans le monceau de pièces d'or, en les comptant et recomptant avec complaisance, pour la première fois l'envie de sacrifier au méprisable dieu des richesses pénétra tout son être, comme un souffle funeste et empoisonné. C'en était fait de la pureté de sentiments qu'il avait si longtemps conservée!

Il eut à peine la patience d'attendre la nuit pour courir à la table de jeu. La veine lui fut toujours favorable; de façon qu'en peu de semaines, pendant lesquelles il avait joué presque toutes les nuits, il gagna une somme considérable.

Il y a deux espèces de joueurs. Quelques-uns trouvent un charme mystérieux et inexprimable au jeu en lui-même et sans avoir égard au gain. C'est dans le jeu surtout qu'on peut admirer les caprices étranges du hasard, et cette multiplicité de combinaisons variées qui s'enchevêtrent et se succèdent. C'est dans le jeu que se montre le plus clairement l'action d'une puissance occulte et surnaturelle, et c'est là précisément ce qui excite notre esprit à tenter la fortune. On dirait qu'il veut essayer de pénétrer dans l'impénétrable empire, dans le riche laboratoire de cette puissance, pour en épier les travaux.

J'ai connu un homme qui, seul dans sa chambre, durant des jours et des nuits, faisait taille et pontait contre lui-même. Celui-là, à mon avis, était un véritable joueur. Mais il en est d'autres qui n'ont devant les yeux que le lucre, et considèrent le jeu comme un moyen de s'enrichir rapidement. C'est à cette classe de joueurs que se rattachait le chevalier. Par là il confirmait ce fait, que la passion réelle et profonde du jeu est innée et inhérente au caractère individuel.

N'ayant donc en vue que le gain, le chevalier trouva bientôt trop étroit le cercle dans lequel tournent les pontes. Avec les sommes énormes qu'il avait gagnées il établit une banque, et dans cette spéculation comme dans les autres, il eut tant de succès, qu'en peu de temps sa banque fut la plus riche de toutes celles de Paris. Par l'effet d'une attraction naturelle, le plus grand nombre des joueurs afflua chez le plus heureux et le plus riche des banquiers.

La vie folle et déréglée du joueur effaça bientôt tous les avantages moraux et physiques qui avaient autrefois mérité au chevalier l'estime et l'affection de tous. Il cessa d'être ami fidèle, homme de société gai et sans souci, adorateur chevaleresque des dames. Son goût pour l'art et les sciences s'éteignit; il ne songea plus à acquérir de profondes connaissances. Sur son visage d'une pâleur mortelle, dans ses yeux mornes qui dardaient un feu sombre, on voyait les traces des passions funestes qui le tenaient sous leur joug. Ce n'était plus l'amour du jeu, c'était la plus détestable cupidité que Satan lui-même avait allumée en lui! Bref, le chevalier de Ménars était le banquier le plus accompli qu'on pût rencontrer.

Une nuit, sans que le chevalier eût précisément éprouvé une perte considérable, son bonheur sembla se démentir. Cette même nuit, un petit homme, vieux, sec, mal vêtu, d'un aspect presque repoussant, entra dans la salle de jeu. Il prit d'une main tremblante une carte, et y posa une pièce d'or. Plusieurs des joueurs regardèrent le vieillard avec un air de profond étonnement, et lui témoignèrent un mépris insultant, sans que le vieillard sourcillât, sans qu'il ouvrît la bouche pour se plaindre.

Le vieillard perdit. Il risqua et perdit plusieurs mises, les unes après les autres, en les doublant sans cesse; mais plus sa perte augmentait, plus les autres joueurs s'en réjouissaient. Le vieillard venait de poser cinq cents louis d'or sur une carte, et de les perdre aussitôt, quand l'un des pontes s'écria tout haut en riant :

— Bonne chance, signor Vertua, bonne chance! Allons, ne perdez pas courage, jouez toujours; vous me faites l'effet de vouloir à la fin faire sauter la banque à force de gagner.

Le vieillard jeta sur le railleur un regard de basilic, et sortit à la hâte, mais pour revenir, les poches pleines d'or, au bout d'une demi-heure. A la dernière taille, le vieillard fut contraint de cesser, parce qu'il avait joué tout l'or qu'il avait apporté.

Malgré l'infamie de sa conduite, le chevalier tenait encore à faire observer à sa banque une certaine bienséance. Il avait donc été choqué au plus haut point du dédain et du mépris avec lequel on avait traité le vieillard. Lorsque celui-ci fut parti, à la fermeture des portes, il jugea à propos de faire de sérieux reproches aux railleurs, et à quelques autres joueurs dont les manières méprisantes avaient été remarquées.

— Eh! chevalier, s'écria l'un d'eux, vous ne connaissez pas le vieux Francisco Vertua; autrement vous ne vous plaindriez ni de nous ni de notre conduite. Vous la trouveriez au contraire parfaite. Apprenez que ce Vertua, Napolitain de naissance, habitant Paris depuis quinze ans, est le plus vil, le plus sordide, le plus méchant ladre et usurier qui existe. Tout sentiment humain lui est étranger. Il verrait son propre frère se tordre à ses pieds, et, ne faudrait-il qu'un seul louis d'or pour sauver ce frère, il serait inutile de le lui demander. Il est chargé des malédictions et des imprécations d'une foule de personnes, de familles entières qui ont été jetées dans la plus profonde misère par ses spéculations sataniques. Il est détesté cordialement de tous ceux qui le connaissent. Chacun désire se venger de tout le mal qu'il a fait, et aspire à voir se terminer une existence souillée de crimes. Il n'a jamais joué, du moins depuis qu'il est à Paris. Après ces explications, vous n'avez aucun sujet d'être étonné de la profonde surprise dont nous fûmes saisis lorsque le vieil avare parut à la table de jeu. Il est également tout simple que nous ayons été contents de la perte considérable qu'il a éprouvée. Il eût été fâcheux, très-fâcheux, que la fortune eût favorisé ce misérable. Il n'est que trop certain, chevalier, que la richesse de votre banque a ébloui le vieux fou. Il croyait vous plumer, et c'est lui-même qui a perdu ses plumes. Mais une chose qui est incompréhensible à mes yeux, c'est que Vertua, en contradiction avec son caractère d'avare, ait pu se résoudre à jouer des sommes aussi élevées. Sans doute il ne reviendra plus, et nous en sommes quittes.

Cette conjecture ne fut nullement réalisée, car dès la nuit suivante Vertua était à la banque du chevalier. Il joua de nouveau, et fit une perte encore beaucoup plus énorme que celle de la veille. Malgré cela, il demeura calme; il souriait même avec une ironie amère, comme s'il eût su d'avance que la chance tournerait bientôt. Mais la perte du vieillard grossit comme une avalanche dans chacune des nuits suivantes, de façon qu'on calcula qu'il avait payé à la banque trente mille louis d'or.

Un soir, il entra dans la salle lorsque le jeu était déjà depuis longtemps commencé. Pâle comme la mort et les yeux hagards, il se plaça loin de la table de jeu, l'œil fixé sur les cartes que tirait le chevalier. Enfin, quand le chevalier eut mêlé les cartes, qu'il eut fait couper, et qu'il allait commencer une taille, le vieillard s'écria : — Arrêtez! d'une voix si perçante que tous les assistants se retournèrent presque épouvantés.

Le vieillard s'avança alors auprès du chevalier.

— Chevalier! lui dit-il à l'oreille d'une voix sourde, ma maison de la rue Saint-Honoré, tout mon mobilier, tout ce que je possède en or, argent et bijoux est estimé quatre-vingt mille francs. Voulez-vous tenir l'*enjeu*?

— Bien, répondit froidement le chevalier sans regarder le vieillard, et il commença la taille.

— La dame, dit signor Vertua.

Au premier tirage, la dame avait perdu!

Le vieillard fit un saut en arrière, s'appuya contre la muraille et demeura immobile comme une statue. Personne ne s'occupa de lui davantage.

Le jeu était achevé, les pontes s'étaient dispersés; le chevalier, aidé de son croupier, serrait l'or qu'il avait gagné. En ce moment, le vieux Vertua sortit de son coin comme un fantôme, s'avança vers le chevalier, et dit d'une voix sourde et creuse :

— Encore un mot, chevalier! un seul mot.

— Eh bien, qu'est-ce qu'il y a? repartit le chevalier en retirant la clef de sa cassette et toisant le vieillard de la tête aux pieds d'un air méprisant.

— J'ai perdu toute ma fortune à votre banque, chevalier; il ne me reste rien, absolument rien. Je ne sais pas où demain je reposerai ma tête, avec quoi j'apaiserai ma faim. Je cherche un refuge auprès de vous, chevalier! Prêtez-moi la dixième partie de la somme que vous m'avez gagnée, afin que je recommence mes affaires, et que je me mette au-dessus de la misère la plus pressante.

A quoi songez-vous, signor Vertua! répondit le chevalier; ne savez-vous pas qu'un banquier ne peut jamais prêter de l'argent sur son gain? C'est contraire à l'ancienne règle, de laquelle je ne veux en rien m'écarter.

— Vous avez raison, chevalier, reprit Vertua; ma demande était insensée... exagérée!... La dixième partie!... non!... prêtez-m'en seulement la vingtième partie!...

— Je vous répète, dit le chevalier d'un ton maussade, que je ne prête jamais rien sur mon gain.

— Il est vrai, dit Vertua, dont la pâleur augmentait à chaque instant et dont les regards s'éteignaient, vous n'osez rien prêter; j'en agissais de même autrefois! Mais faites l'aumône au mendiant : sur les trésors que vous a jetés aujourd'hui la fortune aveugle, donnez-lui cent louis d'or.

— En vérité, s'écria le chevalier avec colère, vous vous entendez à tourmenter les gens, signor Vertua! Je vous le dis, vous n'obtiendrez de moi ni cent, ni cinquante, ni vingt louis d'or... ni même un seul. Il faudrait que je fusse fou pour vous faire la moindre avance, et vous mettre à même de recommencer votre honteux métier. Le hasard vous a jeté dans la poussière comme un reptile venimeux, et ce serait une infamie de vous relever. Allez-vous-en, et...

Vertua se cacha le visage de ses deux mains crispées, et tomba en poussant un soupir étouffé. Le chevalier ordonna à son domestique de descendre sa cassette dans sa voiture.

— Signor Vertua, cria-t-il d'une voix forte, quand me remettez-vous votre maison et vos effets?

Vertua se releva et répondit avec fermeté :

— A l'instant, chevalier, venez avec moi.

— Bien, répondit le chevalier, je vais vous conduire en voiture jusqu'à votre demeure, que vous quitterez demain pour toujours.

Pendant toute la route, ni Vertua ni le chevalier ne prononcèrent une seule parole. Arrivé devant sa maison de la rue Saint-Honoré, Vertua tira le cordon de la sonnette. Une petite vieille vint ouvrir.

— O Sauveur du monde! s'écria-t-elle en apercevant Vertua; est-ce enfin vous, signor? Angéla est dans de mortelles alarmes à cause de vous.

— Tais-toi, répondit Vertua; fasse le ciel qu'Angéla n'ait pas entendu la malheureuse sonnette! Elle ne doit pas savoir que je suis de retour.

En disant cela il prit le chandelier des mains de la vieille pétrifiée d'étonnement, et éclaira le chevalier jusqu'au salon.

— Je suis préparé à tout, dit Vertua. Vous et d'autres, vous vous êtes plu à me ruiner; mais vous ne me connaissez pas. Apprenez donc que j'étais jadis un joueur comme vous, la fortune capricieuse me fut aussi favorable qu'à vous; je parcourus la moitié de l'Europe, m'arrêtant partout où m'attiraient le grand nombre des joueurs et l'espérance de gros bénéfices. L'or s'amassait dans ma banque comme dans la vôtre. J'avais une femme belle et vertueuse que je négligeais, et qui était malheureuse au milieu des jouissances de la plus brillante fortune. J'avais ouvert une banque à Gênes. Il arriva qu'une nuit un jeune Romain y joua tout son patrimoine. Il me supplia, comme je l'ai fait aujourd'hui, de lui prêter de l'argent, au moins de quoi retourner à Rome. Je le lui refusai avec un rire moqueur, et, plein de rage et de désespoir, il m'enfonça profondément son stylet dans la poitrine.

Les médecins eurent beaucoup de peine à me sauver, et ma convalescence fut longue et douloureuse; ma femme me soigna, me consola, me soutint dans les moments où je succombais à mes maux. A mesure que je revenais à la santé, un sentiment que je n'avais jamais connu se développait en moi, et prenait chaque jour de nouvelles forces. Un joueur devient étranger à toute émotion humaine, et c'est ce qui faisait que je ne savais pas ce que c'était que l'amour, l'attachement fidèle d'une épouse. J'étais accablé du poignant souvenir du mal que mon ingratitude avait fait à ma femme, de la passion infâme à laquelle je l'avais sacrifiée.

Semblables à des ombres vengeresses, m'apparurent tous ceux dont j'avais détruit avec une coupable indifférence le bonheur et l'existence entière. J'entendais leurs voix sépulcrales, rauques et étouffées, me reprocher toutes les fautes, tous les crimes dont j'avais semé le germe. Ma femme seule avait le pouvoir de bannir l'inexprimable douleur, l'horreur qui me saisissaient alors. Je fis vœu de ne jamais toucher une carte. Je m'affranchis, m'arrachai des liens qui me retenaient. Je résistai aux invitations pressantes de mes croupiers, qui disaient ne pouvoir se passer de moi et de mon bonheur. J'achetai une petite maison de campagne auprès de Rome, et, lorsque je fus entièrement rétabli, je m'y réfugiai avec ma femme.

Gagnol... tel fut son dernier mot; en le prononçant, il poussa un profond soupir : il n'était plus.

Hélas! ce calme, cette félicité, cette satisfaction dont je n'avais jamais eu l'idée, ne me furent accordés qu'une seule année. Ma femme me donna une fille et mourut peu de semaines après. Je fus au désespoir; j'accusai le ciel; je me maudis de nouveau moi-même; je maudis ma vie infâme qu'avait punie la puissance éternelle en m'enlevant ma femme, en me prenant celle qui m'avait préservé de la mort, le seul être qui me donnât des consolations et de l'espérance!...

Comme le criminel qui craint l'horreur de la solitude, je me sentis poussé à quitter ma maison de campagne, et je me fixai à Paris. Angéla devint charmante; c'était l'image de sa mère; elle possédait mon cœur tout entier; je ne vivais que pour elle. Par une conséquence naturelle de ma tendresse, je désirai non-seulement conserver mais encore augmenter ma fortune. Il est vrai que je prêtai de l'argent à des intérêts assez élevés, mais c'est une odieuse calomnie que de m'accuser d'une usure abominable. Et quels sont mes accusateurs? des jeunes gens légers, qui me tourmentent sans relâche, jusqu'à ce que je leur prête de l'argent qu'ils méprisent comme une chose sans valeur, et qui veulent s'emporter lorsque je redemande avec une rigueur inexcusable cet argent qui appartient non plus à moi, mais à ma fille, dont je ne me regarde que comme le tuteur.

Il n'y a pas longtemps, j'arrachai un jeune homme à la honte et à sa ruine en lui avançant une somme considérable. Je savais qu'il était dans le plus absolu dénûment, et je ne lui adressai pas un mot de réclamation, jusqu'à ce qu'il eût fait un magnifique héritage; alors je lui demandai la restitution de mon argent. Croiriez-vous, chevalier, que le misérable étourdi qui me devait l'existence nia la dette, et m'appela méprisable avare, lorsque les tribunaux l'eurent contraint de l'acquitter?

Je pourrais vous raconter d'autres faits semblables, qui m'ont rendu dur et insensible pour les prodigues et les méchants, quand ils ont eu recours à moi. Bien plus, je pourrais vous dire que j'ai séché plus d'une larme, et que mainte prière est montée au ciel pour mon Angéla et pour moi; mais une telle assertion dans ma bouche serait regardée par vous comme une vaine fanfaronnade. En outre, ces bonnes actions seraient pour vous sans intérêt, car vous êtes un joueur.

Je croyais que le courroux du ciel était fléchi. Ce n'était qu'une vaine présomption. Il fut donné à Satan toute liberté de m'éblouir plus fatalement que jamais. J'entendis parler de votre bonheur, chevalier! Chaque jour, on me disait que tel ou tel, à force de ponter à votre banque, avait été réduit à la mendicité. Alors il me vint à l'esprit que j'étais destiné à mesurer mon bonheur de joueur avec le vôtre, qu'il ne tenait qu'à moi de mettre un terme à votre train de vie, et cette pensée, qu'une étrange folie peut seule rendre explicable, ne me laissa ni paix ni trêve. Ainsi je fus conduit à votre banque, et lorsque mon affreuse illusion m'abandonna, tout le patrimoine de mon Angéla vous appartenait! N'y songeons plus maintenant, c'est fini! Vous permettrez pourtant que ma fille emporte ses effets.

— La garde-robe de votre fille ne me regarde en rien, répondit le chevalier; vous pouvez aussi emporter des lits et les ustensiles de ménage indispensables. Que ferais-je de tous ces chiffons? mais veillez à ce qu'aucun objet de prix ne soit détourné de ce qui m'est échu.

Pendant quelques secondes, le vieux Vertua regarda fixement le chevalier sans mot dire; puis un torrent de larmes sortit de ses yeux. Complétement anéanti, tout entier à la douleur et au désespoir, il tomba aux pieds du chevalier, et s'écria les mains jointes :

— Chevalier, y a-t-il encore dans votre cœur un sentiment humain? Soyez clément, soyez-le!... Ce n'est pas moi, c'est ma fille, mon Angéla, un enfant innocent et pur que vous précipitez dans le malheur. Ayez de l'humanité pour elle; prêtez-lui, à elle, à mon Angéla, la vingtième partie de la fortune que vous lui avez ravie! Ah! je *le sais*, vous-vous laisserez toucher... O Angéla, ma fille!...

Et le vieillard gémissait, sanglotait, et répétait avec un accent à briser le cœur le nom de son enfant.

— Cette insipide scène de théâtre commence à m'ennuyer, dit le chevalier avec humeur et indifférence.

Mais en ce moment même la porte s'ouvrit, et une jeune fille en blanc déshabillé de nuit, les cheveux en désordre, la mort peinte sur la physionomie, se précipita vers le vieux Vertua, le releva et le prit dans ses bras.

— O mon père! mon père! s'écria-t-elle, j'écoutais... Je sais tout... Avez-vous donc tout perdu, tout absolument? N'avez-vous pas votre Angéla? Qu'est-il besoin d'argent et de biens? Est-ce qu'Angéla ne vous nourrira pas, n'aura pas soin de vous? O mon père! ne vous abaissez pas davantage devant ce monstre méprisable. Ce n'est pas nous, c'est lui qui demeure pauvre et méprisable au milieu de ses viles richesses; car il est là dans une solitude affreuse et inconsolable. Il n'y a pas dans ce vaste univers un seul cœur aimant qui réponde aux battements du sien, qui se confie en lui dans les instants de doute et d'affliction. Venez, mon père, quittez cette maison avec moi; venez, allons-nous-en bien vite, que cet homme affreux ne se repaisse pas de notre douleur!

Vertua tomba presque évanoui dans un fauteuil. Angéla s'agenouilla devant lui, lui prit les mains, les baisa, énuméra, avec une volubilité enfantine, tous les talents, toutes les connaissances qui étaient à son service, et avec lesquels elle voulait largement suffire aux besoins de son père. Elle le pria *à chaudes larmes* de bannir tout chagrin, puisque la vie allait enfin avoir du prix pour elle, qui broderait, coudrait, chanterait, jouerait de la guitare pour son père...

Quel homme, quel pécheur endurci eût pu rester indifférent à la vue d'Angéla brillante d'une beauté divine, consolant son vieux père d'une voix douce et suave, et montrant l'affection pure et les vertus filiales qui reposaient au fond de son cœur?

Le chevalier en éprouva l'influence : tout un enfer de tourments et de remords de conscience s'éveilla subitement en lui. Angéla lui apparut comme l'ange vengeur de Dieu, devant la splendeur duquel tombaient les voiles nébuleux de sa criminelle folie. Il aperçut ses vices dans leurs repoussantes nudités. Il se connut lui-même, et frémit d'horreur.

Du milieu de cet enfer, dont les flammes consumaient l'âme du chevalier, sortit un rayon pur et divin, dont le reflet était la joie même et la félicité du ciel. Mais à la lueur de ce rayon ses douleurs ne devinrent que plus terribles.

Le chevalier n'avait encore jamais aimé lorsqu'il vit Angéla, il fut à la fois saisi de la passion la plus violente et des souffrances accablantes du désespoir le plus absolu; car l'homme qui se montrait tel qu'il s'était montré, devant la jeune fille pure et céleste, devant la belle Angéla, pouvait-il concevoir la moindre espérance?

Le chevalier voulut parler, mais il n'y put parvenir. On eût dit qu'une crampe lui paralysait la langue. Enfin, il rassembla toute son énergie :

— Signor Vertua, balbutia-t-il d'une voix tremblante, écoutez-moi!... Je ne vous ai rien gagné, rien du tout. Voilà ma caisse; elle est à vous. Non! je dois vous payer plus encore : je suis votre débiteur... Prenez... prenez!

— O ma fille! s'écria Vertua.

Mais Angéla se leva, alla se placer en face du chevalier, et le regarda avec fierté.

— Chevalier, dit-elle d'un ton sérieux et énergique, sachez qu'il y a quelque chose au-dessus des biens et de l'argent, qu'il y a des principes qui vous sont étrangers, et qui, en même temps qu'ils prodiguent à notre âme des consolations venues du ciel, nous font rejeter avec mépris votre présent, votre faveur! Gardez ces trésors sur lesquels pèse la malédiction qui vous suit, joueur sans âme et repoussé de tous!

Il laissa reposer son marteau et ecouta attentivement le son creux des coups qui se rapprochaient toujours de plus en plus.

— Oui, s'écria le chevalier, tout hors de lui, d'une voix terrible et avec un regard de fureur : oui!... que je sois maudit, précipité dans le fond des enfers, si jamais cette main touche encore une carte! Et si alors vous me repoussez, Angéla! ce sera vous qui me perdrez irrévocablement. Oh! vous ne savez pas! vous ne me comprenez pas!... Vous me prenez pour un fou; mais vous le sentirez... vous saurez tout quand je serai à vos pieds, quand je me serai brûlé la cervelle... Angéla! Il y va de la mort ou de la vie!... Adieu.

A ces paroles, le chevalier désespéré s'en alla précipitamment. Vertua pénétra complétement la cause de son agitation; il devina quel changement s'était opéré en lui, et tâcha de faire entendre à la belle Angéla qu'il pourrait y avoir certaines circonstances qui amèneraient la nécessité d'accepter les dons du chevalier. Angéla trembla de n'avoir compris que trop bien son père. Elle ne croyait pas qu'il fût possible de traiter le chevalier autrement qu'avec mépris. Le destin, qui agit souvent dans les plus profonds replis du cœur humain sans que celui-ci s'en aperçoive, amena des événements qui n'étaient ni supposés ni pressentis.

Le chevalier crut s'être réveillé tout à coup d'un rêve horrible; il se vit au bord du gouffre de l'enfer, étendant en vain les bras vers l'être brillant de lumière qui lui était apparu, non pas pour le sauver... non!... mais pour lui rappeler sa damnation!

A l'étonnement de tout Paris, la banque de jeu du chevalier de Ménars disparut de la scène du monde; on ne le vit plus, et il en résulta des bruits de la nature la plus extraordinaire et qui se répandirent rapidement, mais qui étaient tous plus faux les uns que les autres. Le chevalier évita toute société. Son amour se manifesta par le chagrin le plus profond et le plus invincible.

Un jour, il lui arriva de rencontrer tout à coup, dans les sombres allées du jardin de la Malmaison, le vieux Vertua avec sa fille. Angéla, qui avait cru ne pouvoir regarder le chevalier qu'avec horreur et mépris, se sentit singulièrement touchée lorsqu'elle vit devant elle le chevalier pâle comme la mort, tout en désordre, et timide à ne pas avoir le courage de lever les yeux. Elle n'ignorait pas que le chevalier avait renoncé au jeu depuis cette nuit désastreuse, et qu'il avait entièrement changé de vie. C'était elle, elle seule qui avait opéré cette transformation; elle avait sauvé le chevalier de sa perte : quelle chose pouvait flatter davantage sa vanité de femme?

Quand Vertua eut échangé avec le chevalier les politesses d'habitude, Angéla lui demanda d'un ton de compassion douce et bienfaisante :

— Qu'avez-vous, chevalier de Ménars? vous avez l'air malade! En vérité, vous devriez vous confier à un médecin...

On s'imagine aisément que les paroles d'Angéla remplirent le chevalier d'une espérance consolante. Dès ce moment il ne fut plus le même. Il leva la tête; il retrouva la force de parler ce langage qui partait du fond de l'âme, et lui avait ouvert autrefois tous les cœurs. Vertua lui rappela qu'il avait à prendre possession de la maison qu'il avait gagnée.

— Oui, signor Vertua, s'écria le chevalier avec enthousiasme, c'est mon intention! Demain j'irai vous voir; mais permettez-moi de m'expliquer minutieusement sur les conditions que j'y mets, dussé-je y passer des mois entiers.

— Cela peut se faire, chevalier, répliqua Vertua en souriant, il me semble qu'avec le temps il peut vous venir à l'esprit mille choses auxquelles nous ne pensons pas encore à l'heure qu'il est.

Le chevalier consolé ne pouvait manquer de recouvrer toute l'amabilité qui le distinguait autrefois, avant qu'il eût été entraîné par la passion pernicieuse du jeu. Ses visites chez le vieux signor Vertua devinrent plus fréquentes. Angéla se sentit une inclination de plus en plus vive pour celui dont elle avait été l'ange gardien. Enfin, elle crut en être venue à l'aimer sincèrement, et promit de lui donner sa main, à la grande joie du vieux Vertua, qui regarda dès lors comme entièrement vidée l'affaire des biens que le chevalier lui avait gagnés.

— Qu'as-tu donc, mon Elis? demanda Ulla.

Angéla, l'heureuse fiancée du chevalier de Ménars, était un jour assise à la fenêtre, absorbée dans des pensées d'amour, telles que les fiancées ont coutume d'en avoir. En ce moment passa gaiement dans la rue, au son des trompettes, un régiment de chasseurs destiné à prendre part à la campagne d'Espagne. Angéla regardait avec compassion ces soldats qui allaient se vouer à la mort dans une guerre d'extermination, lorsqu'un très-jeune homme leva les yeux vers elle en faisant faire rapidement à son cheval un mouvement de côté. La jeune fille retomba évanouie sur son fauteuil.

Hélas! ce chasseur, qui allait au-devant d'une mort sanglante, n'était autre que le jeune Duvernet, le fils du voisin, avec lequel elle avait grandi, qui passait presque toutes les journées auprès d'elle, et qui n'avait discontinué ses visites que lorsque le chevalier s'était présenté.

On voyait la mort même dans le regard plein de reproches du jeune homme. Ce ne fut qu'alors qu'Angéla s'aperçut qu'il l'avait aimée d'un amour inexprimable, et qu'elle-même à son insu éprouvait pour lui le sentiment le plus vif. Elle avait été aveuglée par l'éclat qui entourait le chevalier. Ce ne fut qu'alors qu'elle comprit les soupirs étouffés du jeune homme, ses assiduités paisibles et sans prétention. Elle interrogea son propre cœur, et y lut clairement ce qui s'y passait lorsque Duvernet venait la voir et qu'elle entendait sa voix.

— Il est trop tard! se dit Angéla, il est perdu pour moi!

Elle eut le courage de combattre le sentiment douloureux qui déchirait son cœur, et elle y réussit par cela même qu'elle en avait la ferme volonté.

Il n'échappa point à la perspicacité du chevalier qu'il devait être arrivé quelque chose de funeste et de sinistre. Cependant il avait assez de délicatesse pour ne pas chercher à pénétrer un secret qu'Angéla croyait devoir lui cacher, et, pour conjurer tout malheur, il se contenta de hâter la célébration du mariage. Il en régla le jour et les détails avec un sens profond, avec le plus grand ménagement pour la situation d'esprit de sa charmante fiancée. Celle-ci se montra reconnaissante des attentions de son futur.

Le chevalier mit un soin extrême à combler les moindres vœux d'Angéla. Il lui témoigna cette estime franche qui naît de l'amour le plus pur, et le souvenir de Duvernet dut bientôt s'effacer entièrement de l'âme de la jeune femme. Le premier nuage qui obscurcit la brillante félicité de leur existence fut la maladie et la mort du vieux Vertua.

Depuis la nuit où il avait perdu toute sa fortune à la banque du chevalier, il n'avait plus touché une carte; mais dans les derniers moments de sa vie, le jeu parut absorber toutes ses facultés. Pendant que le prêtre qui était venu apporter les consolations de l'Eglise lui parlait des choses célestes, il était là, les yeux fermés, et murmurait entre ses dents :

— Perd!... gagne!... perd! gagne !

Ses mains, qu'agitait le tremblement de l'agonie, faisaient le mouvement de tirer les cartes et de tailler. Angéla et le chevalier l'appelèrent des noms les plus tendres, mais en vain : il ne semblait ni les entendre ni les reconnaître.

— Gagne!... tel fut son dernier mot; en le prononçant, il poussa un profond soupir : il n'était plus!

Angéla, accablée de douleur, ne put se défendre d'une terreur secrète en songeant à la manière dont son père avait fini. Elle se rappela la nuit terrible où le chevalier s'était présenté à elle pour la première fois, comme le joueur le plus odieux et le plus endurci. Ce souvenir la poursuivit, et l'idée lui vint que le chevalier pourrait un jour se dépouiller de son masque d'ange, reprendre sa forme primitive de démon, se railler d'elle, et retourner au genre de vice qu'il avait abandonné.

Le pressentiment d'Angéla ne se réalisa que trop tôt.

La mort de Francesco Vertua, son refus des secours de la religion, cette pensée d'une vie consacrée au mal le poursuivant dans ce moment suprême, avaient fait sur le chevalier une vive impression. Mais, quelque terrible qu'elle fût, elle contribua à réveiller en lui l'idée du jeu avec plus de vivacité que jamais. Il rêva qu'il se trouvait à la table de jeu, et que les richesses s'accumulaient devant lui.

Angéla, revoyant le chevalier tel qu'il lui était apparu pour la première fois, devint contrainte et embarrassée. Il lui fut impossible de conserver avec son mari l'aimable confiance qu'elle lui avait témoignée autrefois. Celui-ci devint soupçonneux. Il attribuait la froideur d'Angéla à ce secret qui avait troublé son repos et dont il n'avait jamais eu l'explication. Ce soupçon fit naître une contrainte et une mauvaise humeur qui se manifestaient dans des termes offensants pour sa femme. Le souvenir du malheureux Duvernet se ranima dans l'âme d'Angéla. Elle pensa avec amertume à cet amour détruit qui avait *germé dans leurs jeunes cœurs. La désunion des époux* alla croissant. Le chevalier finit par trouver sa vie ennuyeuse et insipide, et par désirer ardemment rentrer dans le monde.

Le malheur du chevalier se déclara; ce que le mécontentement et le dégoût avaient commencé, les mauvais conseils l'achevèrent. Un homme infâme, qui avait été autrefois croupier à la banque du chevalier, l'amena par une foule de discours adroits à trouver sa conduite ridicule. Le chevalier ne put concevoir comment il avait pu quitter pour une femme un monde qui lui semblait seul digne d'occuper sa vie.

Bientôt la riche banque du chevalier de Ménars brilla d'un nouvel éclat. Son bonheur ne l'avait pas abandonné. Victimes sur victimes succombèrent, et les richesses s'amoncelèrent dans ses coffres. Mais le bonheur d'Angéla, ce beau rêve, fut cruellement dissipé. Le chevalier la traitait avec indifférence et même avec mépris. Il se passait souvent des semaines et même des mois sans qu'elle le vît. Un vieil intendant dirigeait la maison; le caprice du chevalier décidait du changement des domestiques : de sorte qu'Angéla, étrangère dans sa propre demeure, ne trouvait de consolation nulle part. Souvent, quand elle entendait de nuit la voiture du chevalier s'arrêter devant la maison, la lourde caisse retentir sur l'escalier, les portes d'un appartement reculé se fermer avec bruit, elle versait un torrent de larmes, et, dans son chagrin profond, répétait mille fois le nom de Duvernet, et priait le Tout-Puissant de terminer une vie misérable et empoisonnée par le chagrin.

Un jeune homme de bonne famille, après avoir perdu toute sa fortune à la banque du chevalier, se brûla la cervelle sur le théâtre de sa ruine, dans la chambre même où le chevalier tenait sa banque, de sorte que sa cervelle et son sang rejaillirent sur les joueurs, qui se séparèrent effrayés. Il n'y eut que le chevalier qui resta indifférent et demanda, lorsque tout le monde voulut s'en aller, si c'était la règle et la coutume de quitter la banque avant l'heure marquée à cause d'un fou qui n'avait pas eu de conduite au jeu.

Cet accident fit beaucoup de bruit. Les joueurs les plus endurcis et les plus *expérimentés furent indignés de la conduite sans exemple* du chevalier. Tous se révoltèrent contre lui. La police fit fermer sa banque. On l'accusa, d'ailleurs, de s'être servi de cartes biseautées, et son bonheur inouï fit croire à la vérité de cette accusation. Il ne put se justifier; l'amende qu'il eut à payer le priva d'une grande partie de ses richesses. Il se vit déshonoré, méprisé. Alors il retourna dans les bras de sa femme, qu'il avait maltraitée, et qui accueillit volontiers le repentant. Le souvenir de son père, qui était revenu aussi de sa vie honteuse de joueur, fit naître en elle une lueur d'espérance. Elle pensa que le changement du chevalier pourrait être durable à l'âge qu'il avait atteint.

Le chevalier quitta Paris, avec sa femme, et se rendit à Gênes, pays de naissance d'Angéla.

Là, dans les premiers temps, le chevalier vécut assez retiré; mais il essaya inutilement de retrouver cette existence calme et heureuse qu'il avait goûtée avec Angéla et que son mauvais génie avait détruite. Au bout de peu de temps, l'ennui que lui causait son intérieur se réveilla et lui rendit sa maison insupportable. Sa mauvaise réputation l'avait suivi de Paris à Gênes; il ne put oser rétablir une banque, bien qu'il s'y sentît poussé par une force irrésistible.

A cette époque, un colonel français, mis hors d'état de service par des blessures graves, tenait la plus riche banque de Gênes. L'envie et une profonde haine s'allumèrent dans le cœur du chevalier. Il courut au jeu, pensant que son bonheur habituel l'aiderait bientôt à ruiner son adversaire. Le colonel dit avec une gaieté qui ne lui était pas ordinaire que le jeu commençait à avoir quelque intérêt, puisque le chevalier de Ménars y avait apporté son bonheur, et que la lutte qui allait s'engager ferait voir s'il avait conservé sa supériorité.

Le chevalier fut d'abord aussi heureux que de coutume. Mais quand, se fiant à son bonheur invincible, il s'écria enfin : — Tout va!... il perdit en un seul coup une somme considérable.

Le colonel, ordinairement toujours le même dans le bonheur ou le malheur, prit l'argent avec tous les signes d'une vive joie. Dès ce moment, la fortune tourna le dos au chevalier.

Il jouait chaque nuit, perdait chaque nuit, et finit par ne plus posséder que quelques milliers de ducats, qu'il gardait encore en papier.

Le chevalier avait couru toute la journée et échangé ses billets contre de l'argent comptant, et il n'était rentré que fort tard chez lui. A la nuit tombante, il voulut partir emportant dans sa poche ses dernières pièces d'or. Angéla, pressentant bien ce qui se passait, se mit sur son passage, se jeta à ses pieds en pleurant, et le conjura par la sainte Vierge et par tous les saints du paradis de renoncer à son funeste projet, et de ne pas la précipiter dans la misère.

Le chevalier la releva, la serra contre son sein avec une ardeur convulsive, et dit d'une voix sourde :

— Angéla, ma douce et chère Angéla! il faut faire ce dont je ne puis me dispenser; mais demain... demain tous tes soucis auront une fin, car, par l'éternel destin qui nous gouverne, je jure que je jouerai aujourd'hui pour la dernière fois. Tranquillise-toi, ma chère enfant... dors... rêve de jours plus heureux... d'une meilleure vie, dont tu es proche; cela me portera bonheur.

Puis le chevalier embrassa sa femme et s'en alla rapidement.

En deux tailles, le chevalier eut tout perdu!

Il resta sans mouvement à côté du colonel, regarda la table de jeu fixement, et comme s'il eût perdu la raison.

— Vous ne pontez plus, chevalier? dit le colonel en mêlant les cartes pour une nouvelle taille.

— J'ai tout perdu, répondit le chevalier avec un calme forcé.

— Vous n'avez donc plus rien? demanda le colonel à la prochaine taille.

— Je suis ruiné! s'écria le chevalier d'une voix tremblante de douleur et de fureur, ne cessant de fixer les yeux sur la table de jeu, sans remarquer que les joueurs avaient toujours l'avantage sur le banquier.

Le colonel continua tranquillement son jeu.

— Mais vous avez une belle femme, dit le colonel tout bas, sans regarder le chevalier, en mêlant les cartes pour la taille suivante.

— Qu'entendez-vous par là? reprit le chevalier en colère.

Le colonel battit les cartes sans répondre.

— Dix mille ducats contre... Angéla ! dit le colonel, qui s'était à moitié tourné vers le chevalier et faisait couper.

— Vous êtes fou! s'écria le chevalier, qui, revenu à lui-même, commença à s'apercevoir que le colonel perdait sans cesse.

— Vingt mille ducats contre Angéla! dit tout bas le colonel en hésitant un peu à mêler les cartes.

Le chevalier était silencieux, le colonel continua son jeu, et presque toutes les cartes des pontes gagnèrent.

— Je tiens! dit le chevalier à l'oreille du colonel quand la nouvelle taille commença et mit la dame sur la table de jeu.

Au coup prochain, la dame eut perdu.

Le chevalier se retira en grinçant des dents et s'appuya contre la croisée, le désespoir et la mort sur le visage.

Le jeu fini, le colonel se plaça devant le chevalier en disant d'un ton d'ironie :

— Eh bien! qu'allez-vous faire?

— Ah! s'écria le chevalier tout hors de lui, vous avez fait de moi un mendiant, mais il faut que vous soyez fou pour vous imaginer de pouvoir gagner ma femme! Nous trouvons-nous dans les îles? ma femme est-elle une esclave, à la merci de l'homme qui peut la vendre et la jouer? Il est vrai qu'il vous aurait fallu payer les vingt mille ducats dans le cas où la dame aurait gagné; aussi ai-je perdu le droit de faire des objections si ma femme veut m'abandonner et vous suivre... Venez avec moi, et désespérez si ma femme repousse celui qu'elle ne suivrait qu'à titre de maîtresse et en se déshonorant.

— Désespérez vous-même, chevalier, répliqua le colonel en éclatant de rire ironiquement, si Angéla vous repousse... vous, infâme, qui l'avez rendue misérable, et si elle se précipite avec joie et ravissement dans mes bras... Désespérez vous-même, en apprenant que la bénédiction du ciel nous a unis, que le bonheur couronne mes vœux les plus hardis! Vous m'appelez fou, insensé. Ho! ho! je n'ai voulu gagner que le droit que vous aviez de mettre obstacle à mes desseins. Votre femme m'était assurée! Ho! ho! chevalier, apprenez que votre femme a pour moi un amour sans bornes, j'en suis certain. Apprenez que je suis ce Duvernet, le fils du voisin, élevé avec Angéla, uni avec elle par un amour ardent, que vous avez chassé par vos artifices diaboliques! Ah! ce ne fut qu'au moment où je partais pour la guerre qu'Angéla reconnut ce que j'étais pour elle. Je sais tout; il était trop tard! Le mauvais esprit me souffla que je pourrais vous perdre par le jeu, et c'est pourquoi je me suis adonné au jeu. Je vous ai suivi à Gênes. J'ai réussi. A présent, allons chez votre femme.

Le chevalier était là, anéanti, comme frappé de mille coups de foudre. Le secret fatal se dévoila à ses yeux; il ne vit qu'alors l'abîme où il avait précipité la pauvre Angéla.

— Angéla, ma femme, doit décider, dit-il d'une voix étouffée en suivant le colonel, qui se hâtait.

Quand ils furent entrés dans la maison, le colonel saisit le bouton de la porte de la chambre d'Angéla. Le chevalier dit en le repoussant :

— Ma femme dort, voulez-vous troubler son doux sommeil?

— Hem! répliqua le colonel, Angéla a-t-elle jamais joui d'un doux sommeil depuis que vous lui avez préparé de la misère et des tourments?

Le colonel voulut entrer dans la chambre; alors le chevalier se précipita à ses pieds, et s'écria au comble du désespoir :

— Ayez pitié! laissez-moi! vous m'avez rendu pauvre, mais laissez-moi ma femme!

— C'est ainsi que le vieux Vertua a été à vos pieds sans pouvoir attendrir votre cœur de pierre, et voilà la vengeance du ciel!

Ayant dit cela, le colonel s'approcha de nouveau de la chambre d'Angéla.

Le chevalier s'élança vers la porte, l'ouvrit, courut au lit où était couchée sa femme, tira les rideaux et s'écria :

— Angéla! Angéla!...

Il se pencha sur elle, saisit sa main, et se laissant aller sur les genoux, comme en proie à la plus terrible agonie, s'écria d'une voix effrayante :

— Voyez donc! vous avez gagné le cadavre de ma femme!

Le colonel consterné s'approcha du lit : aucune trace de vie; Angéla était morte!... morte!...

Alors le colonel, levant la main vers le ciel, s'en alla avec précipitation. On n'a plus jamais entendu parler de lui.

L'étranger finit ainsi son récit, et quitta vite le banc avant que le baron, profondément ému, eût pu prononcer une seule parole.

Peu de jours après, on trouva l'étranger, dans sa chambre, frappé d'une attaque d'apoplexie. Il demeura sans voix jusqu'à sa mort, qui arriva peu d'heures après. Ses papiers apprirent qu'il n'était autre que ce malheureux chevalier de Ménars, qui avait pris le nom de Baudasson.

Le baron vit là un avertissement du ciel, qui lui avait fait rencontrer le chevalier de Ménars, pour son salut, lorsqu'il allait vers sa perte, et il fit le vœu de résister à toutes les séductions trompeuses du bonheur au jeu.

Il a tenu parole jusqu'à présent.

LES MINES DE FALUN[1],

CONTE SUÉDOIS.

I.

Par un beau jour de juillet resplendissant des feux du soleil, une foule nombreuse couvrait les quais de Goëthaborg[2]. Un riche vaisseau marchand de la compagnie des Indes orientales, revenant de son lointain voyage après une heureuse traversée, avait jeté l'ancre dans le port de Klippa, et laissait joyeusement flotter dans l'azur des cieux ses longues banderoles et son pavillon suédois. Cependant des centaines de barques, de nacelles et de canots surchargés de marins qui poussaient des cris d'allégresse fendaient les ondes claires et argentées de la Goëthaëlf[3]; et les canons du fort de Masthuggetorg envoyaient à la mer le tonnerre de leurs saluts retentissants.

Messieurs de la compagnie des Indes se promenaient sur le quai, et calculaient, la figure radieuse, les riches bénéfices qui leur revenaient. Leur cœur s'épanouissait en voyant que leur entreprise hasardeuse se consolidait d'année en année, et qu'un commerce étendu rendait de plus en plus florissante la bonne ville de Goëthaborg. Chacun regardait avec plaisir ces braves négociants et partageait leur ivresse; car leur gain apportait dans la cité une sève et une vigueur nouvelles et en augmentait le mouvement et l'activité.

L'équipage du vaisseau, fort de près de cent cinquante hommes, débarquait dans une multitude de chaloupes expressément consacrées à ce service, et s'apprêtait à célébrer son *hoënsning*. Ainsi s'appelle la fête donnée en pareille occasion par tout l'équipage, et qui dure souvent plusieurs journées. Des musiciens, vêtus chacun d'un costume différent, bizarrement accoutrés, ouvraient la marche au son des violons, des flûtes, des hautbois et des tambours, qu'ils battaient violemment, pendant que d'autres entonnaient toutes sortes de joyeuses chansons. Les matelots suivaient deux à deux. Les uns, ayant leurs vestes et leurs chapeaux chamarrés de rubans de diverses couleurs, agitaient en l'air des banderoles; d'autres dansaient; tous faisaient au loin retentir les airs d'éclatants cris de joie.

Ainsi le cortége alla des quais aux faubourgs, jusqu'à celui de Haga, où l'on se proposait de faire bombance dans un *gaëstgifvaregard*[4].

Là coula par torrents la meilleure bière, et l'on vida *bumper* sur *bumper*[5]; comme il arrive toujours quand des marins reviennent de longs voyages, nombre de jolies fillettes se joignirent à ceux-ci. La danse commença; la gaieté générale s'accrut par degrés, les clameurs devinrent plus folles et plus sauvages.

Un seul marin, beau jeune homme à la taille élevée, qui comptait vingt ans à peine, s'était secrètement éloigné de cette scène de tumulte, et s'était assis sur un banc, près de la porte de l'auberge.

Quelques matelots s'approchèrent de lui, et l'un d'eux s'écria en riant à gorge déployée :

— Elis Froëbom! Elis Froëbom! es-tu donc retombé dans ta folle mélancolie? perds-tu encore ton temps à de sottes pensées? Ecoute, Elis, si tu ne prends point part à notre hoënsning, tu feras mieux de quitter tout à fait le service. Au reste, tu ne seras jamais un bon marin. Tu as du courage, c'est vrai; tu es brave dans les dangers, mais tu ne peux pas boire; et tu aimes mieux garder tes ducats dans ta poche que de les jeter à ces rats de terre qui nous hébergent. Bois, gaillard que tu es! ou le diable marin *Næcken* et tout le *Troll* se jetteront sur toi[6].

Elis Froëbom se leva aussitôt, jeta sur le matelot des yeux étincelants, prit la coupe remplie d'eau-de-vie jusqu'au bord, et la vida d'un seul trait.

— Tu vois, Joens, dit-il ensuite, que je puis boire comme un de vos vaillants ivrognes, et le capitaine décidera si je suis un bon marin. Mais maintenant, mets un frein à ta méchante langue, et file ton nœud! votre délire sauvage me répugne. Ce que je fais ici ne vous regarde point.

— Eh! répliqua Joens, tu es Néricien de naissance[7], et les Nériciens sont tristes et mélancoliques. Attends un peu, Elis, je vais t'envoyer quelqu'un qui te fera lever de ce banc ensorcelé sur lequel le Næcken t'a placé.

[1] Ville de Suède, capitale de la Dalécarlie, à l'est de laquelle est une célèbre mine de cuivre. (*Note du trad.*)

[2] Goëthaborg ou Gothembourg, ville de Suède, capitale de la Gothie occidentale, qui possède un beau port sur le golfe de Cattegat. (*Idem*)

[3] Principale rivière de la Gothie, qui se jette dans le Cattegat, à Goëthaborg. (*Idem.*)

[4] En suédois, *auberge*.

[5] *Bumper* signifie, en suédois et en anglais, *verre plein*.

[6] Næcken ou Nicken est le Neptune des mers du Nord; sa suite de génies et de spectres marins est désignée sous le nom collectif de *Troll*. (*Note du trad.*)

[7] La Néricie est une province de Suède, au sud-ouest de l'Upland.

Bientôt après, une jeune fille belle et parée sortit du *gaëstgifvaregard*, et s'assit auprès du sombre Elis, qui, redevenu silencieux, absorbé dans ses réflexions, venait de se rasseoir sur son banc. A la parure, à toutes les manières de cette jeune fille, on voyait que malheureusement elle s'était sacrifiée à la débauche; mais une vie de désordres n'avait pas encore exercé son pouvoir destructeur sur les traits doux et divinement beaux de sa figure. Ce n'était point une repoussante effronterie, c'était une mélancolie profonde qu'exprimaient les regards de ses yeux noirs.

— Elis, dit-elle, vous ne voulez donc prendre aucune part à la joie de vos camarades? n'avez-vous donc aucun plaisir d'être revenu chez vous, d'avoir échappé aux dangers menaçants des vagues trompeuses et de fouler de nouveau le sol de votre patrie?

La jeune fille prononça ces paroles doucement et à voix basse, en entourant le jeune homme de ses bras. Elis Froëbom sembla sortir d'un rêve profond, il regarda les yeux de la jeune fille, lui prit la main et la serra contre sa poitrine. On voyait bien que cette douce voix s'était insinuée dans son cœur.

— Hélas! dit-il enfin après avoir recueilli ses pensées, je ne saurais jamais participer à la joie bruyante de mes camarades. Entre, mon enfant, chante et réjouis-toi avec les autres, si tu peux; mais laisse seul ici le triste et morne Elis, il gâterait tous tes plaisirs!... Mais attends, tu me plais beaucoup, et il faut que tu te souviennes de moi quand je serai retourné en mer!

A ces mots, il prit dans sa poche deux ducats brillants, tira de son sein un foulard des Indes, et donna le tout à la jeune fille.

Les larmes lui vinrent aux yeux. Elle se leva, posa les ducats sur le banc, et lui dit : — Ah! gardez vos ducats; ils ne servent qu'à m'attrister davantage; mais je porterai ce beau foulard en souvenir de vous, et l'année prochaine, vous ne me trouverez plus ici, quand vous viendrez tenir votre hoënsning à Haga.

Et la jeune fille, se cachant la figure dans ses mains, ne retourna plus dans l'auberge, mais elle suivit la rue, et s'en alla d'un autre côté.

Elis Froëbom se replongea dans ses sombres rêveries. Les cris de joie qui partaient de la taverne devinrent plus violents :

— Ah! que ne suis-je enseveli au fond de la mer! s'écria Elis, car dans cette vie il n'y a pas d'être avec lequel je puisse me réjouir.

Une voix dure et sourde murmura derrière lui :

— Il faut que vous ayez éprouvé beaucoup de malheurs, jeune homme, puisque dès à présent, à un âge où vous devriez seulement commencer à vivre, vous souhaitez la mort.

Elis se retourna et aperçut un vieux mineur qui, les bras croisés, s'appuyait contre les planches qui entouraient l'auberge, et qui le regardait d'un œil profondément perçant.

A mesure qu'Elis contemplait l'inconnu, il lui semblait qu'au sein de la profonde et sauvage solitude dans laquelle il se croyait perdu, une figure connue s'avançait amicalement vers lui pour le consoler. Il se remit, et raconta au nouveau venu que son père avait été un brave marin, mais qu'il avait péri dans un naufrage, où lui son fils avait été sauvé comme par miracle. Ses deux frères, devenus soldats, étaient morts sur le champ de bataille, et lui seul avait entretenu sa mère délaissée avec la riche paye qu'il avait reçue après chaque voyage aux Indes. Destiné dès sa naissance à la marine, il avait bien été forcé d'y rester, et il s'était estimé très-heureux d'entrer au service de la compagnie des Indes. Cette fois les bénéfices avaient été plus considérables que jamais, et chaque matelot, outre sa paye, avait encore reçu une forte récompense; de sorte que, le gousset rempli de ducats, il s'était précipité joyeusement vers la petite cabane que sa mère avait habitée. Mais des figures inconnues l'avaient regardé par la fenêtre, et une jeune femme, après lui avoir enfin ouvert la porte, lui avait appris d'un ton sec et maussade que sa mère était morte depuis déjà trois mois, et qu'il pouvait aller recueillir à la maison de ville le peu de haillons qui étaient restés après le payement des frais d'enterrement. La mort de sa mère lui déchirait le cœur; il se sentait abandonné du monde entier, seul et comme jeté par la tempête sur un roc isolé. Toute sa carrière maritime lui semblait manquée et sans but. Il pensait que sa mère, peut-être mal soignée par des étrangers, avait dû mourir sans consolation. Il lui paraissait horrible et impie d'être allé sur mer et de n'être pas plutôt resté chez lui pour nourrir et assister sa pauvre mère. Il dit en finissant que ses camarades l'avaient conduit de vive force au hoënsning, et qu'il avait cru que les liqueurs fortes amortiraient sa douleur. Mais, au contraire, il éprouvait maintenant un sentiment pénible; il lui semblait que toutes les veines de sa poitrine s'étaient rompues, et qu'il allait perdre tout son sang.

— Eh! dit le vieux mineur, tu retourneras bientôt en mer, Elis, et alors ta douleur sera promptement passée. Les vieilles gens meurent; ainsi va le monde; et ta mère, comme tu l'avoues toi-même, n'a fait que quitter une vie de misère et de privations.

— Ah! répliqua Elis, voilà justement ce qui me désole; personne ne croit à ma douleur, et l'on va même jusqu'à m'appeler fou et imbécile. Je ne retournerai plus en mer. Oui, autrefois, mon cœur s'épanouissait lorsque le vaisseau, déployant ses voiles comme des ailes magnifiques, voguait sur l'Océan; que les ondes bruissaient et s'agitaient avec une joyeuse harmonie, et que le vent sifflait à travers les cordages qui craquaient. Alors je poussais sur le pont des cris de joie avec mes camarades, et puis, si j'étais de quart par une nuit tranquille et sombre, je pensais au retour et à ma bonne vieille mère, et au plaisir qu'elle aurait de revoir son Elis! Oh! alors je pouvais gaiement assister au hoënsning après avoir versé mes ducats sur les genoux de ma mère, et lui avoir donné de beaux foulards et autres marchandises du pays lointain. Ses yeux resplendissaient de bonheur; elle joignait ses mains au-dessus de sa tête, toute remplie de plaisir et de joie; elle trottait à petits pas pour apporter à son Elis une bouteille de la meilleure ale qu'elle avait réservée pour moi. Et quand, le soir, j'étais assis près d'elle, je lui décrivais des hommes étranges que j'avais vus, leurs mœurs et coutumes, et tout ce qui m'était arrivé d'extraordinaire pendant la longue traversée. Elle écoutait ces récits avec plaisir, et me parlait à son tour des aventures merveilleuses de mon père du côté du pôle nord. Elle me répétait mainte effrayante tradition maritime que j'avais entendu conter cent fois, et que pourtant je ne pouvais me lasser d'entendre. Ah! qui me rendra ces plaisirs? Non, jamais je ne retournerai sur mer; que ferais-je parmi mes camarades, qui se moqueraient de moi? et comment prendre goût à un travail qui me semblerait vain et inutile?

— Je vous entends parler avec plaisir, jeune homme, dit le vieillard quand Elis eut achevé. J'ai déjà observé pendant plusieurs heures votre conduite, sans que vous m'ayez aperçu. Toutes vos actions, toutes vos paroles, prouvent que vous avez une âme naïve, pieuse et réfléchie, et le ciel n'aurait pu vous accorder un plus beau don; mais jamais vous n'avez rien valu pour être marin. Comment la vie sauvage et agitée qu'on mène sur mer pouvait-elle convenir à un mélancolique enfant de la Néricie? car je vois aux traits de votre figure, à votre maintien, que vous êtes de cette province. Vous faites bien de quitter, une fois pour toutes, ce genre de vie. Mais vous ne voudrez pas rester les bras croisés? Suivez mon conseil, Elis Froëbom! allez à Falun, et faites-vous mineur. Vous êtes jeune et vigoureux, vous serez bientôt certainement garçon mineur, puis travailleur, maître mineur, et ainsi de suite. Vous avez de bons ducats dans la poche, vous les placerez, vous gagnerez encore, et parviendrez peut-être à posséder un *hemman* ou portion de mine. Suivez mon conseil, Elis Froëbom, faites-vous mineur.

Elis Froëbom fut presque effrayé des paroles du vieillard.

— Comment? s'écria-t-il, que me conseillez-vous? J'irais quitter cette terre belle et libre, ce beau ciel serein et plein de soleil qui m'entoure, me ranime et me récrée; je descendrais dans cet affreux gouffre infernal, et, semblable à une taupe, j'y fouillerais la terre en cherchant des métaux pour un misérable gain?

— Voilà bien les hommes! s'écria le vieillard en colère, ils méprisent ce qu'ils ne peuvent connaître! Un misérable gain! comme si tous les tourments cruels qu'on se donne sur la superficie de la terre, tels que ceux qu'engendre le commerce, étaient plus nobles que le travail du mineur, dont l'application assidue met à découvert les trésors les plus secrets de la nature! Tu parles de gain misérable, Elis Froëbom! Eh! peut-être s'agit-il de quelque chose de plus grand. La taupe fouille la terre par un instinct aveugle; mais il est possible que dans les plus profonds abîmes, à la faible lueur des lampes du mineur, l'œil de l'homme se fortifie, qu'enfin même sa vue, dont les facultés augmentent incessamment, puisse reconnaître dans les gangues[1] merveilleuses le reflet de ce qui est caché là-haut au-dessus des nuages. Tu ne sais rien de l'exploitation des mines, Elis Froëbom, je vais t'en parler.

A ces mots, le vieillard s'assit sur le banc auprès d'Elis, et commença à lui décrire longuement comment les métaux s'extrayaient des mines. Il s'efforça d'expliquer tout avec clarté, de tout embellir des plus vives couleurs aux yeux du nouvel initié. Il parla des mines de Falun, dans lesquelles, disait-il, il avait travaillé depuis sa plus tendre jeunesse. Il décrivit la grande galerie avec ses flancs d'un brun noirâtre; il dit les richesses immenses de la mine en gangues de la plus belle espèce. En discourant, il s'échauffa par degrés; son regard devint plus étincelant. Il parcourait les puits comme les allées d'un jardin enchanté. Les pierres s'animaient, les fossiles se mouvaient; le merveilleux pyrosmalithe, l'almandine[2] rayonnaient à la lueur des flambeaux des mineurs; les cristaux des montagnes brillaient d'une admirable splendeur.

Elis l'écouta attentivement; la manière singulière dont le vieillard parlait des merveilles souterraines, comme s'il se fût trouvé au milieu d'elles, s'empara de tout son être; il sentit sa poitrine oppressée; il lui semblait avoir déjà été avec le vieillard dans la profondeur des mines, et y être retenu par un charme puissant qui le forçait à dire un éternel adieu à la douce lumière du jour. D'un autre côté, on eût dit que le vieux mineur lui avait ouvert un nouveau monde inconnu dont il faisait en quelque sorte partie, et que tous les prestiges de ce

[1] Roches auxquelles adhère le métal dans la mine. *(Note du trad.)*

[2] La pyrosmalithe et l'almandine sont deux espèces de grenat qui accompagnent quelquefois les matières métalliques. Ils font partie de la deuxième classe des minéraux, suivant la méthode du minéralogiste Haüy. *(Note du trad.)*

monde lui avaient été déjà révélés dès sa plus tendre enfance par des pressentiments mystérieux.

— Je vous ai, dit enfin le vieillard, montré toute la magnificence d'un état pour lequel la nature semble vous avoir destiné. Maintenant consultez-vous vous-même, et faites ensuite ce que votre sens intérieur vous ordonnera.

A ces mots, le vieux mineur se leva vivement et partit sans saluer Elis, et même sans se retourner vers lui. Bientôt il disparut à ses regards.

Pendant ce temps, tout était devenu tranquille dans la taverne. La force de l'ale et de l'eau-de-vie avait triomphé. Quelques-uns des matelots étaient partis furtivement avec leurs maîtresses; d'autres étaient couchés dans des coins et ronflaient. Elis, qui ne pouvait pas retourner dans son domicile habituel, demanda et obtint une petite chambre à coucher.

A peine, fatigué et brisé comme il était, se fut-il étendu sur sa couchette, que le songe agita sur lui ses ailes.

Il lui semblait voguer à pleines voiles dans un beau vaisseau sur la mer polie comme un miroir; au-dessus de lui s'arrondissait un ciel couvert de nuages sombres. Mais quand il regarda dans les eaux, il reconnut bientôt que ce qu'il avait pris pour la mer était une masse compacte, diaphane, étincelante, dans les rayons de laquelle le vaisseau s'abîma miraculeusement. Il se trouva donc sur un plancher de cristal, et vit au-dessus de sa tête une voûte de gangue noire et brillante. Ce qu'il avait pris pour le ciel nuageux était une gangue immense.

Poussé par une force inconnue, il s'avança; mais en ce moment tout tourna autour de lui, et, comme des vagues onduleuses, surgirent de merveilleuses plantes de métal étincelant, qui, du fond des gouffres les plus impénétrables, élevaient leurs fleurs et leurs feuilles, et les entrelaçaient en groupes charmants. Le sol sur lequel elles reposaient était si transparent, qu'Elis pouvait apercevoir distinctement leurs racines.

Mais bientôt, son regard pénétrant toujours plus avant, il aperçut tout en bas de belles vierges sans nombre, qui formaient une chaîne de leurs bras blancs enlacés. C'était de leurs cœurs que sortaient ces racines, ces fleurs et ces plantes, et, quand ces vierges souriaient, une douce mélodie remplissait la voûte, et les merveilleuses fleurs de métal s'élançaient joyeusement à une plus grande hauteur.

Un sentiment indéfinissable de douleur et de volupté saisit le jeune homme; un monde d'amour, de désir profond et ardent, s'ouvrit dans son âme.

— En bas! en bas! vers vous! s'écria-t-il; et il se jeta, les bras étendus, sur le sol. Le sol céda, et Elis se sentit nager comme dans un éther radieux.

— Eh bien, Elis Froëbom, comment te trouves-tu au milieu de ces splendeurs?

Ainsi cria une voix tonnante. Elis aperçut près de lui le vieux mineur; mais plus il le regardait, plus le vieillard prenait des forces colossales, et il finit par devenir un géant de métal fondu.

Elis n'était pas sans crainte; mais à l'instant une lueur soudaine, sortie du gouffre comme un éclair, lui montra la figure grave d'une femme puissante. Elis sentit la joie de son cœur se changer progressivement en angoisse terrible. Le vieillard l'avait pris dans ses bras et s'écriait :

— Prends garde à toi, Elis Froëbom, c'est la reine; il t'est encore permis de tourner tes regards en haut.

Involontairement il redressa la tête, et vit que les étoiles du ciel de la nuit étincelaient à travers une crevasse de la voûte. Une voix douce, qui exprimait la désolation, l'appela par son nom. C'était la voix de sa mère. Il crut reconnaître sa figure en haut auprès de l'ouverture, mais il se trompait. C'était une belle jeune femme qui lui tendait la main tout en bas sous la voûte en l'appelant par son nom.

— Porte-moi en haut, cria-t-il au vieux mineur, j'appartiens au monde supérieur et à son beau ciel.

— Prends garde à toi, Froëbom, dit le vieillard d'une voix lugubre, reste fidèle à la reine à laquelle tu as voué ton âme.

Pendant que le jeune homme regardait en bas dans la figure immobile de la puissante femme, il sentit que son être se confondait avec la gangue resplendissante. Il se sentit en proie à une anxiété sans nom, et se réveilla de ce rêve mystérieux, dont les délices et les horreurs résonnaient profondément dans son âme.

Après s'être remis non sans peine, Elis se dit à lui-même :

— Il n'en pouvait être autrement; il fallait bien que je rêvasse toutes sortes de choses extraordinaires. Le vieux mineur m'en a tant débité sur les magnificences du monde souterrain, que j'en ai la tête toute remplie; jamais de ma vie je n'ai rien senti de pareil. Mon rêve continuerait-il? Mais non! non! je ne suis que malade; le grand air, la fraîche brise de la mer me guériront!

Il se leva et courut au port de Klippa, où les joies du hoensning reprenaient leur cours. Mais bientôt il s'aperçut que toute cette joie ne le touchait point, qu'il ne pouvait s'arrêter à aucune pensée, et que des pressentiments, des désirs indicibles, se croisaient dans son âme. Il pensa avec une profonde douleur à sa mère, puis il lui sembla qu'il désirait rencontrer un jour la jeune fille qui l'avait apostrophé si amicalement dans son rêve. Puis il craignait que, quand même il la rencontrerait dans telle et telle rue, ce ne fût que sous une apparence féminine dont le vieux mineur avait, sans savoir trop pourquoi, une secrète horreur. Et pourtant il aurait voulu l'entendre encore parler des merveilles des mines.

Agité par toutes ces pensées qui se pressaient et se heurtaient en lui, il regardait couler l'eau. Alors il lui semblait que les ondes argentées se consolidaient en mica étincelant, dans lequel les grands et beaux vaisseaux venaient se confondre; et que les sombres nuages qui se montraient en ce moment au ciel serein s'abaissaient et se condensaient en voûte de pierre. Il était rendu à son rêve, il revoyait la figure sérieuse de la femme puissante, et l'agitation tumultueuse du désir le plus vif s'empara de nouveau de lui.

Ses camarades le tirèrent de ses rêveries; ils le forcèrent à les suivre. Mais à cette heure il croyait entendre sans cesse une voix qui lui chuchotait à l'oreille :

— Que veux-tu faire encore ici? va-t'en! va dans les mines de Falun : c'est là que tu trouveras ta patrie. Là tu trouveras toute cette magnificence que tu as vue dans tes rêves. Va, va à Falun!

II.

Pendant trois jours Elis Froëbom erra dans les rues de Goëthaborg, sans cesse poursuivi des images mystérieuses de son âme, sans cesse exhorté par la voix inconnue.

Le quatrième jour, il se trouva sous la porte de la ville qui conduit à Gèfle [1]. Un homme de grande taille y passa devant lui. Elis crut avoir reconnu le vieux mineur, et, se sentant irrésistiblement entraîné, il le suivit sans l'atteindre.

Il marcha sans relâche.

Elis savait très-bien qu'il était sur la route de Falun, ce qui le tranquillisait singulièrement; car il était sûr que la voix de la Providence lui avait parlé par la bouche du vieux mineur qui le conduisait au lieu de sa destination.

En effet, il vit parfois, surtout quand il ne savait pas bien quel chemin prendre, sortir le vieillard d'un ravin, d'un buisson épais, d'un haut monceau de pierres, marcher devant lui sans regarder derrière, et disparaître subitement.

Enfin, après plusieurs jours de fatigant pèlerinage, Elis aperçut dans le lointain deux lacs, entre lesquels s'élevait une épaisse fumée. A mesure qu'il gravissait la hauteur occidentale, il distinguait à travers la fumée quelques tours et des toits noircis. Le vieillard se plaça devant lui, grand comme un géant, indiqua du bras droit la fumée, et disparut entre les rochers.

— C'est Falun! s'écria Elis, c'est le but de mon voyage!

Il avait raison, car des gens qui passaient lui confirmèrent que la ville de Falun était située là entre les lacs de Runn et de Warpann, et qu'il gravissait le Mont-Guffris où se trouve la bure [2] des mines de cuivre.

Elis Froëbom s'avança gaiement; mais quand l'immense gouffre infernal s'étendit à ses pieds, il sentit son sang se glacer dans ses veines, et demeura interdit à l'aspect de cette horrible scène de dévastation.

Comme on le sait, la bure de la mine de Falun est longue de douze cents pieds, large de six cents et profonde de cent quatre-vingts. Les parties latérales descendent d'abord perpendiculairement; puis leur pente est adoucie vers le milieu de la profondeur par des décombres et un amas de pierres d'où l'on a extrait le métal. On voit en ces lieux le cuvelage [3] d'anciens puits construits avec des troncs d'arbres énormes, empilés et serrés les uns sur les autres, et emboîtés ensemble par les deux bouts à l'instar de ceux qui entrent dans la construction des forts de bois ordinaires. Aucun arbre, aucune verdure ne germe sur ces pierres nues et morcelées; et des masses de rochers dentelés se dressent au-dessus, affectant mille formes fantastiques, semblables tantôt à de gigantesques animaux pétrifiés, tantôt à des colosses humains. Dans le précipice gisent pêle-mêle, avec une confusion sauvage, des pierres, des scories, du métal consumé par le feu, et une vapeur de soufre éternelle et suffocante monte de la profondeur immense, comme si l'on cuisait en bas une potion infernale dont les exhalaisons empoisonnées flétrissent la robe verte et riante de la nature. On serait tenté de croire que c'est ici que Dante est descendu pour voir l'*inferno* avec tous ses tourments et toutes ses terreurs désespérées.

Quand Elis plongea ses regards dans ce vaste gouffre, il se rappela ce que, longtemps auparavant, le vieux pilote de son vaisseau lui avait raconté.

Celui-ci, dans un accès de fièvre, avait cru voir s'écouler entièrement les eaux de l'Océan et s'ouvrir sous lui l'immense abîme. Alors il avait pu contempler les monstres hideux des mers qui, s'enlaçant affreusement, s'étaient roulés entre des masses de rochers étranges, jusqu'à ce qu'ils fussent restés morts, la gueule béante.

[1] Gèfle ou Gesle, capitale de la province de Gestricie, en Suède.

[2] Le puits le plus profond d'une mine.

[3] Revêtement des murs d'un puits.

Une telle vision, selon le vieux marin, annonce une mort prochaine dans les eaux; et, en effet, bientôt après, il tomba par mégarde du pont dans la mer, où il disparut sans qu'on eût pu le sauver.

Elis y pensait, car ce gouffre s'offrait à lui comme le fond de la mer mis à sec, et les pierres noires, les scories rouges et bleuâtres comme des monstres hideux qui tendaient vers lui leurs bras de polypes.

Il arriva que justement quelques mineurs parurent hors du puits. Dans leurs sombres costumes, avec leurs figures noires et brûlées, ils avaient l'air de gnomes difformes, sortis avec peine de l'intérieur de la terre pour se frayer un chemin à sa surface.

Elis se sentit pénétré d'un frisson mortel, et, ce qui n'était jamais arrivé au marin, un vertige le prit; c'était comme si des mains invisibles l'eussent entraîné dans le gouffre.

Les yeux fermés, il s'éloigna de quelques pas en courant, il redescendit le mont Guffris, et regarda de nouveau le ciel pur et noyé dans la lumière. Ce fut alors seulement, à distance de la bure, que se dissipa la terreur causée par cet épouvantable aspect. Il respira de nouveau librement, et s'écria du fond de son âme :

— Ah! seigneur de ma vie, que sont toutes les horreurs de la mer comparées à celles de ces rocs crevassés et déserts? que la tempête gronde, que les nuages noirs descendent au sein des vagues mugissantes, le beau et magnifique soleil reparait toutefois, et devant sa face riante se tait ce terrible fracas : mais jamais son regard ne pénètre dans ces cavernes noires, jamais un frais souffle du printemps ne rafraichit là-bas la poitrine. Non, je ne m'associerai pas à vous, noirs vers de terre, jamais je ne saurais m'accommoder de votre triste vie!

Elis résolut de passer la nuit à Falun et de reprendre le lendemain matin de bonne heure le chemin de Goëthaborg.

Arrivé sur le marché, appelé *helsingtorget*, il trouva une quantité de peuple rassemblé.

Une longue procession de mineurs, en grande tenue, des flambeaux des mines à la main, des musiciens en tête, s'arrêtait devant une maison de belle apparence. Un homme d'une taille haute et svelte, entre deux âges, en sortit, et regarda autour de lui avec un sourire affable. A son maintien aisé, à son front ouvert, à ses yeux brillants d'un bleu foncé, il était impossible de méconnaître un véritable Dalécarlien. Les mineurs firent un cercle autour de lui; il leur secoua cordialement la main, et dit à chacun d'eux quelques paroles amicales.

Aux questions d'Elis Froëbom, on répondit que cet homme était Pehrson Dahlsjoë, maître des mesures, aldermann[1] et possesseur d'une belle bergsfraelse près de la montagne appelée Stora-Kopparberg. On nomme bergsfraelse en Suède des biens de campagne concédés autrefois pour encourager l'exploitation des mines de cuivre et d'argent. Les possesseurs de ces fraelsen avaient une portion des mines qu'ils étaient chargés d'exploiter.

On raconta encore à Elis qu'aujourd'hui-même le bergsting (jour d'audience) était fini et qu'alors les mineurs en corps faisaient des visites au propriétaire des mines, au maître des forges et aux aldermen, et que partout on les accueillait hospitalièrement.

Elis, en regardant ces hommes beaux et vigoureux, dont les figures respiraient la joie et la liberté, ne songea plus aux vers de terre de la grande bure. La franche gaieté qui, lorsque Pehrson Dahlsjoë se montra, se manifesta dans tout le cercle, était d'une tout autre nature que la joie bruyante et sauvage des marins au boënsning.

La manière de se réjouir des mineurs entra profondément dans le cœur du silencieux et sérieux Elis. Il se sentit indiciblement à son aise, et il put à peine s'empêcher de verser des larmes d'émotion quand les jeunes mineurs entonnèrent une vieille chanson, dont l'air simple allait au cœur. Elle avait pour sujet les bienfaits de l'exploitation des mines.

La chanson finie, Pehrson Dahlsjoë ouvrit la porte de sa maison, et tous les mineurs y entrèrent. Elis les suivit involontairement, de sorte qu'il put voir le spacieux corridor, où les mineurs se placèrent sur des bancs. Un bon repas était préparé sur la table.

La porte en face d'Elis s'ouvrit, et il en sortit une belle jeune fille ornée d'habits de fête. Elle était d'une taille svelte et élancée; ses cheveux noirs étaient réunis en tresses sur le sommet de sa tête; des agrafes d'or attachaient son beau corsage. Elle s'avança dans toute la grâce de la florissante jeunesse.

Tous les mineurs se levèrent, et un doux murmure de joie parcourut leurs rangs.

— C'est Ulla Dahlsjoë! Dieu a béni notre brave aldermann en lui donnant cette belle, pieuse et céleste enfant.

Les yeux des plus vieux mineurs eux-mêmes rayonnèrent quand Ulla leur offrit sa main comme aux autres pour les saluer. Puis elle apporta des cruches d'argent, y versa d'excellente ale, telle qu'on n'en prépare qu'à Falun; et les présenta aux pieux invités. Le rayon divin de l'innocence la plus naïve dorait sa gracieuse figure.

Aussitôt qu'Elis aperçut la jeune vierge, il lui sembla qu'un éclair était tombé dans son âme, et enflammait la joie céleste, la douleur d'amour, la passion qui y couvaient. C'était Ulla Dahlsjoë, c'était elle qui, dans son rêve fatal, lui avait tendu une main secourable; il crut comprendre maintenant la signification profonde de ce rêve, et, oubliant le vieux mineur, bénit le sort qui l'avait amené à Falun.

Mais ensuite, se tenant sur le seuil de la porte, il se sentit indifférent à tout, misérable, délaissé, sans consolation; il désira être mort avant d'avoir vu Ulla Dahlsjoë puisqu'il était condamné à mourir d'amour et de tendres désirs. Il ne pouvait détourner ses yeux de dessus la jeune fille, et quand elle passa près de lui, il l'appela par son nom d'une voix douce et tremblante.

Ulla jeta un coup d'œil autour d'elle et aperçut le pauvre Elis, qui, la figure couverte d'un incarnat brûlant, se tenait là, les regards baissés, pétrifié, incapable de proférer une seule parole.

Ulla s'approcha de lui et lui dit avec un doux sourire :

— Vous êtes étranger, mon ami; je le vois bien à votre costume de marin! Eh! mais, pourquoi restez-vous donc comme cela sur le seuil? Entrez, et réjouissez-vous avec les autres!

A ces mots, elle le prit par la main, l'entraîna dans le corridor, et lui présenta une cruche remplie d'ale.

— Buvez, dit-elle, mon cher ami, et soyez le bienvenu.

Elis croyait se trouver dans le délicieux paradis d'un rêve enchanteur dont il allait trop tôt se réveiller pour se sentir doublement malheureux. Il vida la cruche sans savoir ce qu'il faisait. Dans ce moment Pehrson Dahlsjoë s'approcha de lui, et après lui avoir secoué cordialement la main, lui demanda d'où il venait et ce qui l'avait amené à Falun.

Elis sentit dans toutes ses veines l'effet réconfortant de la noble boisson. Regardant les yeux du brave Pehrson, il recouvra sa gaîté et son courage. Il lui raconta comment, fils d'un marin et toujours sur mer depuis son enfance, il était revenu des Indes; comment il n'avait plus retrouvé sa mère, qu'il avait entretenue et soignée avec sa paye.

Il dit qu'il se sentait maintenant seul au monde, qu'il était dégoûté de la vie vagabonde des matelots; qu'une inclination profonde le poussait vers l'état de mineur, et qu'il s'efforcerait de trouver à Falun même une place de garçon mineur. Il ajouta ces dernières paroles, si contraires à tout ce qu'il venait de résoudre quelques moments auparavant, presque sans le vouloir, et comme s'il eût fait connaître à Pehrson le plus ardent de ses désirs, auquel seulement il n'avait pu croire lui-même jusqu'alors.

Pehrson Dahlsjoë regarda le jeune homme d'un air sérieux, comme s'il eût cherché à lire dans son âme.

— Je ne présume pas, Elis Froëbom, répliqua-t-il, que la légèreté seule vous éloigne de votre état, et que vous n'ayez pas mûrement réfléchi à toutes les peines et fatigues du travail dans les mines avant d'avoir pris la résolution de vous y consacrer.

Il y a une ancienne croyance parmi nous : c'est que les puissants éléments au milieu desquels travaille le hardi mineur, l'anéantissent s'il ne fait tous ses efforts pour maintenir l'autorité qu'il a sur eux, s'il cède à d'autres pensées capables d'affaiblir ses forces, qui doivent être vouées sans partage au travail dans la terre et le feu. Si vous avez suffisamment mis à l'épreuve votre vocation et que vous l'ayez trouvée bien établie, vous êtes venu dans un bon moment. Dans la portion de mine qui m'appartient, je manque d'ouvriers. Si vous le pouvez, si vous le voulez, restez de suite chez moi et commencez demain votre travail sous la direction du maître mineur.

Le cœur d'Elis s'épanouit à ce discours de Pehrson Dahlsjoë. Il ne pensa plus aux horreurs du gouffre infernal qu'il avait vu. Ce qui remplissait son âme de bonheur et de délices, c'était l'idée de demeurer avec la belle Ulla sous le même toit, et de la voir tous les jours : il s'abandonna aux plus douces espérances.

Pehrson Dahlsjoë dit aux mineurs qu'un nouvel ouvrier s'était proposé pour travailler dans les mines, et leur présenta Elis Froëbom.

Tous regardèrent avec plaisir le vigoureux jeune homme, et dirent que, son corps étant souple et fort, il était en quelque sorte né pour être mineur, et que certainement il ne manquerait ni d'application ni de piété.

Un des mineurs, déjà vieux, s'approcha et lui secoua cordialement la main, en disant qu'il était le maître mineur dans la mine de Pehrson Dahlsjoë, et qu'il prendrait soin d'instruire le néophyte de tout ce que comportait son nouvel état. Elis s'assit près de lui, et le vieillard commença tout de suite à parler longuement des premiers travaux des ouvriers, en lui versant de fréquentes libations d'ale mousseuse.

Elis se rappela le vieux mineur de Goëthaborg, et sut répéter presque tout ce qu'il lui avait dit.

— Eh! s'écria le maître mineur tout étonné, où avez-vous donc puisé tant de belles connaissances? Vous ne manquerez pas sous peu d'être le meilleur ouvrier des mines.

La belle Ulla, en se promenant parmi les convives et veillant à remplir leurs verres et leurs assiettes, sourit souvent à Elis, et l'engagea à se réjouir.

— Maintenant, lui dit-elle, vous n'êtes plus étranger : vous appartenez à notre maison, et non pas à la mer trompeuse; non! Falun avec ses riches montagnes est votre patrie.

A ces paroles d'Ulla, tout un ciel de délices et de félicité s'ouvrit au jeune homme. On voyait bien qu'Ulla s'arrêtait volontiers auprès

[1] Littéralement *ancien homme*, sénateur ou échevin d'une ville.

Paris. — Typ. Walder, rue Bonaparte, 44

de lui, et Pehrson Dahlsjoë le regardait aussi avec une satisfaction visible, et semblait applaudir à son air de sang-froid et de gravité.

Cependant le cœur d'Elis lui battit fortement quand il se trouva de nouveau devant l'infernal gouffre fumant. Revêtu du costume des mineurs, portant des souliers dalécarliens, lourds et ferrés, il descendit dans le puits avec le maître mineur.

Tantôt des vapeurs chaudes qui gênaient sa respiration menaçaient de l'étouffer; tantôt les lumières flamboyaient dans le courant d'air froid et pénétrant qui parcourt les précipices.

Ils descendirent toujours, et se trouvèrent enfin sur des échelles de fer à peine larges d'un pied. Elis Froëbom s'aperçut que toute l'habileté à grimper qu'il avait acquise comme marin ne pouvait lui être d'aucune utilité.

Ils arrivèrent au fond, et le maître mineur montra à Elis l'ouvrage dont il devait s'occuper.

Elis pensa à la belle Ulla; il vit sa figure planer sur lui comme un ange, et il oublia toutes les horreurs du précipice, toutes les fatigues du pénible travail. Il était bien arrêté dans sa tête que, s'il s'adonnait au travail des mines de toute la force de son âme, en faisant tous les efforts possibles, il pourrait peut-être se flatter un jour des plus douces espérances. Aussi, dans un espace de temps incroyablement court, il devint aussi habile que le plus exercé de tous les ouvriers.

III.

Chaque jour le brave Pehrson Dahlsjoë concevait plus d'affection pour le jeune homme diligent et pieux, et lui répétait souvent que non-seulement il avait touvé en lui un bon travailleur, mais encore un fils chéri. L'inclination d'Ulla se manifestait aussi de plus en plus. Souvent, quand Elis allait à l'ouvrage et qu'il y avait quelque danger, elle le priait, elle le conjurait, les larmes aux yeux, de se bien garder de toute imprudence. Et quand il revenait, elle sautait joyeusement à sa rencontre, et avait toujours de l'ale bien brassée et un bon plat tout prêts, pour le restaurer.

Le cœur d'Elis trembla de joie quand un jour Pehrson Dahlsjoë lui dit que, puisqu'il avait apporté une somme assez considérable, il parviendrait, avec le secours de son application et de ses économies, à devenir propriétaire d'une bergsfraelse, et que certainement alors aucun propriétaire de mines ne lui refuserait la main de sa fille, s'il la demandait. Il aurait voulu déclarer de suite qu'il idolâtrait Ulla, et qu'il avait placé tout l'espoir de sa vie dans sa possession. Mais une crainte invincible lui ferma la bouche. D'ailleurs Ulla partageait-elle son amour? il le pressentait parfois, mais il était encore en proie à une incertitude qui l'empêchait de s'expliquer.

Il arriva un jour qu'Elis travaillait tout au fond du puits, enveloppé dans une fumée épaisse de soufre, de sorte que sa lampe ne répandait qu'un faible jour et qu'il pouvait à peine distinguer les filons des roches. Tout à coup il entendit frapper dans un puits encore inférieur, comme si quelqu'un y eût travaillé avec le marteau. Comme un tel travail n'était guère possible à cette profondeur et qu'Elis savait que personne n'était descendu avant lui, parce que le maître mineur avait employé ses gens ailleurs, ces coups lui causèrent une certaine surprise. Il laissa reposer son marteau, et écouta attentivement le son creux des coups, qui se rapprochaient toujours de plus en plus. Tout à coup il aperçut à ses côtés une ombre noire; au moment où un coup de vent écartait la vapeur du soufre, il reconnut le vieux mineur de Goëthaborg.

— Bonne chance [1]! s'écria le vieillard; bonne chance! Elis Froëbom, ici-bas, au milieu des roches! Eh bien, comment trouves-tu ce genre de vie, mon camarade?

Elis voulait lui demander de quelle manière singulière il était entré dans le puits; mais le vieillard frappa de son marteau sur la pierre avec une telle force que les étincelles en jaillirent et que l'écho en fut répercuté comme un éclat de tonnerre.

— Voilà un excellent *trapp* [2], s'écria-t-il d'une voix formidable; mais toi, misérable coquin, tu n'y vois qu'un méchant *trumm* qui ne vaut pas un brin de paille. Ici-bas, tu es une taupe aveugle, dont le prince des métaux restera toujours l'ennemi; et en haut tu ne peux rien faire non plus. Eh! tu voudrais obtenir pour femme la fille de Pehrson Dahlsjoë? voilà pourquoi tu travailles ici sans l'ombre d'une pensée et sans amour pour ton métier. Prends garde, faux compagnon, que le roi des métaux, que tu railles, ne te saisisse et ne te renverse de façon à te briser les membres en mille morceaux. Jamais Ulla ne sera ta femme, je te le dis!

Ces paroles enflammèrent la colère d'Elis.

Que fais-tu ici, cria-t-il, dans le puits de mon maître Pehrson Dahlsjoë, où je travaille de toutes mes forces et ainsi que mon état le demande? Va-t'en par où tu es venu, ou bien nous verrons qui de nous deux brisera le premier le crâne de l'autre.

En disant ces mots, Elis se plaça d'un air menaçant devant le vieillard, et leva en l'air le marteau avec lequel il avait travaillé. Le vieillard partit d'un éclat de rire moqueur, et Elis le vit avec effroi sautiller comme un écureuil sur les marches de l'escalier, et disparaître entre les pierres.

Elis se sentit paralysé de tous ses membres; incapable de se remettre à la besogne, il remonta. Le vieux maître mineur s'écria en le voyant:

— Au nom du Christ, que t'est-il arrivé, Elis? tu es pâle et défait comme la mort? N'est-ce pas? la vapeur du soufre, à laquelle tu n'es pas encore habitué, est la cause de ton malaise? Bois, mon enfant, cela te fera du bien.

Elis but un bon coup d'eau-de-vie dans la bouteille que le maître mineur lui présenta; et, fortifié par cette libation, raconta tout ce qui lui était arrivé dans la mine, et comment il avait fait la connaissance du mystérieux mineur.

Le maître mineur l'écouta tranquillement et secoua la tête d'un air pensif:

— Elis Froëbom, dit-il, c'est le vieux Torbern que tu as rencontré; et je vois bien maintenant que ce qu'on raconte de lui est plus qu'une tradition sans fondement.

Il y a plus de cent ans, il vivait ici à Falun un mineur, nommé Torbern. Il doit avoir été l'un des premiers qui firent fleurir le travail des mines à Falun; et, de son temps, l'exploitation rapportait beaucoup plus que de nos jours. Personne ne s'y entendait aussi bien que Torbern, qui, profondément versé dans les sciences, présidait à l'exploitation de toutes les mines de Falun. Comme s'il eût été doué d'un pouvoir surnaturel, les mines les plus riches se découvraient à lui. Ajoutez à cela que c'était un homme sombre, toujours absorbé dans ses pensées; n'ayant ni femme ni enfant, et, pour ainsi dire, sans feu et sans lieu, il vivait dans les mines de Falun sans jamais remonter à la lumière du jour et fouillait sans cesse dans les noires cavernes.

Voilà pourquoi l'on se dit bientôt à l'oreille qu'il avait fait un pacte avec la puissance mystérieuse qui règne dans le fond de la terre et y prépare des métaux. Torbern prédisait continuellement qu'il arriverait des malheurs si les mineurs ne se sentaient poussés au travail par un véritable amour pour les pierres et les beaux métaux; sans prendre garde à ses exhortations, par avidité et désir de lucre, on élargissait toujours les puits; enfin, le jour de la Saint-Jean 1678 arriva le terrible éboulement qui produisit notre énorme bure, et en même temps dévasta tellement toutes nos constructions que maint puits ne put être rétabli qu'à force de peine et de travail.

L'on n'entendit et l'on ne vit plus Torbern, et il parut certain qu'il avait été tué par l'éboulement. Bientôt après, le travail alla de mieux en mieux, et les travailleurs prétendaient avoir vu le vieux Torbern qui leur donnait toutes sortes de bons conseils et leur montrait les plus riches veines. D'autres jeunes gens vinrent ici, comme toi, prétendant qu'un vieux mineur les avait exhortés à se faire mineurs et les avait envoyés à Falun. Ceci arriva toujours quand on manquait d'ouvriers; il était donc probable que le vieux Torbern avait encore de la sollicitude pour le travail des mines. Si maintenant tu as réellement conversé avec le vieux Torbern, et qu'il t'ait parlé d'un excellent *trapp*, il est sûr que nous y trouverons une riche mine de fer que nous chercherons demain.

Quand Elis Froëbom, agité de différentes pensées, rentra dans la maison de Pehrson Dahlsjoë, Ulla ne vint pas amicalement à sa rencontre comme à l'ordinaire. Le regard baissé et, comme Elis crut s'en apercevoir, les yeux rouges de pleurs, Ulla était assise près d'un jeune homme qui tenait sa main dans la sienne, et s'efforçait de lui dire des choses aimables auxquelles Ulla ne faisait guère attention.

Pehrson Dahlsjoë entraîna dans une autre chambre Elis, qui, saisi d'un sombre pressentiment, regardait le couple d'un œil fixe.

— Maintenant, Elis, lui dit-il, tu seras bientôt à même de me prouver ta fidélité et ton amour; car, si jusqu'à présent je t'ai traité comme mon enfant, tu vas l'être aujourd'hui tout à fait. Le monsieur que tu vois chez moi est le riche négociant Eric Olawsen de Goëthaborg. Sur sa demande, je lui donne ma fille en mariage; il ira avec elle à Goëthaborg, et alors tu resteras seul avec moi pour être mon unique soutien dans ma vieillesse. Eh bien! Elis, tu ne dis rien? tu pâlis; j'espère que ma résolution ne te déplaît pas et que tu ne veux pas me quitter ainsi dans un moment où ma fille m'abandonne; mais je m'entends nommer, M. Olawsen m'appelle, il faut que j'aille auprès de lui.

A ces mots, Pehrson rentra dans la première pièce.

Elis sentait sa poitrine déchirée par mille poignards brûlants. Il n'avait ni paroles ni larmes. Dans un désespoir affreux, il sortit en courant de la maison et ne s'arrêta que devant la grande bure. Si ces crevasses offraient pendant le jour un aspect terrible, la nuit, à une heure où la lune n'éclairait encore que faiblement, on eût cru qu'un nombre immense de monstres vomis par l'enfer se vautraient et se roulaient sur le sol fumant, regardaient au-dessus d'eux avec des yeux flamboyants et étendaient leurs griffes gigantesques pour torturer la pauvre race humaine.

— Torbern! Torbern! s'écria Elis d'une voix terrible qui réveilla

[1] En allemand *glück auf!* salutation ordinaire des mineurs. (*Note du trad.*)

[2] *Trapp* est une riche veine qui s'étend au loin, le *trumm* est une veine détachée dans laquelle ne se trouve que très-peu ou point de métal. Elis ne voyait pas le *trapp* et travaillait à un *trumm* dont le produit aurait été nul. (*Note du trad.*)

les échos dans le précipice; Torbern, me voici! Tu avais raison; j'étais un misérable en cédant à un vain espoir sur la surface de la terre. C'est ici-bas que se trouvent mon trésor, ma vie, mon tout. Torbern! descends avec moi; montre-moi les *trapps* les plus riches, que j'y travaille, que j'y fouille, que j'y creuse et ne revoie jamais la lumière du jour! Torbern! Torbern! descends avec moi!

Elis battit le briquet, alluma son flambeau, et descendit dans le puits où il avait été la veille sans que cette fois le vieillard lui apparût. Mais quelle fut son émotion quand, dans le plus profond de la mine, il aperçut clairement et distinctement le *trapp*, de manière à pouvoir en reconnaître les couches superposées!

Il affermit son regard et se dirigea vers la gangue : une lumière éblouissante parut éclairer tout le puits, dont les murs devinrent transparents comme le plus beau cristal. Le rêve fatal qu'il avait fait Elis à Goëthaborg se représenta à son esprit. Ses yeux se plongeaient dans des plaines délicieuses, couvertes de plantes et de beaux arbres de métal, auxquels, comme autant de fruits et de fleurs, pendaient des pierres qui jetaient des flammes. Il vit les vierges, il vit la noble figure de la puissante reine. Elle le saisit, l'attira vers elle, le pressa sur son sein; un rayon brûlant perça sa poitrine, et il perdit connaissance, n'éprouvant d'autre sensation que celle d'être bercé par les vagues d'un brouillard bleuâtre, transparent et radieux.

— Elis Froëbom! Elis Froëbom! s'écria d'en haut une voix forte, et le reflet de torches illumina le puits.

Pehrson Dahlsjoë lui-même était là; il descendit avec le maître mineur pour chercher le jeune homme qu'on avait vu courir comme un fou à la bure. Ils le trouvèrent roide et sans mouvement, la figure collée contre les roches glacées.

— Qu'est-ce? s'écria Pehrson; que fais-tu ici la nuit, jeune imprudent? Rassemble tes forces, et monte avec nous; qui sait si tu n'apprendras pas de bonnes nouvelles là-haut?

Elis, gardant un morne silence, suivit Pehrson Dahlsjoë, qui ne se lassait pas de lui faire des reproches de s'être ainsi exposé.

Le jour se levait quand ils entrèrent dans la maison. Ulla poussa un cri, se jeta au cou d'Elis, lui prodigua les noms les plus tendres. Mais Pehrson Dahlsjoë dit au jeune mineur :

— Insensé que je suis, n'aurais-je pas dû savoir depuis longtemps que tu aimais Ulla, et que tu ne travaillais peut-être avec tant de zèle que pour l'amour d'elle? ne devais-je pas m'apercevoir également qu'Ulla t'aimait de toute son âme? pouvais-je souhaiter un meilleur gendre qu'un pieux mineur, instruit et appliqué, enfin tel que toi, Elis Froëbom? Mais ce qui me fâchait, ce qui m'irritait, c'était votre silence.

— Mais savions-nous bien, dit Ulla en interrompant son père, que nous nous aimions à ce point?

— Qu'il en soit ce qu'il voudra, continua Pehrson; bref, j'étais colère de voir qu'Elis ne me parlait pas ouvertement et franchement de son amour; et comme je désirais mettre ses sentiments à l'épreuve, j'ai imaginé hier avec M. Eric Olawsen une fable qui t'a presque donné la mort, fou que tu es! M. Eric Olawsen est marié depuis longtemps; et c'est à toi, mon brave Elis, que je donne ma fille en mariage, car, je le répète, je ne crois pas possible de me souhaiter un meilleur gendre.

Les larmes d'Elis coulèrent en abondance, larmes de délices et de plaisir. Tout le bonheur qu'offre la vie était si vivement descendu sur lui! Il croyait presque encore être le jouet de l'illusion d'un doux rêve.

IV.

Ulla avait mis ses plus brillants atours, et était plus belle que jamais, de sorte que tous s'écriaient à chaque instant :

— Ah! quelle jolie fiancée notre brave Elis Froëbom a méritée! Que le ciel les bénisse tous deux dans leur piété et leur vertu!

Sur la pâle figure d'Elis se peignait encore l'horreur de la nuit, et souvent il fixait devant lui des yeux hagards, étranger à tout ce qui se passait autour de lui.

— Qu'as-tu donc, mon Elis? demanda Ulla.

Elis la pressa sur son cœur : — Oui, oui! dit-il, tu es véritablement à moi, maintenant tout va bien!

Au milieu de cette félicité, Elis croyait sentir parfois une main froide comme la glace s'enfoncer dans sa poitrine, et entendre une voix sombre lui dire :

— Es-tu bien au comble de tes vœux après avoir obtenu Ulla? Pauvre insensé! n'as-tu pas vu la figure de la reine?

Il se sentait presque maîtrisé par une terreur indicible à l'idée que tout à coup l'un des mineurs se dresserait comme un géant, et qu'il reconnaîtrait en lui Torbern venu pour lui rappeler d'une manière terrible l'empire souterrain des pierres et des métaux auquel il s'était donné corps et âme!

Et pourtant il ne savait nullement pourquoi cet être mystérieux pouvait être son ennemi, et ce que son état de mineur avait de commun avec son amour.

Pehrson remarqua bien le trouble d'Elis, mais il l'attribua aux souffrances qu'il avait essuyées en descendant nuitamment dans le puits. Il n'en fut pas de même d'Ulla, qui, saisie d'un secret pressentiment, pressait son amant de lui dire quel événement horrible était capable de lui faire oublier la présence de sa bien-aimée. La poitrine d'Elis menaçait de se rompre. En vain il s'efforça de raconter à son amante la vision merveilleuse qu'il avait eue dans le gouffre. Il lui semblait qu'un pouvoir invisible lui fermait la bouche, que la figure terrible de la reine sortait de son cœur pour le regarder, et que s'il en prononçait le nom, tout allait se changer autour de lui en pierres sombres et noires comme à l'aspect de la tête de Méduse. Toute la magnificence des abîmes de la terre, qui l'avait rempli de la plus haute félicité, lui apparaissait maintenant comme un enfer plein de tourments et de désespoir, orné de charmes trompeurs pour l'attirer à sa perdition.

Pehrson Dahlsjoë ordonna à Elis de passer quelques jours sans sortir, afin de se guérir de l'indisposition à laquelle il paraissait succomber. Pendant ce temps l'amour d'Ulla, que ne dissimulait point son cœur pieux et naïf, chassa le souvenir de l'aventure fatale arrivée dans la mine. Elis commença à revivre, à goûter de nouveaux plaisirs, à croire à un bonheur qu'aucune puissance ennemie ne saurait troubler.

Quand il descendit dans le puits, tout lui apparut sous un aspect différent. Les veines les plus riches étaient visibles à ses yeux; il redoubla de zèle dans son travail. Il oublia tellement tout le reste, que, revenu sur la surface de la terre, il était forcé de rappeler à sa mémoire Ulla et Pehrson Dahlsjoë. Il se sentait comme divisé en deux grandes parties; il lui semblait que son meilleur, son véritable moi reposait au centre du globe terrestre, dans les bras de la reine, pendant qu'il regagnait sa couche sombre à Falun. Ulla lui parlait-elle de son amour et de l'espoir qu'elle concevait d'être heureuse avec lui, il commençait à décrire la magnificence des profondeurs de la terre, des richesses immenses qui y étaient cachées, et perdait souvent le fil de ses discours incompréhensibles et bizarres. La pauvre fille fut saisie d'alarmes et de tristesse en voyant Elis changé dans tout son être et si subitement. Elis, au contraire, rempli de joie, annonçait sans cesse au maître mineur et à Pehrson lui-même les mines les plus riches, les *trapps* les plus magnifiques, et quand on ne trouvait rien qu'une gangue stérile, il riait d'un air moqueur, disant que lui seul savait déchiffrer les signes mystérieux, l'écriture significative que la reine elle-même gravait sur les pierres, et qu'il suffisait de comprendre ces signes sans faire paraître au grand jour ce qu'ils annonçaient.

Le vieux maître mineur regardait avec une profonde et douloureuse compassion le jeune homme qui parlait, les yeux étincelants, du paradis brillant caché dans les entrailles de la terre.

— Ah! maître, dit-il à l'oreille de Pehrson Dahlsjoë, le vieux Torbern a ensorcelé le pauvre jeune homme! Pehrson Dahlsjoë répondit :

— N'ajoutez pas foi à ces vieux contes de mineur, mon vieux! L'amour a dérangé la tête de ce profond penseur; voilà tout. Que le mariage ait lieu, et alors nous verrons disparaître les *trapps*, les trésors et tout le paradis terrestre!

Enfin le jour fixé pour le mariage approcha. Quelques jours auparavant, Elis Froëbom était devenu plus tranquille, plus sérieux et plus sombre que jamais; mais aussi jamais il n'avait témoigné autant d'amour pour Ulla. Il lui était impossible de se séparer d'elle; il n'allait pas même à la mine; il semblait ne plus penser à sa vie inquiète de mineur; car aucune parole qui eût rapport à l'empire souterrain ne passait sur ses lèvres. Ulla était rayonnante de félicité; elle avait craint que les puissances formidables qui séjournent dans la terre, et dont elle avait souvent entendu parler les vieux mineurs, n'entraînassent Elis à sa perte; mais cette appréhension avait disparu. Aussi Pehrson Dahlsjoë dit-il en souriant au vieux maître mineur :

— Voyez-vous bien qu'Elis Froëbom n'a eu la tête égarée un moment que par son amour pour Ulla!

Le jour de la noce, au matin, c'était la fête de saint Jean, Elis frappa à la porte de la chambre de sa fiancée. Elle ouvrit, et recula effrayée en voyant Elis déjà en habits de noce et pâle comme la mort; un feu sombre brillait dans ses yeux.

— Je viens, dit-il d'une voix basse et tremblante, pour te dire, ma chère Ulla, que nous sommes tout près d'atteindre l'apogée du bonheur réservé à l'homme ici-bas. Tout m'a été révélé cette nuit même.

En bas, au fond de la mine, se trouve enfermée dans du chlorithe et du mica l'almandine étincelante d'une couleur de cerise, dont les lignes contiennent le présage de notre sort, les tablettes de notre vie. Je te le donnerai en présent de noce. Il est plus beau que la plus magnifique escarboucle, rouge comme le sang, et si, liés par un fidèle amour, nous regardons sa lumière rayonnante, nous verrons distinctement que notre cœur est uni avec les branches merveilleuses qui germent dans le cœur de la reine au centre de la terre. Il ne faut plus qu'aller chercher cette pierre, et c'est ce que je m'en vais faire tout à l'heure. En attendant, adieu, Ulla! Je serai bientôt de retour!

Ulla conjura son amant avec des larmes brûlantes de se désister de cette romanesque entreprise, parce qu'elle pressentait un grand malheur; mais Elis Froëbom lui assura que sans cette pierre il ne pourrait rester une heure tranquille, et qu'il n'y avait pas lieu de supposer le moindre danger imminent. Il pressa sa fiancée avec effusion sur son cœur, et partit.

Déjà les conviés étaient assemblés pour accompagner le couple à l'église de Kopparberg, où la cérémonie devait avoir lieu. Toute une troupe de jeunes filles richement parées, qui, d'après la coutume du pays, devaient précéder la fiancée en qualité de demoiselles d'honneur, riaient et folâtraient autour d'Ulla. Les musiciens accordaient leurs instruments et essayaient une joyeuse marche de noces. Il était presque midi, et Elis Froëbom n'avait pas encore paru.

Tout à coup des mineurs accourent; l'effroi et l'angoisse bouleversent leurs figures pâles; ils annoncent qu'un éboulement terrible vient de combler tout le puits dans lequel se trouve la mine de Dahlsjoë!

— Elis, mon Elis, tu es mort! mort!

Ainsi parla Ulla, et elle retomba à demi morte.

Pehrson Dahlsjoë apprit alors du maître mineur qu'Elis était descendu dans la grande bure de grand matin; au reste, comme tous les ouvriers étaient invités à la noce, personne n'était à travailler dans le puits. Pehrson Dahlsjoë et tous les mineurs se rendirent sur les lieux; mais toutes les recherches, même les plus hasardeuses, demeurèrent inutiles: Elis Froëbom ne fut pas retrouvé.

C'était au reste un fait constaté que l'éboulement avait enseveli le malheureux sous une masse de pierres; et ainsi le deuil et la misère entrèrent dans la maison du brave Pehrson Dahlsjoë au moment même où il croyait se préparer du calme et du repos pour ses vieux jours.

V.

Il y avait longtemps que le maître des mesures et alderman Pehrson Dahlsjoë était mort, et que sa fille Ulla avait disparu; personne à Falun ne savait rien sur leur compte; car, depuis le malheureux jour de noce d'Elis Froëbom, cinquantes années étaient révolues.

Or il arriva que les mineurs, en cherchant un passage entre deux mines, trouvèrent à une profondeur de trois cents mètres, dans de l'eau vitriolique, le cadavre d'un jeune homme qui paraissait pétrifié. Quand ils le remontèrent au jour, on eût dit que ce jeune homme était enseveli dans un profond sommeil, tant il était frais, tant les traits de sa figure étaient bien conservés; ses habits ne portaient pas la moindre trace de pourriture; il en était de même des fleurs qui paraient sa poitrine.

Tous les gens du voisinage se rassemblèrent autour du jeune homme qu'on avait monté de la bure, mais personne ne reconnut les traits de sa figure; personne non plus ne put se souvenir qu'un mineur eût été enseveli par un éboulement. On était sur le point de transporter le cadavre à Falun, quand on vit dans le lointain s'approcher en baletant sur des béquilles une vieille femme décrépite.

— Voilà la mère de la Saint-Jean! s'écrièrent quelques mineurs.

Ils avaient donné ce nom à la vieille, qu'ils avaient constamment vue venir depuis plusieurs années, le jour de la Saint-Jean, regarder dans l'abîme, se tordre les mains, gémir et pousser des cris plaintifs en faisant le tour de la bure, et puis repartir.

A peine la vieille eut-elle aperçu le cadavre du jeune homme qu'elle laissa tomber ses béquilles, tendit ses bras vers le ciel, et s'écria avec un accent plaintif qui perçait le cœur:

— O Elis Froëbom! ô mon doux fiancé!

Et à ces mots elle se mit à genoux devant le cadavre, en saisit les mains glacées, et les pressa contre sa poitrine refroidie par l'âge, dans laquelle, comme du naphte enflammé sous une enveloppe de glace, battait encore un cœur rempli du plus brûlant amour.

— Ah! dit-elle en regardant autour d'elle, personne de vous ne connaît la pauvre Ulla Dahlsjoë, l'heureuse fiancée de ce jeune homme, il y a cinquante ans! Quand, accablée de chagrin et de désolation, je me rendis à Ornaes, le vieux Torbern me consola en me disant que je reverrais encore une fois sur cette terre mon Elis, que les pierres ensevelirent ici le jour de mes noces. Je suis venue chaque année, remplie d'un tendre désir et d'un fidèle amour, regarder dans l'abîme profond. Et aujourd'hui j'ai réellement joui du bonheur de le revoir! O mon Elis, mon fiancé bien-aimé!

Elle enlaça de nouveau le jeune homme de ses bras desséchés, comme si elle eût voulu ne s'en séparer jamais. Tous l'environnèrent, pénétrés d'une émotion profonde.

Ses soupirs devinrent de plus en plus faibles, et ses sanglots se perdirent en sons sourds et inarticulés.

Les mineurs s'approchèrent pour relever la pauvre Ulla; mais elle avait rendu le dernier soupir sur le corps de son malheureux fiancé. On s'aperçut que le cadavre, qu'on avait cru pétrifié, commençait à tomber en poussière.

Dans l'église de Kopparberg, là où cinquante ans auparavant le couple avait dû recevoir la bénédiction nuptiale, furent réunies les cendres d'Elis Froëbom et celles de la fiancée qui lui avait été fidèle jusqu'à la mort.

PORTRAITS D'APRÈS NATURE.

Vous savez, mes chers amis, que je séjournai quelque temps à Gœttingue, chez un vieil oncle, pour achever mes études. Un ami de cet oncle, malgré la disproportion de nos âges, conçut pour moi une vive affection, principalement à cause de mon humeur joviale et de ma gaieté railleuse, qui allait souvent jusqu'à la malice.

Cet homme était, au reste, un des plus étranges personnages que j'aie jamais rencontrés. Minutieux dans toutes les affaires de la vie, quinteux, humoriste, fort enclin à l'avarice, il aimait au plus haut degré les plaisanteries et les quolibets; pour me servir d'une expression française, il était très-amusable, sans être le moins du monde amusant.

En effet, en dépit de ses cheveux gris, il montrait une vanité qui se manifestait surtout dans ses habits toujours soigneusement taillés à la dernière mode; mais si en cela il frisait le ridicule, il l'atteignait complétement sous un autre rapport. Il poursuivait les plaisirs à la sueur de son front, et rien n'était plus comique que l'avidité avec laquelle il recherchait tous ceux qu'il lui était possible de se procurer.

Je me rappelle encore aujourd'hui deux exemples grotesques de cette vanité, de cette soif de jouissances, assez vivement pour pouvoir vous en faire part.

Figurez-vous que mon homme, durant son séjour dans un pays de montagnes, avait été invité à faire partie d'une société dans laquelle se trouvaient des dames; il s'agissait de faire une promenade à pied, et d'aller voir une chute d'eau. Il mit un habit de soie qu'il n'avait pas encore porté, avec des boutons d'acier étincelants, des bas de soie blancs, et des souliers à boucles d'acier; en outre, il chargea ses doigts des plus précieux anneaux. Au milieu des fourrés d'un bois de sapins qu'elle traversa, la société fut surprise par un violent orage. La pluie tomba à torrents, les ruisseaux du bois débordèrent et firent irruption sur les chemins, et vous pouvez aisément vous imaginer l'état où mon pauvre ami fut réduit en peu d'instants.

Une autre fois, le tonnerre tomba la nuit sur la tour de l'église des Dominicains à Gœttingue. Mon ami fut ravi du superbe spectacle de l'incendie, dont les tourbillons de flammes s'élevaient dans les noires ténèbres du ciel, et éclairaient d'une lueur magique tous les lieux voisins. Il trouva bientôt que ce tableau, vu d'une colline située près de la ville, devait produire alors seulement tout l'effet pittoresque dont il était susceptible.

Aussitôt mon homme s'habilla, en mettant à sa toilette tout le soin qu'il avait coutume d'y mettre, n'oublia pas de garnir sa poche d'un cornet de macarons et d'un flacon de vin, prit en main un beau bouquet de fleurs, sous son bras un pliant, et se dirigea sans soucis vers la colline.

Là il s'assit et contempla avec ivresse le spectacle pittoresque de l'incendie, tantôt flairant ses fleurs, tantôt croquant ses macarons et savourant un verre de vin.

Ce personnage me proposa de l'accompagner aux eaux de Bade, et, bien qu'il me fût évident que sa seule intention, en m'emmenant, était d'avoir quelqu'un pour le distraire et le désennuyer, je m'estimai heureux de pouvoir faire *sans frais* un voyage agréable.

On jouait alors gros jeu aux eaux, et la banque était riche de plusieurs milliers de frédérics d'or. Mon homme contemplait d'un œil avide les monceaux d'or, se promenait en long et en large dans la salle, tournait autour de la table de jeu, et s'en approchait toujours de plus en plus. Il fouillait dans sa poche, il en tirait un frédéric d'or qu'il tenait un moment entre ses doigts, et qu'il remettait dans sa poche; on voyait qu'il était séduit par l'appât de l'or. Il eût volontiers hasardé une petite somme contre les richesses entassées devant lui, mais il se méfiait de sa bonne étoile.

Cette lutte singulière entre ses craintes et sa volonté faisait couler la sueur de son front; enfin il y mit un terme en me priant de ponter pour lui, et à cet effet il me glissa dans la main cinq ou six frédérics d'or.

Je ne me décidai à ponter que lorsqu'il m'eut assuré qu'il n'avait pas la moindre confiance en mon bonheur, mais qu'il regardait, au contraire, comme perdu l'or qu'il m'avait donné.

Nous une chance inespérée; la fortune favorisa le joueur inhabile et sans expérience, et je gagnai en peu de temps, pour mon ami, trente frédérics d'or qu'il empocha joyeusement.

Le lendemain soir, il me pria de nouveau de ponter pour lui. Je ne sais encore aujourd'hui comment l'idée ne me vint pas de suite de profiter pour moi-même de mon bonheur. Loin de songer à jouer, j'allais quitter la salle, quand mon ami vint me réitérer sa prière.

Par une résolution subite, je lui déclarai que je voulais ponter pour moi, et m'approchai résolûment de la banque. Je tirai de l'étroit gousset de mon gilet les deux seuls frédérics d'or que je possédasse. Si la fortune m'avait été favorable la veille, mon gain de ce soir-là pourrait faire croire que j'étais protégé par une puissance particulière qui commandait au hasard. Je prenais une carte quelconque, je pontais, je coupais comme je voulais ; tout me réussissait. Bref, il m'arriva la même chose qu'au baron Siegfried de mon *Bonheur au jeu.*

La tête me tourna ; souvent, quand de nouvelles pièces d'or s'amoncelaient devant moi, il me semblait que j'étais en proie à un songe, et je ne me réveillais qu'au moment de ramasser mon gain.

Le jeu finit, comme d'ordinaire, au coup de deux heures. Au moment où j'allais quitter la salle, un vieil officier me prit par les épaules :

— Jeune homme, me dit-il en me jetant un regard perçant et sévère, si vous aviez entendu le jeu, vous auriez fait sauter la banque. Mais quand vous l'entendrez, le diable vous emportera comme les autres.

A ces mots, il me quitta sans attendre ma réponse.

Il faisait petit jour quand je regagnai ma chambre et vidai sur la table l'or que contenaient toutes mes poches. Représentez-vous les impressions d'un jeune homme qui n'a à sa disposition qu'une somme très-modique pour ses menus plaisirs, et qui, comme par un coup de baguette, se trouve soudain possesseur d'une somme assez forte pour passer à ses yeux, dans le moment du moins, pour une fortune considérable. En regardant l'amas d'or, je me sentais saisi d'un sentiment étrange de frayeur et d'inquiétude, et une sueur glacée inondait mon visage. Les paroles du vieil officier me revinrent à l'esprit comme un affreux avertissement. Il me sembla que l'or qui étincelait sur la table était le prix de mon âme vendue à la puissance des ténèbres; et incapable désormais d'échapper à la perdition, la fleur de ma vie me paraissait avoir été piquée par un ver venimeux, et je tombai dans un profond anéantissement.

En ce moment, les feux du matin se montrèrent derrière les montagnes. Je m'appuyai sur ma fenêtre, et je vis venir avec une ardente impatience ce soleil devant lequel devaient disparaître les sombres esprits de la nuit. Quand les rayons dorés colorèrent les bois et les prairies, il fit également jour dans mon âme. Je sentis renaître en moi la force de résister à toute espèce de tentation, et de préserver ma vie des embûches des démons auxquelles, dès ce jour ou plus tard, j'aurais succombé sans ressource.

Je me jurai à moi-même, par tout ce qu'il y a de plus sacré, de ne plus toucher une carte, et j'ai tenu ce serment. Le premier usage que je fis de mon riche gain fut de quitter mon compagnon, à sa grande stupéfaction, pour aller voyager à Dresde, à Prague et à Vienne.

Dans une tournée que je fis dans le midi de l'Allemagne, je rencontrai une espèce de fou non moins bizarre que celui dont je venais de me séparer. Pendant mon séjour à B***, me promenant dans un petit bois voisin de la ville, j'aperçus un certain nombre de paysans occupés à abattre un épais taillis et à scier les branches des arbres les plus touffus des deux côtés du passage frayé.

Je ne sais moi-même pourquoi je demandai aux paysans s'ils perçaient quelque nouvelle route, mais ils se mirent à rire, et me dirent que je n'avais qu'à suivre la mienne, et que je trouverais hors du bois, sur une hauteur, un monsieur qui me donnerait tous les éclaircissements nécessaires.

En effet, je rencontrai un petit homme d'un certain âge, pâle de complexion, vêtu d'une redingote, ayant un bonnet de voyage sur la tête, et portant en bandoulière un fourreau de carabine. Au moyen d'un télescope, il regardait sans bouger l'endroit où les paysans travaillaient. En me voyant approcher, il ferma rapidement son télescope.

— Vous venez du bois, monsieur, me demanda-t-il avec empressement, où en est le travail?

Je lui exposai ce que j'avais vu.

— C'est bien, dit-il, c'est bien. Je suis ici depuis trois heures du matin (il pouvait être alors environ six heures du soir), et je croyais que ces ânes, que je paye pourtant assez cher, allaient me planter là pour reverdir. Mais maintenant j'espère que la perspective s'ouvrira encore assez à temps pour qu'on en jouisse.

Il rouvrit son télescope, et regarda de nouveau le bois avec une attention soutenue. Quelques minutes après, un gros buisson fut abattu, et comme par un coup de baguette se fit voir le spectacle vraiment magique des montagnes lointaines et des ruines d'un château fort, que doraient les feux du soleil couchant.

L'inconnu n'exprima son extase que par quelques paroles incohérentes. Après avoir contemplé la vue pendant environ un quart d'heure, sans me saluer, sans m'honorer de la moindre attention, il s'enfuit à la hâte, comme s'il eût évité la poursuite de quelque animal dangereux.

Plus tard on me dit que cet individu n'était autre que le baron de R***, original des plus étonnants.

Depuis plusieurs années, il voyageait à pied sans interruption, et faisait avec une espèce de rage la chasse aux beaux points de vue. S'il arrivait dans une contrée où, pour se procurer une belle perspective, il jugeait à propos de faire abattre des arbres et percer des bois, il ne regardait pas à la dépense, s'arrangeait avec le propriétaire et louait des ouvriers à la journée.

Une fois, il s'entêta à vouloir faire brûler une métairie qui, à son idée, défigurait le pays et gênait la perspective; mais on se refusa à ses désirs.

Lorsque son but était atteint, il observait la vue pendant une demi-heure au plus, s'éloignait sans s'arrêter plus longtemps, et ne revenait jamais deux fois au même endroit.

— Voilà la mère de la Saint-Jean!

FIN DES CONTES FANTASTIQUES.

Paris. — Typographie de J. Best, rue Poupée, 7.

www.ingramcontent.com/pod-product-compliance
Ingram Content Group UK Ltd.
Pitfield, Milton Keynes, MK11 3LW, UK
UKHW020406230726
13925UKWH00003B/1276